CM0149920Σ

COLLECTION FOLIO

Francesca Melandri

Eva dort

*Traduit de l'italien
par Danièle Valin*

Gallimard

Titre original :

EVA DORME

Romaine, Francesca Melandri connaît très bien le Haut-Adige ou Tyrol du Sud pour y avoir vécu pendant quinze ans. Scénariste de renom pour le cinéma et la télévision, elle est également réalisatrice. Son documentaire *Vera* (2010) a été présenté dans de nombreux festivals partout dans le monde. *Eva dort* est son premier roman, plébiscité par la critique et les lecteurs en Italie, où il a obtenu plusieurs reconnaissances importantes, dont le prix des Lectrices de l'édition italienne du magazine *Elle*, mais aussi en Allemagne et aux Pays-Bas.

À mes enfants, joyeux plurilingues,
et à deux papas pleins d'amour : le leur, et le mien.

Le vieux Sonner (...) un soir dans la *Stube* (...) coupa court à l'éternel reproche sur les trahisons en disant : « Rien que des ragots ! Même les enfants savent que nous avons gagné la guerre. Mais je n'aurais jamais imaginé qu'on nous donnerait toute l'Italie ! »

CLAUS GATTERER,
Bel paese, brutta gente
(Beau pays, mauvaises gens)

« *Ciò, là i xe tuti tedeschi !* »
« Eh bien, là ce sont tous des Allemands ! »

MARIANO RUMOR,
après qu'un séjour en Val Pusteria
en 1968 lui a révélé l'existence
d'une minorité linguistique
sur le territoire du pays
dont il était le président du Conseil

« Vous êtes des Italiens gouvernés par des Allemands ? Quelle chance vous avez ! »

INDRO MONTANELLI

Call the world, if you please, « the vale of Soul-making ».
Then you will find out the use of the world.

JOHN KEATS,
Lettre à George et Georgiana Keats

Let Eve (for I have drench'd her eyes)
Here sleep below, while thou to foresight wak'st.

JOHN MILTON,
Le Paradis perdu, livre XI

Prologue

C'était un petit paquet, enveloppé de papier marron, entouré d'une mince ficelle. Destinataire et expéditeur étaient écrits avec soin. Gerda reconnut aussitôt l'écriture.

« *I nimms net* », dit-elle à Udo, le facteur. Je ne le prends pas.

« Mais c'est pour Eva…

— Je suis sa mère. Je sais qu'elle n'en veut pas. »

Udo aurait voulu lui demander : mais tu es sûre ? Elle leva sur lui ses yeux transparents, allongés, et le dévisagea, immobile. Il se tut. Il tira un stylo de sa poche et un imprimé de sa sacoche en cuir. Il les lui tendit en évitant de la regarder.

« Signe là. »

Gerda signa. Puis elle demanda avec une soudaine tendresse :

« Qu'est-ce qu'il va lui arriver, maintenant, à ce petit paquet ?

— Je vais le rapporter au bureau de poste et je dirai que tu n'en as pas voulu…

— Que Eva n'en a pas voulu.

— … et on le renverra d'où il vient. »

Udo remit le petit paquet dans sa sacoche en cuir. Il plia le formulaire, le glissa au milieu

13

d'autres papiers. Il rangea le stylo dans sa poche, en vérifiant qu'il était bien fermé. Il allait partir. Son buste se tournait déjà vers la rue, ses pieds allaient bientôt suivre, quand il eut une dernière hésitation.

« Mais où est donc Eva ? demanda-t-il.

— Eva dort. »

Le petit paquet marron fit en sens inverse le chemin parcouru pour arriver jusque-là. Il couvrit deux mille sept cent quatre-vingt-quatorze kilomètres, aller-retour.

1919

Si quelqu'un avait demandé à Hermann, le père de Gerda, s'il avait connu l'amour (mais personne ne le fit jamais, et encore moins sa femme Johanna), il aurait revu sa mère sur le seuil du fenil lui tendant le seau avec le lait tiède de la première traite. Il plongeait la tête dans le liquide doux, se relevait avec une moustache crémeuse sur la lèvre supérieure, puis partait pour l'heure de marche qui le séparait de l'école. Il n'essuyait sa lèvre d'un revers de bras que déjà loin sur le sentier, quand Sepp Schwingshackl arrivait de son *maso* pour faire la route avec lui, ou encore plus bas, quand les rejoignait Paul Staggl, le plus pauvre de toute l'école parce que le *maso* de son père était non seulement sur un terrain escarpé, mais aussi sur le versant nord, privé du moindre rayon de soleil l'hiver. Ou bien, s'il y avait pensé (ce qu'il ne fit jamais de toute sa vie, sauf une fois et il mourut l'instant d'après), il se serait souvenu de la main de sa mère, fraîche mais râpeuse comme du vieux bois, passant sur le galbe de sa joue d'enfant dans un geste d'acceptation totale. Mais quand Gerda naquit, Hermann avait désormais perdu l'amour depuis longtemps. Peut-être en route, comme le foin de son rêve.

Ce rêve, fait la première fois quand il était petit, le hanta toute sa vie. Sa mère étendait une grande toile blanche sur le champ, la remplissait du foin qu'on venait de faucher, la fermait en nouant les quatre coins, puis elle posait le ballot sur son dos pour qu'il le porte au fenil. C'était une charge énorme, mais ça lui était égal, sa mère la lui avait donnée et c'était un bon poids. Il se levait en titubant et avançait sur le champ fauché comme une fleur monstrueuse. Sa mère le regardait de ses yeux bleus à la fente allongée — les mêmes yeux que ceux d'Hermann, puis de sa fille Gerda, puis de la fille de celle-ci, Eva, des yeux tendres et sévères comme dans certains portraits de saints gothiques. Mais un autre Hermann, invisible et sans âge, s'apercevait avec effarement que les pans du grand foulard étaient mal attachés, et que le foin se répandait derrière lui : quelques brins s'envolaient d'abord, puis des poignées entières. L'Hermann qui voyait et savait tout ne pouvait avertir l'Hermann personnage du rêve, et lorsque ce dernier arrivait au fenil, le ballot était vide.

La nuit où Hermann fit ce rêve pour la première fois, on signait à Saint-Germain le traité de paix par lequel les puissances victorieuses de la Grande Guerre, surtout la France, voulant punir l'empire d'Autriche moribond, attribuèrent le Tyrol du Sud à l'Italie. Ce fut une grande surprise pour celle-ci : il avait toujours été question de libérer Trente et Trieste, mais jamais Bolzano-Bozen encore moins. Et ce, à juste titre : les habitants du Tyrol du Sud étaient des allemands, bien à leur aise dans l'Empire austro-hongrois, et ils n'avaient nul besoin d'être libérés par quiconque. Et pourtant, l'Italie hérita de ce bout d'Alpes, butin inattendu,

16

après une guerre qui n'avait pas été gagnée sur le terrain.

Cette même nuit, ses parents moururent à trois heures d'intervalle, emportés par la grippe espagnole. Le matin suivant, Hermann se retrouva orphelin comme sa terre, le Tyrol du Sud, resté sans sa *Vaterland*[1], l'Autriche.

Après la mort de ses parents, Hans, son frère aîné, hérita du vieux *maso*. La propriété était composée d'une maison faite d'une *Stube*[2] noire de fumée, d'un fenil plein de vers, d'un champ si escarpé que pour couper le foin il fallait basculer son poids d'une jambe sur l'autre ; une terre si pauvre et si verticale qu'on devait la remonter sur le dos dans de grandes hottes en roseau tressé, à la fin de la saison des pluies qui en entraînaient une bonne partie tout en bas du champ. Et Hans était le plus chanceux des deux.

Ses trois sœurs aînées se hâtèrent de se marier à seule fin de dormir sous un toit qu'elles pourraient dire bien à elles. Hermann, le cadet, dut aller faire le *Knecht*, le garçon de ferme, dans des *masi* plus riches, ceux des pentes plus douces où l'on pouvait faucher le foin en se tenant sur ses deux jambes ; ceux où, même après un gros orage, la terre restait bien à sa place, sans s'ébouler en aval. Il avait onze ans.

Toutes les nuits, jusqu'à vingt ans révolus, lui qui ne s'était jamais éloigné de sa mère plus d'une demi-journée, mouillait son lit de peur et de

---

1. Terre patrie. *(Toutes les notes sont de l'auteur, sauf indication contraire.)*
2. Poêle. Par extension, ce terme désigne la pièce recouverte de bois, cœur des maisons traditionnelles tyroliennes, avec un poêle à bois au centre.

solitude. L'hiver, dans le grenier plein de courants d'air où ses patrons faisaient dormir les garçons de ferme, les *Knechte* comme lui, Hermann se réveillait enveloppé de son urine glacée comme d'un suaire. Quand il se levait de sa paillasse, ce fin tégument se brisait dans un léger crépitement.

C'était ça le bruit de la solitude, de la honte, de la perte, de la nostalgie.

Km 0

Le décalage horaire est pire pour ceux qui voyagent vers l'est, tout le monde le dit. Quand on va dans le sens inverse du soleil, il se venge ensuite et vous empêche de dormir. Comme si j'avais du sommeil à gaspiller.

Carlo est venu me chercher à l'aéroport de Munich, mais je ne le dirai pas à ma mère, je sais qu'elle ne l'aime pas, elle ne l'a jamais aimé. Peut-être parce qu'il ne lui a pas fait la cour quand je le lui ai présenté, pas même un brin, il s'est seulement montré bien élevé. Il faut dire que c'est un ingénieur, un homme qui, par profession, doit prendre les choses à la lettre, sinon les viaducs et les ponts qu'il construit ne tiendraient pas debout. Faire le galant avec ma mère lui semblerait un manque d'égards envers moi. Comme il me comprend mal ! Quant à mon rapport avec ma mère, c'est encore pire.

Je le lui ai présenté il y a dix ans. Nous étions allés la voir pour le week-end de la Toussaint, et elle nous avait reçus dans le *maso* de Ruthi, ma *Patin*[1]. Elle s'était installée dans la *Stube* en sapin,

---

1. Marraine.

comme si elle posait pour une brochure de syndi-
cat d'initiative. Elle portait un chemisier de dentelle sous sa veste en laine foulée aux boutons en
os — seul le *dirndl*[1] fait plus tyrolien. Elle tenait
peut-être à se montrer à Carlo dans ce contexte si
paysan, si pittoresque, une sorte de mise en scène
de son identité. Même si, en réalité, elle n'a jamais
été une paysanne.

Carlo avait parlé avec elle, s'était enquis de sa
santé, lui avait ouvert la porte quand nous étions
sortis. Mais il n'avait jamais ri en la regardant dans
les yeux, ne lui avait jamais dit que, maintenant qu'il
la voyait, il savait de qui je tenais ma beauté, et surtout il avait refusé de jouer au *Watten*[2]. C'est bien ça
que ma mère ne lui avait pas pardonné. Carlo s'était
justifié en disant qu'il ne connaissait pas les règles.
Les règles ! Il n'avait vraiment rien compris.

C'est pour ça que je ne l'emmène plus avec moi.
Elle n'aime pas Carlo, mais ce n'est pas parce qu'il
est marié, ou à cause de ses trois enfants que je
n'ai jamais rencontrés, ni parce que jamais, depuis
onze ans que nous sommes ensemble, il n'a émis
l'hypothèse de divorcer.

Ma mère n'attache pas d'importance à ces
choses-là.

Je suis sortie par la porte vitrée des arrivées
internationales. Un homme d'environ cinquante
ans poussait le chariot de mes bagages : Jack
Radcliffe de Bridgeport, Connecticut, industriel
du secteur des machines agricoles en déplacement à Munich pour une foire. Grand, cheveux

1. Costume traditionnel porté par les femmes.
2. Jeu de cartes.

poivre et sel, costume bleu foncé impeccable. Moi, malgré les neuf heures de vol, j'étais habillée et maquillée comme pour les vernissages de New York d'où j'arrivais : robe en jersey vert pistache de Donna Karan, pendants d'oreilles, ballerines. Nous formions un couple assez réussi. Dommage que l'Américain ait eu ce regard un peu vitreux, ce nez violacé : le service du bar avait été à son goût. Quand il l'a vu à mes côtés, Carlo a levé au ciel ses beaux yeux noirs, l'appelant à témoin de la patience qu'il faut pour rester avec une femme comme moi.

En revanche, quand il a vu Carlo, l'Américain a mis un moment à comprendre que quelqu'un était venu me chercher, ou peut-être avais-je oublié de l'en informer. Quoi qu'il en soit, il a cessé de sourire. On avait l'impression de voir tous les fantasmes qui lui étaient passés par la tête fondre en présence d'un autre homme comme un glaçon dans un whisky gardé trop longtemps dans la main. Son regard était devenu encore plus translucide, presque larmoyant, tandis qu'il réalisait que cet homme d'aspect si latin, avec une telle prestance, était là pour moi. Carlo, ni embarrassé ni surpris, lui a serré la main, l'a remercié de son aide, puis m'a entraînée de ses larges épaules que j'aime encore tant.

Tout en m'éloignant enlacée à lui, je me suis retournée. Je lui ai lancé un sourire encourageant, j'ai agité les doigts en susurrant :

« *See you later, Jack !* »

De quoi plonger dans le trouble tout un chariot à bagages.

Et, en effet, Jack Radcliffe, de Bridgeport, Connecticut, est resté dans le hall d'arrivée, abasourdi, plus perplexe que déçu.

21

« Le pauvre… », a dit Carlo en baisant mes cheveux. Non pas un reproche, mais une constatation.

« Non, mais pourquoi, c'était un gentil monsieur…

— Les gentils messieurs d'Eva, a soupiré Carlo. Une catégorie de l'esprit.

— Il m'a laissée me reposer sur son épaule pendant tout le vol.

— Et qu'a-t-il fait avec ton doux poids contre lui pendant neuf heures ?

— Il a ramassé ma couverture quand elle glissait. Il a bu des alcools forts. Il m'a parlé de son mariage malheureux.

— Non, la catégorie exacte c'est : "les gentils messieurs qui parlent à Eva de leurs mariages malheureux". »

Carlo a serré mes épaules, aimable, viril, nullement effleuré par le doute de pouvoir entrer lui aussi dans cette exécrable catégorie. Et en effet, il n'y entre pas du tout. Carlo ne me parle jamais de son mariage, il m'est donc impossible de savoir s'il est heureux ou malheureux. Du reste, ça ne m'intéresse pas.

Carlo a poussé le chariot jusqu'à sa voiture et a chargé les bagages. Un ensemble bleu clair que je venais d'acheter à New York : petite valise à roulettes, gros sac et vanity-case, pourvus de compartiments très bien étudiés. Ils plairaient à ma mère. Je me disais d'ailleurs que c'est une couleur qui lui va mieux qu'à moi et je pense les lui apporter après-demain pour le déjeuner de Pâques. Je suis restée sur le trottoir, le sac de mon ordinateur en bandoulière — celui-là je ne le confie à personne.

J'aime voir un homme faire un travail physique pour moi. Soulever et ranger des valises dans un coffre, par exemple. J'ai pris un air placide et patient et j'ai savouré ce moment, en détournant les yeux pour ne pas avoir l'air de le presser. Sur le trottoir, un homme marchait vers moi en direction des taxis. Un peu plus jeune que moi, vêtu d'un costume léger à rayures en laine gris acier et portant l'attaché-case de ceux qui prennent l'avion pour leur travail. Allemand, mais pas Bavarois, plutôt du Nord : Hambourg peut-être, ou Hanovre. Lorsque j'ai croisé son regard, ses pupilles se sont dilatées et il a pris l'expression qu'ont les hommes quand je les regarde dans les yeux, un mélange particulier de rapacité et de désir ardent. Ce désir les rend culottés, mais aussi vulnérables, et je deviens dépositaire d'un secret. C'est un regard que leur propre mère ne leur a jamais vu — ou du moins c'est à espérer.

D'un coup sourd, Carlo a refermé le coffre et il est allé s'asseoir au volant. J'ai ouvert la porte du passager, et tout en m'asseyant jambes croisées, j'ai levé les yeux vers l'homme, peut-être de Hambourg ou bien de Hanovre, qui passait près de moi maintenant. Je ne lui ai pas souri, mais j'ai à peine cligné des yeux, comme font les mannequins de treize ans pour donner plus d'intensité à leur regard. Puis j'ai claqué la portière, et Carlo a démarré.

Je ne suis pas belle. Agréable, mais rien d'exceptionnel. Et il y a tant de femmes blondes plus grandes que la moyenne.

Je ne suis même plus très jeune. Je vois tellement de filles dont je pourrais être la mère, des corps plus frais, des visages plus lisses, des innocences plus désirables. Et pourtant, les hommes

23

continuent à me regarder. J'ai pris les traits de ma mère, mais en version approximative. Ses pommettes de noble russe m'ont été transmises dans une forme plus rustique. Ses lèvres sont dessinées avec élégance, les miennes ont quelque chose qui sent le *maso*, le lait à peine tiré, le beurre. Comme elle, j'ai des jambes fines, une poitrine généreuse, une taille d'Européenne du Nord, mais l'allure ? Gerda Huber a transpiré toute sa vie au milieu des fourneaux et des planches à découper, moi je m'habille chez Armani et j'organise des événements mondains, et pourtant de nous deux c'est elle qui a l'air d'une reine.

De l'aéroport de Munich à chez moi, il y a trois heures de voiture et deux frontières. Quand j'étais plus jeune, j'étais excitée par cette double frontière tout contre notre terre que je sentais plus proche du vaste monde, de l'ailleurs, de l'inconnu. C'était l'époque où Schengen n'était encore qu'une petite ville du Luxembourg dont personne n'avait entendu parler, et les douanes européennes étaient marquées par de véritables passages à niveau blanc et rouge, par des hommes en uniforme qui n'avaient pas l'air de plaisanter et semblaient capables de vous empêcher de passer, ou même de vous arrêter. Et puis, le col du Brenner était une frontière imposante : sombre, écrasant, avec cette gare de chemin de fer caverneuse digne d'un film d'espionnage. Maintenant, cette émotion a disparu : quand on passe l'étroite porte qui mène d'Europe du Nord en Italie, il n'y a même plus de contrôle de vignette.

Ou enfin presque. Après Sterzing/Vipiteno, un peu avant de sortir à Franzensfeste/Fortezza, Carlo s'est arrêté à l'*Autobahnraststätte*/Autogrill et nous avons mangé un *belegtes Brötchen*/sandwich. Puis nous avons quitté l'*Autobahn*/autoroute et nous avons payé au *Mautstelle*/péage. Dans sa Volvo qui heureusement est suédoise et ne se traduit donc ni en allemand ni en italien. Bienvenue dans le *Südtirol*/Alto Adige, royaume du bilinguisme.

Nous franchissons plusieurs sorties et, une fois quittée l'autoroute, nous entrons dans une vallée ample et lumineuse, accueillante même en cette saison où le premier dégel a rendu boueux les versants au soleil, et où des taches marron trouent déjà les alpages encore enneigés. Tout autour, les pentes sont couvertes de mélèzes, de sapins et de bouleaux, de bois touffus mais qui ne pèsent pas sur les activités humaines du fond de la vallée ; ils semblent même encadrer de leur nature impénétrable la civilisation du travail — les *masi* aux vastes champs, les ponts sur le fleuve encore torrentiel, les églises avec leurs clochers à bulbe. Telle est la vallée où je suis née.

Carlo m'a accompagnée chez moi. Nous avons fait l'amour de la même façon, avec les mêmes gestes que d'habitude. Onze ans de clandestinité ont un avantage : le sexe suit des itinéraires stables et rassurants comme dans le mariage, mais sans devenir un dû ou un devoir. C'est ce mélange d'habitude et de précarité qui me plaît. Après, les deux rides verticales entre les sourcils de Carlo se détendent toujours un peu et recèlent moins d'ombre. Je m'en suis aperçue la première fois il y a onze ans, sur ce même lit, et c'est arrivé chaque fois depuis. Voilà, me dis-je, c'est ça le pouvoir que j'ai sur lui : je suis celle qui aplanit son front, son antirides privé. C'est une pensée rassurante : plus il vieillira, plus il en aura besoin.

Nous sommes restés enlacés dans les draps en lin. Blancs : je ne supporte pas de couleurs autour de mon sommeil, il est déjà si rare. Carlo s'est tourné sur le côté et m'a enveloppée par-derrière. Il a reniflé mes cheveux.

« Toi, tu voyages trop », a-t-il dit.

J'ai souri. Quand il parle ainsi, je comprends combien il tient à moi. Le téléphone a sonné. Carlo m'a serrée. N'y va pas, disaient ses bras. Je n'y suis pas allée, et le répondeur s'est déclenché.

« Vous êtes en communication avec le répondeur téléphonique du numéro zéro quatre sept… »

Une voix adolescente et excitée, au fort accent romain, a dit :

« Voilà, ça vient maintenant, écoute… »

Le répondeur continuait imperturbablement, en allemand à présent :

« *Hier spricht der Anrufbeantworter der Nummer Null Vier Sieben Vier…*

— Mais qu'est-ce que c'est, de l'allemand ? » a dit une deuxième voix. Un peu éraillée, incertaine entre la basse et la haute : quatorze, quinze ans maximum. Même moins.

« Mais c'est encore long ?

— … *Hinterlassen Sie bitte eine Nachricht nach dem Signal.* »

À présent, les deux jeunes ricanaient, et le premier s'est mis à hurler dans l'appareil :

« Des Boches, des Boches… !

— *Actùn, cartoffen, capùt…!* » a ajouté l'autre, mais il n'a pas réussi à finir tant il riait. Mon dos est resté collé au ventre de Carlo, ses bras autour de ma poitrine. Nous écoutions sans bouger.

« Retournez en Allemagne ! » a hurlé le premier, puis ils ont raccroché.

« Encore ! ai-je dit. Mais ils n'en ont pas marre ? »

Dans les feuilletons que ma mère regarde à la télé tous les jours après le déjeuner, il y a toujours une scène où l'homme marié noue sa cravate, debout au pied du lit de sa maîtresse, lui donne un baiser sur le front et s'en va ; et elle, à moitié nue dans le lit défait, regarde tristement la porte qui s'est refermée sur lui. Très souvent, elle enlace ses jambes et pose le menton sur ses genoux, toujours pudiquement couverte par les draps. Eh bien : en onze ans avec Carlo, ça n'a jamais été comme ça. Avant de me dire au revoir, même quand il est pressé, il prend toujours le temps de passer du lit au canapé, ou à la cuisine, ou sur le balcon, enfin, dans un endroit qui n'est pas celui du plaisir, pour me donner le temps à moi aussi de me rhabiller ou d'enfiler au moins un peignoir. Pour boire un café, échanger deux mots, rire ensemble. Ce n'est pas rien, me semble-t-il.

Cette fois-ci, avant de s'en aller, il m'a aidée à défaire mes valises. Nous avons même feuilleté ensemble les catalogues des expositions que j'avais vues à New York. Gerhard Richter au MOMA. Un jeune artiste coréen dans une galerie de Chelsea : à vingt-deux ans, il a déjà vendu ses tableaux aux milliardaires de l'East Side. Une exposition de sculptures sur bois du peuple dogon. J'ai vu pas mal de statues africaines dans les maisons de mes clients, souvent des châteaux de famille rénovés avec de savantes combinaisons de verre et d'acier. L'art ethnique plaît beaucoup aux riches habitants du Tyrol du Sud, il leur permet de se croire citoyens du monde.

Avant de s'en aller, Carlo me dit : « Après le lundi de Pâques, si tu veux, *je viens dedans*.

— Ce serait bien », lui dis-je.

Attention : nous n'avons pas décidé au pied levé de concevoir un enfant. Il est seulement en train de dire que, de Bolzano où il vit, il reviendra chez moi, dans ma vallée, après les fêtes. Quelqu'un du Haut-Adige, même d'origine veneto-calabraise comme lui, traduit pas mal d'expressions de notre dialecte allemand en italien. On vient dedans, *inni*, quand on va dans les vallées, qui descendent *aussi*, dehors, vers la plaine et le vaste monde.

L'été dernier, par exemple, j'étais à Positano. Carlo m'a téléphoné. Sa femme et ses enfants étaient partis, et il était libre de s'échapper de Bolzano.

« *Je sors*, ce soir », me dit-il, ce qui signifiait qu'il allait me rejoindre et non pas qu'il allait employer des méthodes anticonceptionnelles préconisées par l'Église.

Et à présent Carlo m'embrasse (pas sur le front !), puis il rentre chez lui.

Bien sûr, de temps en temps, on me pose la question. Il y a toujours quelqu'un, ou plutôt quelqu'une, qui se sent obligée de me faire savoir qu'elle me plaint : « Mais comment fais-tu pour rester avec un homme marié depuis tant d'années ? » me demandent-elles. Beaucoup, presque toutes, ajoutent : « Moi je n'y arriverais jamais. »

Il me faut toujours un moment, chaque fois, pour me rappeler qu'aux yeux de certains ma situation semble impossible. Triste, si ce n'est désespérée. Ulli, en revanche, ne m'aurait jamais posé la question. Lui le savait : il n'y a qu'une personne à laquelle je peux accepter de me savoir liée. La seule à qui je peux appartenir sans pour autant me sentir plonger dans une boue visqueuse, dans un marais que je ne connais pas. La seule que je pourrais, si nécessaire, assister et soigner sans me sentir en prison. Et ce n'est pas un homme.

Un peu avant l'heure de dîner, Zhou est passée me saluer. Elle a dix ans, deux couettes d'où pendent de petites fraises en plastique rouge et une dent qui bouge. Des yeux bridés, de Chinoise, ce qu'elle est du reste. Elle travaille très bien à l'école. Sa matière préférée : la géométrie.

« Z'ai vu la lumière allumée, z'ai compris que t'étais rentrée. »

Ça fait plusieurs semaines que je ne l'ai pas vue, et la regarder en face pendant qu'elle parle me procure la même impression de dépaysement que la première fois. C'est comme voir un film de Bruce Lee doublé par le chœur des chasseurs alpins.

M. Song, son père, était propriétaire d'une usine de chaussures dans le Shandong, dans le sud de la Chine. À la fin des années quatre-vingt, il la vendit à un fonctionnaire du parti. Tout ce qu'il retira de la vente de l'établissement, y compris les entre- pôts, les machines et les marchandises déjà prêtes pour l'expédition, ce fut deux passeports avec autorisation de sortie du territoire, un pour lui et un pour sa femme. Comme souvenir de la Chine et de sa famille, autrefois assez en vue dans la région, il ne réussit à emporter avec lui qu'une boîte en bois peint contenant le matériel nécessaire à l'éle- vage des grillons de combat, activité typique du Shandong dont son père était un expert.

Les Song arrivèrent en Italie au bout de plusieurs mois, d'abord à Trieste, puis à Padoue, où sont nés

leurs trois enfants, et enfin dans le Haut-Adige.
M. Song résidait enfin là quand, lors du recensement de 2001, on lui demanda de mettre une croix dans une des trois cases : Italien, Allemand ou Ladin. Aucune autre possibilité n'était envisageable, seules ces trois ethnies sont reconnues dans le Haut-Adige. Pour profiter des avantages de la Région au statut spécial, il était nécessaire de remplir et de signer la déclaration d'appartenance à un groupe linguistique. L'en-tête du formulaire, en allemand, disait : *Sprachgruppenzugehörigkeitserklärung*.

M. Song me raconta lui-même qu'il fixa longuement ce mot. Trente-six lettres. Onze syllabes.

Bien qu'il fût polyglotte (l'italien, l'anglais, le mandarin et même un peu d'allemand désormais), sa langue maternelle était le dialecte du Shandong : une langue tonale et, surtout, monosyllabique. Pour la première et peut-être unique fois de sa vie, il passa sur l'aspect pragmatique de la question et eut une réaction viscérale : il ne pourrait jamais se déclarer parlant une langue capable de former un seul mot avec trente-six lettres et onze syllabes. Il envisagea l'hypothèse de cocher « Ladin » : il savait peu de chose de ce peuple un peu marginal, mais il lui portait une vague sympathie. Il n'avait cependant nulle intention d'aller vivre en Val Gardena ou en Val Badia, les seuls endroits où l'on en tirait un réel avantage.

Donc, maintenant, Zhou, comme ses parents et ses frères aînés, est à tous égards d'ethnie italienne. Avec son accent de bistrot du Nord-Est, elle me tient compagnie tandis que je finis de défaire mes valises. À l'heure du dîner, Zhou s'en va.

Dans ma bibliothèque, j'ai deux cadres en bois

clair avec deux photos. L'une montre un garçon avec des cils trop longs de chevreuil et un sourire qui demande pardon : Ulli. L'autre est en noir et blanc, un peu jaunie. Une petite fille de dix ans se tient entre deux garçons à peine plus grands — des cousins, ou des parents encore plus éloignés, je ne sais pas très bien. Ils sont dans un alpage ensoleillé, un peu à contre-jour. Ils surveillent des vaches qui ruminent derrière eux. La petite fille a une robe trop courte, sûrement portée par d'autres avant elle, qui découvre ses jambes nues pleines de boue. De ses doigts de pied dépassent des brins d'herbe et une marguerite. Elle regarde droit dans les yeux la personne qui prend la photo. C'est la seule : les deux garçons la regardent elle, à la dérobée, la bouche ouverte, avec l'air terrifié et émerveillé de ceux qui assistent à un prodige de la nature.

Ma mère, enfant.

Inutile d'essayer de dormir après un saut de six fuseaux horaires, et en plus dans le mauvais sens. J'ai passé la nuit bien éveillée à ranger la maison. Maintenant, j'ouvre la fenêtre.

On a beau être en avril, en pleine nuit l'air sent encore la neige. Mais les mélèzes commencent à se réveiller, la résine remonte déjà des profondeurs obscures des troncs, et son essence huileuse se répand dans l'air. J'aspire profondément. Dans mes nuits d'insomnie comme celle-là, je me souviens que j'ai de la chance de vivre dans un endroit qui sent bon. Les étoiles palpitent bleutées, promettant pour le lendemain une belle journée, mais encore froide.

Sur la montagne, face au balcon, les lumières des dameuses montent et descendent comme

toutes les nuits en file indienne, tels de petits astronefs obéissants. Plus le printemps avance et plus le
travail d'entretien des pistes enneigées pour les
skieurs de fin de saison devient ingrat : la neige
fond plus rapidement, et il en tombe moins. Quand
je regarde ce va-et-vient de lumières de haut en
bas, il y a tant de choses auxquelles je ne pense pas :
à la tiédeur de la cabine de pilotage de Marlene, la
dameuse au nom de femme, bien chauffée dans le
froid glacial des nuits d'hiver, aux batailles musi-
cales entre Ulli et moi, mes Eurythmics contre ses
Simply Red, lâchés à fond la caisse par la stéréo
qu'il avait installée lui-même dans l'habitacle, à
l'absurde housse zébrée dont il avait recouvert les
sièges, comme si Marlene était un camion texan et
cette piste de ski la ligne droite de Monument
Valley. Non, je n'y pense pas. Du moins, pas toutes
les nuits.

Au sommet, dans l'air pur des deux mille mètres,
juste sous la ceinture d'Orion, brillent les projec-
teurs de la Fabbrica, implacables comme ceux
d'une prison. Je les regarde longuement. Encore
une autre pensée qui ne m'effleure même pas : un
jour l'Usine aurait pu être à moi, et pourtant elle ne
le sera jamais.

J'aspire une autre bouffée, puis je referme la
fenêtre.

Je sirote mon premier café avant l'aube. Non
pas pour me réveiller, je ne sens pas encore le
sommeil et même pas la fatigue. Mais que boire
d'autre à six heures du matin ? Désormais, la nuit
est fichue, me dis-je, mieux vaut ne plus essayer de
dormir. J'irai au lit de bonne heure ce soir et
demain j'arriverai reposée chez ma mère. Ou du
moins, je l'espère. Elle s'affaire déjà depuis trois

jours pour le déjeuner de Pâques, je le sais, avec Ruthi et d'autres de sa famille. *Schlutza*[1], *Tirtlan*[2], *Mohnstrudl*[3], *Strauchln*[4]. Et puis *Topfentaschen*[5], *Rollade*[6], et grappa aux myrtilles rouges de l'été dernier. Je ne voudrais pas faillir à mon devoir de faire honneur aux friandises qu'elles préparent, mais si je ne dors pas, je n'ai aucun appétit.

La montagne se découpe encore noire sur le ciel opalescent, tandis qu'à l'est se détache un petit nuage isolé, d'un rose vif presque orange. Les dameuses dorment maintenant dans les hangars creusés dans la roche. L'Usine est toujours éclairée, mais pour peu de temps encore. Dans deux heures, les câbles en acier tendus entre les pylônes commenceront à transporter les mille, dix mille, cent milliards de skieurs à la seconde dont notre vallée a besoin pour continuer à assurer son opulence. Moi la première : sans Usine pas de touristes, sans touristes pas d'hôtels, sans hôtels pas de bien-être, sans bien-être pas d'événements à organiser. Et alors, pour moi, pas de voyages, pas de chaussures Prada, pas de vernissages d'espoirs de l'art asiatique à Chelsea, pas de voyages en Indonésie ou dans le Yucatán. Et même, pas de Jack Radcliffe de Bridgeport, Connecticut, avec son œil vitreux perplexe et ses rêves érotiques brisés.

Bénie soit l'Usine, productrice de skieurs comblés pour nous tous.

1. Raviolis tyroliens.
2. Beignets de choucroute, d'épinards et de ricotta, ou de pommes de terre.
3. Strudel de graines de pavot.
4. Beignet sucré servi avec du sucre et de la confiture.
5. Beignets de ricotta.
6. Roulade sucrée.

Je sirote mon café, enveloppée dans la couverture que ma mère m'a offerte : un patchwork de carrés tricotés avec les restes de mes pulls d'enfant. Elle a des couleurs ordinaires, mal assorties. Signes d'une époque où il était déjà bien beau d'avoir de quoi s'habiller et où l'on se souciait peu de l'esthétique : bleu loden, rouge pomme, gris souris, vert feuillage. Un carré orange (mais de quel pull vient-il ?) se détache, un peu saugrenu. Cette couverture n'a rien à voir avec mon élégant appartement, dans des tons vert acide et aigue-marine, et elle est rêche comme du fil barbelé, on dirait de la laine non cardée. Je me souviens encore de la démangeaison que ces laines grossières provoquaient sur mes bras quand j'étais petite. Comment ai-je fait pour supporter ça ? Ce n'est pas un hasard si je n'ai que des pulls en cachemire ou en mohair, maintenant.

Le téléphone sonne.

Dans la quiétude de l'aube, ce son aigu me fait sursauter et j'en renverse presque mon café. Je suis sur le point de répondre, mais je m'arrête. Qui peut bien appeler à cette heure-ci ? C'est sûrement une erreur. Je laisse la messagerie se déclencher.

« Ici, le numéro… /*Hier spricht der Anrufbeantworter…* »

J'attends que mademoiselle Telecom/*Fräulein Telekom* termine son hommage bien pensé au bilinguisme, et j'écoute.

Un long silence. Mais on sent une présence à l'autre bout du fil. Puis, un peu plus fort, le bruit faible d'une respiration. Ce n'est pas possible, ils se mettent à faire des blagues à cette heure-ci ! Même avant d'aller à l'école ! Sans doute à cause de ma nuit blanche, ou du décalage horaire, mon adrénaline monte toute chaude dans mon sang. Je saisis brusquement le combiné :

« Ça suffit ! Y en a marre !

— Eva… c'est toi ? »

Une voix d'homme. Pas jeune. Fatigué, ou malade. Ou les deux à la fois. Je reste interdite.

« Qui est-ce ? »

Une pause.

« *Sisiduzza…* Je peux encore t'appeler comme ça ? »

J'ai regardé fixement le carré incongru de la couverture, le carré orange. Il faut absolument que je demande à ma mère de quel tricot il vient. Ce n'était peut-être pas un pull à moi, mais à Ruthi.

« C'est une blague… dis-je dans un murmure.

— Non. C'est moi, Vito. »

Je lève les yeux. Le soleil s'est levé. Une lumière dorée baigne mon kilim.

Malheur aux filles des pères sans amour : leur destin est celui des mal aimées. Une fois seulement dans sa vie, ma mère Gerda a été sûre de l'amour d'un homme, et moi de celui d'un père. Tous les autres sont passés comme des averses d'été : ils ont sali nos chaussures, mais laissé les champs secs. Avec Vito en revanche, ce fut pour de vrai. Sa présence, pour elle et pour moi, fut une pluie de juin, de l'eau qui fait pousser le foin, qui alimente les sources. Mais elle ne nous a pas pour autant épargné, ensuite et pour toujours, la sécheresse.

Il ne lui reste plus beaucoup de temps à vivre, m'a dit Vito d'une voix lasse.

Et aussi : « Je voudrais te revoir. »

Quelques heures plus tard, je suis déjà en voyage. Je vais au sud, je vais chez lui.

1925-1961

« *Vofluicht no amol*[1] ! » éclata Hermann à haute voix. « *Vofluicht, scheisszoig*[2] ! »

Il avait laissé tomber le panier que son patron lui avait donné à porter au marché. Toutes les tommes de *Graukäse*[3] avaient roulé par terre.

Il n'avait pas dit *Maledizione*[4] ! ni *Caspita*[5] !, selon les lois fascistes en vigueur qui exigeaient l'usage exclusif de la langue italienne en public. Il n'avait pas dit non plus « Nom de Dieu ! », expression condamnable en tant que blasphème, mais pas illégale puisque italienne. Il avait blasphémé, et en allemand. Et qui plus est, en dialecte. Un employé du cadastre fasciste qui passait près de lui l'entendit et, voulant défendre la romanité du Südtirol, devenu désormais Haut-Adige, il frappa Hermann en plein visage du plat de sa main tachée d'encre, puis il lui arracha d'un geste décidé son *Bauernschurtz*, son tablier bleu de travail.

Pas un mot allemand prononcé en public, pas de

---

1. « Malédiction ! »
2. « Truc de merde ! »
3. Fromage gris.
4. « Malédiction ! » *(N.d.T.)*
5. « Zut ! » *(N.d.T.)*

vêtements tyroliens, pas de *dirndl*, de *Tracht* [1] ou de *Lederhosen* [2], rien qui laisse insinuer que la nouvelle frontière du Brenner n'était pas la limite sacrée du sol italien : telle était la loi fasciste. Personne, parmi les paysans et les *Knechte* du marché, ne leva les yeux, ni ne prit sa défense.

Quelque temps plus tard, malgré la gifle et l'humiliation, ou peut-être à cause de ça, la punaise, l'insigne orné du faisceau de licteur des membres du parti, se mit à briller sur le col d'Hermann. Les dignitaires locaux virent la chose d'un bon œil et lui apprirent à conduire un camion. Ils le chargèrent du transport du bois entre les vallées, fermant les yeux s'il parlait en dialecte avec les bûcherons. De toute façon, là-haut, dans ces endroits escarpés oubliés des hommes, même le Duce n'aurait pu les entendre.

Les années passèrent, et un jour Hermann vit sur la route principale du chef-lieu un groupe de Faisans Dorés, comme on appelait les SA. Leurs regards étaient des lames prêtes à trancher tout obstacle à la création du grandiose Reich millénaire. Ils marchaient bien droits, impeccables, aryens, infiniment allemands. Hermann les trouva beaux comme des demi-dieux.

Il décida de devenir un des leurs.

Peut-être que Hermann perdit totalement l'amour juste au moment où il croyait l'avoir trouvé : quand il vit Johanna, une fille de dix-huit ans aux cheveux noirs, pâle et maigre, qui ne parlait jamais et marchait la tête basse comme si elle

1. Costumes traditionnels.
2. Pantalons en cuir arrivant aux genoux.

souhaitait voir le monde survoler son existence. Peut-être qu'avoir auprès de lui une femme qui s'excusait d'exister à chacun de ses gestes lui ferait oublier sa honte, son impuissance, sa rage et sa solitude : c'est ce que sentit Hermann, bien qu'incapable de le formuler ainsi. Donc, même s'il n'aimait pas Johanna, il la demanda en mariage. De son côté, elle vit aussitôt la froideur de ses yeux clairs. Mais elle crut y déceler aussi la trace d'une tendresse cachée et se persuada qu'elle avait deviné, dans cet homme grand d'allure rigide, une vérité poignante, réservée à elle seule. Ce n'était pas vrai, ou ça aurait pu l'être, mais il n'en fut pas ainsi. Quoi qu'il en soit, elle l'épousa.

L'aîné de leurs enfants, Peter, naquit avec le caractère ombrageux de son père et les yeux noirs de sa mère. Il avait trois ans quand Hermann le mit sur ses épaules osseuses et se joignit à la grande foule rassemblée au croisement entre la nationale et la route qui menait dans une autre vallée. Là-haut perché, l'enfant se sentait important, presque autant que le prince héritier Umberto, invité d'honneur à l'inauguration du monument pour les chasseurs alpins, érigé selon la volonté du podestat. La statue était recouverte d'un drap blanc que le vent d'été soulevait et rabattait comme sous l'effet de gigantesques respirations : pour Peter c'était un énorme fantôme, une chose qui n'était pas humaine mais vivante, palpitante. Après les discours officiels et la musique de la fanfare, le drap tomba avec un bruissement quasi animal, serpentant comme un ectoplasme. Mais ce qu'il révéla n'avait rien d'évanescent : c'était une matière très solide, presque massive.

Un chasseur alpin en granit, au cou épais et aux jambes courtaudes bien italiennes, tournait les yeux d'un air maussade vers les glaciers au nord, là où passait la nouvelle frontière italienne depuis vingt ans. L'expression assez peu glorieuse de ce soldat de pierre symbolisait la force aveugle, obéissante et implacable que l'Italie fasciste déchaînerait sur ceux qui oseraient déclarer que le Haut-Adige ne lui appartenait pas. Ce n'était pas une précision inutile, et non seulement parce que trop de Tyroliens du Sud étaient réticents à reconnaître leur lignée toute romaine. L'État fasciste avait une raison plus pressante pour avoir besoin de cette précision : trois mois plus tôt, en entrant à Vienne, Hitler avait déclaré, par l'Anschluss, que l'Autriche faisait partie du Troisième Reich. Et l'Autriche, la patrie perdue, était juste là, derrière ces glaciers.

Mais ici, disait le Chasseur alpin par sa présence, ainsi que le répétèrent toutes les autorités invitées pour l'occasion, ici on était en Italie.

Mussolini avait réalisé une œuvre capillaire d'italianisation du Haut-Adige. Mais il comprit très vite que pour rendre cet endroit « très romain, latin, impérial » il ne suffirait pas d'interdire aux paysans de parler allemand et de porter leurs vêtements traditionnels. Il ne suffirait pas non plus d'interdire aux écoliers d'étudier leur langue maternelle en les obligeant à apprendre « *Pio bove*[1] ». Sans compter que les pauvres filles envoyées de Caserte, d'Agrigente ou de Rovigo, chargées d'initier ces têtes de bois à la musicalité de la langue italienne, n'avaient parfois plus que

1. Poème de Giosuè Carducci. *(N.d.T.)*

leurs yeux pour pleurer face à leur tâche ingrate. Sur tout le territoire, de courageux instituteurs continuaient à enseigner en allemand dans les *Katakombenschulen*[1], les écoles clandestines. Il n'avait pas suffi non plus d'italianiser les noms des lieux. Les gens regardaient maintenant les clochers pour savoir où ils se trouvaient : s'il était à bulbe on était à Völs, s'il était en pointe on était à Blumau. À part les bureaucrates, personne n'utilisait « Fiè », « Prato Isarco » et tous les autres noms inventés par Tolomei, le topographe de Mussolini.

Pour rendre vraiment romaine cette terre verticale et très belle, il n'y avait qu'une solution : qu'elle ne soit habitée que par des Italiens. Et il ne suffisait pas que le flux des immigrés des autres régions soit encouragé et soutenu par le fascisme dans l'espoir qu'un jour les Tyroliens du Sud de langue allemande ne soient plus qu'une minorité sur leur terre. Non, ils devaient vraiment s'en aller.

Hitler embrassa cette idée avec enthousiasme. Du reste, obtenir la pureté des peuples en déplaçant (ou en effaçant) de grandes masses de gens sur la carte était son activité préférée. Il promit donc à Mussolini que tous les *Südtiroler* qui voudraient continuer à se dire allemands seraient accueillis à bras ouverts dans la Grande Allemagne, en frères de pure race aryenne qu'ils étaient. Il donnerait à chacun d'eux un nouveau *maso* aussi grand que celui qu'ils quittaient au sud du Brenner, prés et alpages de même surface, même nombre de vaches et, assurait la propagande, avec un pelage de la même couleur que celles laissées dans l'étable de leurs ancêtres. Région des Sudètes, Galicie,

---

1. Écoles-catacombes.

Styrie, même la Bourgogne, et encore plus loin, les terres immenses soustraites aux indigènes peuples slaves : les Tatras en Pologne, l'immense *puszta* hongroise, bientôt aussi la fertile Crimée. Ceux qui quitteraient le Haut-Adige trouveraient des sols fertiles qui n'attendaient que la force virile de travail allemande pour devenir un paradis sur terre.

Par ailleurs, Mussolini menaçait les *Dableiber*, « ceux qui restent », d'italianisation forcée : défense absolue d'utiliser la langue allemande même en privé et, pour ceux qui n'adopteraient pas les us et coutumes italiens, ou plutôt Romains (avec une majuscule dans les tracts), déportations en masse en Sicile pour cultiver les figues de Barbarie — des fruits que du reste personne ne connaissait. L'alternative n'était pas de partir ou de rester, mais de se déclarer *Walsch* ou bien *Daitsch* : Italiens ou Allemands. On ne pouvait pas rester Allemands sur le sol italien.

On avait le libre choix de partir ou de rester. Mais la décision de partir, disaient les tracts nazis, serait récompensée en tant que signe manifeste d'amour et de dévotion à la cause de la Grande Allemagne. Ceux qui aimaient l'*Heimat*[1] étaient sûrement prêts à l'abandonner pour la reconstruire ailleurs, telle quelle, au sein du Reich millénaire. Rester, en revanche, était un signe évident de trahison, d'insubordination contre la cause nationale-socialiste, une lâcheté.

C'était l'Option, ou mieux, *die Option*.

Aucun paysan ne voulait quitter son *maso*, mais tous se sentaient *Daitsch*. La grande majorité choisit de partir. Ils optèrent, comme on disait. Mais

---

1. Patrie, mais avec un fort sens implicite de « maison ».

encore trop de paysans murmuraient tout bas avec leur femme la nuit sous les édredons en plume d'oie, en se demandant : ne reverraient-ils vraiment plus jamais leur champ, déboisé à la scie et à la hache par leur arrière-grand-père un siècle plus tôt ? Et ces terres où les attendaient des vaches de la même couleur, des *masi* de la même taille, des arbres en nombre égal à ceux qu'ils laissaient, étaient-elles inhabitées ? Et si elles ne l'étaient pas, où iraient leurs habitants ?

Hermann participa avec enthousiasme à la persécution organisée par le régime contre les *Dableiber*. Avec la bénédiction des responsables du parti fasciste, il estropia des chevaux de trait. Il tua des chiens de garde. Il répandit ses propres excréments sur les montants des portes de ceux qui n'avaient pas l'intention de partir ; puis il allait se laver les mains dans les torrents, en sentant une force dans sa poitrine qui lui était inconnue. Dans ces moments-là, il oubliait presque la honte et la solitude du petit *Knecht* qui se pissait dessus dans le froid glacial.

Il y avait un vieux paysan, veuf depuis longtemps et sans enfants. Il était né dans la *Stube* du *maso* où il vivait et ne s'en était jamais éloigné de plus de quelques kilomètres. Il n'était pas parti non plus comme soldat pendant la Grande Guerre parce qu'il était borgne de naissance. Il avait deux vaches, Lissi et Lotte, qu'il hésitait à laisser aux mains d'étrangers : elles étaient un peu comme sa famille. Bref, il ne se décidait pas à signer la feuille de l'Option. Hermann et deux camarades mirent le feu à son fenil. Le vieil homme courut toute la nuit avec un petit seau, essayant de maîtriser l'incendie, pleurant de son œil qui voyait.

Les meuglements de Lissi et Lotte, prises au piège des flammes, ressemblaient aux vagissements de deux gigantesques nouveau-nés. Elles ne se turent que lorsque le toit incandescent du fenil s'écroula sur elles. Et dans l'air, se mêlant à la fumée et aux escarbilles, se répandit une succulente odeur de bifteck. Le vieil homme se laissa tomber par terre et ne se releva plus.

Hermann participa aussi à l'embuscade de Sepp Schwingshackl. Son vieux camarade de classe n'avait jamais partagé la païenne fascination pour le Führer de tant de ses compatriotes, et la tranquille fermeté avec laquelle il avait déclaré qu'il ne quitterait pas son *maso* faisait de lui un très dangereux *Dableiber*. Le *Gauleiter* ordonna à Hermann et à deux autres de lui donner une leçon, aussi sévère qu'ils le jugeraient. Et même si Sepp et lui avaient fait le chemin ensemble tous les jours pour aller à l'école quand ils étaient petits, même si chaque fois que son camion était resté en panne chargé de bois Sepp lui avait toujours prêté sa charrette, Hermann y alla.

Sepp ne mourut pas après le guet-apens. Il garda un tremblement dans les mains, une légère surdité, et sur le front une cicatrice blanchâtre qui lui faisait hausser les sourcils avec une expression de perplexité. Comme si la stupéfaction de voir son ami d'enfance lui donner des coups de pied dans la figure s'était à jamais imprimée sur son visage.

Une foule joyeuse salua le départ des premiers *Optanten*, les pionniers de la nouvelle *Heimat*. Des enfants très blonds (choisis justement pour leur couleur de cheveux) posèrent des couronnes de marguerites sur la tête de ceux qui partaient. Le rouge, le noir et le blanc des croix gammées se détachaient sur le bleu lourd du ciel, le blanc immaculé des glaciers, le vieil or des mélèzes d'automne : l'effet était superbe, tout le monde le dit. Quand Hermann Huber prit le train avec sa famille, Peter avait quatre ans et sa femme Johanna était enceinte de son deuxième enfant, Annemarie. Hermann voulait donner l'exemple, comme il se devait à un vrai nazi, et il fut l'un des premiers à partir.

Il fut aussi un des derniers. Quelques mois plus tard, l'Italie entra en guerre et les départs des *Optanten*, la majeure partie des Tyroliens du Sud pourtant, furent interrompus. En revanche, ce furent les hommes rappelés pour se battre sur le front qui partirent. Nul ne pensa plus à la création du paradis terrestre allemand, du *Daitschn Himml*.

Les Huber revinrent dans la vallée, une fois la guerre terminée. Personne, y compris les *Dableiber*, ne cherchait à savoir où ils étaient allés. Sur quel front s'était battu Hermann, dans quelle division de la Wehrmacht, s'il était passé dans les SS, s'il avait assassiné beaucoup de civils ou seulement des hommes comme lui armés et en uniforme, et donc des soldats ennemis qu'il était juste et moral d'abattre : nul ne lui posa la question. Et surtout, personne ne lui demanda compte du paradis terrestre promis par le Führer. Tout le monde voyait bien ce qu'il était devenu.

Le cimetière de guerre du chef-lieu de la vallée avait — et a encore — de simples croix de bois au milieu des très hauts mélèzes : un petit bois de morts au milieu d'un plus grand bois de vrais arbres. Sur les croix sont écrits la date et le lieu où ils sont tombés. Des indications précises :

Woroschilowgrad, Aletschenka, Jehsowetowska, Trieste, Cassino, Pojaplie, Vermuiza. Ou plus générales : Caucase, Finlande, Normandie, Monténégro. Dans certains cas, seul le continent est indiqué : *Afrika.* Ou la direction : *im Osten*, à l'est. Sur beaucoup de croix, il y a aussi une photo. De jeunes hommes, impeccables dans leurs uniformes repassés, avec des poses affectées ; presque aucun ne regarde droit devant lui, mais plutôt en haut ou de côté. Certains ont un regard doux, d'autres exalté, d'autres hésitant. Impossible de dire si l'expression des yeux immortalisée pour toujours sur la photo de la croix est cohérente avec ce que fut leur comportement dans l'abattoir planétaire. Peut-être que ce garçon de dix-neuf ans, à l'air perdu, a mitraillé une femme enceinte. Peut-être que ce *SS Unterscharführer* aux yeux de glace eut un geste de clémence envers un prisonnier. Beaucoup eurent sûrement l'occasion de faire les deux. Mais plus personne ne voulait le savoir. C'étaient les fils, les pères, les frères de ceux qui reconstruisaient à présent les maisons détruites. Nul ne voulait savoir s'ils étaient morts en humbles héros, en lâches ou en bourreaux.

Optanten et *Dableiber*, les ennemis d'autrefois, se trouvèrent unis par le désir de ne pas donner de noms trop précis aux choses. Nazi, collabo, délateur, criminel de guerre, *Konzentrationslagerführer* : ce n'étaient pas des mots mais des grenades qui n'avaient pas explosé, que l'on contournait sur la pointe des pieds pour ne pas déclencher une détonation plus terrible, celle de la vérité. Il y avait encore trop de décombres de guerre à déblayer, trop de faim soufferte, trop de morts à pleurer, trop de ce que tous avaient perdu. Même le monument

45

dédié au Chasseur alpin, avec sa stupide détermination, avait été effacé par les bombes alliées. Non, il
était inutile de poser des questions à quiconque,
même à Hermann.

Ce fut un accord tacite, mais respecté par tous.

Dans la maison habitée par les Huber avant la
guerre vivait maintenant Alberto Ruotolo, employé
des chemins de fer. Comme d'autres milliers
d'immigrants, il avait été appelé par Mussolini
depuis le Vomero[1] pour italianiser le Haut-Adige.
À présent, le nouvel État républicain continuait à
avoir besoin de lui, comme de toute la classe des
employés de l'ère fasciste, pour faire marcher le
pays. Des fenêtres de la maison où Hermann avait
conçu son premier enfant se répandait maintenant
l'odeur acidulée de la sauce tomate ; la grosse
épouse de Ruotolo appelait les enfants pour le
dîner en lançant à voix très forte des rafales de
mots apocopés. « *Pepè ! Ueuè ! Totò !* », c'est ainsi
que son parler napolitain résonnait aux oreilles des
Tyroliens du Sud.

Les Ruotolo restèrent dans cette maison, et les
Huber durent aller vivre à Shanghai. C'est ainsi
qu'on appela, et sans bienveillance, le groupe de
maisons sur le versant à l'ombre du château médiéval, attribué à ceux qui revenaient : *Rücksiedler*
était maintenant le nom le plus infamant. Il fut
donné aux Huber, comme à tous les Optants
rentrés chez eux. Les Tyroliens du Sud semblaient
avoir oublié que durant l'Option ils s'étaient
presque tous déclarés prêts à partir, que s'ils ne
l'avaient pas fait, c'était seulement parce que la

1. Quartier de Naples. *(N.d.T.)*

guerre avait éclaté et que personne n'avait défendu les *Dableiber* qui avaient fait de la résistance. Tous ceux qui avaient signé « *Ja* » sur la feuille orange de l'Option appelaient maintenant « traîtres de l'*Heimat* » le petit nombre qui était réellement parti. Ceux-là mêmes qui avaient agité croix gammées et drapeaux au départ d'Hermann et de sa famille le traitaient maintenant de misérable. Ce poids sourd qui oppressait sa poitrine au point qu'il se pissait dessus, orphelin, à l'âge de onze ans, se fit encore plus écrasant.

Shanghai était à plus d'un kilomètre du premier magasin, presque à deux du centre de la petite ville : ses braves habitants tenaient à garder leurs distances avec les *Rücksiedler*. C'était un ensemble de maisons basses, recouvertes d'un mélange gris d'enduit et de pierres de fleuve. Derrière la colline menaçante, le soleil disparaissait fin septembre, et ne reparaissait qu'en mai. Pendant les orages, des trombes d'eau se déversaient de la route départementale jusqu'aux portes d'entrée, et même l'été le linge ne séchait jamais. Les habitants de Shanghai étaient qualifiés de tire-au-flanc, de perfides, de communistes.

Shanghai était aussi appelée *Hungerburg*, de *Hunger*, faim, ou bien *Revolverviertel*, quartier des pistolets, à cause du va-et-vient continuel des policiers, chasseurs alpins et carabiniers, et qui n'étaient pas en service de patrouille. Quand des années plus tard on vit Gerda en compagnie d'un Italien en uniforme, certains dirent :

« Quoi d'étonnant ? Elle a grandi à Shanghai. »

Peter avait dix ans et pas un seul ami. Il avait passé son enfance ailleurs et parlait avec un drôle d'accent (bavarois : en réalité les Huber n'étaient pas allés très loin). Aucune mère n'aurait permis à un enfant du même âge d'aller jouer chez lui, à Shanghai. Ses camarades le tarabustaient, puis disaient : « Ça ne te plaît pas ici ? Personne ne t'a demandé de revenir. » Annemarie était déjà assez grande pour aider à la maison, Gerda était encore un bébé. Johanna n'avait plus de lait depuis les derniers bombardements de Munich. Mais Gerda apprit à digérer les *Knödel*[1] à presque quatre mois, et elle survécut. On voyait déjà qu'elle ne ressemblait pas du tout à sa mère.

Johanna n'était pas vieille : elle avait épousé Hermann à dix-huit ans et elle avait maintenant la trentaine. Elle n'était pas laide non plus, elle semblait seulement encore plus abattue qu'avant d'être sur cette terre. Peut-être était-ce à cause de la guerre, ou peut-être parce que son mari avait cessé de lui adresser la parole quand il était revenu.

« *Ostfront*[2] », disait Hermann aux rares personnes qui lui demandaient où il s'était battu, et il n'ajoutait pas un mot de plus.

Gerda grandissait. Peter et Annemarie avaient hérité des yeux noirs de leur mère, tandis que les siens étaient bleus et allongés comme ceux de son père, et elle avait des pommettes hautes et impérieuses. À l'inverse, Johanna se voûtait de jour en jour, telle une femme du double de son âge. Comme s'il y avait une quantité limitée de lymphe vitale à puiser dans cette maison, et qu'elle n'était plus destinée à la mère, mais seulement à la fille

1. *Canederli* : boulettes à base de mie de pain, d'œuf, de lait, de foie ou de speck, cuites dans du bouillon.
2. Front de l'Est.

cadette, sur laquelle elle se concentrait entièrement.

Peter se mit à passer de plus en plus de temps seul dans les bois. Chacun de ses pas sur la couche épaisse d'humus, les milliards d'aiguilles de mélèze qui s'y étaient accumulées au cours des siècles, faisait résonner la roche vivante à des mètres de profondeur comme la membrane d'un tambour ; ce léger bruit sourd quand il avançait prudemment, la fronde à la main, lui semblait le son le plus accueillant du monde. Là, il était chez lui, et les écureuils, les renards, les martres, les coqs de bruyère et les pies voleuses étaient ses amis. Il apprit à les tuer, bien sûr, mais auparavant à les connaître, à les observer patiemment, à les attendre pendant des heures. Il visait très bien et il put très vite s'acheter son premier fusil avec l'argent des peaux et des plumes qu'il revendait aux chapeliers.

Bien qu'elle fût encore très petite, Gerda se souvint toute sa vie du jour où Peter rapporta son premier cerf à la maison. Il l'avait chargé sur ses épaules, placé autour de son cou, et il tenait ses pattes avec une sorte de tendresse. La tête du cerf ballottait sur son dos, la bouche ouverte, la langue pendante : une version sanguinolente du Bon Pasteur. Elle fut frappée du contraste entre la matière désormais inerte des yeux opaques et la fourrure encore douce au toucher. Elle garda longtemps dans ses narines l'odeur douceâtre de sang tandis que Peter écorchait le cerf, ainsi que la forte odeur de nerfs et de graisse animale qui débordait de la plus grande marmite que possédait Johanna, d'où dépassaient les longues cornes élégantes. Si Gerda n'avait pas vu Peter trancher net la tête du corps de l'animal, elle aurait presque pu croire que le cerf était en train de jouer à cache-cache dans une marmite à la contenance magique.

Le crâne fut bouilli et bien dépouillé de sa chair. Peter comptait gagner de l'argent en le vendant comme trophée.

Quand ils étaient partis, les Optants avaient renoncé à la nationalité italienne, et maintenant les *Rücksiedler* se retrouvaient apatrides. Sans papiers, sans travail, sans respect, les premiers temps furent difficiles pour les Huber, comme pour tous les autres habitants de Shanghai. La mère du dentiste de la petite ville, une baronne, offrit à Johanna de la prendre à son service chez elle, mais Hermann ne voulut rien savoir : lui vivant, jamais sa femme ne rapporterait d'argent à la maison. Ce fut donc Peter qui, à douze ans, partit travailler à la scierie pour renflouer les recettes de la famille. Annemarie commença à faire le ménage à l'école élémentaire quand elle eut dix ans, plus jeune donc que les élèves des dernières classes. Leurs efforts ne furent pas inutiles : au bout de quelques années passées à conduire les camions des autres, Hermann réussit à s'en acheter un.

Trois ans après la fin de la guerre, le gouvernement italien effaça d'un clément coup d'éponge les effets de l'Option : on rendit la nationalité italienne aux *Rücksiedler* qui la demandaient. L'Hermann d'autrefois n'aurait jamais imaginé le soulagement qu'il éprouva le jour où il obtint à nouveau, pour lui et sa famille, les papiers qui les déclaraient Citoyens Italiens.

Shanghai recommença à faire partie de l'Italie, désormais républicaine.

Quand Gerda eut huit ans, elle fut chargée de réchauffer le moteur du camion à la place de sa mère. Elle se réveillait à trois heures du matin, jetait son manteau sur ses épaules sans même se débarbouiller et sortait dans le froid glacial de l'hiver, à l'heure la plus noire. Le sommeil interrompu était encore plus douloureux que la morsure du froid sur son visage somnolent. La nuit, le camion de son père était garé devant la porte de la maison, et le matin, pour arriver à mettre en marche le moteur, il fallait d'abord dégager de la glace la manivelle qui était à l'avant. Les mains déjà rêches comme celles d'une lavandière, Gerda allumait un petit feu de copeaux et de papier sous le ventre du véhicule, en faisant attention à ne pas gaspiller les allumettes. Elle restait là, à quatre pattes, dans le froid glacial, veillant à ce qu'il ne s'éteigne pas, étalant en rond le combustible avec une pelle en fer. Il fallait faire attention : des flammes trop hautes auraient fait exploser le réservoir de gas-oil, le camion tout entier, et elle-même. Quand la manivelle devenait tiède, et que la vapeur glacée qui la bloquait s'était dissoute, Gerda rentrait dans la maison, prenait la tasse préparée entre-temps par sa mère sur la cuisinière à bois, et allait réveiller Hermann avec le café. Quand son père montait dans le camion et allumait le moteur, Gerda commençait à se préparer pour aller à l'école.

Un matin, il faisait encore nuit, Gerda tendit son café à son père, mais il ne se réveilla pas tout de suite. Il était encore dans son rêve. Il ouvrit péniblement ses yeux opaques.

« *Mamme…* » murmura-t-il.

Sa mère était revenue! Et elle était là, près de son lit, avec une tasse de café au lait fumante pour lui, comme lorsqu'il était petit et malade.

Gerda fut effrayée : elle ne lui avait jamais vu ce regard confiant et sans défense.

« *Tata... i bin's. Die Gerda* [1] », lui dit-elle.

Hermann cligna des yeux, les rouvrit. Mêmes yeux, même bouche, mêmes pommettes que sa mère; mais ce n'était que sa fille. Il réalisa comment il venait de l'appeler, et ne le lui pardonna jamais.

L'été, quand il n'était pas nécessaire de chauffer le moteur du camion, Gerda se rendait à l'alpage avec ses cousins pour garder les vaches de son oncle Hans, le frère aîné de Hermann, celui qui avait hérité.

L'alpage était à une demi-journée de marche du *maso*, trop loin pour rentrer tous les soirs. Gerda, ses cousins Michl et Simon, qui avaient à peu près son âge, et le petit Sebastian surnommé Wastl dormaient dans le foin d'une maison de berger. Ils passaient leurs journées à se montrer à tour de rôle leurs parties anatomiques qui n'étaient pas les mêmes, à se gaver de myrtilles, à se cracher dessus des grains de genièvre, à sculpter des petites branches. En cas d'extrême nécessité seulement, ils se mettaient à courir derrière les vaches qui s'éloignaient. S'il pleuvait ou, mieux, s'il tonnait, ils plongeaient dans le foin chaud pour se raconter des histoires d'horreur, peuplées de mauvais esprits de la montagne. Trois fois par semaine, la

---

1. « Papa, c'est moi. Gerda. »

femme de Hans leur apportait du *Schüttelbrot* [1], du speck et du fromage.

Gerda était la seule qui n'avait jamais besoin de bâton pour les vaches : elles la suivaient comme de gigantesques toutous. Ses cousins aussi l'auraient suivie n'importe où. Quelques dizaines d'années plus tard, quand Simon et Michl repensaient à ces nuits dans le foin avec Gerda, le petit Wastl endormi tout près, le souvenir des poils blonds naissants que laissait voir sa vieille robe relevée était encore capable de faire affluer le sang dans les parties basses de leur corps.

Un matin de ces étés-là, un alpiniste anglais qui avait perdu son chemin la vit de loin. Gerda était assise sous un pin pignon, les yeux mi-clos. Un brin d'herbe serré entre ses lèvres, elle produisait des sifflements très aigus, comme du verre. Ses jambes nues et ses pieds crottés de boue dépassaient d'une robe en coton déchirée, ses cheveux sales étaient attachés par une ficelle d'écorce tressée. Des pommettes hautes, un front bombé, une bouche charnue, des yeux bleus allongés : c'était la plus belle petite fille qu'il avait jamais vue, pensa l'Anglais. L'idée de s'éloigner et de ne plus la voir lui parut insupportable. Il la contempla longuement avant de révéler sa présence. Il oublia l'escalade qu'il avait programmée et resta sur l'alpage toute la journée.

L'alpiniste anglais partagea son pique-nique avec Gerda et ses cousins. Quand il l'entendit rire, il décida qu'il ferait n'importe quoi pour entendre à nouveau ce son-là. Il se mit à suivre les vaches, brandissant son alpenstock et aboyant comme un

1. Pain croustillant au seigle.

chien de berger. Il suspendit autour de son cou une clarine et se mit à brouter, ruminant, puis déglutissant réellement l'herbe du pré. Il mima l'allure majestueuse de la jeune reine Élisabeth en posant une couronne de marguerites sur sa tête, puis sur celle de Gerda, la déclarant seule digne souveraine. Lorsque, malgré tout, arriva le moment de partir, l'Anglais lui demanda avec respect la permission de la prendre en photo. À la fin de l'été, la femme de Hans remit à Gerda une enveloppe qui lui était adressée. Expéditeur : John Gallagher, Leeds, Grande-Bretagne. Elle contenait la photo de Gerda à dix ans qu'Eva poserait un jour sur sa bibliothèque. Au dos, une inscription manuscrite aux lettres amples et pointues : *In eternal gratitude for the best day of my life. Forever yours, John* [1].

Au cours d'un de ces étés, le monument dédié au Chasseur alpin fut reconstruit, un peu plus élancé que le précédent, un peu moins maussade. L'évêque militaire déclara, lors de la solennelle inauguration, que cette fois-ci le monument soulignait la réconciliation de l'État italien avec cette région si lointaine. Il symbolisait une défense, eut-il à cœur de souligner, non pas une agression.

Mais les Tyroliens du Sud ne changèrent pas d'avis. Il s'agissait d'un monument fasciste, et il le resterait, même si le fascisme n'existait plus à présent. Aucun d'eux, à part les autorités, n'assista à l'inauguration. Peter non plus, âgé maintenant de seize ans, pas plus que son père. Hermann ne voulait plus entendre parler de tout ça.

1. Avec mon éternelle gratitude pour le meilleur jour de ma vie. À toi pour toujours, John.

Quelques années plus tard, une nuit, Peter revint chez lui au petit matin. Sa mère, qui n'arrivait jamais à dormir tant que son fils aîné n'était pas rentré, comprit tout de suite : ce n'était pas de la chasse que Peter revenait. Ses vêtements n'avaient pas l'odeur du bois et de la poudre à fusil, et ils étaient tachés de peinture blanche et rouge. Johanna ne demanda pourtant pas d'explications.

Le matin suivant, les carabiniers entourèrent le monument du Chasseur alpin et bloquèrent la circulation du carrefour sur lequel il avait été érigé. Pendant la nuit, son socle en granit avait été peint en blanc et rouge, les couleurs interdites du drapeau tyrolien. Ainsi bafoué, le monument ne suscitait plus ni peur ni ressentiment, mais une sorte d'affection ironique. De ce jour-là, les habitants de la petite ville se mirent à l'appeler *Wastl*, qui en italien équivaut à Pierino[1]. Les carabiniers durent frotter à la brosse et au savon une journée entière, pour le nettoyer.

Peter ne trouvait pas de travail et s'en sortait avec des petits boulots saisonniers. Il ramassait les pommes de terre, se proposait comme journalier aux paysans dont les fils faisaient leur service militaire, quand ils avaient besoin de bras pour faire les foins. De temps en temps, il aidait son père les jours où il avait un chargement plus lourd à transporter, mais il n'y avait jamais assez d'argent. Un hiver, il trouva une place de gardien dans l'hôtel particulier d'une famille noble de Vienne qui passait ses étés dans le Tyrol du Sud. Il avait pour tâche d'allumer les poêles trois fois par semaine

1. Équivalent de Toto en français. *(N.d.T.)*

pour que les conduites ne gèlent pas, de vérifier les fenêtres et de balayer la neige sur le toit. Le travail n'était pas fatigant, mais le salaire était maigre. Peter voulait fonder une famille, il avait maintenant vingt-deux ans, et il y avait une fille qui lui plaisait bien : mais il n'y arriverait jamais comme ça. Jusqu'au jour où il apprit qu'on embauchait aux aciéries Falck de Bolzano.

Dans la famille, seule Johanna savait lire et écrire en italien : c'était la seule qui avait fréquenté l'école fasciste. Hermann était allé à l'école élémentaire de l'Empire austro-hongrois, et il avait interrompu ses études quand ses parents étaient morts. Ses enfants avaient fréquenté les écoles de la République née de l'antifascisme, qui n'avait pas rendu le Tyrol du Sud à la Mère Autriche, comme ses habitants avaient eu l'illusion de le croire, mais du moins leur avait-elle reconnu le droit d'étudier leur propre langue. La bureaucratie était pourtant encore toute en italien.

Ce fut donc Johanna qui aida Peter à préparer les papiers nécessaires : un certificat de bonne vie et mœurs, de dégagement des obligations militaires, de bonne santé. Ce fut elle qui l'accompagna dans les différents bureaux. Pas une feuille, pas un formulaire, pas une notice explicative n'était en allemand ; pas un fonctionnaire ne parlait allemand ; pas un employé ne *comprenait* l'allemand. Le fait que la population qui fréquentait ces bureaux fût de langue allemande était absolument ignoré. Les demandes devaient être rédigées en bon italien, au risque de devoir tout recommencer. Pour Johanna, parler avec ces employés peu aimables dans une langue qui n'était pas la sienne fut une source de souffrance et d'embarras, mais à la fin Peter obtint tous ses certificats. Puis elle repassa son habit du dimanche, et un lundi à l'aube Peter prit le car pour le chef-lieu.

Il resta quelques semaines à Bolzano. Il logeait chez une lointaine cousine de sa mère, dans une toute petite maison, avec quatre enfants de deux à huit ans. La nuit, Peter dormait par terre près du poêle, mais il ne pouvait pas rester dans la journée. C'étaient les jours des trois *eis Männer*, les saints de glace de la mi-printemps, dernier sursaut froid et mordant de l'hiver, et l'air était glacial. Peter n'avait pas d'argent pour aller se réchauffer dans les bistrots, et il passait ses après-midi dans la salle d'attente de la gare. C'est là qu'il les vit descendre du train.

C'étaient surtout des hommes. Peter ne le savait pas, mais ils étaient identiques à ceux qui, ces années-là, arrivaient aussi à Turin, Liège, Düsseldorf. Ils portaient des bonnets siciliens, des vestes à carreaux, tenant des cartons attachés par une ficelle, rarement des valises en cuir. De temps en temps arrivait aussi une femme, entre vingt et trente ans, rarement plus âgée, à la chevelure abondante et noire. Elle descendait seule du train, ou bien avec trois ou quatre enfants. Elle était toujours attendue par un homme au visage semblable à ceux qui étaient venus seuls, mais un peu moins buriné, un peu moins anxieux, un peu plus sûr de lui : le visage de quelqu'un qui a du travail et qui peut désormais assumer dignement le poids du rôle de chef de famille.

Avant de partir, personne n'avait expliqué aux immigrés qui venaient de l'Italie du Sud dans quel endroit ils allaient. Dans les bureaux pour l'emploi d'Enna, Matera ou Crotone, là où les industries de

Bolzano puisaient leur force de travail, il n'était jamais venu à l'esprit de quiconque de leur dire qu'ils s'installeraient chez des gens qui parlaient allemand, qui ne mangeaient pas de spaghetti ni même de polenta, qui est au fond encore un plat italien, mais bien des choses qui s'appelaient *Knödel, Schlutzkrapfen*[1], *Spatzlan*[2]. C'était toujours l'Italie, non? C'était tout ce qu'un migrant avait besoin de savoir.

Le jour de son arrivée à Bolzano, avec son habit du dimanche propre et repassé, Peter se rendit au bureau d'embauche de Falck. Il déposa sa demande d'emploi et les certificats laborieusement obtenus. Les jours suivants, il se rendit aussi chez Lancia, puis à la Société des chemins de fer, et même à l'ANAS[3] : la vie de cantonnier n'était pas terrible, mais c'était toujours mieux que de rester sans travail.

Aucune de ses demandes d'embauche ne reçut de réponse.

Ce n'est qu'au bout d'un certain temps que Peter comprit. Le miracle économique de la zone industrielle de Bolzano, avec ses HLM et ses salaires presque décents, n'était conçu que pour les Italiens. On ne cherchait pas à exclure les ouvriers de langue allemande. Simplement, ce n'était pas prévu.

Bien sûr, on pouvait de nouveau enseigner en allemand dans les écoles du Haut-Adige. Les écoliers et les instituteurs n'avaient plus besoin des *Katakombenschulen* pour parler et étudier dans leur propre langue. La nouvelle République ita-

1. Raviolis farcis de ricotta et d'épinards.
2. Petits gnocchi aux épinards.
3. Société nationale pour l'entretien du réseau routier. *(N.d.T.)*

lienne n'avait pas attaqué de front la germanicité des Tyroliens du Sud, comme Mussolini. Elle avait décidé d'adopter une autre attitude face au problème : faire semblant qu'il n'existe pas.

Peter rentra chez lui. Johanna fut horrifiée de voir l'état de ses vêtements : il ne les avait pas ôtés pendant trois semaines. Peter n'expliqua pas pourquoi il n'avait pas trouvé de travail, et personne ne le lui demanda. L'été suivant, il passa toute la saison en Suisse. Il trouva une place de gardien de troupeau et il arrondit ses fins de mois en vendant des trophées de chasse, des chamois surtout. Une fois, il eut la chance d'abattre un bouquetin. Seuls les touristes allemands les lui achetaient. Les trophées n'intéressaient guère les rares italiens qui s'aventuraient encore dans la région.

Un jour de novembre, Peter proposa à Gerda, alors âgée de douze ans environ, de l'accompagner en excursion à Bolzano. Il y aurait beaucoup de monde, lui dit-il, comme à une *Kirschta'*[1], mais bien plus grande.

Une excursion ! Certains dimanches, des voitures, des chariots ou des groupes de vélos passaient sur la départementale qui longeait Shanghai, et Gerda entendait les gens qui chantaient et riaient. En été, le dimanche, les collègues de son père aussi emmenaient leur famille et leurs amis en camion sur les bords du fleuve qui vient des glaciers, ou sur les prés à l'entrée de la vallée voisine. Le vent apportait à Gerda de la fumée, une odeur de würstel grillés, des vagues de musique, des éclats de rire, et la gaieté de ces inconnus la

1. Fête paysanne.

rendait alors nostalgique. Parfois, sans aller loin, on faisait la fête aussi à Shanghai, dans la cour au milieu des maisons situées en haut de la route. À la fin de l'été, c'est là qu'on entassait le maïs après la récolte pour détacher à la main les longues feuilles lancéolées et coupantes : une fois séchées, elles rempliraient les matelas pour tout l'hiver. Le travail des ouvriers et des paysannes était rythmé par des chansons et des plaisanteries, puis, le soir, quand le tas de feuilles dans un coin de la cour était plus haut que les portes des maisons, ils se mettaient à danser au son des *Zythern*[1] et des accordéons. Tous les habitants du quartier accouraient, apportant qui une bouteille de cidre, qui un morceau de speck, qui des chaises pour les vieux. Tous, sauf les Huber. Quand Hermann entendait chanter, dans ces soirées claires et sentant bon le foin, il devenait sombre. « Il y a ceux qui sont riches et qui peuvent faire la fête, disait-il, mais moi, demain, je dois travailler. » Et il allait se coucher.

Gerda ne connaissait pas le son du rire de son père. En revanche, elle se souvenait avec précision de la dernière fois où elle avait vu rire sa mère. Un seau d'eau savonneuse s'était renversé sur le sol de la cuisine. Hermann avait marché dessus et avait glissé. La vue de ce mari si raide qui tombait en tapant des fesses fit rire aux éclats Johanna. Gerda se souvint longtemps du rire léger de sa mère, avec des tressautements et des hoquets qui secouaient son maigre thorax. Hermann ne lui dit pas d'arrêter, il ne l'engueula pas, ne se moqua pas d'elle à son tour. Mais en se relevant, il lui lança un regard chargé d'un mépris si noir que son rire se sécha sur

1. Instrument de musique typique.

ses lèvres, comme une fleur des champs touchée par un tison. Gerda n'entendit jamais plus rire sa mère.

Gerda connaissait peu aussi Peter, ce frère plus âgé de dix ans. Elle avait passé beaucoup moins de temps avec lui qu'avec ses cousins. Ils n'avaient aucune complicité : éloignés par le sexe et l'âge, ils n'avaient jamais eu grand-chose à se dire. Ils avaient vécu sous le même toit, mangé le même pain, et c'est tout.

Peter était devenu un jeune homme grand et bien bâti, mais il manquait de vivacité, comme sa mère. Ses gestes étaient furtifs plus qu'hésitants, comme un chasseur aux aguets contraint de dissimuler sa puissance de feu. Il avait aussi hérité des yeux de Johanna, d'un marron foncé qui ne reflétait pas la lumière. Il y avait quelque chose d'opaque dans son regard qui faisait presque peur à Gerda quand elle était petite. Devenu adulte, Peter ne ressemblait pas du tout à Hermann, sauf quand il parlait, c'est-à-dire, comme lui, presque jamais et s'il le fallait vraiment, la bouche à peine entrouverte. Comme si les mots étaient des objets précieux dont on ne peut se séparer qu'à contrecœur.

Peter n'avait jamais amené un seul ami chez lui. La jeune fille qu'il aurait voulu épouser n'était jamais entrée dans leur *Stube*, c'était lui qui allait la voir dans la cour du *maso* où elle était née. Il lui apportait des petits cadeaux : une longue corne de cerf qu'il avait sculptée de figures géométriques ; un bouquet de plumes de coq de bruyère aux reflets d'acier ; un mouchoir acheté au marché. Leni, la jeune fille, recevait ces cadeaux avec un sourire qui les rendait précieux, comme un rayon de soleil qui éclaire les œils-de-chat et les fait ressembler à des pépites. Mais même avec elle, Peter n'était guère loquace.

Non, les Huber n'étaient pas connus pour être d'un commerce agréable.

Une excursion donc. Avec Peter. Gerda ne savait pas quelle était la nouveauté la plus extraordinaire. *Tata* et *Mamme* ne viendraient pas, lui expliqua-t-il, ça ne les intéressait pas. Et Annemarie non plus : elle était au service d'une famille, et le dimanche elle n'avait que sa demi-journée de libre.

Ils partirent bien avant l'aube. Cette année-là, l'automne était doux, mais la nuit, il faisait froid. Gerda fut surprise de voir tant de gens sur la route, alors que l'heure de la première messe était encore loin. Ils se dirigeaient tous vers le centre de la petite ville, où des camions et un car faisaient tourner leurs moteurs. Gerda portait la robe de sa confirmation. Johanna l'avait déjà élargie deux fois, mais elle la serrait au niveau de la poitrine et des hanches, et il serait bientôt impossible de la reprendre encore une fois. Elle avait enfilé par-dessus un pull en laine foulée, gris bordé de vert ; un foulard rouge était noué autour de son cou. Peter portait les vêtements qu'il avait mis quand il cherchait du travail à Bolzano ; Johanna leur avait redonné vie par un patient travail de raccommodage et de nettoyage.

Ils montèrent dans un des camions avec une vingtaine d'autres personnes. Certains étaient en *Tracht* : les femmes portaient des jupes longues, des tabliers de satin épais aux reflets changeants, des guimpes en dentelle, comme pour le défilé de *Herz-Jesu* [1] ; beaucoup d'hommes avaient des gilets

1. Sacré-Cœur. (*N.d.T.*)

à rayures rouges et vertes, des ceintures en cuir repoussé sur leurs *Lederhosen*, des chapeaux de feutre avec des plumes de coq de bruyère. Même ceux qui n'étaient pas en costume tyrolien arboraient leurs meilleurs habits.

Gerda était la plus jeune. Quand elle monta dans le camion, les hommes lui firent de la place comme pour une personne de marque, les femmes lui offrirent du pain de seigle et du sirop de sureau dans des gourdes en aluminium enveloppées de feutre. Jamais autant de gens ne lui avaient souri ainsi, tous ensemble. Quand les véhicules se mirent en route l'un derrière l'autre, les phares formèrent une guirlande de lumières que Gerda trouva plus joyeuse qu'une couronne de l'Avent avec ses petites bougies. Dans les camions, les gens se mirent à chanter, et elle se joignit à eux de sa voix encore enfantine. Ils chantèrent *Brunnen vor dem Tor*[1], *Wo der Wildbach rauscht*[2], *Kein schöner Land*[3] : des chansons où l'amour romantique se fond avec celui pour l'*Heimat*. Gerda ne connaissait pas les paroles : elle n'avait jamais chanté en chœur à une fête champêtre. Mais la mélodie avait des variations faciles, rassurantes, et les notes résonnaient en haut de son palais, au fond de sa gorge, comme si elle les avait toujours sues. L'air glacé mordait son visage et elle se sentit toute joyeuse, même si Peter ne lui avait pas expliqué où ils allaient, ni pourquoi il y avait tant de monde. Pour la première fois de sa vie, pourtant, il se pencha vers sa petite sœur et lui sourit.

1. *Fontaine devant la porte.*
2. *Là où murmure le ruisseau.*
3. *Il n'y a pas de plus belle terre.*

Quand ils arrivèrent à destination, trois heures plus tard environ, Gerda dormait, la tête appuyée sur les genoux de la femme qui lui avait offert du sureau. Le camion s'arrêta dans un gémissement fatigué de freins et elle ouvrit les yeux.

Elle se demanda si elle était encore en train de rêver. Elle n'avait jamais vu autant de personnes rassemblées. Pas même à la procession de *Herz-Jesu*, ni à l'enterrement du noble le plus en vue de la petite ville quand le corbillard tiré par quatre chevaux avait parcouru la route médiévale entre deux haies de gens. Peter l'aida à descendre en la prenant sous les bras, et la déposa par terre comme une poupée. Les gens entouraient Gerda, la pressaient, la poussaient, la freinaient, et comme un fleuve à l'envers parcouraient la montée qui allait du bassin de Bolzano aux ruines de Castel Firmiano. Gerda serra la main de Peter, mais elle n'avait pas peur. Il lui semblait au contraire que la foule était un organisme unique, une entité animée dont elle faisait partie, dont elle percevait l'émotion et les frémissements qui devenaient siens. Quelque chose à quoi elle avait le sentiment d'appartenir et qui lui donnait même à elle, petite fille de douze ans à peine, sens et dignité. Elle se sentait audacieuse, enthousiaste, convaincue, sans même avoir idée de quoi. De toute sa vie, Gerda ne vit plus jamais une telle foule, sauf à la télé.

La journée était douce. C'était la mi-novembre, mais un soleil de septembre faisait briller les yeux des gens, qui se souriaient et se saluaient même sans se connaître, même s'ils venaient de vallées différentes. Peter avait raison : cette fête à Castel Firmiano, *Sigmundskron* en allemand, était une fête dont on n'avait jamais vu l'équivalent auparavant dans tout le Tyrol du Sud.

Il y avait des banderoles, des pancartes. Sur la plupart, Gerda lut : *Volk in Not*, peuple en danger. Le cortège était entouré de deux rangées de carabiniers, noirs comme la poix, une ligne rouge le long des jambes qui les faisait ressembler à d'étranges insectes, les mains sur leurs mitraillettes. L'air tendu, ils regardaient la foule qui montait vers les ruines du château. Ils étaient jeunes, certains très jeunes. Ils avaient plus peur de toute cette foule que l'inverse, et Gerda le comprit dès qu'elle croisa le regard de l'un d'eux. Il avait quelques années de plus qu'elle : dix-huit, dix-neuf ans maximum. Il plongea son regard dans le sien, comme s'il y trouvait un réconfort. Gerda avait déjà compris que « eux » ne faisaient pas partie de cette chose à laquelle Peter et elle et tous les autres appartenaient, et qu'ils étaient même les représentants du « danger » dans lequel se trouvait le « peuple », le sien. Mais le garçon en uniforme, au képi trop enfoncé sur le front, continuait à la regarder, comme s'il s'agrippait à la grâce de cette fillette à la robe étriquée pour mieux supporter sa propre peur. Gerda ne put s'empêcher de lui sourire. Le foulard rouge qu'elle portait autour du cou se dénoua et tomba par terre. Instinctivement, le carabinier se pencha lentement, la main sans mitraillette se tendit pour ramasser le foulard.

Son compagnon d'armes se tourna brusquement vers lui, et le fixa d'un air très dur, qui promettait de le dénoncer aux supérieurs ou pire. Le sourire du jeune carabinier se figea dans un masque encore plus tendu qu'avant. Il hésita, puis retrouva sa raideur et sa verticalité, sa main s'aligna de nouveau sur le côté. Gerda détourna les yeux. Elle ramassa son foulard toute seule, et continua. Peter ne remarqua rien. La foule les poussait déjà plus loin, vers le sommet de la colline.

Des grappes de gens pendaient des arbres. Ils se pressaient sur l'esplanade du château, sur les hauteurs tout autour, entre les créneaux des bastions en ruine. Gerda avait l'impression que ce champ humain naissait de la terre comme une herbe gigantesque de chair, de vêtements, de chapeaux, de visages : on ne voyait pas le sol d'une personne à l'autre. Seulement sur les rochers en surplomb, d'où sortaient les ruines comme des excroissances féeriques, on arrivait à voir le rouge sanguin du porphyre entre les gens.

Un homme se tenait sur une estrade sous la tour du château. Gerda n'aurait su dire ce qui semblait le plus décharné, lui ou les béquilles sur lesquelles il s'appuyait. Il n'était pas vieux, mais il avait l'air malade, très fragile. Gerda avait vu beaucoup d'anciens combattants dont le corps gardait la mémoire de la guerre, qui s'était terminée douze ans plus tôt seulement, et elle reconnut aussitôt la maigreur des infirmes, ceux qui avaient perdu une main, un bras ou bien une jambe, comme cet homme qui parlait maintenant à la foule. De cette partie manquante émanait une douleur constante qui irradiait et suçait la vie de ce qui restait de son corps, le desséchant comme un vampire. L'homme maigre semblait vraiment la proie d'un tel parasite fantôme : il parlait d'une voix éraillée, métallique, qui n'avait rien de celle d'un orateur. Mais la foule l'écoutait dans un silence absolu. Ce n'est que lorsqu'il nomma le ministre de l'Intérieur de l'époque, Tambroni, que l'homme maigre dut s'interrompre à cause des sifflets. Il ne perdit pas son calme, attendit sans donner de signes d'impatience, et laissa la foule siffler à son gré ce représentant du gouvernement italien.

Une minute s'écoula. Les sifflets continuaient.

Deux minutes. Les carabiniers et les soldats qui formaient un cordon sous l'estrade commencèrent à se regarder, se demandant s'ils devaient intervenir.

Trois minutes. Les sifflets adressés au ministre de l'État auquel ils obéissaient ne semblaient pas faiblir. Gerda cueillit un brin d'herbe, poussiéreux et écrasé par les milliers de pieds qui étaient passés dessus. Elle le porta à ses lèvres, comme l'avait vu faire sur l'alpage John Gallagher de Leeds, United Kingdom. Elle souffla et produisit un sifflet très aigu. Pour la deuxième et dernière fois de la journée, et de toute sa vie, Peter se tourna vers elle et lui sourit, l'air ravi.

Quatre minutes. Les mains des carabiniers plus jeunes commençaient à laisser des auréoles de transpiration sur les poignées des mitraillettes. Du haut de l'estrade, l'homme regarda tranquillement les dizaines de milliers de personnes qui sifflaient. Il n'était pas pressé de reprendre la parole. Il profitait de l'interruption pour calculer l'affluence de cette manifestation qu'il avait organisée. Il était satisfait. Là, devant lui, Silvius Magnago, en ce 17 novembre 1957 à Castel Firmiano, il y avait au moins trente à quarante mille personnes. Sur une population d'à peine trois cent mille âmes que comptait le Tyrol du Sud, cela voulait dire une sur dix, peut-être même plus. Comme Gerda et Peter, ils étaient partis en pleine nuit en camion, autobus, voiture, motocyclette ou tracteur. Ils venaient des environs de Bolzano, de l'Oltreadige, mais aussi des vallées plus lointaines : Ahrntal, Schlanders, Passeier, Martell, Gsies, Vinschgau. Des lieux où en dialecte on compte *oasn, zwoa…* et de ceux où on dit au contraire *aans, zwa…* Et ils continuaient à siffler, comme s'ils ne voulaient plus jamais s'arrêter.

Cinq minutes. Les carabiniers regardèrent leurs supérieurs.

L'homme maigre sur l'estrade prit son souffle et ouvrit la bouche comme pour se remettre à parler. Le silence revint sur-le-champ.

Silvius Magnago rappela à la foule le chanoine Gamper de Bressanone. Quelques mois plus tôt, l'homme d'Église, déjà persécuté par les nazifascistes, avait lancé le cri : « *Es ist ein Todesmarsch !* » Une marche funèbre, vers laquelle se dirigeait le Tyrol du Sud si les choses continuaient ainsi : avec les immigrations forcées de l'Italie du Sud, avec les emplois refusés aux autochtones, avec l'appauvrissement et l'émigration. Les Tyroliens du Sud se retrouveraient vite en minorité sur leur terre, avant d'être enfin balayés par l'Histoire.

Magnago, chef du *Südtiroler Volkspartei*, le parti des Tyroliens du Sud de langue allemande, promit de se battre pour une véritable autonomie, qui ne serait pas liée à une autre région de langue italienne, comme celle de Trente. Une véritable autonomie qui permettrait aux Tyroliens du Sud de reprendre le contrôle de leur propre terre.

Il termina son discours en criant une, deux, plusieurs fois :

« *Los von Trient !* » Loin de Trente ! Hors de cette région à majorité italienne où encore une fois les Allemands se trouvaient en minorité et sans tutelle. La foule l'applaudit longuement. On aurait dit qu'elle ne s'arrêterait jamais.

Soudain, du donjon de la tour en ruine parvint le

claquement d'un drap déployé. Tout le monde regarda en l'air. Deux jeunes hommes s'étaient introduits à l'intérieur et, se penchant par une des meurtrières, ils avaient déplié un long drapeau blanc et rouge. Hisser le drapeau tyrolien était encore interdit par la loi italienne : une des nombreuses lois fascistes que personne ne s'était donné la peine d'abroger. Un petit groupe de carabiniers se mit à courir vers la tour. Avant d'être arrêtés, les deux jeunes gens hurlèrent :

« *Los von Rom !* »

Peter et les autres, jeunes pour la plupart, se joignirent à eux : « *Los von Rom !* » cria une petite partie de la foule.

C'est-à-dire : non à l'autonomie des politiques, de la diplomatie, du compromis. Il ne suffit pas de partir de Trente. Mais de Rome. D'Italie.

Magnago serra ses lèvres fines tandis que les activistes étaient emmenés par les carabiniers.

Un an après environ, le monument dédié au Chasseur alpin de la petite ville où vivaient les Huber fut de nouveau frappé. Cette fois-ci, pas de peinture blanche et rouge, pas de provocations estudiantines, mais un engin explosif fit sauter le socle. Cependant *Wastl*, le Toto en pierre, ne fut pas détruit : la charge était défectueuse.

Ce jour-là, Peter était dans une vallée voisine pour aider son père et son chargement de bois. Un quart de siècle dans les camions avait eu raison du dos d'Hermann. L'aide de son fils lui était désormais nécessaire, même si cela signifiait renoncer à l'argent en plus que Peter pouvait apporter à la maison par d'autres travaux. Quand ils rentrèrent ce soir-là, Johanna ne fit aucun commentaire sur ce qui était arrivé au *Wastl* le matin. Elle était déjà bien assez soulagée de savoir que, cette fois-ci, son fils n'y était pour rien.

Quelques années plus tard, un jour de juin, un homme de Merano arriva chez les Huber. Il était *Daitsch*, mais il jurait en italien. Tous les Tyroliens du Sud juraient maintenant en italien, partout, même dans l'intimité de leur maison : ils ne lançaient plus des « *Vofluicht !* », ou des « *Scheisszoig !* », mais des « Madoja[1] », « Ostia[2] ! », « Porco zio[3] ! », ou même, pour le bonheur des amateurs de linguistique comparée, des « Porzelona[4] ! ». Ils avaient été tellement nombreux pendant le fascisme à devoir essuyer, comme Hermann, des remontrances et des coups lorsqu'ils laissaient échapper des exclamations en dialecte allemand. Toute la population était donc persuadée qu'il valait mieux jurer en italien même entre les murs de sa maison, ne fût-ce que pour s'y habituer. Mais au fond, on espérait aussi peut-être que le *daitscher Gott*, le bon Dieu allemand, n'était pas doué pour les langues étrangères, qu'il ne comprendrait peut-être pas bien un juron *walsche* et s'offenserait un peu moins. De toute façon, on peut interpréter la chose comme on voudra, mais l'adoption unanime du juron italien par la population de langue allemande fut le seul succès impérissable de l'italianisation forcée voulue par le fascisme.

L'homme de Merano était venu dire à Hermann

1. « Madone ! » (*N.d.T.*)
2. « Nom de Dieu ! » (*N.d.T.*)
3. « Nom de Dieu ! » (*N.d.T.*)
4. « Grosse salope ! » (*N.d.T.*)

qu'il voulait que sa fille cadette vienne travailler dans la cuisine d'un grand hôtel. Les touristes avaient commencé à revenir depuis peu dans le Haut-Adige après la guerre, et ceux qui cherchaient du travail en trouvaient maintenant·dans la nouvelle frontière du tourisme : les vallées des Dolomites. Dans les stations thermales de la vallée de l'Adige, les grands hôtels d'avant-guerre étaient donc restés à court de personnel. L'homme offrait un bon salaire, le vivre et le couvert, et l'apprentissage d'un métier sûr, celui de cuisinière.

Peut-être que si Hermann n'avait pas été un petit *Knecht* effrayé qui se faisait pipi dessus de tristesse ; s'il n'avait pas recouvert d'excréments les portes des *masi* au cours des mois sombres de l'Option ; s'il avait choisi sa femme par amour et non par impuissance ; s'il n'avait pas vu et fait sur l'*Ostfront* des choses dont personne ne peut parler ; bref, si Hermann n'avait pas perdu l'amour depuis si longtemps, depuis trop de temps maintenant, alors, peut-être aurait-il compris que les temps difficiles étaient finis et que sa famille n'était plus dans la misère ; que son camion donnait de quoi manger et s'habiller à ses enfants, sans luxe mais aussi sans privation, et qu'en outre, on savait très bien, d'après ce qu'on racontait, ce qui attendait sa fille si elle partait (ce n'était pas pour rien qu'on appelait les jeunes cuisinières *Matratzen*, c'est-à-dire « matelas »).

Et il aurait dit à cet homme : « *Wort a mol* », attends un moment. Il lui aurait dit : « *Des madl will i net weggian lossn* », je ne la laisse pas partir cette petite, ses joues sont encore toutes rondes comme celles d'une fillette, mais elle a déjà des formes et des jambes élancées de femme, elle est belle, très belle même, le portrait craché de sa grand-mère, mais elle ne le sait pas encore et je dois donc la protéger comme seul, moi qui suis son père peux et dois le faire. Je l'emmènerai danser la polka aux *Kirschta'* l'été pour montrer à tous les jeunes gens comme elle est désirable, mais aussi comme son père est vigilant et attentif, lui qui ne permettra jamais qu'on l'outrage ; et non, je ne te la donne pas pour que tu l'emmènes dans les hôtels des étrangers et qu'on l'appelle *Matratze.*

« *Passt* », dit en revanche Hermann : c'est d'accord.

Gerda avait seize ans, et elle partit.

Le voyage vers la station climatique où Gerda alla travailler ne fut pas long, mais compliqué. Arrivée à la gare de Bolzano, elle se sentit perdue : elle n'entendait parler qu'italien et il lui semblait ne voir que des teints mats. Après tout, c'était bien la ville où, quelques années plus tôt, Peter avait vu arriver les immigrés du Sud.

Elle devait prendre le car pour Merano, mais il n'y avait aucun autobus en vue. Devant le perron de la gare s'ouvrait une grande avenue bordée d'arbres. Elle s'y engagea, serrant le billet sur lequel l'homme avait écrit le nom de l'hôtel où elle se rendait. Des fleurs des marronniers d'Inde de l'avenue se dégageait un parfum intense. L'homme de Merano lui avait dit de suivre l'avenue jusqu'à la moitié, puis de tourner à gauche. Gerda marchait d'un pas mal assuré, grisée par le parfum des grappes de fleurs au-dessus de sa tête, serrant la poignée de sa petite valise avec ses quelques affaires. La gare routière était là. Gerda s'approcha d'un chauffeur, mais n'osa pas se renseigner auprès de lui : elle avait honte de parler italien.

« *Schnell ! Der Bus Richtung Meran fährt jetzt* [1] *!* » entendit-elle dire à un couple de touristes allemands âgés. Elle les suivit en courant vers un autocar au moteur déjà allumé, et y monta. Elle eut de la chance : un instant plus tard, le chauffeur ferma les portes et partit.

1. « Vite ! Le car pour Merano part maintenant ! »

Km 0 -35

Je téléphone à ma mère pour la prévenir que je ne viendrai pas au repas de Pâques. Je ne mangerai pas les friandises que ma *Patin* Ruthi et elle préparent depuis une semaine. Elle ne pourra pas m'exhiber devant la tribu familiale, et recevoir les habituels compliments sur cette fille si belle et si douée, dommage seulement qu'elle ne se soit jamais mariée (à mon grand soulagement, ils disent maintenant « jamais » au lieu de « encore » — une victoire de mes quarante ans).

Je lui explique que je dois partir. C'est urgent.

Je n'ai jamais raté un repas de fête avec elle. Une telle exception ne peut donc être due qu'à une chose importante. Et en effet, elle ne me réclame aucune explication. Elle demande seulement : « Je le connais ? »

Une telle urgence concerne forcément un homme. Elle n'a aucun doute là-dessus.

Je regarde les glaciers dans le lointain, ou ce qu'il en reste à une époque d'effet de serre.

« C'est possible », dis-je, et elle n'insiste pas.

Impossible de trouver un avion pour la Calabre la veille de Pâques. J'appelle toutes les compagnies aériennes, puis les aéroports de Bolzano, Vérone, Venise, Milan, Munich, Innsbruck et Brescia. J'essaie sur Internet pendant des heures. Rien. La première place libre sur un vol pour Reggio de Calabre est dans deux jours, après le lundi de l'Ange. Ce sera peut-être trop tard, pour Vito. Il ne reste qu'une possibilité : une couchette jusqu'à Rome Termini, puis encore un train jusqu'en Calabre. Ce sera long. L'Italie est longue.

C'est pour ça qu'en ce moment je suis dans le petit train local qui m'emmène à Fortezza/ Franzensfeste. Au fond du wagon, est accroché en hauteur un poster du *Deutsches Kultur-und Familienamt*, Département de la vie familiale et culturelle pour la population de langue allemande — rigoureusement distinct et séparé de son homologue pour la population de langue italienne. Il fait de la publicité pour les cours de formation pour adultes de la province de Bolzano, avec la photo d'un homme en bleu de travail assis dans ce qu'on imagine être son atelier de mécanicien, d'électricien automobile, ou de soudeur. De ses grosses mains de travailleur, avec une expression d'enfant attentif, il replie avec soin une feuille rose pour en faire un délicat origami.

Sous la photo, l'inscription : *Wer Lebt, Lernt*. Celui qui vit, apprend.

M'est-il arrivé de penser à Vito en grandissant ? Je ne saurais dire. Sa sortie de notre existence fut si soudaine. Si inattendue, du moins pour moi. Pour ma mère non, bien sûr, mais personne ne m'a donné d'explication à moi. Vito est parti quand je pensais qu'il ferait toujours partie de mon monde, et nous du sien. J'étais sa fille désormais, et Gerda

Huber sa femme. Il était là. Puis, brusquement, il n'a plus été là.

Non, je n'ai pas souvent pensé à Vito.

Comme c'est étroit Fortezza/Franzensfeste ! Ici, les versants escarpés du Val d'Isarco se rapprochent au point de ne laisser quasiment plus d'espace dans le fond de la vallée et de l'enfermer comme dans un étau. Je me demande toujours comment on peut vivre ici. Qu'est-ce qu'ont bien pu penser les cheminots, venus sur ordre de Mussolini, en arrivant ici de Rovigo, Caserte, Bisceglie, Sulmona ? Quand ils ont vu qu'ici la vallée est si étroite qu'il ne suffit pas de lever les yeux pour regarder le ciel, mais qu'il faut aussi se tordre le cou ? On dit que les nazis, en fuite vers le Brenner, ont caché l'or volé aux Italiens dans la sinistre forteresse qui donne son nom au village et que certains se mettent parfois à déplacer des pierres, à creuser sous les bastions. Il s'agit sûrement d'une légende inventée pour donner un sens, même absurde, à un endroit aussi oppressant.

Il vaut mieux que je dîne ici, la correspondance pour Bolzano passe dans plus d'une heure.

Le restaurant pizzeria, près de la gare, ne semble pas avoir renouvelé son menu depuis vingt ans : *Knödel, Wiener Schnitzel* [1], bifteck, salade, spaghettis à la tomate et à la sauce bolognaise. Il n'y a rien d'autre. Parmi les pizzas, pourtant, il y a l'Hawaïenne, avec de l'ananas, et la Chasse au trésor (*Schatzsuche*) : tomates cerise, anchois et olives farcies aux câpres. Est-ce que c'est ça le trésor ?

1. Côtelette panée.

Tout en mangeant une côtelette qui n'a rien de tendre, je regarde autour de moi. Dans la glace du bar en face de ma table, je vois ma tête à contre-jour. Je lève les yeux. Je les détourne aussitôt en sursautant. En haut, entre les bouteilles des alcools que personne ne commande jamais, j'ai vu trois de ces maudites cibles. Ah ! Comme je les déteste.

Ce sont des cercles de bois peints à la main. Sur deux d'entre eux, est représenté au centre un coq de bruyère qui tient un écusson dans son bec, sur le troisième il y a un faisan. Sur le bord supérieur, on peut lire des dates, toutes différentes : 9/8/84, 12/5/88, 3/10/93. Et trois noms : Kurt, Moritz, Lara. Dates de naissance et noms, tout comme ceux que mon oncle fit écrire sur la cible dédiée à Ulli à sa naissance. Là aussi, de minuscules trous percent le centre, sur l'image de l'animal. Le patron de ce bistrot est donc un chasseur, comme le fut Peter, et il a fêté comme lui sa paternité avec des amis en tirant (en tirant, mon Dieu !) sur les noms de ses enfants qui venaient de naître. Mais il visait mieux que mon oncle, ou peut-être avait-il moins bu : car Peter toucha le nom de son fils au lieu de la peinture centrale.

La dernière fois que j'ai vu cette horrible cible qu'Ulli aussi avait toujours détestée, ce fut quand on le descendit dans la tombe où était déjà son père. Il était facile de penser qu'en visant aussi mal, son père, cet oncle Peter que je n'ai jamais connu, avait criblé de balles non seulement le nom mais aussi la vie de son fils. Voilà, maintenant je me rappelle. Ce jour-là, quand on a descendu le cercueil d'Ulli dans la fosse, j'ai ressenti très fort l'absence de Vito.

« Nous avons perdu un ami, une personne merveilleuse », me dit quelqu'un. De rage, mes poings se sont serrés dans les poches de mon manteau. Moi, je n'avais perdu personne ! Je n'étais pas allée avec Ulli dans un supermarché où je ne l'avais plus vu en me retournant brusquement, comme cela arrive avec les enfants. Je ne l'avais pas mis dans un tiroir, sans me souvenir maintenant dans lequel. Je ne l'avais pas oublié sur un banc comme un journal ou un portable. Ni chez quelqu'un, comme un parapluie. Ni dans un train, comme une valise. Moi, je ne l'avais pas perdu, Ulli s'était tué. Et bien des gens qui étaient là à présent auraient pu lui donner moins de raisons de le faire. Ma colère monta et retomba comme une vague, puis je ne sentis qu'une grande fatigue. Ce fut à ce moment-là que Vito me manqua.

J'éprouvai le besoin de poser ma tête sur son épaule, ou plutôt sur son ventre car, même si Vito n'était pas très grand, la dernière fois que je l'avais vu j'étais une petite fille — sa petite fille. C'est ainsi que je me souvenais de lui à ce moment-là : ses bras forts qui par-derrière entourent ma poitrine, moi qui penche à peine mon cou et effleure de la nuque son sternum, moi qui m'appuie sur lui de tout mon poids, certaine qu'il me soutiendra. Debout, près de la tombe d'Ulli, je fus submergée par une telle nostalgie qu'elle couvrit même un instant la douleur de la mort de mon cousin, mon camarade de jeux et de confidences, mon plus que frère, mon ami, peut-être mon seul amour.

Ce fut le moment où Lukas, le vieux sacristain, se lança dans son stupéfiant discours. Et ensuite, je n'aurais accepté que de Vito d'entendre : tu vois, Ulli n'est pas mort en vain. Mais Vito n'était pas au cimetière.

C'est l'heure de payer l'addition et de partir, le train d'Innsbruck qui m'emmènera à Bolzano va arriver.

1961-1963

Quand on sut au quartier général des Forces armées italiennes que Gerda était venue travailler dans un grand hôtel de Merano, on décida immédiatement d'envoyer un millier de soldats dans le Haut-Adige. L'hôtel fut réquisitionné par les militaires qui en occupèrent toutes les chambres, comme les deux autres plus grands hôtels de la célèbre station climatique. Quand la nouvelle et très jeune *Matratze* arriva à l'hôtel pour commencer son apprentissage, elle y trouva plus d'une centaine de chasseurs alpins qui l'attendaient. Les soldats virent entrer par la porte de service cette fille de seize ans aux formes déjà parfaites, portant le *dirndl* du dimanche, les articulations de la main droite toutes blanches à force de serrer la poignée de sa valise. Les troupes se déclarèrent reconnaissantes et enthousiastes envers la décision de leurs généraux : elles voyaient maintenant le but de leur mission dans cette terre de Boches dont on ne comprenait que les jurons.

Non. Telle n'était pas la réalité.

La cause de l'arrivée de tous ces soldats ne fut pas Gerda, malheureusement, mais bien les pylônes à haute tension. Quarante-trois, qui avaient tous explosé en une seule nuit : *Feuernacht*, la nuit des Feux. Une action spectaculaire organisée de façon précise, méticuleuse, patiente. Cette fois-ci on ne peut faire autrement que d'ajouter : allemande.

Les attentats furent revendiqués par le groupe clandestin BAS : *Befreiungsausschuss Südtirol*[1]. Leur objectif, déclaré dans leur tract, n'était pas l'autonomie administrative que poursuivait le SVP de Silvius Magnago, le maigre et charismatique orateur de Castel Firmiano, qu'ils considéraient comme un compromis de politicards. Ils soutenaient que seul le *Volk*, le peuple, avait le droit de décider d'être soit avec l'État italien qui occupait le Tyrol du Sud comme une colonie depuis quarante ans, soit avec l'Autriche dont ils avaient été séparés de force par une injustice de l'Histoire. Ils voulaient un référendum d'autodétermination, persuadés que le résultat plébisciterait le retour à la mère patrie. Quinze ans après la fin du fascisme, l'Italie démocrate-chrétienne tergiversait, ignorait le problème, semblant espérer qu'il se résoudrait tout seul, comme par magie. Les terroristes décidèrent de frapper.

Pour leur coup le plus spectaculaire, ils choisirent la nuit de juin où les Tyroliens allument des milliers de feux sur les hauteurs des collines pour célébrer le courage et l'union de leur peuple qui stoppa l'avancée de Napoléon. Andreas Hofer, héros de cet exploit, est connu de tous les enfants du Tyrol qui étudient sa vie, évoquent ses paroles et ses actions dans leurs spectacles d'écoliers. En abattant une cinquantaine de pylônes au cours de cette nuit spéciale, les terroristes lancèrent un

1. Comité de libération du Tyrol du Sud.

message très clair : les Tyroliens du Sud ne se sentaient pas Italiens. Ils ne l'étaient pas. Ils ne le seraient jamais.

Pour la première fois, les quotidiens informèrent les lecteurs de Rome, Milan, Palerme et Turin de l'existence d'une question du Tyrol du Sud. Personne n'en avait jamais entendu parler jusque-là.

Cette première saison estivale de Gerda à l'hôtel fut donc un baptême du feu, et pas seulement pour elle. La station climatique était en état de siège, comme tout le Haut-Adige, devenu tout à coup une zone de guerre. Barrages de police, couvre-feu, perquisitions systématiques. Quinze mille hommes furent déployés, entre la police, les soldats, les carabiniers, la brigade douanière, sur des jeeps, des motos, et accompagnés aussi de chiens. Quelques-uns seulement étaient militaires de carrière, presque tous faisaient leur service. Ils arrivèrent, portant de grands sacs en bandoulière en forme de torpille, un calot sur la tête, des jumelles autour du cou. Ils avaient des profils arabes de Siciliens, des yeux clairs d'Étrusques, des oreilles décollées de Bergamasques. Et tous regardaient Gerda.

Mais elle aussi les regardait. Quelques-uns ne lui semblaient pas très différents des hommes de la petite ville où elle avait grandi, de ses cousins, de ses camarades d'école. Certains chasseurs alpins frioulans, par exemple, marchaient de façon un peu raide, comme ceux des pays de pierre, de bois et de dénivellation : Hermann, son père, et Peter marchaient vraiment comme ça. Elle avait déjà vu aussi des lèvres étirées, sous des yeux d'où s'échappait un éclat presque enfantin : quand les émotions deviennent difficiles, les gens de la montagne serrent les dents, mais plus haut, souvent, leur regard limpide semble demander qu'on les délivre d'un si grand silence. En revanche, d'autres physionomies plus méridionales étaient nouvelles pour Gerda. Une souplesse presque féminine de la hanche, des poignets moins rigides, une façon de sourire en prenant tout, à commencer par eux-mêmes, assez peu au sérieux : rien de tel n'existait chez les hommes de sa région. Elle n'avait jamais vu non plus deux hommes marchant côte à côte avec cette familiarité entre corps masculins qu'avaient certains militaires du Sud en patrouille. Et puis, les compliments ! C'étaient des soldats envoyés en mission dans un endroit où l'on craignait une attaque contre l'État, armés de pied en cap et qui avaient sûrement peur aussi ; et pourtant, ils avaient encore assez de légèreté, ou d'inconscience, pour dire à une fille blonde en *dirndl*, et donc allemande, « Tu es très belle ! », et réussir à la faire sourire malgré tout. Ils avaient des yeux de velours et de longs cils comme les petites filles et, malgré leurs armes et leurs uniformes, ils n'arrivaient pas à garder un air martial.

Ils n'étaient pourtant pas tous comme ça. Dans un hôtel voisin de celui où travaillait Gerda, fut cantonné un bataillon entier de la nouvelle unité spéciale de police créée par Scelba[1] : la Celere[2]. Leurs compliments à eux faisaient peur. Ils regardaient la population de haut, eux qui étaient venus remettre les choses en place, car il était évident que le désordre actuel était lié à la fin du fascisme. Ils

1. Ministre de l'Intérieur. *(N.d.T.)*
2. Brigade d'intervention rapide de la police. *(N.d.T.)*

étaient persuadés que tous les Tyroliens du Sud étaient des terroristes uniquement parce qu'ils parlaient allemand, et s'ils avaient été au courant de l'Option (mais ils n'en savaient rien, aucun Italien n'en savait rien), ils auraient approuvé cette excellente idée : le Haut-Adige est italien, et celui qui n'aime pas l'Italie n'a qu'à s'en aller.

Mais la plupart d'entre eux étaient des jeunes plus enclins à bien manger et à faire l'amour qu'à tirer des coups de feu. Un jour, Gerda vit un cameraman à un barrage de police qui faisait un reportage sur l'engagement des Forces armées dans la défense nationale. Se voyant filmé, un soldat interrompit son contrôle des papiers, leva un bras vers la caméra, celui qui tenait sa mitraillette semi-automatique, et fit *ciao* de la main. Ce geste fut une révélation pour Gerda.

Même si l'on ne vit pas de touristes, cette saison-là, les grands hôtels ne manquèrent donc pas de travail. Des tonnes de spaghettis, de macaronis et de polenta furent cuits et brassés tous les jours, durant tout l'été, dans les cuisines. Une odeur chaude d'oignon frit, une odeur aigrelette de tomate et acide d'ail cru, jamais utilisé jusque-là même par les plus audacieuses ménagères de la région, parfumèrent les rues. L'apprentissage de la cuisine internationale hôtelière de Gerda (*tournedos, coq au vin, pâtes feuilletées*) fut reporté. En contrepartie, elle apprit beaucoup sur les goûts et les saveurs du Sud : un bel échantillon de la dernière génération de jeunes mâles italiens était arrivé dans le Haut-Adige, et ils avaient un solide appétit.

Cependant, aucun de ces soldats qui appelaient « roue de secours » la tresse enroulée autour de la tête des jeunes filles du coin, aucun des officiers logés dans les hôtels réquisitionnés, avec leurs balcons débordants de cascades de géraniums, aucun d'eux ne savait que, quelques semaines plus tôt, le commandant du quatrième corps d'armée, le général Aldo Beolchini, avait informé les chefs de l'armée du risque d'une vague de violence sans précédent. Il avait su par des indics de confiance que les infrastructures et les pylônes en particulier allaient être visés, et il en avait référé à ses supérieurs.

Les autorités militaires ne donnèrent aucune suite à l'avertissement du général, qui fut même aussitôt muté loin du Haut-Adige. Peu de temps après, eurent lieu les explosions de la *Feuernacht*.

La capillarité de l'attaque créa la panique à Rome. Les auteurs de l'attentat, disaient les actualités, étaient des gens décidés à porter atteinte à l'unité nationale. Et face à eux, aucun déploiement de moyens ne semblait excessif. On disait qu'ils étaient froids comme des tueurs à gages, sournois comme des espions, immoraux comme des criminels endurcis. Et très dangereux.

Ce fut donc une déception quand on les prit presque tous en un peu plus d'un mois et que l'on vit qui ils étaient vraiment : des gens simples, des petits commerçants, des mécaniciens, des forgerons, des paysans. Sauf le dimanche et quand ils dormaient, les conspirateurs portaient toujours leur tablier bleu, le *Bauernschurz*, symbole de l'éthique tyrolienne du travail. Ils avaient des mains calleuses marquées par le bois, la terre, la graisse de moteur. Ils avaient courtisé leurs femmes dans les bals du *Kirschta'*, ils s'étaient mariés jeunes et avaient beaucoup d'enfants. Un grand nombre d'entre eux et de leurs pères avaient été persécutés en tant que *Dableiber* du temps de l'Option : ils n'avaient pas voulu quitter leur terre, mais ne souhaitaient pas non plus se faire passer pour des Italiens. Certains étaient allés à Dachau pour avoir refusé de s'enrôler dans les SS. Le communisme les intéressait peu ou pas du tout : il n'avait rien à dire sur leur réalité paysanne et catholique. Ils étaient tous croyants, certains très pieux, ils avaient fait le vœu de ne mettre en danger aucune vie humaine. Quand le cantonnier Giovanni Postal sauta en l'air à cause d'une mèche défectueuse qui explosa au mauvais moment, ils furent nombreux à pleurer chez eux : la mort d'un innocent était ce qui pouvait leur arriver de pire à eux personnellement, et à leur cause bien entendu.

Durant des années, ils s'étaient réunis, non pas dans le secret de repaires souterrains ou de consulats étrangers, comme l'insinuaient les journalistes italiens, mais dans les *Stuben* en bois de leurs maisons et des bistrots. Depuis des années, ils accumulaient du matériel explosif en le faisant passer par le Brenner et par les anciens chemins des contrebandiers ; ils l'avaient caché dans les fenils, dans les garages, sous le fumier. Ils s'étaient fait la main avec les explosifs sur des objectifs mineurs mais symboliques : la statue équestre du Duce à la centrale hydroélectrique de Ponte Gardena, par exemple, encore debout seize ans après la mort de Mussolini.

Quand ils avaient commencé à préparer la grande nuit des Feux, chacun avait été chargé de localiser les objectifs à frapper dans la région qu'il connaissait le mieux, c'est-à-dire près de sa maison. En bourrant de plastic les pylônes, ils avaient veillé à ce qu'ils ne fassent pas de victimes en tombant, mais aussi à ce qu'ils n'abîment pas les vergers de leurs voisins. C'étaient des hommes qui connaissaient la valeur de l'effort et pour qui un acte terroriste ne vaut pas une vigne détruite, un paysan ruiné.

Contrairement à ce qu'écrivirent les journaux italiens, les membres de cette première génération de poseurs de bombes n'étaient pas des agents de services secrets, ce n'étaient pas non plus des militaires en quête d'action maintenant que la guerre était finie depuis trois lustres, ni des idéologues de la lutte à tout prix contre le communisme. Ce n'étaient pas des pangermanistes, ni des néo-nazis ou des paramilitaires. Ce qui arriva, mais après, avec les néo-fascistes, les services secrets, les carabiniers déviationnistes du général De Lorenzo et leurs attentats sanglants contre les casernes et les douanes, qui firent des morts et cette fois-ci pas par erreur. Mais à ce moment-là, les poseurs de bombes de la première génération — les *Bumser* comme on les appela ensuite presque avec affection —, des gens soucieux de préserver les vergers, étaient déjà tous morts ou en prison.

Les *Bumser* étaient des gens pratiques, mais confiants au fond dans les êtres humains. Leur stratégie de conspiration était simple : si quelqu'un était arrêté, il n'aurait qu'à se taire et ne pas donner de nom. Il suffirait de répondre par le silence aux interrogatoires et l'organisation serait sauve. Ce n'était pas difficile.

Aucun d'eux ne pouvait imaginer à l'avance ce qu'étaient ces interrogatoires. Aucun d'eux ne pouvait imaginer les coups, la privation de sommeil, la lampe au phosphore braquée dans les yeux, les ongles arrachés ainsi que les dents et les mèches de cheveux, mettant à nu le cuir chevelu, les cigarettes écrasées sur la peau, l'eau salée passée par le nez, les secousses électriques sur les parties génitales. Aucun d'eux n'avait jamais entendu parler de la technique de la « gégène » mise au point par les tortionnaires de l'OAS en Algérie que les Italiens appliquèrent consciencieusement, avec des résultats toujours satisfaisants. Aucun d'eux n'aurait pu imaginer que des représentants de l'État démocratique et républicain en uniforme les réduiraient à un état « sous-humain, subconscient, qui te ferait faire et dire n'importe quoi pourvu que ça cesse, et tu n'es plus une personne, mais seulement une chose », comme le dit l'un d'eux lorsqu'il fut libéré.

Certains détenus réussirent à faire savoir à l'extérieur les tortures qu'ils subissaient, en écrivant sur du papier hygiénique. Des explications furent demandées au ministre de l'Intérieur Scelba, l'inventeur de ces corps spéciaux de la police qui effrayaient Gerda.

« Toutes les polices du monde cognent », répondit-il.

Les conspirateurs parlèrent. Tous. Le réseau des poseurs de bombes de la nuit des Feux fut démantelé en moins d'un mois. Deux d'entre eux moururent en prison sous la torture. Au procès pour maltraitance qui se déroula quelque temps plus tard, les carabiniers qui les avaient torturés furent tous acquittés.

Un titre en gros caractères s'étalait en pleine page du journal *Alto Adige* du 23 juin 1961 :

BOLZANO FAIT PARTIE INTÉGRANTE
DE L'ÉTAT ITALIEN,
TOUT LE MONDE DOIT SE RENDRE COMPTE
DE CETTE RÉALITÉ.

« Les bombes font fuir les touristes. »

C'est ce qu'on disait dans sa petite ville quand Gerda retourna chez elle à la fin de la saison.

Entre-temps, Peter avait réussi à se marier. Leni, une fille brune et menue comme Johanna mais qui aimait danser, était venue vivre chez les Huber, et attendait un enfant. Sa sœur Annemarie aussi s'était mariée quelques années plus tôt, et elle était allée vivre chez son mari en Vorarlberg. Ses parents ne l'avaient plus revue : c'était toute une expédition pour aller la voir.

« Les bombes font fuir les touristes. » C'étaient surtout les membres de la nouvelle Coopérative et son président, Paul Staggl, qui le disaient.

Le plus pauvre des camarades de classe d'Hermann, celui qui le rejoignait lui et Sepp Schwingshackl sur le chemin de l'école, était devenu un homme aux cheveux roux, aux paupières claires de reptile et à la voix rude, aux jambes solidement plantées au sol de celui qui ne doit son succès qu'à ses propres capacités. Le terrain escarpé et à l'ombre qui, pendant des générations, avait réduit sa famille à la misère, avait fait sa fortune. À la fin des années vingt, tandis qu'Hermann apprenait à conduire un camion en récompense de son adhésion au fascisme, le jeune Staggl avait installé sur son terrain une poulie rudimentaire. Les skieurs aventureux qui montaient vers les alpages dominant la petite ville, armés de skis très longs et de peaux de phoque, s'y accrochaient pour se faire transporter plus haut, économisant ainsi du temps et de la fatigue. Au début, la poulie était actionnée par le gros cheval de trait de son père, mais Paul gagna bientôt assez d'argent avec les remontées payées par les skieurs pour pouvoir s'offrir un générateur.

Quand son père mourut, durant ces troubles années trente où Hermann était d'abord devenu fasciste, puis nazi, Paul avait persuadé sa mère et ses deux sœurs non encore mariées de louer les chambres de leur *maso* aux skieurs qui utilisaient son modeste téléski. Les sportifs allemands ne pouvaient pas rêver mieux que de se réveiller de bon matin au pied d'une piste, et en plus du bon côté des Alpes, celui exposé au sud. Bien vite, les affaires marchèrent si bien que Paul put investir dans l'agrandissement de la maison près du fenil. La nouveauté la plus sensationnelle fut la création d'un vrai w.-c., pas dans la cour mais, luxe inouï, à l'intérieur de l'habitation : il ne serait plus nécessaire de sortir à la belle étoile pour faire ses besoins pendant les nuits d'hiver. Paul invita tout le voisinage pour fêter son inauguration. Il se comporta de façon très généreuse : il montra non seulement aux voisins son *Wasserklosett* immaculé, mais il insista pour que les gens l'essaient. Et afin que tous, adultes et enfants, profitent bien de cette occasion exceptionnelle, il fit préparer par sa mère et ses sœurs de grandes quantités de *Zwetschgenknödel* — les *canederli* aux prunes, on sait qu'il n'y a rien de mieux pour stimuler la digestion.

Le *Wasserklosett* fut testé par les voisins plusieurs fois, sans que la canalisation se bouche. Ce fut une fête mémorable, dont on parla encore bien des années plus tard.

Du temps de l'Option, Paul Staggl avait fait profil bas. Il avait évité les prises de position dangereuses, optant pour le déplacement comme le souhaitaient les autorités. Mais, en commerçant avisé, il avait envisagé que tout serait peut-être reporté, prolongé ou même interrompu par la guerre imminente. Il avait encore vu juste dans ses prévisions : les seuls qui réussirent à partir furent les malheureux qui n'avaient rien à perdre, ou les fanatiques comme Hermann. Et même le hasard le favorisa : ses propriétés sur le versant abrupt de la vallée ne furent pas touchées par les bombardements alliés qui détruisirent en revanche beaucoup de maisons au fond de la vallée.

Ainsi, quelques années après la guerre, à la place du vieux *maso* au champ si escarpé qui avait cassé le dos de générations de Staggl, apparut un grand hôtel dont les chambres à la vue dégagée sur les glaciers attirèrent vite une clientèle internationale. Paul avait construit trois autres poulies sur d'autres champs voisins. Même ceux qui n'auraient jamais accepté de payer l'ascétique péage de fatigue et de transpiration de la montée pour quelques minutes d'ivresse pouvaient maintenant devenir des skieurs. Les touristes accouraient de plus en plus nombreux chaque hiver.

Au début des années soixante, Paul Staggl n'était pas encore un des hommes les plus riches de la petite ville, mais il avait bien l'intention de le devenir. Il n'y avait assurément pas de place pour les bombes dans ses plans. Et sur la question du Tyrol du Sud, qui passionnait Peter et les autres jeunes enragés, Paul refusait de donner son avis : Italiens, Allemands ou Autrichiens étaient tous égaux pour lui, du moment qu'ils laissaient leur argent dans les caisses des hôtels. Il avait compris bien avant la plupart de ses compatriotes que l'argent, non seulement n'a pas d'odeur, mais qu'il n'a pas d'ethnie non plus. *Das Geld, l'argent, the dough, la plata,* n'a pas de *Sprachgruppenzugehörigkeit*[1], et n'en aura jamais.

Paul avait épousé l'aînée d'une prospère famille de marchands de tissu dont les quatre filles avaient été élevées en Suisse, loin de la vallée et de ses frustes manières paysannes : il fallait raffiner en elles l'art du superflu nécessaire pour accéder aux cercles de la bourgeoisie. Le plan avait fonctionné et Paul fréquentait désormais la bonne société de la ville. Peu avant la guerre, il avait enfin eu un fils, sans lequel la création ex nihilo de son patrimoine n'aurait été qu'un succès bancal.

À l'époque de la nuit des Feux, Hannes Staggl avait à peine plus de vingt ans. Il tenait de son père son teint celtique, ses paupières presque transparentes, l'odeur piquante des roux. Il lui manquait pourtant sa présence solide et bien plantée sur le sol, son sourire bienveillant mais déterminé, une volonté que l'on sentait implacable derrière des manières courtoises, bref ces traits qui avaient justement rendu possible à Paul son ascension.

Hannes roulait à toute allure sur les routes de la vallée dans sa Mercedes 190 décapotable couleur crème, avec une vanité un peu désespérée. Il passait rageusement les vitesses, il effrayait par des choix de trajectoire audacieux les filles qui s'asseyaient à tour de rôle à côté de lui, il se grisait de vitesse. Sur son visage la claque du vent, en fond

---

1. Appartenance à un groupe linguistique.

sonore de sa conduite téméraire la musique sensuelle de Noirs crachée par le mange-disque — il s'imaginait être dans un film américain. Mais la nationale qui passait dans la vallée n'était pas la Route 66, il n'était pas Rock Hudson et ne courait pas vers un destin épique, mais tout au plus, vers Bolzano. Et surtout, ce n'était pas lui, mais son père qui avait réussi la spectaculaire évasion de la plus sombre des prisons : la pauvreté.

Il n'arrivait pratiquement jamais à Paul Staggl de rencontrer Hermann Huber, son vieux camarade d'école. S'ils se croisaient dans les rues de la petite ville, tous deux s'en tenaient à un tacite accord : ils étaient pris d'une brusque curiosité pour une vitrine de magasin, ils se penchaient pour resserrer un lacet, ils éprouvaient l'impérative nécessité de vérifier l'attache d'un bouton. Nul n'aurait pu attribuer l'absence de salut réciproque à la mauvaise éducation ou à la gêne, encore moins à la morgue de Paul ou à l'envie d'Hermann. Leurs regards évitaient chaque fois de se croiser uniquement à cause d'une série de circonstances fortuites, minimes mais objectives, dont aucun des deux ne devait porter la responsabilité. Il en était ainsi depuis plusieurs dizaines d'années, il n'y avait pas de raison que ça change. Et donc leurs enfants non plus n'avaient jamais fait connaissance.

Un jour pourtant, en revenant d'une virée en voiture, plus las que d'habitude de la facilité avec laquelle les filles acceptaient de monter dans sa Mercedes couleur crème, Hannes vit Gerda.

Il ne savait pas que c'était la fille du vieux camarade de classe de son père. Il ne savait pas que Gerda, très jeune, avait passé les étés dans l'alpage

92

et les hivers comme domestique. Il ne savait pas que, depuis deux ans, elle ne passait plus ici que les deux mois où les hôtels fermaient : un entre la Toussaint et la Saint-Nicolas, et quelques semaines entre Pâques et la Pentecôte. Il l'ignorait, si bien qu'en la voyant il se demanda seulement : comment ai-je fait pour ne pas la remarquer jusque-là ? Où s'était-elle cachée depuis sa naissance, cette blonde aux yeux oblongs, aux lèvres de tulipe, à la foulée ample mais douce — non pas comme les autres femmes de la vallée, qui avaient des jambes aux muscles longs mais aussi la dureté de mouvement de leurs hommes ? Où était-elle jusque-là cette fille au corps de femme, poitrine de femme, démarche de femme, et même oreilles de femme ?

Gerda marchait le long de la départementale, engoncée dans un petit manteau vert, un peu usé et trop court, un héritage de sa sœur, mariée, beaucoup plus petite qu'elle. Il découvrait ses jambes droites, ses pieds chaussés de souliers bas et confortables de fille qui travaille dur, ses poignets fins qui ondulaient au rythme léger de la marche. Le flot du désir monta en lui avec une telle violence que son pied écrasa la pédale du frein et qu'il pila. La fille brune assise à côté de lui se cogna le front sur le tableau de bord de la Mercedes.

« Que se passe-t-il ? » lui demanda-t-elle.

Il la regarda. Il éprouva un brusque sentiment de surprise en la voyant là, sur le siège en cuir cramoisi près du sien. C'était une jolie fille dont le foulard noué sous le menton soulignait le profil net et la peau claire. Elle massait son front contusionné de ses doigts fuselés, et sa jeune poitrine arrondissait agréablement sa veste de sport en cuir. Mais tout en elle lui était devenu indifférent, jusqu'à son prénom, depuis qu'il avait vu Gerda marcher sur la route.

Mais qui était-elle ?

Depuis un an, Gerda était une *Matratze*.

Les *Matratzen* étaient les non-aimées. C'étaient les orphelines, les bâtardes, les seules. Gerda n'était ni une orpheline ni une bâtarde. C'était une *Matratze* parce que son père, Hermann, l'avait laissée partir.

Les *Matratzen* étaient tout en bas de la hiérarchie de la cuisine, avec les commis plongeurs, mais c'était encore pire pour elles, car eux du moins, même alcooliques et pauvres, étaient des hommes. Elles, c'étaient des femmes, et même aides-cuisinières ou bien, cas rarissime, cuisinières, elles restaient des *Matratzen*, car une femme à la cuisine, c'est connu, n'est une honnête femme que dans sa propre maison. Les cuisines où trimaient les *Matratzen* étaient au contraire celles des grands hôtels saisonniers, d'énormes pièces pleines de fumée et de vapeurs qui n'avaient rien à voir avec un foyer domestique, dans un cadre chaud et paisible où les enfants étudient leurs leçons et où les mères raccommodent les vêtements en attendant que la soupe arrive à ébullition. Les cuisines où travaillaient les *Matratzen* étaient des antres bruyants et surchauffés où l'on criait, jurait et transpirait, imprégnés d'odeurs pénétrantes et de fumées visqueuses, au point que la seule possibilité de survie était de devenir insensibles.

Les *Matratzen* étaient appelées ainsi par les plongeurs, les cuisiniers, les chefs qui dirigeaient les cuisines et, même si ce n'était pas ouvertement, par les directeurs des hôtels aussi. Elles n'étaient faites que pour une seule chose, disaient-ils, à la différence des matelas, leurs homonymes, sur lesquels en revanche, on peut aussi dormir si l'on veut.

Gerda aussi, en théorie, était une *Matratze*. Mais à elle, personne n'arrivait à dire de phrases vulgaires, pas même le plus bourré des commis plongeurs. Elle avait de longues jambes, la poitrine haute et surtout des yeux qui ne se baissaient jamais. Le désir qu'elle provoquait était trop intense et réel, les hommes se seraient sentis découverts dans une vérité trop essentielle s'ils avaient eu pour elle les mêmes sous-entendus grossiers que pour les autres. Certes, avec les autres aussi faire l'amour serait toujours mieux que ne pas le faire du tout : ces cuisiniers, et surtout ces malheureux commis plongeurs, sans un sou même pour les *Nutten*[1] de la départementale, le faisaient peu, très peu, pour ne pas dire jamais. Mais avec Gerda, ils auraient voulu le faire *vraiment*. Ils auraient voulu passer leur langue dans le creux de ses seins. Ils auraient voulu glisser leurs doigts dans certains endroits de son corps qu'il était risqué d'imaginer sans se couper, car leurs mains perdaient prise sur le gros couteau à viande et leur sang descendait de la tête ailleurs, plus bas. Ils auraient voulu — et comment pouvaient-ils l'avouer aux autres hommes de la cuisine ? — regarder son sourire au moment du plaisir. Non, avec Gerda on ne pouvait faire aucune plaisanterie douteuse. Personne n'y arrivait.

Que pensait Gerda du désir qu'elle suscitait,

1. Putains.

qu'elle avait suscité petite fille, chez les garçons ? Pas grand-chose, à dire vrai. Elle s'en rendait compte, bien sûr. Quand elle dormait dans le foin à côté de Simon et Michl, elle avait bien remarqué déjà leurs courtes respirations étouffées, les étranges mouvements cadencés des planches suivis de gémissements étranglés comme des demi-jurons et puis un silence soudain, honteux. Elle ne comprenait pas bien ces manèges, mais elle devinait qu'ils la concernaient. Depuis qu'elle était petite, elle était habituée aux regards de tous les hommes qu'elle croisait dans la rue, surtout l'été, quand les robes légères marquaient ses formes. John Gallagher de Leeds, United Kingdom, n'avait été que le premier. Elle avait appris à reconnaître ces regards à la fois rapaces et confus, vulgaires et adorateurs, mais qui glissaient sur elle sans la toucher ; ils ne lui apprenaient rien sur elle. Ce désir ne rongeait qu'eux-mêmes, les hommes qui l'éprouvaient, pas elle ; tout comme la soude caustique attaque seulement les doigts qui la manipulent, et pas les plats sur lesquels on la frotte.

En réalité, Gerda, depuis son enfance, sentait qu'elle était destinée à quelque chose encore dépourvu de contours précis mais qu'elle était sûre de reconnaître le moment venu, et qu'elle distinguerait certainement de ces regards-là. Ce quelque chose résonnait en elle comme une nostalgie quand elle écoutait certaines chansons, ou quand le dégel répandait le premier parfum de résine dans l'air encore piquant de neige, ou à la moitié de son cycle mensuel, lorsque sa poitrine durcissait et que montait comme un appel entre ses jambes. Ce quelque chose la protégeait comme un manteau des plaisanteries vulgaires. Les hommes la regardaient alors désemparés et extasiés, comme un phénomène de la nature hors de leur contrôle, et ils finissaient par la désirer encore plus, mais de loin.

Gerda fut donc la première *Matratze*, dans toute l'histoire hôtelière du Haut-Adige, à être respectée par les hommes qui travaillaient à côté d'elle. Elle ne fut pas la dernière, ni la seule ; à partir d'un certain moment, plus ou moins à l'époque où la chanteuse Mina quitta la scène, on cessa même de les appeler *Matratzen*. Mais elle fut la première.

Comme de juste, Gerda commença par le grade le plus bas : commis plongeur.

Quand elle entrait dans la cuisine, vers six heures et demie, il n'y avait encore personne. C'était elle, la dernière arrivée, qui devait allumer tous les matins le brûleur à mazout qui alimentait les fourneaux. Elle était alerte et dégourdie, habituée depuis l'enfance à s'occuper, encore à moitié endormie, de feu et de matériel incendiaire. Le brûleur mettait plus d'une heure à se réchauffer et à huit heures, il fallait être prêt à servir le lait bouilli et le café aux clients — personne n'avait encore entendu parler d'expresso à la napolitaine dans le Haut-Adige. Pendant sa mise en marche, le brûleur émettait une fumée âcre et dense, bitumineuse. Un nuage noir se répandait dans la cuisine encore déserte, qui finissait toujours par lui couper la respiration. Cet air balsamique dont les clients du grand hôtel venaient remplir leurs poumons, qui sentait les conifères et le foin, semblait là-dedans un bien perdu pour toujours. Quand le brûleur se mettait à tirer, la cuisine s'animait, avec l'arrivée des cuisiniers, des aides-cuisiniers et des autres plongeurs. Alors, Gerda commençait sa journée devant l'évier de marbre. Les lave-vaisselle n'existaient pas encore : tout, depuis les plats gigantesques pour les viandes braisées jusqu'aux petites cuillères à thé, était lavé à la main.

Il fallait frotter et gratter pendant plus d'une demi-heure certains plats encrassés : à la fin de la journée, Gerda avait les épaules et les bras tellement endoloris qu'elle retirait son tablier avec des gestes lents, comme une petite vieille. Mais le pire était le savon. On le faisait ici, dans la cuisine, en mettant à bouillir sur un fourneau un peu à l'écart des autres, une grosse marmite de soude caustique et de graisse de porc. Il en résultait une sorte de crème visqueuse, que Gerda étendait ensuite comme de la polenta sur une grande planche à découper. Quand elle était refroidie et solidifiée, elle la taillait en petits pains. Les savonnettes de soude brûlaient la peau. Après un mois de ce traitement, elle avait le bout des doigts à vif. Mais si elle avait mis des gants, on l'aurait traitée de « délicate », une insulte presque pire que *Matratze*.

Si le filtre de la hotte n'était pas lavé tous les sept jours, la graisse figée commençait à tomber sur les plats. Une fois par semaine, le vendredi, Gerda et les autres plongeurs le mettaient à bouillir dans une lessiveuse pleine de soude, puis ils nettoyaient aussi à fond les carreaux de toute la cuisine. Ce jour-là, Gerda devait sauter la *Zimmerstunde*, son heure de repos entre les services du déjeuner et du dîner.

La dernière tâche de la journée consistait à désinfecter la planche à découper en bois pour les viandes et les poissons. Le soir, une fois la cuisine fermée, elle l'aspergeait d'alcool, puis l'enflammait.

La journée de Gerda commençait et finissait par le feu.

Le chef cuisinier, Herr Neumann, était un homme gros et sanguin, aux paupières gonflées comme des raviolis et à la bouche petite et rose d'angelot. Il n'utilisait jamais de spatules ni de fourchettes. La consistance de la nourriture, disait-il, c'est la moitié de sa saveur, et un cuisinier qui ne la touche pas n'a aucune idée de ce qu'il cuisine. Il ne se servait donc que de ses mains, plongeant dans les poêles et les casseroles ses doigts étonnamment fuselés. Il n'utilisait pas de louche, même pour goûter les sauces. Il plongeait un doigt dedans et le léchait : un geste, puéril et rapide, d'enfant surpris en train de voler. Et pourtant, il ne se brûlait jamais.

Lorsque les quelque deux cents places se remplissaient de clients affamés, les commandes pleuvaient. Les serveurs arrivaient de la salle du pas des patineurs et lisaient en hurlant les feuillets avant de les entasser près du passe-plat :

« *Gerstesuppe, neu*[1] *!* »

« *Un filet au poivre, neu !* »

« *Lammrippen aux herbes, neu*[2] *!* »

« *Rollade, neu*[3] *!* »

Ils s'emparaient des assiettes que les cuisiniers avaient disposées sur le passe-plat, en entassant jusqu'à six à la fois sur leurs bras et avant-bras, puis ils repartaient en patinant sur le sol de marbre vers la salle à manger.

1. « Une soupe d'orge, et une ! »
2. « Une côtelette d'agneau, et une ! »
3. « Une roulade, et une ! »

Les cuisiniers ne discutaient jamais entre eux, ou du moins pas durant l'heure de pointe : ils étaient trop occupés à cuisiner, remuer, ne pas se brûler, garnir. Chez certains, la hâte se manifestait par des gestes saccadés, d'oiseau nerveux. Comme Hubert, le cuisinier chargé des entrées et des accompagnements cuits, qui dansait au milieu des fourneaux avec ses jambes maigres, semblant sur le point de se casser à tout moment comme des spaghettis crus. Herr Neumann faisait tout avec autant de rapidité, mais avec calme. Parfois, les trajectoires des cuisiniers se croisaient et ils essayaient alors d'éviter, avec d'amples gestes élégants, que la poêle brûlante de l'un ne heurte le dos de l'autre. Ils évoluaient, calmes et concentrés, au rythme soutenu d'une danse frénétique.

En revanche, pour les serveurs et les commis qui allaient et venaient, la moindre attente, même de quelques secondes, dans ces limbes à mi-chemin entre la cuisine fumante et la salle pleine de clients impatients, n'était qu'un obstacle dont il fallait accuser quelqu'un. Entre les cuisiniers et eux, ça finissait souvent par des insultes.

Les nombreux plats apparaissaient et disparaissaient avec rapidité du comptoir des passe-plats, comme des gouttes sur une vitre pendant un orage. Les feuillets des commandes exécutées étaient enfilés par Herr Neumann sur un pique-notes à côté du passe-plat. Dans les moments les plus frénétiques, il lui arrivait même de perforer, avec un léger grognement d'effort et de satisfaction, une vingtaine de feuillets d'un seul coup. Gare à qui, par inexpérience ou distraction, oserait le remplacer dans cette tâche : seul le chef-cuisinier pouvait confirmer qu'une commande avait été exécutée à la perfection, servie et donc archivée. Un jour, un jeune Ladin engagé depuis peu crut que le feuillet d'une commande déjà servie avait été oublié sur le comptoir, et il osa le glisser dans le pique-notes. Herr Neumann ne dit rien. Il saisit seulement le poignet de l'aide-cuisinier et écrasa sa main sur le comptoir. Il prit ensuite le pique-notes en fer et enfonça la pointe dans le bois entre les espaces de ses quatre doigts, à coups forts, rapides et précis.

« La prochaine fois, je garderai tes doigts serrés », lui dit-il.

Personne ne toucha plus jamais aux feuillets des commandes exécutées.

Les serveurs vidaient les assiettes sales dans un bidon près de la porte, puis les mettaient dans un égouttoir, prêts pour les commis plongeurs. Quand Gerda lavait une assiette, elle comprenait aussitôt qui l'avait rapportée de la salle. C'était déjà bien beau si les serveurs enlevaient les restes les plus gros, les os de poulet ou ceux des côtelettes ; ils ne se donnaient souvent même pas la peine de les retirer. Les assiettes qu'ils mettaient sur l'égouttoir étaient pleines de restes de nourriture, et le message était clair : ils faisaient un métier supérieur, qu'elle se débrouille pour nettoyer les assiettes. Les femmes, en revanche, jetaient les restes dans le seau, raclaient soigneusement les assiettes avec les couverts et, si elles avaient le temps, elles faisaient même couler l'excès de jus : la vaisselle qu'elles rangeaient sur l'égouttoir était très facile à laver. On aurait dit parfois qu'un simple coup de torchon suffirait à les nettoyer : c'étaient les assiettes que rapportait Nina, une serveuse d'Egna d'une trentaine d'années. Au début, Gerda l'avait remerciée, mais Nina s'était campée devant elle, la fixant de ses yeux noirs un peu trop rapprochés, quatre assiettes en équilibre sur ses avant-bras prêtes à être portées en salle, les pieds gonflés dans ses chaussures orthopédiques. « *Lass es* », lui avait-elle dit : laisse tomber. C'est-à-dire : ici il vaut mieux économiser les politesses, moi j'entre et je sors par cette porte plus de cent fois par jour, et si je devais remercier les cuisiniers à chaque plat, ce serait infernal.

Gerda cessa de la remercier. Les assiettes sales de Nina n'en restèrent pas moins les plus propres.

Le personnel déjeunait à onze heures, pendant la cuisson des dernières préparations de base, un peu avant l'arrivée des clients dans la salle. Ils mangeaient dans une petite pièce sombre au sous-sol, près des provisions, serveurs d'un côté et cuisiniers de l'autre. C'était Herr Neumann qui cuisinait pour eux. Il tenait à ce que le personnel mange bien et inventait toujours quelque chose avec les restes. Un bout de rôti lui permettait de faire des boulettes en sauce ; avec des morceaux de pot-au-feu, coupés en lamelles, revenus avec des pommes de terre, de l'oignon et du laurier, il préparait un *Greastl* qui embaumait ; il mélangeait des macaronis à la bolognaise avec du fromage et de la béchamel, puis les passait au four ; avec du bouillon, un reste de légumes et un peu de ciboulette, il confectionnait un délicieux risotto. Mais il ne déjeunait pas avec eux : un chef ne laisse jamais sa cuisine sans surveillance.

Gerda mangeait vite, presque debout, trois bouchées à la fois, puis se dépêchait de remonter. Elle n'aimait pas manger, et pas seulement parce qu'il est difficile d'avoir de l'appétit quand on vit en permanence dans une odeur de nourriture.

Elle n'avait jamais aimé ça, pas même lorsqu'elle devint une grande cuisinière, pas même quand elle prit sa retraite — plus tard, Eva tiendrait ça d'elle aussi. Mais c'était pour une autre raison que Gerda mangeait aussi vite : elle voulait observer tranquillement ce que faisait Herr Neumann.

Le chef cuisinier avait remarqué l'attention avec laquelle Gerda suivait les phases de préparation de la nourriture dans les différentes parties. Elle ne demandait jamais d'explications mais, dans ses rares moments de pause, elle examinait de ses longs yeux clairs ce qui se passait sur le plan de travail des salades et des hors-d'œuvre, sur celui des entrées, des desserts, et parfois, incroyable effronterie, sur celui des viandes, royaume de Herr Neumann. Ce dernier voulut voir si cette jeune fille, aux formes excessivement arrondies et à la démarche un peu trop sinueuse pour la vie paisible de sa cuisine, était seulement en train de perdre un temps qu'elle aurait mieux employé à frotter les assiettes et les verres, ou si elle avait appris quelque chose. Ainsi, enfreignant toutes les règles, au bout d'un an à peine Herr Neumann promut Gerda aide-cuisinière. Hubert murmura à mi-voix de lourdes allusions sur les véritables motifs de cette promotion, mais il n'eut pas le courage de le faire devant elle ni, bien évidemment, devant le chef.

Le travail de l'aide-cuisinier n'en était pas moins, encore et toujours, un travail difficile, surtout en été, quand la cuisine était plus chaude qu'une forêt tropicale, et bien plus enfumée. La sueur coulait à flots sur le front de chacun, non seulement des apoplectiques en surpoids comme Herr Neumann, mais aussi des maigres et secs comme Hubert. Au bout de ses longs bras, le cuisinier responsable des entrées et des accompagnements cuits avait toujours, telles des ramifications métalliques, des poêles et des casseroles dont il faisait voler en l'air le contenu, sans jamais le faire déborder : des pennes à faire revenir dans une sauce au cerf, des pommes de terre au beurre, des champignons sautés à l'ail et au persil. La sueur coulait le long de ses rides précoces et parfois même de son menton. Gerda aussi, par moments, ne comprenait plus si la transpiration était un liquide qui sortait d'elle, ou plutôt une exhalaison dense où elle était plongée. Le long de ses tempes, sur les ailes de son nez, derrière ses oreilles, la sueur creusait sur sa peau des plaies profondes comme les torrents sur le calcaire des Dolomites. Tous les soirs, après sa douche, Gerda enduisait de crème Nivea ces sillons sur son visage et son cou, mais à la fin de la saison la chair était à vif. Pour anesthésier la brûlure de la sueur salée sur les plaies, le seul remède était de fumer et, comme tous les autres, Gerda eut bien vite une cigarette entre les doigts pendant les pauses.

Les pétrisseuses, les trancheuses à jambon, les mixeurs n'existaient pas : il n'y avait que les bras des commis plongeurs et des aides-cuisiniers. Gerda restait à la cuisine jusqu'à minuit pour préparer la matière première que les cuisiniers utiliseraient le lendemain matin. Elle pelait et éminçait les légumes qui étaient placés ensuite dans les tiroirs sous le plan de travail des accompagnements cuits ; elle étalait la pâte des tagliatelles ; elle préparait le pain d'Espagne pour les gâteaux et la pâte feuilletée pour la spécialité de la maison, le strudel, sans lequel des vacances dans le Haut-Adige ne sont pas dignes de ce nom. Tous les soirs, il y avait donc des dizaines de kilos de pommes qu'il fallait peler, couper, arroser de citron et conserver sous un torchon mouillé, prêtes pour le cuisinier pâtissier qui les mettrait dans la pâte le matin suivant. Le soir, Gerda mettait aussi dans le four déjà éteint mais encore chaud les longues tiges de rhubarbe, vert clair aux rayures pourpres, avec du sucre. Le lendemain matin, elles étaient réduites en compote, prête à être mixée avec de la crème fraîche, de la gélatine et encore du sucre pour être servie froide dans des moules à flan.

C'était aussi à Gerda de préparer les œufs. Elle montait les blancs en neige pour les meringues dans de grands chaudrons de cuivre ; elle mélangeait les jaunes pour la pâte des gâteaux avec du sucre et du lait dans des bols en faïence blanche. Il y avait souvent plus de cinquante œufs à battre et, certains soirs, elle avait le bras droit si endolori qu'elle devait demander à Elmar de l'aider à dénouer son tablier.

Tous les plongeurs, de tous les restaurants, de tous les grands hôtels — et Elmar n'y faisait pas exception malgré ses seize ans à peine — étaient alcooliques. Mais sans eux, les cuisines auraient cessé de tourner en quelques heures. Il s'agissait, en général, des enfants cadets des paysans les plus pauvres, qui avaient dû choisir entre mourir de froid et faire le *Knecht* dans les *masi* les plus riches, ou mourir de chaud dans les cuisines des grands hôtels. La décision avait été facile pour Elmar : il avait déjà eu sa part de froid, comme son père, son grand-père et ses ancêtres, depuis trop de générations. Et puis, tout lui semblait mieux que la solitude des *masi* de son Val Martello. Maintenant que Herr Neumann avait promu Gerda aide-cuisinière, c'était ce jeune garçon au visage trop long et aux

105

grandes oreilles qui avait le grade le plus bas de la cuisine et qui, une fois que tous les autres étaient allés se reposer, restait à frotter la plaque en fonte du gril.

Les soirs où Elmar dénouait les cordons du tablier de Gerda, ses doigts d'adolescent, écorchés et couverts de brûlures, tremblaient. Plus tard, dans son lit en fer, le souvenir de ce contact rapproché avec le creux des reins de Gerda l'empêchait de s'endormir pendant des heures.

« La bonne cuisine ne se fait pas dans la cuisine, mais au marché, et dans le garde-manger. »

L'art de choisir, de placer et de conserver les produits alimentaires était à la base de tout pour Herr Neumann. Sous sa houlette, Gerda apprit à sélectionner les meilleurs.

Le poisson arrivait de Chioggia dans des caisses en bois couvertes de glace, le vendredi à l'aube : des rougets, des lottes, des bars, des coques, des *fasolari*[1]. Herr Neumann les désignait par leurs noms italiens. Pour les légumes et les fruits aussi, il utilisait l'italien, surtout pour les salades : chicorée, laitue, valériane, roquette, pourpier, cresson. Mais pour la viande il se servait de l'allemand : *Rindfilet*[2], *Lammrippen*, *Schienbein*[3]. Comme pour les gâteaux : *Mohnstrudel*[4], *Rollade*, *Linzertorte*[5], *Spitzbuben*[6]. Ce bilinguisme culinaire était un usage

1. Sortes de coques de la côte nord-adriatique. *(N.d.T.)*
2. Filet de bœuf.
3. Jarret.
4. Strudel aux graines de pavot.
5. Tarte de Linz (avec des noisettes dans la pâte et de la confiture de myrtilles).
6. Sablés à la confiture.

solidement établi, partagé par tout le personnel, auquel on ne pouvait déroger. La seule exception à la règle, une sorte d'hommage involontaire aux stéréotypes entre Italiens et Allemands, étaient les pommes de terre : bien qu'entrant dans la catégorie des plantes potagères, ou du moins des tubéreuses, pour tout le monde c'étaient toujours des *Kartoffeln*. Mais avec la friture, elles surmontaient les tensions interethniques du Tyrol du Sud pour acquérir un statut international, devenant des *Pommes Frites*[1].

Les chambres frigorifiques étaient deux véritables pièces, une pour les laitages et une autre, plus grande, pour la viande. Cette dernière était une sorte de salle sans meubles, où des quartiers de bœuf, des demi-veaux, des dindes et des poulets entiers étaient pendus à des crochets. Elle était fermée par une porte en bois massif, à l'extérieur de laquelle étaient suspendus deux lourds manteaux en laine. La première fois que Herr Neumann emmena Gerda dans la chambre froide, il en prit un et l'enfila. Elle le regarda d'un air interrogateur.

« À l'intérieur, il fait plus froid qu'en janvier au sommet de l'Ortles. Tu n'y es jamais allée ? »

Elle fit signe que non.

« Moi non plus. Si tu ne veux pas mourir jeune, couvre-toi bien avant d'entrer ici tout en sueur. »

La première fois où elle revint chez elle pendant la fermeture de la basse saison, personne ne lui posa de question. Ni sa mère ni son père ne lui demandèrent ce qu'elle faisait, si elle mangeait et

---

1. En français dans le texte. *(N.d.T.)*

dormait suffisamment, si elle s'entendait bien avec le reste du personnel.

Quand il n'était pas en déplacement avec son camion pour transporter du bois, Hermann passait son temps assis au *Stammtisch*[1] du bistrot, où il était la cible de ceux que le vin rendait loquaces et non pas comme lui, encore plus silencieux que d'habitude. Johanna avait non seulement renoncé à parler avec son mari, mais aussi à le regarder en face. Les dernières fois où elle avait essayé, il l'avait fixée comme si elle lui avait fait un affront impossible à pardonner, et elle avait compris : c'était l'affection que, malgré tout, Johanna continuait à éprouver pour l'homme dont elle partageait le lit depuis trente ans, qui le blessait.

La femme de Peter, Leni, avait eu un enfant. Sur le mur moisi de l'humide maison de Shanghai était suspendue une cible en bois où était peint son nom, *Ulrich*, criblé de coups tirés par Peter et par les *Schützen* de sa garnison, le jour du baptême. Comme si la naissance de son premier enfant avait été pour lui une chasse fructueuse, il l'avait placée au milieu de ses trophées : des crânes de cerfs aux cornes ramifiées et de bouquetins qui avaient l'air de parents proches des licornes, un aigle royal cloué au mur les ailes déployées.

Il arrivait à Peter de disparaître pendant trois jours, sans prévenir ni ses parents ni sa femme, et sans donner d'explication quand il rentrait. Leni se retrouvait ainsi avec le petit Ulli, otage de la tristesse de cette maison. Une nuit, enlacée à son enfant dans le grand lit en sapin, Leni rêva au jour

1. Table des habitués.

effrayant où elle s'était perdue dans le bois au cours d'un orage, quand elle était petite. Dans son rêve, la foudre tombait à quelques mètres de ses pieds, faisant trembler la terre. Leni se réveilla en sursaut et ouvrit les yeux. Peter s'était jeté sur le lit près d'elle, encore tout habillé. Ses cheveux, sa peau, ses vêtements, tout avait l'odeur âcre et sulfureuse de la foudre. Comme toujours, Leni ne parvint pas à demander d'explications : en quelques minutes son mari s'était déjà endormi. Mais Ulli s'était réveillé. Elle ne réussit pas à le calmer tout de suite et elle dut se lever. Elle se promena plus d'une heure avec l'enfant qui pleurait dans ses bras sur les planches en bois grises de la *Stube* froide maintenant. Au bout d'un moment, engourdie par le froid, elle mit sur ses épaules le manteau que son mari avait laissé sur une chaise avant de se jeter sur le lit. Elle glissa une main dans une des poches et elle vit, en la retirant, qu'elle était couverte d'une fine poudre un peu grasse, de la couleur du papier dont on enveloppe le pain, et qui sentait le soufre. Leni ne pouvait pas le savoir, mais c'était de la donarite.

Elle aurait voulu en parler avec Peter le lendemain, mais une heure à peine après qu'Ulli s'était enfin écroulé, et Leni avec lui, il était sorti. Elle parla alors à Johanna de cette poudre étrange et de l'odeur sulfureuse qui imprégnait les cheveux et les vêtements de son mari. Sa belle-mère l'écouta, mais garda le silence. Elle ne lui dit pas que, quelques années plus tôt, elle-même avait trouvé des traces de peinture rouge sur le manteau de son fils, précisément la nuit où le *Wastl* de granit avait été barbouillé par des inconnus. Elle ne leva pas les yeux sur Leni. Elle resta à genoux devant la cuisinière à bois, sans cesser de frotter à l'eau et à l'ammoniaque les portes émaillées et les poignées en acier. Quand Leni vit qu'elle n'obtiendrait pas de réponse, elle sortit de la cuisine et de la maison avec Ulli dans les bras.

Alors seulement, Johanna se retourna vers l'endroit où, un moment plus tôt, étaient posés les pieds de sa belle-fille. Son bras gauche avec lequel elle avait tenu la porte du four pour mieux l'astiquer lui faisait brusquement mal, et une soudaine sueur froide perla sur son front. Elle fut prise d'une brusque nausée, et un sentiment de menace imminente l'envahit. Elle ne devait pas se laisser angoisser de la sorte par les paroles de Leni, se dit-elle, au fond il n'était rien arrivé d'irréparable. En réalité, la catastrophe était déjà en train de se produire, mais à l'intérieur de son corps, dans le flux et le reflux du sang veineux et artériel qui alimentait ses organes et ses tissus depuis sa naissance, avec un silencieux et régulier clapotis. Depuis longtemps déjà, son artère coronaire gauche s'était partiellement bouchée, à son insu, et rendait difficile la remontée du sang vers la paroi antérieure de son cœur. Johanna l'ignorait, mais maintenant, à genoux sur le sol en bois aspergé de gouttes d'eau savonneuse, elle faisait un léger infarctus du myocarde.

À son retour, après les mois passés entre la chaleur, les hurlements et les odeurs de la grande cuisine, le silence de la maison de ses parents semblait à Gerda aussi solide que de la boue séchée après une inondation. Toute parole non indispensable, tout commentaire, question, exclamation, adverbe, adjectif y avait été enseveli. Il ne restait que les verbes à l'impératif (prends, porte, sors, lave-le, mange), ou des noms de choses : *tello*, l'assiette à tendre pour y verser la soupe ; *foiozoig*, le briquet à donner à son père pour sa pipe du soir ; *holz*, le bois à entasser près de la cuisinière. Ces mots survivants pointaient du silence comme émergent de la couche de limon recouvrant un village enseveli par un éboulement les objets de la vie qui a été balayée : le dossier d'une chaise, une marmite sans poignées, une chaussure dépareillée.

La première fois que Hannes adressa la parole à Gerda, il lui demanda :

« *Wo worschn bis iatz ?* »

Où avait-elle vécu jusque-là ? Comment était-il possible qu'il ne l'ait jamais croisée avant dans les rues de la petite ville ? Elle lui dit que depuis plus d'un an déjà elle vivait la plupart du temps à Merano, où elle travaillait en cuisine. Tout en parlant, Gerda vit dans les yeux de Hannes le même regard d'étonnement sans défense que lui avait adressé son père, bien des années plus tôt, quand il l'avait appelée *Mamme*.

Maintenant qu'elle le voyait, elle comprenait que c'était celui qu'elle attendait depuis des années, sans le savoir.

Le téléphérique qui déchargerait des dizaines de skieurs sur le sommet de la montagne, qui ouvrirait les portes de la prospérité à la ville et à ses habitants, avait été achevé par la Coopérative. Le bois de mélèzes, de pins pignons et de sapins rouges qui recouvrait le versant nord de la montagne, maudit par les ancêtres de Paul Staggl parce qu'escarpé et sans soleil, avait à moitié disparu. Il était sillonné maintenant par les tracés sinueux des pistes de ski et par la ligne presque droite qui reliait entre eux les pylônes de la nouvelle remontée mécanique. L'inauguration aurait lieu dans quelques semaines. La cabine rouge de trente places suspendue à un puissant câble en acier se détacherait sur le bleu du ciel, volant au-dessus des têtes de la fanfare, de toute la population réunie, du maire et surtout de Paul Staggl, le capitaliste visionnaire à qui on devait sa réalisation, et rendrait évident à tous le futur radieux qui attendait la vallée.

En vue de l'inauguration, on faisait les derniers contrôles de sécurité et les exercices de secours en cas de panne de courant. Hannes persuada les ouvriers de son père d'organiser une simulation d'accident dont ils seraient les victimes, Gerda et lui. Ils incarneraient deux skieurs en vacances pris au piège de la cabine à cause d'une chute de tension, et les ouvriers viendraient les sauver.

Quand Gerda entra dans la gare au pied du téléphérique, elle eut l'impression de pénétrer dans un antre d'une taille faite pour des géants plutôt que pour des êtres humains. Les roues colossales accrochées au plafond entraînaient un épais câble en acier d'où pendait la cabine rouge accrochée à un étau noir — comme un drap attaché par une énorme pince à linge à une corde démesurée. Pourtant, quand elle fit le tour du pylône et qu'elle s'approcha de la porte ouverte, Gerda trouva qu'elle ressemblait plus à un gros autocar qu'à une chose destinée à tenir en l'air : elle était à la fois effrayante et ridicule. Hannes vit son hésitation. Il la prit par un bras et l'aida à entrer dans la cabine. Les portes se fermèrent derrière eux, les grandes roues continuèrent à tourner avec un grondement de haut-fourneau, il y eut une brusque accélération, comme un changement d'état, la cabine se détacha de terre et commença sa course aérienne.

Le silence fut soudain. Plus que la distance croissante entre ses pieds et le sol, plus que les cimes des arbres qu'elle voyait pour la première fois d'en haut, plus que l'horizon de glaciers et de sommets lointains qui s'ouvrait devant elle, ce fut le silence, entrecoupé seulement de légères rafales de vent, qui impressionna le plus Gerda. Ce n'était pas le silence des alpages de son enfance, des nuits sans vent et sans lune où elle se serrait dans le foin contre Michl, Simon et le petit Wastl, en se racontant des histoires de sorcières. Dans ces nuits-là, à travers les fissures entre les poutres de la bergerie, résonnait un espace infini et enveloppant dont ils faisaient partie aussi bien eux, les quatre enfants, que le ciel étoilé, les cris des oiseaux nocturnes et les craquements de la montagne. C'était un silence qui résonnait de mille présences, dont rien ni personne n'était écarté. Ici, en revanche, la vitre de la cabine séparait Gerda et Hannes des rumeurs du monde, du bruissement des plus hautes branches des sapins, de l'appel des corbeaux qui volaient parallèlement au câble intrigués par cet étrange objet volant, des voix de plus en plus lointaines qui venaient des maisons minuscules maintenant à leurs pieds. Quand le câble passait à travers les petites roues des grands pylônes, il émettait un court grincement métallique, rendant le calme qui suivait encore plus intense. C'était un silence qui leur était réservé à eux deux seulement. Gerda leva les yeux vers Hannes. Il semblait attendre ce moment : il se pencha sur elle et l'embrassa.

À ce moment-là, la cabine s'arrêta brusquement et se mit à osciller dans le vide. Mais Gerda n'eut pas peur. Ce terrible balancement sur l'abîme que les touristes bloqués dans un téléphérique trouveraient toujours effrayant, qui provoquerait des hurlements, évanouissements et scènes de panique, fut pour elle un signe : le premier baiser de sa vie devait avoir lieu justement ici, justement maintenant, avec Hannes. C'était écrit, c'était le destin. C'était ce qu'elle avait toujours attendu. Elle le savait enfin, à présent.

Quand Gerda, quelques semaines plus tard, retourna à l'hôtel pour la saison hivernale, elle se fit tirer les cartes par Nina. Gerda voulait qu'elles disent que Hannes l'aimait, qu'il pensait à elle à chaque instant de sa vie tout comme elle-même pensait à lui. Elle voulait entendre parler de son amour et voulait avoir l'occasion de prononcer son nom : Hannes.

Nina avait un visage large, des yeux noirs un peu trop rapprochés, une belle bouche franche avec presque toutes ses dents. Elle la regarda sans sourire.

« Il est riche, n'est-ce pas ? » On aurait dit qu'elle lui demandait de confirmer une malformation.

« *Isch mir Wurst* », répondit Gerda. Ça m'est bien égal, ou littéralement : pour moi, c'est du boudin. Ce qui comptait pour elle n'était pas la richesse, mais l'amour. Le sien pour Hannes, celui de Hannes pour elle. Nina secoua la tête, désolée. Elle mit sur la table sept cartes de *Watten* [1] recouvertes.

« Tu dois en retourner une. Sans réfléchir. »

1. Jeu de cartes d'origine bavaroise. *(N.d.T.)*

Gerda ne réfléchit pas, et retourna la première carte à gauche. « Sept. »

Nina regarda la carte avec l'amère satisfaction de celle qui a prévu le pire quand il se réalise. Elle leva les yeux sur Gerda et dit :

« Tu es enceinte. Et que l'autre t'épouse, tu peux l'oublier. »

Km 35-230

Dans le train Fortezza-Bolzano, deux jeunes filles de seize ans environ, une blonde et une brune, sont assises devant moi. On dirait deux de ces jeunes débraillées de la télé italienne, ces femmes potiches des programmes que ma mère dit ne pas connaître parce qu'elle ne regarde que l'ORF autrichienne, mais qu'en réalité elle avale pendant des heures. Elles sont habillées de façon identique : blouson noir avec col de fourrure grise, pantalons noirs taille très basse enfilés dans des bottes noires. On dirait qu'elles sont en uniforme. Elles descendent à Bressanone, où se trouve le Max, la plus grande discothèque de la région : on a beau être samedi saint, elles vont danser.

Autrefois, les discothèques du Haut-Adige étaient fermées le samedi saint. D'ailleurs, il n'y en avait même pas. Autrefois, il n'y avait pas la « gay night » tous les troisièmes jeudis du mois au Max. Autrefois, dans les brochures des hôtels du Haut-Adige, personne n'aurait écrit « gay friendly » (seulement dans celles en anglais, destinées à la clientèle anglo-saxonne, pas dans celles allemandes ou italiennes). Autrefois du reste, avec le bulletin d'enneigement des pistes de ski et les horaires des pharmacies, on n'indiquait pas sur Internet les endroits où aller draguer (dans ma petite ville ce sont les toilettes de la gare des cars et le parking près du fleuve).

Ma terre a beaucoup changé. Ulli m'en est témoin.

À la gare de Bolzano, il faut encore attendre, le train de nuit pour Rome part à minuit. Je prends un café. Le barman est gentil et parle aussi bien l'italien que l'allemand, avec un accent prononcé de Bolzano, mais il a une tête, une peau et des gestes de Maghrébin. Quelle case a-t-il bien pu cocher lors du recensement sur le formulaire de la *Sprachgruppenzugehörigkeitserklärung*, cet entassement de syllabes et de consonnes qui a réussi à intimider M. Song lui-même ?

Enfin, il est bientôt minuit. Je me dirige vers le quai, le train est déjà là. Au loin, derrière les trains de marchandises sur les voies de garage, derrière les lignes à haute tension, derrière les toits et le défilé du Val d'Isarco, on voit, éclairé par la lune, le Rosengarten[1], *Catinaccio*[2] en italien — plus que deux noms, deux manières de vivre la nature. Tandis que le haut-parleur annonce les trains qui arrivent et qui partent, la présence lointaine et pâle de ses aiguilles dolomitiques semble occuper, plus qu'un autre espace, un autre temps. Féerique et inaccessible, vu de cette gare.

L'employé des wagons-lits napolitain est corpulent, âgé d'une trentaine d'année, il n'a pas

1. Jardin des roses.
2. Grand bassin. *(N.d.T.)*

d'alliance au doigt : on voit bien que les permanences pendant les jours fériés incombent aux célibataires. Il prend mon billet.

« Je le garde, je vous le rendrai demain matin. Comme ça, c'est moi que le contrôleur réveillera et pas vous. »

Il le fait pour protéger mon sommeil, mais rester sans billet me donne un instant l'impression d'être à sa merci.

« Vous êtes toute seule dans le wagon », ajoute-t-il. C'est bien ce qu'il dit : « toute seule » — en me vouvoyant[1].

C'est vrai que je suis toute seule : à part la mienne, les portes des autres compartiments sont verrouillées. Du reste, c'est samedi saint, ceux qui devaient aller voir leur famille pour Pâques sont déjà arrivés, ceux qui ont pris deux semaines de vacances sont déjà dans les mers du Sud. Moi aussi, je devrais être chez ma mère, si je n'étais pas ici dans le train pour me rendre chez Vito. J'ai donc le compartiment rien que pour moi. La lumière est allumée, et une couverture avec le logo des Chemins de fer, une serviette et des pantoufles en éponge m'attendent, soigneusement pliées. Le train est parti dans un grincement.

« Vous voulez un bon café à votre réveil ? »

L'employé passe et frappe plusieurs fois, toujours avec un nouveau prétexte. Après le café, il me recommande de bien m'enfermer à l'intérieur. Il m'apprend à utiliser l'échelle pour les couchettes supérieures comme antivol : il faut l'emboîter dans la poignée et elle claquera violemment si quelqu'un

---

1. En utilisant le vouvoiement napolitain au lieu de la 3e personne du singulier, forme de politesse courante. *(N.d.T.)*

essaie d'ouvrir. Il exige que je fasse un essai pour me montrer que s'il forçait la poignée de l'extérieur (il le fait), l'échelle ferait un fracas épouvantable (c'est vrai) et que je me réveillerais (en admettant que j'arrive à fermer l'œil, me dis-je sceptique). Il continue à répéter :

« Nous sommes seuls tous les deux dans ce wagon. »

Puis il retourne dans son compartiment, tout au fond. Mais il n'en a pas encore fini avec moi, et il crie :

« Qu'est-ce que nous faisons, nous le baissons ce chauffage ? »

Le « nous » a remplacé le « vous ».

En effet, il fait trop chaud, je commence à avoir la bouche sèche.

« Mais oui... » dis-je en criant pour me faire entendre — entre son compartiment et le mien, il y en a au moins quatre autres.

« Je le remonterai peut-être avant l'aube, quand il fera plus froid..., hurle-t-il.

— D'accord », hurlé-je.

Nous continuons à crier ainsi d'un comparti-ment à l'autre. C'est une chose très intime et confi-dentielle, comme entre un mari et une femme qui crient d'une pièce à l'autre de leur maison. (Ma mère le fait toujours quand elle vient me voir. De la cuisine où elle prépare le repas, elle se met à me tenir un long discours sur Ruthi en criant, pendant que je suis au téléphone avec un client, par exemple. Je n'ai jamais réussi à lui dire à quel point ça m'agace.) Mais au moins, dirait Carlo, l'employé ne m'a pas parlé de son mariage malheu-reux. Peut-être parce qu'il est célibataire, même si je le soupçonne d'enlever son alliance quand il est

de service, au cas où il se trouverait avec une dame
« toute seule ». Ou peut-être parce qu'il est fatigué
lui aussi, le pauvre.

Je m'allonge sur ma couchette, tournée vers la
fenêtre. Il est presque une heure, j'éteins la
lumière. Une fois allongée, les lumières des routes
ne m'apparaissent que lorsque le train s'incline
dans les tournants. Sinon, je ne vois que leur
reflet rougeâtre sur les roches pâles de la vallée de
l'Adige, qui semblent donc comme teintées d'une
lumière propre.

JOYEUSES PÂQUES !
TOUS MES VŒUX MAIS SEULEMENT AUX
PLUS BEAUX !
PORTE-TOI BIEN, MON AMIE.
HAPPY EASTER !

Il est tard, mais tous mes amis ne mènent pas
une vie où cette donnée est essentielle ; et puis,
certains vivent sur des fuseaux horaires différents.
C'est ainsi que je continue à recevoir des sms avec
des vœux de Pâques : laïcs, pieux, amusants, affectueux. L'écran du portable que j'ai dans les mains
s'allume chaque fois et reflète quelques secondes
mon visage éclairé par sa lumière bleutée.

BONNES PÂQUES À TOI, MON AMOUR.

Carlo. J'appuie sur le clavier pour que l'écran ne
s'éteigne pas, et reste éclairé plus longtemps. Mon
reflet un peu spectral se superpose au paysage nocturne qui défile dehors, aux rochers luminescents
et verticaux, à l'obscurité mouchetée d'étoiles. Et
mon visage glisse sur les églises, sur tant de châ-

teaux nichés dans la montagne, des joyaux d'art et d'histoire dont je ne connais même pas les noms (ou seulement ceux où j'ai organisé de mémorables événements mondains).

Brusquement, la lumière et le vacarme d'un tunnel : nous coupons droit sous les Préalpes pour quitter la vallée de l'Adige.

Dans quelques minutes, nous serons en Val Padana. *Aussi*. Je sors.

1962-1963

Paul Staggl était un homme d'entreprise qui tenait à prendre le pouls du monde. Il lisait le *Dolomiten*, mais aussi la *Süddeutsche Zeitung* et le *Corriere della Sera*. Quand on évoquait sa terre, c'était la plupart du temps en termes de « question du Tyrol du Sud », d'« attentats », de « bombes » et il n'aimait pas ça. Il ne voyait pas d'un bon œil que les Italiens entendent parler autant du Haut-Adige de cette façon, la pire. Autre sujet d'inquiétude pour lui, l'hiver n'était guère prometteur : fin décembre il avait encore peu neigé. Le nouveau téléphérique venait d'être inauguré et les pistes étaient pleines de pierres et de tristes taches marron. Paul réfléchissait déjà depuis un moment au moyen de rendre l'enneigement des pistes indépendant des précipitations atmosphériques. Il avait entendu parler de recherches suisses sur la fabrication de neige artificielle, mais la technique en était encore à ses débuts et les résultats étaient décevants. Toutefois la confiance de Paul dans la technique ne cédait le pas qu'à celle qu'il avait en lui-même. La question était encore futuriste et expérimentale, mais c'était l'avenir, il en était sûr.

Paul savait également tout de la fille avec qui

sortait son *Trottel*[1] de fils. C'étaient les employés du téléphérique qui l'avaient informé et les choses étaient claires pour lui. De toute la vallée, le père de Gerda était l'homme qu'il souhaitait le moins voir entrer dans sa famille. Non pas parce que Hermann était un *Rückkehrer*, un habitant de Shanghai, ni parce que son sale caractère en avait fait désormais, à moins de soixante ans, un type bizarre comme il y en a tant dans les petites villes de province : Hermann le grincheux taciturne, celui qu'on ne verra jamais sourire, même si on le paie. Un jour, au bistrot, un farceur, à la suite d'un pari, lui avait offert pas mal d'argent s'il consentait à relever les coins de sa bouche, mais personne n'avait compris si Hermann s'était vexé ou non : l'expression sinistre et dégoûtée du monde avec laquelle il avait réagi était celle qu'on lui connaissait. Non, la véritable faute de Huber était uniquement d'avoir été son camarade de classe à l'époque où les terrains du versant escarpé et exposé au nord n'étaient pas encore synonymes de pistes de ski, touristes, remontées mécaniques, richesse, mais bien de misère noire.

Paul décida que la formation professionnelle de son fils avait assez attendu. Il l'envoya faire un long voyage instructif en Engadine, Carinthie, Bavière et même au Colorado : il était devenu urgent qu'il étudie les modèles de gestion des carrousels de ski les plus réputés. Ce que pensait Hannes de ce projet, Gerda ne le sut jamais. Quand elle lui téléphona de l'hôtel pour lui annoncer sa grossesse, il était déjà parti. La voix aimable de son père lui conseillait de rappeler dans six mois au moins.

1. Idiot.

Gerda passa quelques jours dans un état de stupeur. On ne peut pas dire qu'elle n'était pas attentive à son travail. Elle nettoyait, coupait, émincait, fouettait, râpait, pétrissait, mélangeait, montait, hachait — comme d'habitude. Elle travaillait toujours aussi consciencieusement. Elle ne laissait pas brûler les sauces, elle ne faisait pas trop cuire les pâtes, ne coupait pas en julienne les légumes à couper en brunoise et vice versa. Comme toujours, sa place était propre et bien rangée en fin de journée, et on ne pouvait en dire autant de ses collègues masculins. Elle s'était mis dans la tête que, si elle ignorait ce qui lui était arrivé, ça passerait sans laisser de trace, tout comme la brûlure d'une goutte d'huile laisse juste une petite cicatrice, si on l'ignore. Mais pour ne pas flancher, elle devait faire un effort de concentration, et elle dut éliminer toutes les activités mentales superflues : adresser la parole aux autres aides-cuisiniers, saluer, répondre aux questions non essentielles.

Mais elle avait beau y croire avec une intensité inébranlable, sa poitrine déjà opulente augmentait tous les jours et gonflait sous son tablier. Comme si sa grossesse n'était pas unique, et pas dans son ventre qui était encore plat, mais double, dans chacun de ses seins.

Plus d'une fois par jour, le matin surtout, elle courait pour vomir dans les toilettes du personnel. Elle revenait à la cuisine avec deux ombres bleutées sous les yeux, les lèvres décolorées, les joues encore humides de l'eau glacée dont elle s'était aspergée et elle reprenait son travail le regard vide. Son silence interdisait aux commis plongeurs, aux cuisiniers et aux serveurs tout commentaire ou regard indiscret. Malgré une telle autodiscipline et une telle détermination dans le déni de la réalité, Hannes ne l'appela pas pour lui dire qu'il l'aimait et qu'il l'épouserait bientôt, et sa grossesse ne disparut pas. Gerda comprit que cultiver la certitude qu'elle passerait ne suffisait plus.

Un soir, à la fin de son service, quand Elmar, le commis plongeur, était allé se coucher lui aussi et que les clients du grand hôtel prenaient un dernier verre sur la terrasse qui donnait sur la montagne, Gerda sortit de la cuisine déserte pour se rendre dans la réserve des légumes. Il y avait des cagettes d'asperges de Rovigo, de la chicorée de Trévise et de la laitue grasse des paysans du coin, alignées avec soin pour éviter toute flétrissure. Gerda tendit la main vers une botte de feuilles vertes dans le coin des fines herbes. Ce n'était ni de la ciboulette ni de la sauge, et pas même de la marjolaine. Elle en prit une pleine poignée, puis une autre, et les bras chargés, elle remonta dans la cuisine. Elle posa le tout sur la planche à découper et se mit à manger les feuilles l'une après l'autre. Ses lèvres devinrent vertes, ses dents se couvrirent de petites feuilles qu'elle continuait à arracher aux fines tiges et à fourrer dans sa bouche, ruminant comme une des vaches qu'elle gardait dans les étés heureux de son enfance. Sa bouche fut bientôt entourée d'une auréole, et elle l'essuya du revers de la main, du geste dont Hermann essuyait le lait sur ses lèvres quand il était petit, seulement cette moustache n'était pas couleur ivoire mais verte, comme les feuilles qu'une branche après l'autre, une poignée après l'autre, elle mâchait et avalait.

Elmar revint dans la cuisine. Comme il le faisait

souvent, il venait voler une goutte de brandy, de marsala, ou un autre alcool sur l'étagère des épices et des assaisonnements. Il la regarda, se sentant d'abord coupable puis l'air perplexe, son visage trop long placé entre ses oreilles en feuilles de chou, comme une aubergine.

« *Wos tuaschn*[1] ?

— Je fais de la sauce verte », dit Gerda, les lèvres vertes, précisément. Elle ne baissa pas les yeux devant l'absurdité de son mensonge et, à la fin, comme toujours, c'est Elmar qui dut baisser les siens.

La nuit, étendue sur son lit étroit dans le vaste grenier où elle dormait avec le reste du personnel féminin, Gerda, une main sur le ventre, fut en proie à d'atroces douleurs. Elle eut de la fièvre, la diarrhée, des vomissements, puis deux contractions utérines qui lui donnèrent un grand espoir. Mais rien de plus.

Le persil n'avait pas fonctionné, et Gerda essaya avec l'escalier en pin. Il menait à la mansarde où elle dormait, la seule partie qui n'avait pas été refaite, inchangée depuis l'époque où l'hôtel était encore l'extrémité méridionale de l'Empire austro-hongrois et où les bourgeois de Vienne venaient y passer l'hiver.

Pour éviter d'amortir les coups, Gerda tendait les jambes. Puis elle se poussait avec les coudes et dévalait l'escalier. Elle tapait à chaque marche, quinze coups secs. Des coups sur le bassin, ce qui était bien, mais aussi sur les côtes et le dos, qui en revanche étaient inutiles. Arrivée en bas, elle

---

1. « Qu'est-ce que tu fais ? »

confondait le blanc et le noir : la lumière qui entrait par l'étroite fenêtre devenait noire et visqueuse comme de la poix, tandis que les ombres prenaient une lueur surnaturelle. Puis elle remontait en chancelant.

L'escalier avait quinze petites marches courtes et raides, en bois de pin pignon noirci par le temps, creusées au centre par des siècles d'usage. Les arêtes et les creux des veinures étaient en relief et les nœuds formaient des spirales foncées et oblongues, comme des galaxies en miniature. Mais Gerda n'admirait pas la perfection de ce bois ancien : elle remontait en haut de l'escalier, s'asseyait et se lançait à nouveau en bas.

Elle dégringola ainsi deux, cinq, dix fois. Vingt. Elle ne compta plus. Le pin frappé par son coccyx produisait un beau son plein, rond, comme celui d'un instrument : l'escalier était un xylophone, elle la mailloche. Au bout d'un moment, elle eut l'impression de pouvoir continuer ainsi à l'infini : toute une vie à dévaler ces marches, puis à les remonter de plus en plus livide, à jouer cette musique de bois, de fureur et d'obstination, sourde, vide de pensées, simple, presque amicale. Au bas de l'escalier, étalée par terre comme un pantin désarticulé, Gerda entrouvrit les yeux. Les ombres palpitaient phosphorescentes, la lumière n'existait presque plus. À tâtons, elle remonta encore l'escalier.

Les coups arrivaient étouffés jusqu'à Eva, petite miette de rien du tout : dehors, les choses avaient des limites qui pouvaient se heurter entre elles, se cogner violemment, se blesser. Ce qui ne pouvait lui arriver à elle. Ces coups n'étaient rien de plus que de petites vagues dans cet immense océan qui la contenait.

À la fin, Gerda se retrouva presque inanimée au pied de l'escalier. Elle leva les yeux. Au-delà de l'étroite fenêtre du grenier, les nuages couraient sur les montagnes, hautes, interminables, implacables. Elle les regarda longuement sans les voir distinctement. Les ombres noires des cirrus effleuraient à rebrousse-poil les pentes boisées et l'herbe des alpages, grattaient les roches nues des escarpements et des sommets, et il lui sembla entendre le bruissement de cette caresse démesurée. Elle resta ainsi un certain temps, le corps endolori, l'esprit vide. Puis, lentement, elle se leva. S'appuyant au mur, elle se dirigea vers les grandes chambres du personnel qui donnaient sur l'étroit couloir.

C'était raté.

Les yeux d'Eva n'étaient que deux globes foncés, énormes par rapport au reste de son corps. Ils n'avaient ni cils ni paupières, ils ne pouvaient même pas encore se fermer. Mais Eva continua à dormir du sommeil du fœtus, de créature et de créateur à la fois, du sommeil d'un dieu qui rêve du début du temps : le sien.

Km 230 -295

À un quart d'heure à pied de mon bel appartement aux tons raffinés, si l'on s'éloigne de la ville médiévale en suivant la pente d'un petit sentier, on arrive sur une plaine spacieuse plantée de maïs et de pommes de terre. Au milieu des champs se trouve une petite chapelle. Vus d'ici, les flancs de notre vallée s'ouvrent, le ciel prend de l'ampleur. Les gens viennent s'asseoir sur le banc qui longe le muret de la petite église, pour profiter du coucher de soleil et du panorama sur les glaciers.

C'est ici que m'amenait ma mère quand j'étais petite et qu'elle venait me voir. Je n'osais pas lui dire que j'aurais préféré passer ce précieux temps avec elle près de l'étang de l'autre côté des champs pour donner des morceaux de pain sec aux canards aux becs durs et voraces ; ou bien dans les ronces le long du sentier pour cueillir des framboises jusqu'à me barbouiller de rouge le visage et les doigts, et en rapporter peut-être à la maison dans un pot de verre. Je ne disais rien de mes envies et je courais derrière elle sur mes petites jambes, agrippée à sa main. Il me suffisait de voir comme elle serrait distraitement la mienne pour comprendre qu'elle ne pensait pas à moi — mais je la sentais quand même toujours autour de mes doigts.

Il y a quelques mois seulement, de retour d'un week-end à Paris, j'ai pris conscience de l'endroit où elle m'avait emmenée pendant des années. D'innombrables fois, adulte aussi, je m'étais assise sur ce banc pour regarder le ciel, j'étais entrée dans cette chapelle, j'avais levé les yeux sur la fresque qui décore la petite abside. Marie, le regard dans le vide, s'apprête à marcher sur un petit chien qui, debout sur ses pattes postérieures, voudrait lui faire la fête, le pauvre. Je n'avais jamais remarqué le panneau que l'office du tourisme a installé depuis quelques années devant la petite chapelle. Ce jour-là, qui sait pourquoi, je me suis mise à le lire. Bien sûr, ma mère connaissait depuis toujours l'histoire de cette chapelle, tout comme elle connaît depuis l'enfance l'histoire de la sainte barbue dans la petite église au milieu des *masi* où j'ai grandi.

La chapelle fut construire par un noble de la région qui avait mené une vie dissolue dans sa jeunesse. Il avait été puni, après s'être marié en signe de retour à une vie honnête, par la naissance d'un fils au corps de chien (le panneau présente comme un état de fait la corrélation entre la conduite dépravée antérieure et la naissance du monstre : « et donc il eut un fils… »). L'homme fit vœu à la Madone de construire une chapelle en son honneur si Elle lui concédait la grâce de faire mourir son fils. On peut déduire de la fresque où Marie s'apprête à écraser le petit chien que les prières du noble seigneur furent exaucées. En effet, sur l'autel, l'inscription en haut allemand dit ceci : à la LOUANGE DE DIEU ET AVEC DE CHRÉTIENNES

PENSÉES FUT CONSTRUITE CETTE CHAPELLE, EN 1682. Tout en lisant, je me surpris à penser que ma mère n'aurait jamais fait ça. Même si elle avait eu les moyens d'offrir, une chapelle tout entière pour obtenir une grâce, elle n'aurait jamais demandé ma mort.

Ma mère ne m'a jamais dit que j'ai gâché son existence. Au contraire. Quand j'étais petite, elle s'agrippait à moi comme à un tout petit radeau, et j'en étais très fière, je souhaitais réussir à la porter en sécurité, à l'abri des remous de la vie. Mais je n'ai sauvé personne. Ni elle ni moi.

Jeune adulte, j'ai essayé de fuir mon incapacité à la rendre heureuse. Je me souviens que le jour même de l'enterrement d'Ulli, je décidai de quitter pour toujours nos montagnes lumineuses, l'air parfumé de foin, les balcons fleuris. Brusquement, toute cette beauté me semblait une farce féroce qui n'arrivait plus à couvrir la brutalité qui l'avait tué. Je pouvais me le permettre. J'avais vingt-cinq ans, pas d'enfant (toute ma vie j'ai fait très attention à ne pas tomber enceinte), je travaillais déjà depuis plusieurs années et j'avais mis un peu d'argent de côté. Je comptais aller en Australie, et y chercher du travail. Loin, très loin du *Südtirol*/Alto Adige, de son obsession de lui-même, loin, vers une nouvelle vie aux antipodes !

Quand je fis part de mes intentions à ma mère, elle répondit :

« J'ai toujours voulu voir des kangourous, je vais enfin en avoir l'occasion. » Et pas moyen d'en tirer davantage.

Mais je ne suis pas allée vivre en Australie. Malgré tout, je suis une *Dableiber*.

Allongée sur ma couchette, bercée par la course du train, je n'arrive pas à dormir d'un sommeil profond, seulement par bribes. La plaine du Pô qui défile dehors pénètre à travers le wagon, la couverture de la société des chemins de fer et ma peau. Sa monotonie, invisible dans le noir derrière la vitre, mais non moins absolue, m'envahit, et mon esprit aussi devient plat et sans reliefs. Mais non : chaque fois que ma conscience est sur le point de s'oublier elle-même et de se dissoudre enfin dans le sommeil, un train lancé à toute vitesse y fait irruption dans un bruit de ferraille. Un Moi métallique, linéaire, diurne, qui me réveille en sursaut.

Après un de ces tressaillements, je me lève sur les coudes et je regarde dehors. Nous sommes à l'arrêt dans une petite gare déserte. La pancarte bleue aux lettres blanches annonce : POGGIO RUSCO, un nom qui sent la campagne, les tracteurs, la charcuterie maison sans polyphosphates. Le train reste immobile pendant près d'une demi-heure, sans raison apparente. Le halo de lumière orange projeté par les hauts lampadaires ressemble à de la gélatine — l'air de la plaine du Pô est tellement imprégné d'humeurs de la terre.

J'essaie d'ouvrir la fenêtre. Elle est bloquée. Si j'appelais l'employé d'un compartiment à l'autre, de cette façon si intime, presque conjugale, il accourrait aussitôt, les yeux gonflés de sommeil. Il essaierait maladroitement de cacher l'excitation provoquée par mon appel nocturne inespéré, il débloquerait la vitre à l'aide d'une clé anglaise, il me regarderait tandis que j'aspire cette humidité grasse, qui sent le fumier et les champs labourés de frais et me demanderait : « Pourquoi ne dormez-vous pas ? » Et il me faudrait lui expliquer que je suis insomniaque d'une façon générale, et encore plus aujourd'hui où je traverse l'Italie dans toute sa longueur pour courir au chevet de Vito.

Vito. Mais pourquoi m'a-t-il appelée moi et pas ma mère ? C'était elle son amour perdu, alors que moi, la dernière fois qu'il m'a vue, je n'étais qu'une petite fille.

« J'ai toujours pensé à toi », a-t-il dit au téléphone de cette voix lasse. Que veut dire le mot « toujours » ?

Je m'allonge à nouveau sur la couchette. Comme si c'était le signal secret qu'il attendait, le train repart.

1963

Gerda perdit père et mère en moins d'une heure.

Après plus de trois mois d'absence, elle rentra chez elle avec un ventre déjà bien rond. Elle fit part de son état à Johanna qui porta une main à sa poitrine, le visage contracté par une envie de vomir. De ses lèvres violettes sortit un flot de bile transparent qui gicla sur les chaussures de Gerda, puis elle tomba de sa chaise.

C'est ce que vit Hermann quand il rentra : le corps de sa femme étendu par terre, une chose sans vie désormais, le ventre de Gerda près d'elle, palpitant et gonflé de vie, la valise de sa fille posée contre la *Stube*. Il resta un instant immobile, en silence, les jambes un peu écartées. Puis, avec une étrange efficacité, comme s'il s'était entraîné toute sa vie à accomplir précisément ce geste, Hermann souleva la valise et, d'une boucle élégante de son bras, la jeta dehors par la porte d'entrée qui était restée grande ouverte. La valise monta très haut, cogna le poteau d'éclairage devant la maison, et s'ouvrit en l'air. Les vêtements de Gerda s'envolèrent, colorés et frémissants comme des oiseaux migrateurs. Hermann et Gerda suivirent sans un mot leur traversée aérienne et océanique. Le continent sur lequel ils se déposèrent fut l'esplanade de terre battue au centre des maisons de Shanghai. Et là, étalés sur ce bout humide et noir de banlieue où le soleil n'arrivait que l'été, leur pauvre nature inanimée s'avéra de nouveau indéniable.

Hermann ne regarda pas sa fille en face. Il lui montra du doigt l'esplanade maintenant recouverte de vêtements achetés au marché du mercredi, de lingerie propre mais usée, de gilets tricotés.

« *Aussi* », lui dit-il.

Et Gerda sortit.

Dans un claquement sans violence, mais définitif, la porte d'entrée se referma derrière elle. Gerda se pencha pour ramasser ses effets éparpillés, les fourrant tant bien que mal dans la valise en cuir. Elle ramassa ce qu'elle avait de plus beau, un chemisier vert et blanc qu'elle avait cousu elle-même d'après un patron. Il soulignait la taille, et elle ne pouvait plus le porter depuis des mois. Elle l'épousseta avec soin avant de le replacer dans la valise.

De l'intérieur de la maison où elle ne devait plus jamais revenir, Gerda entendait celui qui, un instant plus tôt, était encore son père, donner des coups secs sur les murs, ou peut-être sur le sol, ou sur la table, mais sans émettre la moindre plainte.

Le bâtiment de l'Œuvre nationale de la maternité et de l'enfance de Bolzano était situé en banlieue proche, près des aciéries où Peter n'avait pas été embauché. C'était un ensemble de volumes rationnels, solides, d'un fascisme très réussi ; même les haies du jardin avaient des lignes pédantes. Le Talvera coulait tout près, mais on ne le voyait pas à cause du mur qui séparait le jardin de la route. Quand Gerda entra, la sœur tourière referma derrière elle la grille en fer d'une façon qui ne laissait pas de doute : on n'entrait pas ici de son propre choix, mais par nécessité. Puis elle la conduisit à travers de vastes couloirs jusqu'à la chambrée déserte, où flottait une odeur de légumes à l'eau et de bouillon de poule : on servait le déjeuner dans le réfectoire.

Gerda, sa valise bouclée tant bien que mal — après le choc, un fermoir ne fonctionnait plus très bien — était arrivée deux semaines avant la fin de sa grossesse. Mais Eva, en fille déjà peu encombrante, accéléra les choses : Gerda était encore en train de ranger ses vêtements dans la petite armoire en fer quand elle sentit un coup de griffe dans son ventre. Étonnée, elle regarda par les hautes fenêtres, comme si elle en cherchait la cause dans le jardin.

La sœur tourière, qui lui expliquait le règlement et les horaires de l'endroit, s'en aperçut aussitôt. Toutes les mêmes, ces filles : quand le moment arrivait, elles avaient toujours l'air étonné, comme si elles n'y avaient pas vraiment cru jusque-là. Au deuxième spasme, Gerda ne regarda plus dehors, mais par terre, entre ses chaussures, et ses lèvres émirent un léger gémissement.

« Vous vous plaignez maintenant, mais avant vous aimiez ça », dit la sœur, mais sans acrimonie et encore moins sans jugement moral. C'était plutôt un état de fait qu'elle avait observé au cours de ses longues années d'expérience, quelque chose qu'il est inutile de nier, tout comme il est inutile d'essayer d'arrêter le travail de l'accouchement.

La sage-femme avait des yeux vitreux ; de son bonnet s'échappait une mèche blonde mouillée de sueur, comme si c'était elle qui accouchait. Sur sa blouse, au-dessus de sa généreuse poitrine, elle avait épinglé l'Étoile de Bonté qu'on lui avait remise quelques mois plus tôt en récompense de ses mérites, à la fête de la Mère et de l'Enfant. Pendant la cérémonie, on avait offert des cadeaux à ces cent quarante mères célibataires et enfants.

« Pousse ! » lui dit-elle.

Gerda, noyée dans la douleur, ne réagit pas. L'autre, la sœur infirmière, eut un claquement de langue. Elle était noire et petite comme une graine de pastèque. Un voile blanc amidonné en aile de cygne ne laissait entrevoir les racines foncées de ses cheveux que sur la nuque. Elle dit à la sage-femme avec mépris :

« Elle ne comprend même pas quand on lui dit "pousse", celle-là. »

Gerda attendit que la contraction passe, puis elle toisa la religieuse et lui dit :

« Moi, j'komprends. »

La sœur infirmière eut une moue incrédule.

« J'komprends… ! » répéta-t-elle en singeant l'accent allemand de Gerda. Elle éclata de rire. « J'komprends… » Son rire secouait ses épaules pointues, elle n'arrivait pas à s'arrêter.

La sage-femme et Gerda la regardaient, impassibles.

« J'komprends… » ne cessait de répéter la religieuse en sortant de la pièce. Son rire résonna dans tout le couloir, jusqu'à ce qu'elle eût franchi la porte vitrée qui fermait le service.

La sœur sage-femme regarda Gerda. Elle haussa les épaules en avançant sa lèvre inférieure. Elle baissa les paupières avec suffisance, comme pour l'inviter à en faire autant.

« *No badarghe. Terona la xe, no altro*[1]. »

Terrona. Une fille du Sud. Gerda, jeune *Daitsch* qui avait fréquenté bien peu d'Italiens, ignorait tout des différences entre *Walschen* et de leur entêtement à ne pas être confondus les uns avec les autres. Elle se dit qu'il fallait retenir ce mot nouveau. *Terrona* : « personne stupide et mal élevée qui rit à tort et à travers ».

Mais entre-temps, une autre contraction était arrivée.

C'était une douleur parfaite, d'une beauté éblouissante. Une galaxie d'étoiles déchirantes qui palpitent, qui écartèlent, qui lacèrent. Au centre, elles étaient denses et rapprochées, insoutenables. Sur les fins rayons en spirale qui irradiaient, elles étaient plus espacées.

La galaxie roulait sur elle-même, majestueuse et inexorable. Rien n'aurait pu l'arrêter, ni les hurlements de Gerda, ni sa frayeur, ni son épuisement. Dans les rares moments de pause, les longs tentacules de la douleur s'étiraient, transportant Gerda jusqu'à leur extrême pointe, et elle accédait alors un instant à un calme profond, un infini silence vibrant qui incluait tout, et lui avec.

Là, Gerda respirait.

Mais bien vite le tentacule de la douleur se contractait à nouveau dans un frémissement animal, la rappelant à elle avec violence. Et Gerda était encore projetée dans le noyau incandescent des contractions.

Elle avait l'impression d'être là depuis des millé-

---

1. « Ne fais pas attention. C'est une fille du Sud, c'est tout », en dialecte de Vénétie ou du Frioul. (*N.d.T.*)

naires, mais ça ne faisait que deux heures. Son large bassin était conçu exprès pour faciliter le passage d'une nouvelle vie. Et c'est alors que, après une dernière explosion aveuglante entre ses jambes, naquit Eva.

Elle avait la peau claire. Sa lèvre supérieure semblable à un fruit de mer promettait une bouche pulpeuse comme celle de sa mère. Son crâne chauve semblait une mappemonde : la trame des veinules pourpres causées par l'effort de la naissance dessinait des fleuves, des chaînes de montagnes et des continents d'une nouvelle planète. Ses rares cheveux étaient très blonds, presque blancs. Ils n'étaient pas roux, au grand soulagement de Gerda : ce bébé encore inconnu ne ressemblait qu'à elle.

Quand la sage-femme la lui ramena lavée et vêtue de la grenouillère de l'Œuvre, les seins de Gerda étaient déjà énormes et douloureux, striés de veines verdâtres, et la montée de lait avait mouillé sa chemise de nuit. Elle accueillit la bouche avide du bébé autour de ses mamelons foncés comme une bénédiction. La tête d'Eva commença son va-et-vient sur son sein, petite pompe vigoureuse et efficace. La sage-femme Étoile de Bonté la regarda longuement de ses yeux transparents, puis elle déclara :

« Cette petite ne te cassera jamais les pieds. »

Comme si elle se sentait mise en cause, Eva ouvrit les yeux et les planta dans ceux de sa mère. On aurait dit que c'était elle qui voulait la connaître plutôt que l'inverse.

La sœur tourière avait eu raison : jusqu'à ce moment-là Gerda ne pensait pas que ça arriverait vraiment. C'est maintenant qu'elle commençait à se rendre compte qu'elle avait une fille.

C'était la première chose au monde qu'elle pouvait dire sienne.

La plupart des filles restaient souvent dans cette institution plus longtemps que les trois mois réglementaires. Elles ne savaient souvent pas où aller. Les religieuses leur confiaient des petites tâches ménagères, les faisaient travailler dans les cuisines ou à la pouponnière. Si elles avaient de la chance, elles leur procuraient des travaux à la pièce chez les artisans des environs : des broderies, du tricot, de la couture, ce qui leur permettait de devenir autonomes et de chercher une chambre à louer. Mais souvent, il se passait des mois, ou des années, avant que ce soit possible. Lorsque, grâce à l'aide des religieuses, elles parvenaient à trouver une place et qu'elles repartaient dans le monde, elles s'arrêtaient devant la grille et se retournaient une dernière fois avec un mélange de regret et de soulagement — mais uniquement celles qui gardaient leur enfant avec elles. En revanche, celles qui sortaient de là seules, celles dont les enfants restaient dans l'aile des orphelins, bien séparée de celle des accouchées, s'en allaient le plus vite possible ; juste le temps de tenir de nouveau sur leurs jambes après l'accouchement et elles se hâtaient de franchir la grille en fer. Et quand la sœur tourière la refermait derrière elles, aucune ne se retournait jamais.

Dans le lit voisin de celui de Gerda, dans la pièce aux grandes fenêtres en arc qu'elle partageait avec sept autres mères célibataires, une femme obèse passa quelques jours. On l'appelait Anni. Elle était

140

d'un âge indéfinissable, la nuit elle ronflait et le jour elle gardait le bout de son index appuyé au coin de sa bouche, même pendant qu'elle mangeait. Gerda apprit qu'Anni était déjà venue là cinq autres fois. Elle ne savait jamais dire qui était le père du nouveau-né dont elle accouchait. Les religieuses se demandaient même si Anni comprenait le lien entre les enfants qui sortaient au milieu de ses énormes cuisses avec une surprenante facilité et ce que lui faisaient les hommes dans les soupentes des bistrots, cramponnés à son vaste corps au milieu des canettes de bière et des sacs de sciure. Elle regardait chaque fois d'un air perplexe le bébé couvert de sang et de méconium qui sortait d'elle, puis elle le remettait à la sage-femme ou à une des infirmières. Quand elle assistait des femmes comme Anni, certaines pensées sur l'avortement et les méthodes de contraception traversaient l'esprit de la sage-femme, mais si elles étaient venues aux oreilles des autorités de l'Œuvre nationale de la maternité et de l'enfance, on lui aurait certainement retiré son Étoile de Bonté. Elle les gardait donc pour elle.

Gerda regardait Anni comme elle aurait regardé une femme de la jungle amazonienne vêtue seulement de perles et de plumes, dont elle aurait su de source sûre qu'elle était une parente éloignée : avec effarement, incrédulité et méfiance, mais aussi avec l'irrésistible curiosité de découvrir d'éventuels traits communs. Elle n'en trouva aucun. Et sûrement pas celui de laisser ses enfants en adoption, éventualité qui n'était même pas venue à l'esprit de Gerda. Du reste, personne n'avait jamais réussi à comprendre si Anni éprouvait des regrets ou de la tristesse. Chaque fois, elle restait là très peu de temps : le lendemain matin du jour où elle avait accouché, son lit était déjà vide.

Les journées se suivaient et se ressemblaient, rythmées par les tétées et les pesées, les repas et le sommeil. Le mur d'enceinte qui, au début, était celui d'une prison pour Gerda, lui faisait maintenant l'effet d'une protection, face à ce monde qui, à en juger par la façon dont les choses s'étaient déroulées jusque-là, ne promettait guère de l'accueillir dans de meilleures conditions une fois dehors.

Seuls de fragmentaires échos lui parvenaient de ce monde. Après dîner, Gerda s'asseyait dans la petite salle de télévision, avec Eva dans les bras. Les pieds des inconfortables chaises en fer avaient gravé une myriade de petits cercles parfaits sur le linoléum verdâtre, où se reflétaient les images en noir et blanc de la télé. Tous les soirs, elle suivait sans grand intérêt les nouvelles du journal télévisé.

LES SCIENTIFIQUES S'ACCORDENT À DIRE QUE LES ALGUES SERONT LE FUTUR ALIMENT DE L'HUMANITÉ TOUT ENTIÈRE, INÉPUISABLE ET NOURRISSANT.

LA DISPARITION D'UN CHEVEU DU PROPHÈTE MAHOMET CONSERVÉ DANS LE SANCTUAIRE HAZRATBAL DE SRINAGAR A CAUSÉ DES DÉSORDRES ET DES MORTS DANS TOUTE L'INDE.

À L'ONU ON DISCUTE LA PROPOSITION DE FAIRE COMMENCER UNIVERSELLEMENT L'ANNÉE UN DIMANCHE ET DE LA FAIRE SE TERMINER UN SAMEDI. ON ATTEND L'APPROBATION DU PAPE.

On annonçait aussi le retour de Mina à la télé. La chanteuse avait été mise à l'index pendant plus d'un an après avoir eu un fils de son amant marié — le speaker parvint à donner la nouvelle sans prononcer une seule fois les mots « mise à l'index », « amant », « marié ».

Ce soir-là, les mères célibataires envahirent la petite salle de la télévision. L'émission s'appelait *La foire aux rêves* et Mina chantait *C'est un homme pour moi*. Elle avait un nez, des yeux, une bouche de reine égyptienne, des mouvements des bras et des hanches qui excluaient tout repentir concernant sa propre immoralité. Plusieurs filles eurent presque les larmes aux yeux sous le coup du soudain espoir que leur donnait cette voix à la fois effrontée et très douce, qui ne demandait pardon à personne.

« Peut-être qu'un jour, ce ne sera plus aussi mal de faire des enfants sans se marier », dit tout bas à Gerda une petite brune de son âge, jamais très propre, qui avait une sorte de faim dans le regard. Elle n'avait pas encore appris à tenir dans ses bras son bébé à la peau mate et ridée, qui d'ailleurs pleurait tout le temps.

« Ce sera toujours mal », répondit Gerda sans se retourner.

Mina continuait à chanter, le visage plus lumineux que les strass de son décolleté.

La sœur tourière n'avait pas encore osé avouer à son père spirituel l'histoire de la pince à épiler. Ce n'était pas exactement un vol. Sa propriétaire, une blonde décolorée à la lingerie trop soignée, avait quitté l'institution depuis plus d'un mois, en y laissant un orphelin de plus, auquel on chercherait une famille à grand-peine. Avoir trouvé cette pince en acier chromé au fond de la petite armoire ne pouvait être considéré comme un péché, pas plus peut-être que d'avoir négligé de la remettre aussitôt à la mère supérieure. Le fait est que, depuis qu'avaient cessé — Dieu soit loué ! — les douleurs menstruelles inutiles qui l'avaient tourmentée pendant plus de trente ans, quelques poils durs comme du fer barbelé poussaient sur le menton de la religieuse. Quand personne ne pouvait la voir, elle allait la prendre en cachette et, la main en tenaille, la serrant fortement entre le pouce et l'index, elle se les arrachait. Cette pince avait été une bénédiction.

Mais à présent, la sœur tourière redoutait le moment où il lui faudrait trouver la force d'avouer ce péché de vanité, non pas tant à cause de la honte et de la contrition qui l'attendaient, mais parce qu'on lui ordonnerait de la rendre, définitivement, à la mère supérieure. Et elle devrait se passer de ce mode d'extraction net et précis, tellement plus agréable et élégant que le geste rageur de ses doigts nus.

Elle était donc en train de s'arracher une touffe de poils très tenaces avec la pince, se disant en même temps que c'était la dernière fois, mais sans trop y croire, car elle se le promettait vainement depuis des jours, quand la sonnette de la grille résonna dans la loge, son royaume.

Servir dans cette institution était probablement l'activité charitable qui devait le moins faire regretter son vœu de charité à une religieuse. La tristesse, la stupeur, la peur des jeunes filles qui trouvaient là un bref refuge, était bien peu enviable. « Maintenant vous vous plaignez, mais avant vous aimiez ça », avait dit la sœur tourière à Gerda quand les douleurs avaient commencé, ce qui pouvait sembler l'expression d'une acrimonie jalouse. Mais cette phrase, qui n'avait rien d'original certes, mais qu'elle dispensait à presque toutes les parturientes comme une essence objective de son expérience, contenait une question implicite. Étant donné que l'*avant* leur avait plu au point de leur faire ignorer les graves conséquences qu'elles subissaient *maintenant*, bref cet *avant* précisément, qu'avait-il de si agréable ?

La sœur tourière observait depuis plus de quatre lustres les jeunes femmes seules et déprimées qui envahissaient ces dortoirs, agrippées à leurs bébés comme à des bouées après avoir vu la vie couler sous leurs yeux. De temps en temps, ces hommes qui ne les avaient pas épousées se présentaient à la grille en fer pour demander des nouvelles des mères célibataires. Des jeunes dans un sursaut de regret, ou bien des maris qui au fond étaient attachés à la mère de leur bâtard. Ils étaient tous aussi ostensiblement inadaptés au drame que vivaient les femmes qu'ils avaient mises enceintes, que la sœur tourière était incapable de formuler un jugement trop sévère envers ces pères ratés. Ils lui faisaient l'effet d'enfants gâtés et inaptes à affronter le dur destin qui attendait leurs maîtresses. Ils insistaient auprès d'elle pour qu'elle remette un bijou de pacotille aux filles qu'il fallait plutôt surveiller pour qu'elles ne se suicident pas ; ils proposaient des escapades romantiques dans des petits hôtels éloignés, profitant d'absences opportunes de leurs épouses, à des jeunes accouchées souffrant de mastite parce qu'elles venaient de laisser leur enfant en adoption. Et ce n'étaient pas les pires :

eux, du moins, s'étaient manifestés. Ils louchaient derrière la grille, avec des visages embarrassés, vêtus de leur costume du dimanche ; la sœur tourière comprenait qu'ils auraient donné n'importe quoi pour obtenir d'elle un mot ou un regard leur déclarant inévitable, compréhensible et juste en somme leur choix de ne pas reconnaître ces enfants et de ne pas épouser leurs mères. Plus elle en voyait, de ces hommes, et moins elle comprenait ce que les femmes leur trouvaient d'attirant au point de les conduire à de telles catastrophes. Pour elle, c'était un mystère, et ce ne fut pas sa rencontre avec Hannes Staggl qui l'éclaira davantage sur ce sujet.

Lorsqu'elle tira le lourd verrou de fer forgé, une Mercedes 190 de couleur crème était stationnée devant la grille de l'institution. Sur les pare-chocs chromés, la religieuse vit un grand volatile blanc : son propre reflet. En levant les yeux, elle aperçut alors Hannes. Il était derrière la voiture : debout au milieu de la route déserte, il regardait les fenêtres au-dessus du mur d'enceinte. Les religieuses n'avaient pas la naïveté de loger les jeunes filles dans les locaux qui donnaient sur la route. Sinon, elles auraient passé leurs journées à guetter le miracle qui les sauverait. Les fenêtres par lesquelles Hannes cherchait à apercevoir la jeune fille qu'il avait mise enceinte étaient celles du personnel.

Elle fut frappée par la couleur presque orange des cheveux du jeune homme, sa peau transparente, ses mains couvertes de taches de rousseur. Hannes demanda des nouvelles de Gerda Huber et de l'enfant qui venait de naître, et la sœur tourière se surprit à pousser un soupir de soulagement. Elle avait trop souvent vu des bâtards affligés des

mêmes traits que leurs pères qui les avaient aban-
donnés. Heureusement pour elle, la fille de Gerda
ressemblait en tous points à sa mère.

« C'est une petite fille. Elle est en bonne santé.
Sa maman aussi se porte bien. »

Les paupières opalescentes de Hannes se mirent
à cligner. Le mot « maman » l'avait frappé de toute
la force de sa réalité.

« Comment s'appelle-t-elle ?

— Eva. »

Il regarda la Mercedes un instant.

« Un beau nom.

— Oui. Il est beau. »

Hannes leva de nouveau les yeux vers les fenêtres
du bâtiment. Il les plissa. Pour apercevoir l'intérieur derrière le reflet du ciel sur les vitres, pour
prendre du temps, pour s'habituer à ce beau nom ?

Voilà, pensa la religieuse, maintenant la question va arriver. Il n'a ni fleurs ni paquets à la main,
mais il a une auto de riche, et quand une fille en
arrive là à cause d'un homme qui a de l'argent, il
n'y a aucune illusion à se faire.

« Je peux la voir ? La petite. »

La religieuse rentra son menton et le regarda de
bas en haut.

« Oui, si vous lui donnez votre nom. »

Il baissa les yeux sur ses souliers de bonne facture. Il resta longtemps ainsi. Les iris bruns de la
sœur tourière avaient perdu leur définition avec
l'âge et s'estompaient dans la cornée comme un
halo grisâtre, mais ses pupilles étaient encore
nettes et noires. Son regard n'était pas sévère mais
objectif, patient, résigné, n'exprimant aucune
condamnation, mais pas l'absolution tant désirée
non plus. Elle savait qu'il s'en irait sans un mot, la

tête toujours penchée afin d'éviter de voir les fenêtres derrière lesquelles il croyait que se trouvait sa fille qu'il ne reconnaissait pas, alors qu'en fait s'y trouvaient la sœur économe en train d'étudier les factures des fournisseurs et la cuisinière qui décidait du menu pour le dîner.

Tandis que la Mercedes disparaissait après le carrefour, la sœur tourière se demanda une fois de plus quel pouvait bien être le plaisir qui justifiait tout ça. Elle n'arrivait vraiment pas à se l'imaginer.

En revanche, Gerda fut informée de l'autre visite qu'elle reçut.

Quand la sœur tourière ouvrit le verrou et se trouva devant Herr Neumann, elle remarqua ses paupières gonflées, son ventre énorme tendu sous les boutons de sa veste de drap, et surtout son âge. Elle fut soulagée que cette fille solide et blonde, peu loquace mais si habile en cuisine, et à l'allure si plaisante, même pour la religieuse, n'eût pas été mise enceinte par cet homme. Puis Herr Neumann lui expliqua qu'il ne voulait qu'une seule chose de Gerda : qu'elle reprenne son travail. Personne ne se moquerait d'elle, il s'en portait garant. La religieuse regretta alors d'avoir jugé un homme si généreux à son aspect extérieur. Comme si les poils de son menton disaient qui elle était vraiment ! Elle se fustigea mentalement, se promettant de parler de son arrogance superficielle à son confesseur.

Quand Gerda apparut, Herr Neumann eut le souffle coupé, et les boutons de sa veste de drap furent sur le point de gicler sous cette pression supplémentaire. De toute sa vie, il n'avait jamais vu de femme aussi belle. C'était ce qu'il avait pensé quand Gerda était entrée pour la première fois dans sa cuisine avec son tablier de commis plongeur, mais il ne se l'était plus jamais redit pour rendre supportable son travail auprès d'elle. Depuis près de trente ans, Herr Neumann n'était pas malheureux en mariage. Il avait des enfants d'âge adulte, il était déjà grand-père et en outre, il avait promis de protéger Gerda des humiliations. Il lui dit donc seulement :

« *Gerda gibs lai oane* » : il n'existe qu'une seule Gerda.

Elle fit sa valise, puis monta dans la Fiat 1300 vert pistache au toit blanc dont Herr Neumann avait maintenant payé plus de la moitié du crédit. En quittant pour toujours l'Œuvre nationale de la maternité et de l'enfance, Gerda emporta deux choses avec elle : une fille de cinq semaines qui ne pleurait jamais et un remarquable progrès dans la maîtrise de l'italien. Elle en laissa une autre, en revanche : la certitude que l'amour absolu existe et qu'elle y était destinée.

Quand la Fiat 1300 disparut au carrefour, les religieuses, la sage-femme Étoile de Bonté, l'infirmière du Sud et tout le reste du personnel étaient sur le trottoir pour la saluer, heureux que Gerda, elle du moins, eût un endroit où aller.

Le lendemain, la sœur tourière était attendue à son entretien hebdomadaire avec son père spirituel. Elle avoua tous ses péchés. Puis, avec soulagement et regret, elle alla remettre la pince à épiler à la mère supérieure.

Km 295-715

Un an après l'attentat de Bologne de 1980, l'été de mon diplôme, j'étais en route pour les îles Tremiti avec un camarade de classe. Je ne l'aimais pas, mais lui oui, et il avait su convaincre ses parents, de riches commerçants de Bolzano, de me payer aussi le voyage et le camping. Jusqu'alors, je n'avais vu la mer qu'à Cesenatico, devant les bâtiments carrés des colonies ex-fascistes : la seule agence de voyages que ma mère pouvait se permettre était la Caritas. Les vacances à la mer étaient pour moi synonymes de relents de sauce rance, d'odeur âcre de trop d'enfants mal lavés dans un seul dortoir, de sable jeté dans les yeux des plus faibles par les plus grands, de brimades d'éducateurs rendus méchants par la fatigue.

Nous n'étions pas encore à l'époque des trains à grande vitesse avec réservation obligatoire et notre wagon semblait plein de réfugiés de guerre. Les vacanciers en route pour la mer du mois d'août débordaient des compartiments comme d'armoires trop pleines dont les portes ne ferment plus, ils s'asseyaient sur les strapontins dans les couloirs, sur les genoux les uns des autres, par terre, sur les marches devant les portes fermées, dans les toilettes (surtout ceux qui voyageaient sans billets, et ils étaient nombreux). Le garçon prêt à payer et moi croulions, comme tant d'autres, sous le poids de nos sacs à dos, mal fabriqués, en tissu rêche, épais et pourvus d'armatures en aluminium censées répartir la charge sur le dos, mais qui en réalité nous rentraient dans les côtes. Nous dégagions une odeur de pieds, de cannabis, de chewing-gum à la fraise, et surtout de tabac : nous avions toujours une cigarette à la main, c'était encore possible alors. Quand nous arrivâmes à Bologne, notre train s'arrêta sur le quai numéro un et je vis, juste devant ma fenêtre, la brèche dans le mur soulignée par la plaque en verre qui commémore le lieu de l'explosion, et l'horloge qui en fixe l'heure : 10 h 25.

J'ai grandi dans le Haut-Adige des bombes et des attentats, et j'étais assez adulte désormais pour m'être fait une idée précise sur la mort de l'oncle Peter ; malgré tout, moi, fille d'une terre de terroristes et de barrages de police, je ne parvenais pas, je ne parviens pas, à imaginer l'étendue de la boucherie de Bologne. Quatre-vingt-cinq morts, des centaines de blessés : ce massacre relevait d'une autre échelle d'horreur. Quand le train repartit, j'essayai d'en parler à ce garçon. Il ne répondit pas, éluda la question et changea vite de sujet dès qu'il put, et je dus ainsi garder pour moi ce confus désarroi. J'ajoutai cette évidente insensibilité aux autres motifs, déjà nombreux, qui me le montraient indigne de mon amour — le fait qu'il m'ait offert le voyage ne pesait pas lourd dans la balance.

Je passai mes vacances à me faire draguer par d'autres, sous ses yeux. Autour des feux de bois sur la plage, le soir, je me laissais caresser par d'autres garçons qui campaient, ou par d'autres jeunes de l'île, puis je cherchais chaque fois son regard. Je le trouvais, toujours : un regard confus, excité, obscurément coupable. Il ne protesta jamais. Il paya tout, jusqu'au dernier jour. Ce n'est que bien des années plus tard, quand je l'avais désormais perdu de vue depuis longtemps, que j'appris par des relations communes que, parmi les morts de Bologne, il y avait une personne de sa famille du Val Passiria. Il l'aimait beaucoup, me dit-on, et il avait pleuré à son enterrement.

Aujourd'hui, au milieu de cette nuit de train, nous passons par la gare de Bologne. Nous sommes à l'arrêt sur la voie numéro quatre et, de ma fenêtre, on ne voit pas la brèche dans le mur.

Sous les verrières éclairées par une faible lumière, il n'y a personne. Le haut-parleur annonce les rares arrivées et les départs comme une voix dans le désert : un prophète invisible au fort accent émilien. Son ermitage : non pas des rochers mystiques mais des bancs de marbre, des distributeurs de boissons gazeuses, des voies ferrées. La maigre communauté de ses adeptes : moi, l'employé des wagons-lits napolitain, et le conducteur, dont je perçois la présence depuis des heures dans les coups de frein et les accélérations du train.

Le prophète nous lance ses invectives :

« Le train de nuit interrégional 780 *Freccia Salentina*, en provenance de Bari et en direction de Milan Central, va partir voie... »

« Le train 1940 *del Sole*, en provenance de Villa San Giovanni et en direction de Turin Porta Nuova... »

Le train repart, tandis que la voix continue à prêcher dans le vide.

Nous sortons de la lumière vieillotte de la gare et nous plongeons de nouveau dans le noir de la campagne, la grande obscurité de la nuit naturelle, ni hostile ni amie, seulement différente de la nôtre.

C'était comme ça, quand je tenais compagnie à Ulli pendant qu'il damait toute la nuit les pistes de ski dans Marlene, son autoneige plus confortable et personnalisé qu'un poids lourd : la housse zébrée des sièges, le chauffage à plein régime nous permettant de rester en tee-shirt, la stéréo qui clignotait au rythme de Queen ou de Clash avec des dizaines de leds lumineux — une nouveauté dans les années quatre-vingt. Dehors, le ciel vibrant d'hiver et le vent des deux mille mètres. Et nous, sillonnant les pistes de haut en bas pour rendre la neige parfaite, du velours blanc, pour les skieurs que L'Usine déverserait le lendemain matin.

Ce fut une de ces nuits-là qu'Ulli me dit qu'il n'avait plus peur d'être un *Schwul*[1]. C'est bien le mot qu'il employa. Non pas *gay* ni *homosexuel*, mais le terme employé par ces je-sais-tout, ces vieux habitués des bistrots, celui qu'Ulli avait entendu siffler dans son dos par ceux de son âge, par les enfants de ses voisins, par son frère cadet Sigi, par tout le monde, depuis qu'à onze ans il avait décidé de ne pas jouer au foot ni au hockey sur glace, mais de rester seulement avec moi.

Un mois plus tôt, Ulli était allé à Londres. Là, son homosexualité ne lui avait donné aucun statut d'originalité, il avait même été traité comme une personne presque banale. Ce qu'il avait apprécié.

Et ce fut une de ces nuits-là que je lui racontai

1. Pédé.

mon mariage éclair, célébré et annulé peu après à Reno, avec Lesley, ou peut-être Wesley ? Je faisais semblant de ne pas me rappeler le nom de cette espèce de mari pour deux semaines. Ulli, naturellement, n'était pas tombé dans le panneau, et il avait ri. Mais ensuite, il était resté silencieux et m'avait regardé avec cette tendresse triste qui lui était coutumière.

« Qui sait ce que dirait Vito. »

J'aspirai fort par le nez. La voilà encore, cette harmonie entre Ulli et moi, chaque fois surprenante mais presque prévisible : moi aussi, à ce moment-là, je pensais à Vito. Et pourtant, plus personne ne parlait de lui depuis des années, ni Ulli ni moi. Et ma mère donc ! Qu'aurait dit de moi et de mon mariage éclair ce carabinier du Sud, fidèle à son devoir ? Je n'étais pas sûre de vouloir le savoir.

Pour éviter que la dameuse ne se renverse dans la pente, un câble fixé à l'avant était relié à un treuil en haut de la station. La lumière des phares le faisait briller comme un précieux collier. Je restai silencieuse, le regardant se tendre.

Je me mis à raconter à Ulli que l'été précédent j'avais rencontré son frère Sigi à une des buvettes de l'*Altstadtfest* [1]. Une odeur fétide de bière et de *Currywurst* [2] lui était sortie de la bouche en même temps que cette phrase : « Si un jour je lis dans les faits divers que tu as mal fini à cause d'un homme, je serai désolé mais pas surpris. »

Ulli avait continué à manœuvrer Marlene en silence, fixant le halo de lumière des phares sur la neige devant lui. Il avait l'habitude des paroles

1. Fête de village.
2. Saucisse au curry.

brutales et obscènes de Sigi quand il était saoul. Combien de fois ne m'avait-il pas demandé de l'aider à comprendre à quel moment précis, et pourquoi, son petit frère aux iris couleur de gentiane, dont il avait lacé les souliers pendant des années, était devenu... comme ça. Alors, Ulli écarquilla soudain les yeux et se tourna pour me regarder. Dans la lumière diffuse de l'habitacle, son regard brillait d'indignation.

« Il veut te sauter ! Sigi aussi veut te sauter !

— Pourquoi, ça t'étonne ?

— Moi je ne veux pas te sauter.

— Toi, tu ne comptes pas : tu es *Schwul*. »

Ulli arrêta la dameuse et sortit d'un bond, en refermant la portière derrière lui. Je craignis de l'avoir blessé, même si c'était lui qui avait dit le premier ce *Schwul*. Mais non. Il était en train de ramasser quelque chose qu'il avait vu sur la neige. Éclairé comme une star de rock au milieu de la scène grandiose de la montagne tout entière, Ulli leva le bras pour me montrer ce qu'il avait trouvé : un drôle d'animal rose, avec deux têtes, sans corps et un long filament de queue. Ce n'est que lorsqu'il rentra dans l'habitacle, y faisant pénétrer l'air glacial de la nuit, que je compris ce que c'était : un soutien-gorge en dentelle.

Nous passâmes le reste de la nuit à sillonner l'immensité de la montagne, au chaud dans notre microcosme, nous demandant comment il avait bien pu atterrir là. En ce mois de décembre rigoureux qui avait fait geler le torrent au milieu de la ville, qui avait pu avoir envie de s'effeuiller comme un oignon, en retirant toutes les couches de sa tenue de ski jusqu'au soutien-gorge ? Et pourquoi ? Et en plus, sur cette piste, la noire si raide sur laquelle s'entraînent les champions du slalom spécial.

Nous en parlâmes toute la nuit, sans trouver d'explication.

Quand je fis la connaissance de Carlo, je décidai, pour la première fois de ma vie, que je lui serais fidèle. Carlo ne devrait jamais le savoir, naturellement, mais ce fut un réel soulagement pour moi, et ça l'est toujours, onze ans après. Ce fut un progrès, personne ne peut le nier.

Nous sommes maintenant entre Bologne et Florence. Dehors, l'obscurité n'a plus l'ample respiration du ciel nocturne, mais elle est noire, étroite et bruyante : nous entrons et nous sortons des tunnels, sous les Apennins, comme j'entre et je sors de mes pensées.

Qu'est-ce que Vito aurait dit de moi ? S'il avait été là, il aurait dit...

Mais il n'était pas là.

A-t-il jamais pensé à moi ? À ma mère oui, sûrement. Pourquoi ne lui a-t-il pas téléphoné ?

C'est moi que Vito a appelée. Et maintenant, c'est moi qui accours vers lui.

Carlo ne sait rien de Vito. Je ne lui en ai jamais parlé.

En prendre conscience me fait l'effet d'une de ces digues que nous construisions enfants, Ulli et moi : et cela coupe le flux de mes pensées comme nous bloquions, même pour peu de temps, les torrents.

Nous lancions dans l'eau, avec des giclements et des bruits sourds de tambour, les pierres les plus grosses que nous trouvions : du porphyre rouge-brun, du granit vert-de-gris, de la dolomie pâle aux rayures saumon, des schistes étincelants d'œil-de-chat. Nos bras nous faisaient mal sous l'effort et nos mains, trempées pendant des heures, devenaient rugueuses et blanchâtres comme d'aveugles créatures des abysses. Lorsque nous parvenions à détourner le cours de l'eau, elle se mettait à couler de façon bizarre : elle creusait des sillons entre les filaments vert émeraude de la mousse sur la rive, elle formait des marécages imprévus dans l'herbe, se mettait à tourner en moulinets devant des rochers striés qui, jusque-là, ne nous semblaient pas faire partie du torrent, mais du sous-bois. Quoi qu'il en soit, peu importe la hauteur de la barrière de cailloux que nous construisions et tout le ciment de mousse et d'écorce dont nous colmations les brèches : à la fin, l'eau retrouvait toujours son chemin.

Je n'ai jamais parlé de Vito à Carlo.

Ce « jamais » est comme un gros bloc de pierre jeté dans le flux de mes pensées. Elles s'arrêtent un instant. Quand elles reprennent leur cours, elles ont changé de nature, elles sont devenues quelque chose entre le rêve et la veille, quelque chose de différent, comme l'eau secrète d'un marais est différente de celle, rapide et chantante, d'un torrent.

Dans ce demi-rêve, je me vois enfant. Je suis sur le point de m'endormir dans la chambre meublée où je vivais avec ma mère durant la basse saison. Un train à grande vitesse est immobile près du lit que nous partageons, elle et moi. Des passagers me regardent par les fenêtres du train. Ils ont le regard de ceux qui ont déjà passé tant de temps à fixer le panorama qui défile : un regard neutre, mais sensible aux paysages qui s'enfuient devant eux depuis des heures. Il y en a aussi qui ne lèvent pas le nez de leur journal. Alors seulement, je me rends compte que ce sont tous des hommes. Et je vois ma mère, Gerda jeune, allongée près de moi. Elle tient sa tête d'une main, un coude appuyé sur le matelas, sa poitrine tombant, ronde et lourde, d'un côté de sa combinaison. Elle est très belle, comme je ne le serai jamais. Le chef de train siffle, l'express se remet en marche et traverse notre chambre comme une gare. Un homme se tord le cou pour regarder, tant qu'il peut, le lit par la fenêtre. Gerda pose un doigt sur sa bouche, s'adresse au train et murmure, sinueuse :

« Eva dort…

— Mais non ! intervient la voix joyeuse et musicale de Vito. Elle est encore réveillée ma *sisiduzza*. » Il est apparu près de moi, avec ses yeux rieurs et affectueux. Pour mieux m'endormir, je serre sa main. Mais le train à grande vitesse passe à la tête du lit, et me réveille complètement avec son bruit de ferraille fracassant…

Un insistant bruit métallique me réveille. L'échelle, que l'employé napolitain m'a appris à utiliser comme antivol, tape contre la poignée, à côté de ma tête.

« On arrive à Rome dans vingt minutes ! » dit une voix masculine dans le couloir.

Je n'ai aucun souvenir de la gare de Florence, j'ai dû m'assoupir dans les Apennins. J'ai les yeux bouffis et les mains engourdies des réveils brutaux. Je ne parviens à me libérer de la prison de l'échelle antivol qu'après une longue et cliquetante manœuvre. Avant même d'ouvrir complètement la porte, je sens le parfum du café. L'employé me tend une tasse en plastique d'un air contrit.

« Il est froid, maintenant. Je vous le refais…

— Mais non, ne vous dérangez pas... » lui dis-je, et je la prends.

Il me donne aussi un sachet de sucre et la petite spatule en plastique blanc qui sert de cuillère.

« Merci... »

Je bois le café d'un trait, puis je m'essuie la lèvre avec mon poignet. « Le même geste que ta mère », me dit un jour Ulli et je me jurai alors que je m'essuierais désormais avec les doigts comme tout le monde, mais je m'en souviens toujours quand il est trop tard. Je regarde l'employé napolitain, la main encore devant la bouche, comme derrière un voile islamique.

Lui aussi me regarde, avec sérieux. Il a le front un peu bas, mais la bouche ondulée des mers du Sud. Je remarque aussi son cou qui sort bien droit de la chemise bleue des Chemins de fer, ses épaules larges comme je les aime, ses mains habiles d'homme qui s'y connaît en moteurs, en petites réparations domestiques, en corps de femmes. Je suis bien plus grande que lui. Nous sommes toujours les yeux dans les yeux. Les siens se sont voilés comme sous le coup d'une soudaine tristesse. Ou est-ce du désir ? Ma respiration s'est faite plus profonde. La sienne aussi.

Et je me surprends à penser : depuis onze ans, je suis fidèle non pas à Carlo, mais à sa femme. Et pourquoi ne pas la trahir avec un employé des wagons-lits, attentionné, qui n'a pas profité de la situation, prêt à me refaire un café qui s'est refroidi ?

« Merci... » dis-je, en lui rendant la tasse vide. Il la prend, veillant bien à ne pas effleurer mes doigts. Je suis sur le point de rentrer dans mon compartiment.

« Je vais m'arranger un peu.

— Vous n'en avez pas besoin », et il ébauche un sourire, de sa belle bouche de pêcheur de perles.

« Merci », dis-je pour la troisième fois et je referme la porte derrière moi.

Le train court déjà le long de l'embranchement de l'autoroute après le château de Fiano Romano. Il dépassera bientôt le périphérique et nous serons à Rome.

Quand nous arrivons à la gare de Rome Tiburtina, il est 6 h 30 du matin, mais il fait jour depuis peu : nous sommes déjà à l'heure légale, le jour se lève plus tard. Une femme entre deux âges regarde notre train qui s'arrête sur la voie. Elle a deux virgules de fard à paupières argenté sous ses sourcils épilés, un manteau lie-de-vin ouvert sur un fourreau noir trop court pour son âge, des chaussures en cuir doré. Elle semble sortir d'une nuit qui a déçu ses attentes. Derrière elle, une plaque sur le mur commémore le passage des trains blindés chargés de Juifs romains raflés en 43. Pour les envoyer à Auschwitz, les nazis leur firent remonter toute l'Italie sur ces voies ferrées que je viens de parcourir.

L'employé descend ma valise du train. Il saute du marchepied avec l'agilité qui trahit sa jeunesse. Il est adulte et désinvolte, pourtant, quand il me tend la main :

« Je m'appelle Nino.

— Moi, Eva, dis-je, en serrant sa main.

— Un beau nom, presque comme vous… »

Traînant ma petite valise derrière moi, je m'éloigne gaiement : rien ne donne plus d'élan aux pas d'une femme qu'un compliment. Ça, ma mère le sait bien.

1963-1964

Les accords entre Frau Mayer et Herr Neumann avaient été clairs.

S'il tenait tant à récupérer cette aide-cuisinière qui s'était fourrée dans les ennuis, des ennuis qui avaient déjà deux mois, de bonnes joues roses et les yeux transparents de sa mère, elle ne s'y opposerait pas. Pendant des années, le chef avait rempli les estomacs de ses estimés clients avec des spécialités tyroliennes, sans grande fantaisie peut-être, mais toujours parfaitement exécutées, contribuant ainsi à les faire revenir de saison en saison. Et elle n'avait pas l'intention de lui refuser cette faveur.

Frau Mayer était une femme d'environ cinquante ans qu'on aurait pu dire (et *on le dit* en son temps) « d'une parfaite beauté aryenne » : un corps svelte, des jambes de gymnaste, une poitrine qui, sans être débordante, était mise en valeur par le corsage décolleté du *dirndl*, une lourde tresse blonde enroulée autour de la tête, dont nul n'avait jamais vu dépasser un seul cheveu. Elle parlait un bon italien, presque élégant, d'ancienne élève des écoles fascistes, mais tout son amour pour le beau style se manifestait quand elle parlait en

Hochdeutsch[1] avec les touristes : les pronoms personnels *Sie*[2] et *Ihnen*[3] avec lesquels elle s'adressait à eux avaient, dans la bouche de Frau Mayer, de belles majuscules.

Tout était contrôlé chez Frau Mayer, sauf son regard bleu-vert. Ses yeux terribles et très beaux laissaient imaginer qu'au lieu de passer sa vie à sourire poliment aux clients, elle aurait pu aussi vivre d'excès et de délires. On aurait pu l'imaginer en femme fatale de *Kabarett* qui entraîne les hommes au bord du suicide, en guerrière barbare avec du sang de dragon sur son poignard, en poétesse prophète en contact avec les Enfers.

C'était peut-être précisément ce goût de l'absolu, filtrant de son regard, qui avait poussé Frau Mayer à renoncer à une famille et à se vouer au bien-être de ses clients comme au culte d'un dieu unique. Malgré le nombreux personnel aux étages, en salle et en cuisine, aucun détail de la gestion de l'hôtel ne lui échappait. Les oreillers en plume d'oie à battre correctement dans les chambres aux lits en bois de bouleau ; les sacs de sciure pour le sol de la cuisine à commander ; les bouquets de fleurs séchées et de brins de paille pour décorer la salle à manger ; les chaudières à réparer ; tout passait par son approbation. Même le choix des morceaux que le petit orchestre jouait sur la terrasse pendant les tièdes soirées d'été dépendait de son goût, qui reposait sur un simple critère : toujours et toujours, préférer les chansons d'amour tristes ! Les

1. Allemand correct.
2. Forme de politesse correspondant au *Lei* italien : Vous. (*N.d.T.*)
3. À vous.

clients seuls et mélancoliques se sentiront compris et en harmonie avec le cadre environnant, les clients en bonne compagnie seront en communion avec la gamme infinie des émotions humaines, tous consommeront davantage.

Le seul détail qui échappait parfois à son contrôle était la mort. Presque tous ses clients venaient là pour la station thermale de la ville, ses eaux connues pour leur influence bénéfique sur toute une série de maladies. La moyenne d'âge était donc assez élevée, ce qui avait malheureusement un corollaire : ils mouraient de temps à autre. Et, avec bien peu d'égards envers Frau Mayer, ils le faisaient parfois dans les chambres de son hôtel.

Frau Mayer ne pensait pas à elle-même, mais bien à ses clients (ceux qui étaient encore vivants). Ils n'auraient pas aimé assister au transfert de la dépouille d'une personne de leur âge juste au moment où ils cherchaient un soulagement à leurs propres infirmités. Frau Mayer avait donc convenu d'un service spécial avec l'entreprise locale de pompes funèbres. Les cadavres n'étaient jamais emportés dans des cercueils traditionnels mais dans des armoires à une porte, en beau chêne ancien, ce qui donnait l'impression d'un déménagement plutôt que d'un enterrement. Et le seul client dont les vacances étaient perturbées était celui qui, paix à son âme, ne pourrait plus en prendre.

La famille Mayer possédait cet hôtel depuis que les nobles de l'Heureuse Autriche venaient prendre les eaux ici, dans cet avant-poste méridional de l'empire où le soleil brille les deux tiers de l'année. Le Kaiser en personne, descendu dans le Tyrol pour contrôler les positions militaires pendant la

Grande Guerre, y avait passé une nuit. Frau Mayer conservait la vague impression d'une main impériale qui se posait, splendide et gantée, sur ses boucles blondes. S'agissait-il d'un vrai souvenir, ou bien d'une histoire qui remontait à ses trois ans qu'on lui avait répétée un bon nombre de fois ? Elle ne souhaitait pas le savoir avec certitude.

L'hôtel était destiné à l'aîné, tandis qu'Irmgard, troisième des six enfants et seule fille, renoncerait, en se mariant, à toute prétention sur le patrimoine paternel. L'Histoire, cependant, n'avait pas eu beaucoup d'égards envers les projets de la famille Mayer.

Julius, le frère aîné, était mort au Monténégro dès la première année du second carnage mondial.

Karl, le second fils, avait été fait prisonnier près d'El-Alamein et avait passé le reste de la guerre dans un camp au Texas. Là, bien que n'ayant jamais eu de sympathies nazies, il avait refusé de renier le serment de fidélité envers l'état-major de la Wehrmacht, comme les Américains le demandaient aux officiers allemands pour les libérer. Il rentra chez lui presque trois ans après la fin de la guerre, gravement malade. Ses concitoyens commencèrent à l'isoler en tant qu'ancien nazi — surtout ceux qui avaient vraiment porté l'uniforme noir des SS. Il mourut peu de temps après d'un « dépérissement généralisé », comme l'écrivit le médecin de famille sur le certificat de décès.

Anton, le quatrième, parti à vingt ans dans les années trente pour chercher fortune au Brésil, l'avait trouvée dans une *fazenda* de café, une femme mulâtre, pas mal de maîtresses de différentes ethnies et une douzaine d'enfants. Pas question de rentrer pour prendre la direction de l'hôtel.

Stefan, le cinquième, était mort à trois ans de l'épidémie de grippe espagnole de 1919.

Josef, le dernier, avait été frappé en plein front par une balle d'un tireur d'élite russe à Kalitva, sur une boucle du Don au sud-ouest de Stalingrad, en 1943.

Il ne resta que la petite Irmgard pour aider ses parents, brisés par le chagrin. La profession de foi au dieu de l'hospitalité hôtelière, qui marqua toute la vie de Frau Mayer, était en somme le fruit d'un incident dynastique.

Le seul employé qui osait se soustraire au contrôle de Frau Mayer était Herr Neumann. C'était lui qui composait tous les jours le menu, qui décidait des commandes des matières premières, qui payait les fournisseurs. Lui qui dirigeait le personnel en cuisine. Cette exception avait été négociée avec Frau Mayer à l'époque où il avait été embauché, quelques années après la fin de la guerre.

« On n'a pas besoin de savoir parler français pour savoir ce que veut dire le mot "chef". Vous me dites combien je peux dépenser, et moi je m'occupe de faire arriver les plats en salle. Si les clients ne sont pas contents, vous me licenciez. Mais vous ne pouvez pas me dire ce que je dois faire. Je ne travaille pas dans une cuisine où je ne commande pas. C'est à prendre ou à laisser. »

Frau Mayer avait pris et ne l'avait jamais regretté en presque vingt ans.

Maintenant que Herr Neumann lui demandait d'embaucher à nouveau Gerda, elle n'avait aucune raison de s'y opposer. Certes, elle aussi voyait bien que cette fille était belle, et que cela pût à voir un rapport avec l'entêtement de Herr Neumann ne lui plaisait guère. Mais elle écarta cette pensée : le chef n'avait jamais toléré dans sa cuisine ceux qui n'étaient pas durs à l'ouvrage, et Gerda, tant qu'elle n'avait pas été gênée par son ventre, n'avait pas fait exception à la règle. Et puis, on ne trouvait pas facilement de bonnes aides-cuisinières à qui il ne fallait pas toujours tout expliquer, ce qui entrait aussi en ligne de compte. Mais les conditions avaient été claires : on ne devrait ni voir ni entendre ce nouveau-né. Et inutile d'évoquer l'éventualité qu'il pût déranger les clients en salle. On ne fait pas d'hypothèses inadmissibles.

Le jour où elle revint en cuisine, Gerda prit dans la réserve un cageot de pommes en bois solide et sans échardes. Elle le garnit de coussins et de serviettes de toilette, le posa dans un coin où il ne dérangeait personne et y coucha Eva. Puis elle reprit son travail auprès de Herr Neumann comme si elle n'était jamais partie.

Et même si Gerda s'était mise dans cette situation difficile qui, par antonomase, dénote une *Matratze*, se faire mettre enceinte sans se faire épouser, personne, pas plus les commis plongeurs que les aides-cuisiniers, les cuisiniers, ou les serveurs, ne lui manqua de respect. C'était peut-être Eva, depuis son cageot de pommes dans un coin de la cuisine, qui rendait cela impossible. Sa présence déplaçait l'attention de l'activité normale, objet de lourdes plaisanteries, à ce que cette même activité peut produire : des bébés joufflus, tout roses, irrésistibles. Personne ne faisait de commentaires même lorsque, plusieurs fois par jour, Gerda dénouait son tablier, le roulait sur le côté sans le retirer, déboutonnait son chemisier et donnait le sein à Eva. Tout le monde regardait, bien sûr. Les serveurs de passage en cuisine, tout en hurlant « *Spinatspatzlan, neu !* », regardaient. Les cuisiniers, tout en faisant frire, en remuant, goûtant, regardaient. Et Elmar aussi regardait, tandis qu'il faisait tomber les restes de nourriture des assiettes dans le seau de la poubelle. Cette rondeur blanche veinée de bleu, au mamelon brun et luisant de lait qui apparaissait et disparaissait dans la petite bouche, était le centre des regards de la cuisine. Dans le soudain silence, on entendait seulement les suçotements et les claquements vigoureux de la tétée, et tous contemplaient, bouche bée, cette partie si troublante de Gerda sur laquelle ils fantasmaient depuis toujours, mais qui maintenant, remplissant sa fonction primaire, les laissait sans voix.

Il y avait aussi pourtant des heures difficiles. Celles où l'amertume prenait une saveur précise dans le rythme incessant de devoirs et d'actions des journées, tout comme l'amer de la chicorée, après avoir été caché par les autres ingrédients d'une salade, explose soudain dans la bouche.

Le soir, avant de dormir, Gerda donnait le sein une dernière fois à Eva dans le lit du dortoir sous les combles qu'elle partageait avec le reste du personnel féminin. Sa fille tétait avec compétence, puis toutes les deux tombaient dans un sommeil profond, la petite blottie au creux du bras de sa mère, enveloppées dans une odeur de lait et de couche. La première nuit qui suivit leur retour à l'hôtel, Eva se réveilla au bout de quelques heures et chercha le sein de Gerda. Les doigts de sa mère, engourdis par le sommeil, eurent du mal à défaire les boutons de sa chemise de nuit. Eva émit d'abord de petits gémissements inquiets, puis des pleurs de plus en plus sonores. Des lits voisins s'élevèrent des protestations, des soupirs, des petits jurons, qui ne cessèrent que lorsque Eva trouva le mamelon et se calma.

La nuit suivante, Gerda donna tout de suite le sein à Eva pour prévenir toute protestation. Mais après la tétée, Eva se mit à pleurer. Gerda prit le bébé et marcha de long en large dans la pièce, en lui donnant de petites tapes dans le dos comme le lui avait appris l'Étoile de Bonté. De nouveau, des voix ensommeillées réclamèrent le silence. Gerda ne put se recoucher que lorsqu'un beau renvoi sentant le lait caillé mit fin aux pleurs de Eva.

La chose se répéta plusieurs nuits de suite, toujours aux heures les plus noires, avant l'aube, celles où ceux qui se réveillent doivent combattre leurs propres fantômes pour se rendormir, sans certitude d'y parvenir. Au bout d'une semaine, ses compagnes de chambre lui parlèrent clair et net, mais poliment : si elle voulait continuer à dormir là avec sa fille, elle ne devait plus troubler leur sommeil.

Gerda les comprenait. Elle connaissait aussi bien qu'elles la fatigue de la fin d'une journée de travail, les membres de pierre, les articulations en feu, le cerveau dans du coton : seul le sommeil peut, du moins en partie, rendre tolérable l'idée de recommencer le lendemain. Ces protestations étaient justes : on ne peut pas courir toute la journée de la salle à la cuisine les bras chargés d'assiettes, ou faire le ménage de dizaines de chambres en les laissant comme neuves même si elles ont été occupées par des vandales, ou nettoyer le sol de quatre étages d'hôtel, plus ceux d'une dépendance,

168

sans avoir dormi suffisamment. On ne pouvait pas non plus mélanger, découper et cuisiner dans une cuisine surchauffée, en ce qui la concernait, mais le bébé était le sien, pas le leur. Le sien, donc son problème. Elles firent un pacte : Gerda pouvait rester dans la pièce jusqu'à la dernière tétée avant l'aube. Ensuite, elle devrait sortir.

Durant des semaines, Gerda passa les dernières heures de la nuit à se promener dans le couloir avec son bébé dans les bras. La fatigue et le sommeil la séparaient du reste du monde comme les murs d'une prison : elle n'arrivait pas à imaginer qu'elle s'en évaderait jamais. Parfois, elle s'endormait sur les marches où, quelques mois plus tôt, elle s'était jetée justement pour ne pas avoir dans ses bras un enfant sans père. Mais maintenant, Eva était là et abandonnait sa petite tête couverte de duvet blond sur son épaule dans une attitude de confiance totale. Gerda ne s'était jamais sentie aussi seule.

Il lui arrivait de s'endormir un instant debout devant son poste de travail, ou bien en marchant quand elle allait chercher des ingrédients dans la réserve. Un jour, elle fut prise d'une brusque envie de dormir à l'intérieur de la chambre froide des viandes. Elle avait mis le lourd manteau en laine, puis n'y tenant plus, elle s'était couchée par terre, entre les quartiers de bœuf et les moitiés de chevreaux couverts de givre. Si Herr Neumann n'était pas descendu juste derrière elle pour prendre une dinde à rôtir, elle serait morte de froid.

Ce jour-là, Nina, la femme de chambre de Egna, proposa à Gerda de garder Eva pendant la *Zimmerstunde*.

« Ça ne te fera pas de mal de dormir deux heures », dit-elle en lui enlevant Eva des bras.

Gerda la regarda dans les yeux — désabusés et trop rapprochés. Elle sentit un élan de gratitude monter en elle, comme le vent avant la tempête, et elle éclata en sanglots. Elle ne se calma qu'une fois dans son lit. Mais le sommeil était aux aguets et la prit d'un coup, comme on capture un prisonnier.

Depuis qu'une grenade lui avait déchiqueté une jambe sur le front russe, Silvius Magnago n'avait jamais plus dormi normalement. La douleur physique de son membre fantôme était sa compagne secrète depuis plus de vingt ans. Il ne se sentait capable de révéler qu'à lui seul sa véritable nature : sa force, sa colère, sa ténacité et son désespoir, son ressentiment vis-à-vis des gens en bonne santé qui ignorent ce qu'est vivre en souffrant dans sa chair, mais aussi la capacité de se focaliser sur l'essentiel. Toutefois, depuis que Magnago avait reçu ces bouts de papier hygiénique subtilisés à la prison de Bolzano, la douleur de sa jambe ne lui semblait rien par rapport à celle-ci : ne rien avoir fait pour ceux qui avaient placé en lui leur dernier espoir.

Les vêtements que les épouses des hommes arrêtés pendant la *Feuernacht* s'étaient vu remettre, quelque temps après, étaient couverts de sang, de vomi et d'excréments. Les *Bumser* du BAS étaient pourtant, au fond, des hommes simples. Ils étaient persuadés malgré tout que si l'on avait su le traitement inhumain qu'ils subissaient dans la prison de Bolzano, le monde entier aurait fait l'impossible pour les sauver. Ils avaient tout essayé pour communiquer avec l'extérieur et faire savoir les tortures qu'on leur infligeait. Un billet fut intercepté et son expéditeur puni, mais d'autres parvinrent à déjouer la censure. Le destinataire évident de leur appel à l'aide c'était lui, Silvius Magnago, la voix politique la plus influente du Tyrol du Sud.

Magnago avait reçu ces misérables bouts de papier vers la fin de l'année 1961. Et lui, qui en savait long sur la douleur physique, avait ressenti physiquement le spasme de l'acide lactique dans les bras tenus en l'air durant des heures ; les lacérations des tissus qui se déchirent sous les coups de poing et le craquement sinistre des os brisés ; les haut-le-cœur d'horreur incrédule de celui qu'on force à manger ses propres excréments ; les poumons qui éclatent tandis que la tête est maintenue sous l'eau ; le délire de la privation de sommeil.

Il avait lu ces billets presque sans respirer. Il avait pleuré dans le silence de son bureau recouvert d'une boiserie claire qui donnait sur la rue chic de Bolzano. Il s'était remémoré les épisodes auxquels il avait assisté pendant la guerre quand il était jeune *Gebirgsjägerleutnant* [1], images qu'il avait espéré ne plus jamais évoquer. Il avait regardé par la fenêtre son cher calycanthe qui n'avait pas de feuilles en ce moment ; les fleurs jaunes qui annonçaient le printemps avec leur parfum de vanille n'avaient pas encore éclos. Elles non plus ne pouvaient le réconforter.

Le *Südtiroler Volkspartei*, le parti qu'il dirigeait, ne pouvait se permettre d'être associé, même de loin, aux *Bumser*. Le processus d'acquisition d'une véritable autonomie pour le Tyrol du Sud était encore trop fragile. Il fallait tenir compte des temps bibliques de la politique, du ballet des entretiens, des promesses et des menaces de la part d'un

---

1. Lieutenant des chasseurs de montagne.

État qui avait nié le problème si longtemps, en le laissant pourrir, et qui commençait à se rendre compte de la nécessité d'un projet pour cette province, uniquement parce qu'elle était devenue une poudrière.

Magnago avait commencé à tisser une toile fine et très délicate de négociations et de compromis pour obtenir cette autonomie provinciale (*Los von Trient !*) qui seule pouvait résoudre l'impasse du Haut-Adige et éviter le scénario le plus atroce : une guerre ethnique. Il savait bien que l'accent allemand prononcé avec lequel il parlait l'italien, par ailleurs de façon impeccable, incitait a priori ses interlocuteurs de Rome à croire à sa haine fondamentale et obstinée envers eux. Il savait quelle diplomatie, quelle patience et quelle surdité délibérée face aux répliques étaient nécessaires rien que pour expliquer le point de départ de la négociation : les Tyroliens du Sud ne détestaient pas les Italiens, mais la colonisation qu'ils avaient subie de la part de l'État italien. Il savait qu'il ne pouvait courir le risque d'être assimilé à ceux qui avaient eu recours aux bombes, ne fût-ce que contre des installations électriques.

Pourtant il y avait un autre motif d'angoisse, qui n'était pas lié à des considérations d'opportunité politique mais existentielle, dans ces petites feuilles de papier écrites, littéralement, avec le sang des hommes torturés. Dans son *alma mater*, Bologne, où il avait obtenu sa maîtrise de droit, Magnago s'était persuadé que seul le dialogue, la recherche d'un compromis, la difficile mais honnête confrontation entre des positions même très différentes, sont des moyens supérieurs à toute, absolument toute, forme de violence. Ceux qui renoncent à l'argumentation verbale et ont recours à des actions destructives contre des choses ou des personnes, pour justes que soient leurs raisons, se mettent dans leur tort : tel était le seul credo politique de Silvius Magnago. Il ne s'était jamais laissé séduire par aucune des idéologies de ce siècle de fer et de feu. Il était devenu adulte peu avant le début du carnage mondial, et il n'avait que trop bien vu à quoi on arrive quand la politique cède le pas à la violence : une planète en flammes. Il sentait, dans sa propre chair amputée et dans la douleur qui en irradiait à chaque instant, le devoir de préserver les corps, en toute circonstance. Non seulement les corps des habitants de son *Heimatland*, de ceux qui lui avaient donné leur mandat pour les représenter ; mais aussi les corps de ses opposants, des politiques indolents de Rome, et de ces administrateurs qui, du haut de leur petit pouvoir borné, rendaient la vie difficile à ses concitoyens. Son devoir était de toujours séparer la lutte politique de la destruction physique, même celle des pylônes à haute tension.

Il avait soigneusement replié les petites feuilles dans une enveloppe et les avait replacées dans un endroit connu de lui seul. On apprit ensuite les tortures de la prison de Bolzano, mais ce ne fut pas Silvius Magnago qui les dénonça.

Au cours des deux années qui s'étaient écoulées depuis, deux hommes de la BAS étaient morts en prison sous les passages à tabac ou de leurs conséquences. Beaucoup d'autres avaient gardé des lésions permanentes. Les tortures imprimèrent sur leurs corps la marque indélébile de la souffrance, comme la guerre l'avait fait sur celui du

Gebirgsjägerleutnant Magnago. Il y eut un procès contre les carabiniers coupables des mauvais traitements et leurs défenseurs soutinrent que les détenus s'étaient fait eux-mêmes leurs blessures — même si elles furent attestées par des dizaines de certificats médicaux joints aux actes — dans le seul but de discréditer l'Italie. Leur thèse fut retenue, les accusés tous acquittés et, à la lecture du verdict, ils quittèrent la salle, libres et fêtés par leurs familles. Ils reçurent tous les éloges officiels du commandant du corps des carabiniers, le général De Lorenzo. Leurs victimes, les détenus qu'ils avaient réduits à des créatures brisées et éplorées, furent reconduites en prison, menottes aux poignets.

Silvius Magnago n'avoua jamais ce que lui avait coûté la décision de ne pas répondre à la demande d'aide désespérée des *Bumser*. Ni si leur martyre remplissait de cauchemars le sommeil déjà rare de ses nuits.

Les corps. Préserver les corps. Avec eux, il n'avait pas pu.

Au cours de l'automne 1963, une jeune fille vêtue de blanc, un bouquet de fleurs dans les bras, souriait sur les affiches qui tapissaient les rues de Milan. Une version méditerranéenne de Gerda : poitrine généreuse, lèvres charnues, pommettes hautes, mais brune. C'est ainsi que la démocratie chrétienne avait décidé de rajeunir sa propre image et elle s'était donc adressée pour cela à Ernest Dichter, le gourou américain des recherches sur la motivation dans le domaine de la publicité — connu pour une de ses campagnes sur les pruneaux de Californie. Il avait lui-même fabriqué le slogan qui se détachait sous la belle fille :

LA DÉMOCRATIE CHRÉTIENNE A 20 ANS !

De Domodossola à Syracuse, de Udine à Bari, sur toutes les affiches de la péninsule, des mains inconnues glosèrent au feutre :

C'EST LE MOMENT DE LA NIQUER !

Ça, M. Dichter ne l'avait pas prévu.

L'incitation à faire à la démocratie chrétienne de vingt ans ce que tout mâle latin aurait désiré faire aux filles de son âge en chair et en os, fut suivie par beaucoup : aux élections politiques de 1963, le Parti communiste italien obtint, pour la première fois de son histoire, plus d'un quart des suffrages. L'hégémonie absolue de la DC était brisée.

Sous la conduite d'Aldo Moro fut formé le premier gouvernement de centre-gauche de l'Italie républicaine. Quelques jours après la fin du dépouillement, quelqu'un fit porter une grande boîte de pruneaux au siège de la DC, place du Gesù.

Personne ne rit. Pour les équilibres de Yalta, c'était une catastrophe. Les services secrets des deux bords de l'Atlantique convinrent de la nécessité de changer de tactique. On repensa à Gladio, la structure paramilitaire secrète constituée par la CIA en Italie dans les années cinquante déjà pour entraver l'avancée de la gauche. On conçut ce qu'on appela « Piano Solo[1] ». Il avait trois objectifs : un coup d'État militaire pour faire tomber le

1. Plan unique. (*N.d.T.*)

175

gouvernement à peine formé, l'institution d'un gouvernement de « salut public », dirigé par des parlementaires de droite et des militaires, l'assassinat du Premier ministre Aldo Moro.

Le « Piano Solo » ne fut jamais mis en œuvre, et seul le dernier de ses trois objectifs fut atteint, même tardivement — quinze ans après — et par des tiers. Mais la nouvelle tactique secrète, bien plus sale et violente qu'avant, avait commencé. L'Italie allait connaître une saison de sang.

Le 9 décembre 1963, quatre jours après la formation du gouvernement Moro, débuta au palais de justice de Milan le plus grand procès politique depuis la fin de la guerre : celui des auteurs de l'attentat de la *Feuernacht*. Les accusés étaient au nombre de quatre-vingt-onze, vingt-trois étaient en fuite.

Jusque-là, les Italiens ne savaient rien du Haut-Adige. Ils ignoraient presque tous qu'on parlait allemand dans un coin de leur territoire national. Ce ne fut qu'en lisant les articles sur le procès de Milan qu'ils commencèrent à connaître l'existence et le caractère de cette province frontalière.

Un mois environ après le début des débats, par un froid matin de janvier, la salle de la cour d'assises ouvrit ses travaux devant un public plus coloré que d'habitude. Les rangées de chaises derrière les épouses et les familles des accusés se remplirent de dizaines d'hommes en *Lederhosen*, gilet rouge, veste de laine foulée, petit chapeau de feutre garni de plumes : les *Schützen*.

Parmi eux, avec presque toute sa garnison de chasseurs comme lui, se trouvait Peter Huber. Comme les femmes des accusés, qui partageaient les frais et les fatigues du voyage dans le *Tränen-bus*, l'autobus des larmes, les *Schützen* aussi avaient loué un car pour se rendre en masse au tribunal de Milan. Ils ne pouvaient assister qu'à peu de séances, à peine quelques jours : tous avaient une famille et du travail. Mais ils tenaient à montrer aux « Héros du BAS » ce soutien que Silvius Magnago leur avait toujours refusé.

Cependant, les terroristes de la nuit des Feux continuaient à décevoir les attentes de ceux qui voulaient les voir comme des figures exception-nelles : ou des héros ou des assassins. Leur chef moral était le propriétaire d'une modeste boutique à Frangarto, aux portes de Bolzano. Sepp Kersch-baumer avait le corps marqué par les tortures. C'était un homme petit, au visage raviné, une absurde coupe de cheveux années vingt et les yeux un peu tristes de qui est plus à son aise dans le monde des idéaux que dans celui du commerce dont il devait pourtant tirer sa croûte : pendant des années, il avait obligé sa femme à courir derrière ses débiteurs pauvres à qui, lui qui récitait le *Notre Père* plusieurs fois par jour, aurait toujours remis toutes les dettes. Son intelligente ferveur d'idéa-liste, sa détermination à expliquer les raisons humaines avant même les raisons historiques des actions du BAS, obtinrent un authentique respect de la part du jury de Milan. Kerschbaumer expri-mait des concepts simples, compréhensibles à tous. Il parla de l'humiliation de se rendre dans un bureau public et de ne pas se faire comprendre des employés, de ne pas réussir à remplir les formu-laires en italien, des médecins dans les hôpitaux qui prétendaient que les patients, quel que soit le degré de leur maladie ou de leur blessure, s'expriment dans une langue inconnue, du manque de perspectives pour un Tyrolien du Sud de langue allemande qui cherchait du travail en dehors de son propre *maso*. Dans les salles bondées du tribunal, le public italien écoutait la tranquille éloquence de Kerschbaumer, et trouvait qu'elle tenait debout.

Durant les débats, pour montrer les abus auxquels étaient soumis les Tyroliens du Sud, un autre accusé déclara : « Ma belle-mère ne touche plus sa pension depuis plus de six mois. »

Il y eut des rires dans la salle, des murmures d'approbation. Et des cris dans le public, teintés d'une indéniable sympathie :

« Ma mère non plus !

— Moi non plus ! »

Il fallut un bon moment pour rétablir le silence.

Ce fut ainsi, grâce aux séances dans la salle de Milan, que non seulement les Italiens découvrirent le Haut-Adige, mais que les méticuleux mécaniciens, paysans et petits artisans du BAS, et les Tyroliens du Sud en général, commencèrent aussi à connaître l'Italie au-delà de la cluse de Salorno, cette botte oblongue dont leur *Heimat*, qu'ils le veuillent ou non, faisait désormais partie. Eux aussi se rendirent compte qu'à Lecce, à Rome, à Novare, et même à Milan, l'État italien traitait ses citoyens avec négligence, et que les lenteurs et les tortuosités de l'administration publique n'étaient donc pas une forme de discrimination ethnique. La pachydermique inefficacité de l'administration italienne n'avait en somme rien de personnel contre les Tyroliens du Sud — ou du moins pas seulement.

Peter regardait les têtes du public dans la salle bondée. Ce n'étaient pas les Italiens qu'il avait vus arriver à la gare de Bolzano presque dix ans plus tôt. Ils n'avaient pas la maigreur de ceux qui fuient la misère, les yeux écarquillés par la faim, l'espoir et la peur, les ongles sales de ceux qui, la veille de partir pour les usines du Nord, avaient rentré leurs chèvres dans la bergerie en pierre pour la dernière fois. C'étaient des Italiens qui pouvaient dire de la ville où ils habitaient : « chez moi ». C'étaient de belles filles milanaises aux cheveux relevés en chignon choucroute ; de jeunes hommes avec des lunettes aux épaisses montures noires, penchés sur leurs carnets ; des ménagères aux chevilles gonflées mais le regard rusé, habituées à comparer les prix au marché tous les matins et à rire souvent avec leurs amies ; des métallos venus au tribunal à la sortie de leur travail de nuit pour voir en face ces chleuhs de paysans qui avaient fait preuve de tant de capacité à l'organisation insurrectionnelle, et qui avaient peut-être quelque chose à apprendre au mouvement ouvrier.

À côté de ces citoyens de l'Italie du boom économique, était assise la compagnie de *Schützen* aux costumes dix-neuvième. Peter avait une plume de coq de bruyère sur son chapeau, un gilet aux bandes croisées sur le modèle de celui que portait Andreas Hofer quand il chassait l'armée napoléonienne, des souliers vernis avec une boucle en argent sur des chaussettes de coton blanc. Ce fut peut-être justement à cause de ce costume incongru que le procès de Milan lui fit un effet différent, et même inverse, par rapport à la majorité des Tyroliens du Sud. Il en arriva à penser que les actions exemplaires contre les pylônes accomplies par les *Bumser* assis là-devant, au banc des accusés, ne suffisaient plus. L'heure était venue de viser plus haut.

Quand Peter rentra chez lui après les journées de Milan, durant lesquelles, encore une fois, il ne s'était pas soucié de donner de ses nouvelles, il ne trouva plus sa femme : Leni était retournée chez ses parents. Elle était enceinte de deux mois de son deuxième enfant, mais elle ne voulait plus vivre dans cette maison d'absences et de silences.

Eva grandissait. Chaque semaine qui passait, elle dormait un peu plus longtemps sans interruption. Au bout de quelque temps, Gerda cessa de s'endormir debout : sa fille ne pleurait plus la nuit. De son cageot, les yeux écarquillés, elle observait la sauce rouge versée dans les casseroles, les nuages de vapeur qui s'élevaient des marmites découvertes, les longues jambes sautillantes de Hubert qui d'une main égouttait les *Schlutzkrapfen* et de l'autre faisait revenir la sauge dans du beurre. Les yeux d'Eva, transparents et très longs comme ceux de Gerda, n'avaient pas son expression hautaine, mais demandaient et offraient de la sympathie. Le regard des autres n'avait jamais rien dit de particulier à Gerda ; en revanche, pour Eva, il semblait tout dire.

On lui mettait dans les mains des petits bouts de carotte, des lamelles de fenouil, des copeaux de parmesan. On riait en observant le sérieux avec lequel elle les léchait, suçait, mordillait de ses gencives édentées, son expression d'experte tandis qu'elle en tâtait la consistance, le froncement de son petit visage quand sa langue découvrait que le croissant jaune qu'on lui avait mis dans la main était une tranche de citron. Comme des parents fiers de leur enfant, les travailleurs de la cuisine cherchaient mutuellement leur regard, pour se réjouir ensemble de ses gestes irrésistibles de nouveau-né. Durant les mois où Eva occupa paisiblement le cageot de pommes, il n'y eut pratiquement plus de cris ni d'insultes entre cuisiniers et serveurs.

Gerda avait recommencé à rire. Ses lèvres charnues se détendaient et laissaient voir à nouveau ses dents blanches, très jeunes malgré tout, surtout quand elle regardait sa fille. Et alors, tous les hommes autour d'elle, les cuisiniers, les serveurs, le commis plongeur Elmar, sentaient quelque chose remuer en eux. Quand Gerda riait, Herr Neumann essuyait son front avec son tablier pour cacher son visage.

Gerda avait changé : elle voyait à présent les regards des hommes. Et ça ne semblait pas lui déplaire.

Les mois passèrent. Le cageot de pommes ne suffisait plus à Eva. Elmar aida Gerda à construire une sorte de cage en clouant plusieurs cagettes ensemble. Ils l'installèrent sous le plan de travail des desserts, à l'abri des jets d'huile bouillante, des grands couteaux à viande, des bouteilles de lessive. Parfois, de la farine et du sucre lui tombaient sur la tête, la coiffant de drôles de cheveux blancs. *Die letze*, la petite, était une *braves Schneckile*, un brave petit escargot qui faisait tout son possible pour ne pas déranger. Elle restait à sa place et regardait autour d'elle hésitante, l'air de demander : ça va comme ça, n'est-ce pas ? Personne ne lui refusait le sourire qu'elle réclamait, mais il était évident qu'elle ne pourrait pas toujours rester là.

« Comment vas-tu faire quand elle marchera ? » lui demanda Nina, dans le dortoir sous les combles.

Eva, après une journée passée en prison sous la table des desserts, nageait sur le parquet de la chambrée en s'aidant des bras et des jambes, son derrière bombé par sa couche, dressé comme un drapeau. Elle était arrivée jusqu'à un des lits du fond de la pièce et, s'agrippant de ses mains grassouillettes au chevet en fer, elle avait réussi à se mettre debout. Gargouillant triomphalement, elle chercha les yeux de sa mère pour partager cette victoire avec elle. Elle ne les croisa pas : la tête penchée, Gerda fixait le sol. Elle n'avait pas de réponse à la question de Nina.

Tous redoutaient le moment où l'on chasserait Eva de la cuisine, mais personne ne s'étonna quand il arriva. Les cuisiniers, les plongeurs et les aides-cuisiniers étaient en train de manger le repas préparé par Herr Neumann dans la petite salle sombre près de la réserve, Gerda était restée dans la cuisine pour réchauffer le biberon. Quand elle s'approcha de la table des desserts, elle vit qu'une des planches en bois de la cage était déplacée. Eva n'y était pas. Le biberon à la main, Gerda courut à travers toute la cuisine. Sur le plan de travail des viandes, de lourds couteaux effilés étaient à quelques millimètres du bord, prêts à tomber comme des couperets. Le four allumé avait des poignées en métal incandescentes juste à la hauteur des mains d'un enfant. Dans le seau rempli d'eau sale, près de l'évier, même une petite fille plus grande qu'Eva aurait pu se noyer. Gerda ne trouva pas sa fille découpée, ni brûlée, ni noyée, mais toutes ces craintes écartées une à une se muèrent en une panique supplémentaire : sa fille n'était pas là. Elle sortit de la cuisine.

En plus de deux ans de travail à l'hôtel, Gerda n'avait franchi qu'une seule fois la porte battante qui séparait le royaume de Herr Neumann de la salle à manger. Le matin de son premier jour de travail, avant que les clients ne descendent prendre leur petit-déjeuner, Frau Mayer lui avait montré les fenêtres en arc avec vue sur les montagnes, les tables décorées de fleurs au centre des nappes en lin, les lustres en verre de Murano, et elle l'avait prévenue : c'était la dernière fois qu'elle y mettrait les pieds.

Gerda s'arrêta sur le seuil. Les premiers clients s'installaient autour des tables. Des couples, des hommes seuls, des personnes âgées. Les hommes déplaçaient avec une sobre galanterie les chaises pour les dames, qui s'asseyaient en admirant le panorama avec bienveillance, comme s'il était leur propriété. Le contraste entre ces gestes sereins et l'angoisse qui l'oppressait étourdit Gerda. Aucun d'eux n'était en train de chercher une enfant née d'un homme qui n'en avait que faire, qui maintenant était trop grande pour rester en cage et qu'elle ne savait plus où mettre car son travail en cuisine était la seule chose qui lui restait et si elle le perdait elle finirait dans la rue comme toutes les filles qu'aucun Herr Neumann n'était venu chercher en dépit de tout et qui passaient la grille ouverte par la religieuse moustachue avec un enfant sur un bras et rien que du désespoir sur l'autre.

Puis elle la vit.

Eva marchait à quatre pattes avec efficacité vers un objectif précis : les jambes d'un homme d'âge mûr, assis seul à une table sous les hautes fenêtres. Son visage rond était ouvert dans un sourire de satisfaction qui déclarait au monde : me trouver merveilleuse est inéluctable, et je le suis en effet.

Gerda traversa en flèche la salle et, mettant ses mains en cuillère, elle ramassa sa fille sur le sol comme de la soupe dans un bol. Eva, contrariée dans son projet, n'apprécia pas du tout. Elle se mit à hurler, en tendant les bras vers le monsieur assis à sa table qui, étonné mais nullement contrarié, fixait Gerda les sourcils levés.

Il n'était pas le seul. Tous les hommes dans la salle la regardaient. Sa poitrine gonflée par la dernière montée de lait qui distendait son tablier, ses mèches blondes échappées de son bonnet d'aide-cuisinière, ses joues rouges d'agitation, sa bouche faite pour des délices indicibles, ses jambes élancées qui dépassaient de sa jupe de travail trop courte, et puis cette enfant rose dans les bras qui la rendait encore plus jeune et féminine. Les femmes aussi ne pouvaient pas ne pas la regarder, même si elles essayaient de se concentrer sur les taches de gras de son tablier, sur la sciure collée à ses sabots de travail, sur la sueur qui brillait entre son nez et sa lèvre. Mais rien n'effaçait le fait qu'une femme beaucoup plus belle qu'elles venait d'entrer dans cette salle.

« *sie haben unser Abkommen gebrochen.* »

Frau Mayer avait surgi près d'elle comme une déesse germanique née d'un sortilège. Sa voix était calme, plus déçue qu'irritée. Mais le *sie* avec lequel elle l'avait apostrophée avait une initiale nettement minuscule :

« vous avez rompu notre accord. »

Deux jours. Herr Neumann n'avait pas pu faire plus. Deux jours de congés pour arriver à placer Eva. Après quoi, si Gerda n'avait rien trouvé, il aurait été obligé de la licencier.

Le car qui allait du chef-lieu à la petite ville natale de Gerda était lent et il lui laissa tout le temps nécessaire pour réfléchir. À qui laisser sa fille ? Après l'enterrement de Johanna, qui avait eu lieu quand Gerda était enceinte, sa sœur Annemarie lui avait écrit une lettre de son écriture scolaire. Elle lui disait qu'elle la tenait pour responsable de la mort de leur mère, lui donnait l'opinion qu'elle avait d'elle avec force adjectifs, et terminait en exprimant le souhait de ne plus la voir. Cette dernière requête n'était pas difficile à exaucer : depuis qu'Annemarie était partie vivre en Voralberg, Gerda et elle ne s'étaient revues que deux fois : au mariage de Peter et au baptême d'Ulli.

Après plus de trois heures de voyage, quand le car s'arrêta en soufflant dans la gare routière de la petite ville, Gerda ne savait toujours pas quoi faire. Eva dans les bras, assommée, elle se mit à marcher au hasard ; ses pieds sans guide prirent alors le chemin le plus connu. Une demi-heure plus tard à peine, elle se retrouva à deux kilomètres du centre, près d'un groupe de maisons sur le versant à l'ombre du château médiéval. Elle était arrivée à Shanghai.

La maison à l'enduit mélangé aux pierres de fleuve était toujours dans le même coin humide et sombre. La porte était fermée. Aucune fumée ne sortait de la cheminée. Il faisait encore jour et, à travers les vitres sales des fenêtres, il était impossible de voir s'il y avait quelqu'un à l'intérieur. Gerda s'arrêta sur l'esplanade, là où, avant la naissance d'Eva, son père avait lancé en l'air une valise. Elle regarda le poteau d'éclairage où elle avait tapé et comprit où elle pouvait aller.

Elle se mit à marcher d'un pas rapide. En plus

d'Eva, Gerda portait un petit cabas avec des grenouillères de rechange et des langes. Elle accéléra le pas. En moins d'une demi-heure, elle était arrivée, un peu essoufflée par la montée.

C'était la fin de l'été ; les champs escarpés qui avaient brisé les reins de générations de Huber étaient prêts à être moissonnés pour la seconde et dernière fois de l'année. Au loin, on voyait les hommes travailler à la faux. Les vaches envoyées sur l'alpage n'étaient pas encore revenues, et dans les étables il ne restait que les petits veaux et leurs mères. L'air sentait le foin, la fumée, le fumier et le pain tout chaud sorti du four. Sur le montant supérieur de la porte, étaient écrites à la craie les lettres C, M et B, un peu délavées, séparées par 19 et 64. Le jour de l'an, les enfants déguisés en rois mages — Gaspar, Melchior et Balthazar — avaient offert leurs souhaits de bonheur et de bonne santé pour l'année 1964 en échange de menue monnaie. Gerda frappa. Son oncle Hans, le frère aîné d'Hermann, seul héritier du *maso* fermé, était mort deux ans plus tôt. Ce fut la jeune femme de Michl, l'aîné des cousins avec lesquels Gerda avait passé ses étés sur l'alpage quand elle était petite, qui lui ouvrit.

Gerda lui montra Eva. Elle lui expliqua.

La jeune femme, un peu plus âgée que Gerda, la dévisageait. Ni son mari, Michl, ni son beau-frère, Simon (qui vivait maintenant en Suisse), ne parlaient souvent de leur cousine, mais quand ils le faisaient leurs yeux prenaient une lueur qui la mettait mal à l'aise. Gerda n'était pas venue à l'enterrement de sa propre mère, puis on avait appris qu'elle était enceinte : sans la connaître, la jeune épouse n'éprouvait aucune sympathie pour elle.

Le plus jeune frère de son mari, ce Sebastian surnommé Wastl que Gerda et ses grands frères avaient dorloté dans le foin comme un poupon, rentra des champs. C'était maintenant un beau garçon de quatorze ans, grand et fort, au nez droit, les cheveux blond foncé en brosse et de la gaieté dans les yeux. Il embrassa chaleureusement sa cousine. Quand il comprit la situation, il dit à sa belle-sœur :

« Gardons-la, cette *letze*. »

La jeune épouse le regarda d'un œil noir.

« C'est pas toi qui t'en occuperas. »

Michl arriva lui aussi. Il écarquilla les yeux en voyant Gerda, il commença à ouvrir les bras, mais il regarda sa femme par en dessous, et brusquement honteux, il se figea. L'étreinte non donnée resta dans l'air, pesante et chargée de sens, tandis que la jeune femme observait son mari l'air soupçonneux. Wastl parla d'Eva à son frère aîné, la femme pinça les lèvres, ils se mirent à discuter. Gerda regardait leurs bouches, mais ne suivait plus les paroles, comme s'ils parlaient dans une langue inconnue. Au bout d'un moment, la femme de Michl dit qu'elle avait beaucoup à faire, que le dîner était sur le feu et qu'il allait brûler, et elle disparut dans la maison. Michl proposa à Gerda d'entrer. Elle refusa. Il lui lança un regard coupable et triste, puis il suivit sa femme à l'intérieur.

Wastl aussi entra dans la maison, mais il revint presque aussitôt avec un verre de lait pour la petite et un peu de pain avec du speck et du fromage pour Gerda. Il resta là, tandis qu'Eva buvait à petites gorgées avec recueillement, ses yeux bleus fixés sur les poules qui picoraient entre la maison et le fenil. Gerda le remercia et rangea la nourriture dans son sac. Wastl embrassa de nouveau sa cousine, si belle et si infortunée ; il caressa la joue toute douce de cette enfant qui ne pleurait jamais, puis il entra pour dîner en refermant la porte derrière lui.

Même si maintenant la route descendait, Gerda mit plus de temps pour revenir à la petite ville qu'à l'aller. Elle avait les jambes lourdes, mais ce n'était pas de fatigue. Le soleil était bas, bientôt il disparaîtrait derrière le sommet des montagnes qui bordaient la vallée. Quand elle arriva dans le centre, les magasins étaient fermés, les rues désertes. C'était l'heure où la terre est déjà sombre mais le ciel lumineux, où les mères ont rappelé leurs enfants qui jouent dehors, où le dîner est prêt et où ceux qui n'ont pas de toit éprouvent une intense nostalgie.

Gerda se dirigea vers le couvent des Ursulines. Elle arriva devant la grande porte près de l'escalier et tira le fil de fer relié à une grosse cloche. Au bout d'un moment, apparut une vieille religieuse toute petite. Elle la fit entrer sans trop de questions — si une jeune fille seule avec un bébé frappe au crépuscule, elles sont inutiles.

Les religieuses lui donnèrent un bol de potage, puis lui firent une proposition. Elles garderaient la petite, l'élèveraient dans leur école, et plus grande elles lui enseigneraient un métier ; elle pourrait venir la voir, et même l'emmener en promenade de temps en temps. Gerda insista : elle ne s'était peut-être pas bien expliquée, elle n'avait pas donné sa fille en adoption quand elle était née et n'avait pas l'intention de le faire maintenant. Elle ne travaillait pas pendant la basse saison, elle trouverait une chambre meublée, elle pouvait le faire ces deux mois-là, elle voulait garder Eva avec elle. Les religieuses répondirent que ce n'était pas possible. Ou elle la laissait là, ou rien. Il n'y avait pas d'autre solution.

Elles lui donnèrent un lit de camp dans une pièce derrière la cuisine. Gerda s'y allongea, ses yeux grands ouverts fixés sur le haut plafond en pierre. Dans moins de vingt-quatre heures, elle devrait être de retour à l'hôtel, et sans Eva, sinon elle perdrait son travail. Le sommeil de ses vingt ans fut pourtant plus fort que son inquiétude : elle se recroquevilla sur le côté, nicha Eva au creux de sa poitrine et de ses bras, croisa ses pieds en glissant le pouce droit dans l'espace entre l'index et le pouce gauches, et s'endormit.

Gerda sortit du couvent avant l'aube. Eva sommeillait entre ses bras, la tête pendante.

Encore en robe de chambre, le petit Sigi dans les bras, Leni ouvrit à Gerda. Ulli était debout près d'elle, une main sur la jambe de sa mère comme pour s'assurer que ce parent-là du moins ne disparaîtrait pas brusquement, comme le faisait l'autre sans arrêt. Il leva sur Eva ses yeux noirs aux très longs cils, et la dévisagea avec attention mais sans hostilité.

Leni était désolée pour Gerda, chassée de la sombre maison d'où elle, en revanche, s'était enfuie. Mais elle n'était pas du tout sûre qu'y vivre seule avec ce père au cœur noir eût été mieux pour sa belle-sœur. De son côté, elle était indécise et attristée. Elle ne voyait pas son mari depuis trois mois, ne savait pas où il était ni ce qu'il faisait. Autour d'elle, on tenait des propos médisants et bien étranges, mais elle n'y croyait pas, les gens parlent toujours à tort et à travers. Le chef de la compagnie de *Schützen* de Peter était venu lui dire que les sacrifices pour l'*Heimat* valent toujours la peine, même s'ils sont durs. Ces mots n'avaient pas plu à Leni, mais elle n'avait pas su quoi répondre. Ces derniers temps encore, lorsqu'il disparaissait pendant des semaines, Peter lui laissait un peu d'argent, mais plus maintenant.

Quelques mois plus tôt, une grande société anglaise avait ouvert une usine de composants mécaniques à la périphérie de la ville : le plus grand complexe industriel étranger jamais vu en Haut-Adige. La force de travail nécessaire s'élevait presque à un demi-millier d'ouvriers, un chiffre énorme par rapport à la population locale. En outre, ici, les Italiens étaient peu nombreux et tous fonctionnaires, ce seraient donc enfin les Tyroliens du Sud qu'on embaucherait. Leni avait pris part à l'euphorie qui avait parcouru toute la vallée. Ce serait la fin des temps difficiles pour sa famille, et puis n'était-ce pas ce que voulait Peter depuis toujours, être ouvrier ? Mais quand elle lui avait montré le prospectus avec l'adresse et les horaires pour l'embauche, son mari ne l'avait même pas regardé. Le jour même, il était parti et elle ne l'avait pas revu depuis.

Ainsi, dit-elle à Gerda, ses deux fils et elle dépendaient maintenant de ses parents, comme si elle n'était pas une femme mariée, mais seulement une fille mère.

Elle s'interrompit. Elle regarda Gerda, gênée, mais celle-ci cligna des yeux en haussant une épaule comme pour dire : ça ne fait rien.

Sur ce versant de la montagne, mais beaucoup plus bas, se trouvaient à la fois le vieux *maso* des Huber où Gerda s'était rendue la veille et l'hôtel quatre étoiles de Paul Staggl. Non loin de là, on accédait à un autre *maso* relié à celui des parents de Leni par un petit chemin de terre. Sur le seuil, sous l'arche en bois qui reliait la maison au fenil, se tenait une petite fille de neuf ans. Elle n'avait pas bougé de là depuis que Gerda était arrivée avec Eva dans les bras, et elle continuait à la regarder.

Le car pour Bolzano partirait dans moins de deux heures. Si Gerda voulait être à l'hôtel le soir, comme elle l'avait promis à Herr Neumann, elle ne pouvait pas le rater. Elle salua Leni calmement, comme si elle avait eu tout son temps, et se dirigea vers le *maso* des voisins.

La fillette sur le seuil avait une petite robe délavée et trop longue, passée d'une sœur à l'autre plus d'une fois, des jambes nues qui sortaient comme de petites branches pâles de bottes en caoutchouc noir, deux tresses mal faites et fines qui encadraient un visage pointu, des cils presque blancs. Gerda lui demanda qui était à la maison. La fillette secoua la tête. Ils étaient tous en train de faire les foins, elle était restée seule pour surveiller ses petits frères et préparer la soupe d'orge. Elle s'appelait Ruthi, dit-elle, et elle avait neuf ans. Elle demanda la permission de prendre Eva et Gerda la lui tendit. Eva se laissa glisser tranquillement d'une paire de mains à l'autre avec un sourire interrogateur.

Ruthi lui fit des caresses et des petites grimaces tout à fait du goût d'Eva, puis elle la posa par terre. En la tenant comme le font les mères attentives, par les avant-bras et non par les poignets, elle lui fit faire quelques pas. Eva se retourna pour la regarder avec satisfaction. Ruthi lui sourit pour l'encourager et lui montrer qu'elle avait admiré son habileté.

Gerda regardait les bras de sa fille serrés par les mains de cette fillette déjà si experte. Elle leva les yeux vers le champ derrière le *maso* où, dans le lointain, tels de petits points noirs sur le vert, les paysans fauchaient le foin. Puis elle regarda Ruthi bien dans les yeux.

Gerda était déjà dans le car qui la ramenait à l'hôtel, quand les grands-parents, les parents et les frères aînés de Ruthi virent qu'une enfant de moins d'un an s'était ajoutée à leur nombreuse famille. Du *maso* voisin, on convoqua Leni. Elle expliqua qui était la jeune fille blonde qui avait laissé Eva en cadeau comme une poupée. Le père menaça Ruthi de coups de ceinture, mais le grand-père l'en empêcha.

Sepp Schwingshackl n'avait pas encore soixante ans, mais ses mains étaient parcourues d'un tremblement, il n'entendait pas bien, et une cicatrice blanchâtre et dure entaillait ses sourcils : les signes laissés par Hermann Huber quand il l'avait roué de coups trente ans plus tôt. Il avait pourtant aussi le regard limpide de celui qui n'a rien à cacher et un doux sourire de vieil homme qui s'y connaît en enfants. Dans les bras de Ruthi, Eva regardait autour d'elle avec inquiétude. Mais elle ne pleurait pas, comme si elle comprenait très bien qu'il n'allait pas de soi que ces inconnus prennent soin d'elle. Sepp la prit avec délicatesse des bras de sa petite-fille et la posa sur ses genoux.

« Dieu nous l'a apportée et nous la garderons », dit-il.

Ce n'était pas Dieu, mais la fille *Nutte* d'un méchant homme, pensa son fils, mais il le garda pour lui.

Ce n'était pas Dieu, mais une fille comme ma sœur Eloise, plus belle cependant, pensa Ruthi, mais elle le garda pour elle.

C'était Dieu, c'est-à-dire Elle, mais où était-elle ? pensa Eva, mais ne sachant pas parler, elle le garda pour elle. Si elle avait pu, elle aurait dit : « Je ne dormirai plus tant qu'Elle ne sera pas revenue. »

Peu à peu, la fatigue et l'émotion fermèrent pourtant ses yeux. Le petit corps souple se détendit contre le corps dur de Sepp, sentant le bois, le savon et la sueur. Eva s'endormit.

C'est ainsi que commença la vie que devait mener Eva pendant des années : chez les Schwingshackl dix mois de l'année, et dans une chambre meublée avec sa mère les deux mois de la basse saison.

En attendant, Gerda pleurait dans le car. Elle pleura tout le long de la vallée dont sa petite ville était le chef-lieu, elle pleura quand il déboucha sur la route nationale, elle pleura en arrivant à Bolzano. Là, elle changea d'autobus en pleurant, et elle pleura en marchant de la gare routière à l'hôtel. Mais quand elle entra dans le dortoir qu'elle partageait avec les autres employées, quelqu'un avait allumé une radio, et Gerda se rendit brusquement compte de certaines choses.

Elle n'avait plus une petite fille à surveiller toute la journée.

Elle n'avait plus de réputation à protéger.

Elle n'avait pas encore vingt ans.

Elle sentit une soudaine envie de remuer les hanches et les bras au rythme du swing et de regarder bien en face, comme la chanteuse Mina, quiconque trouverait à y redire.

Km 715

De la gare Tiburtina à Termini, où m'attend le
Rome-Reggio de Calabre de sept heures et quart,
j'ai l'intention de prendre le métro. Je n'ai pas de
grosse valise, ce sera facile.

Erreur. Facile, oui, si j'avais eu un billet. Mais je
n'en ai pas. Je n'ai même pas un euro de monnaie,
et de toute façon les distributeurs sont tous en
panne. Et il faut être naïf, fou ou allemand pour
croire qu'à six heures trente-huit du matin, un
dimanche de Pâques, il puisse y avoir un guiche-
tier de service. J'ai beau appartenir à l'ethnie germanique, ma province fait partie de l'Italie depuis
trop longtemps pour nourrir cette illusion.

Du métro, je remonte à l'étage supérieur pour
chercher un kiosque à journaux. Le premier que je
trouve est ouvert, mais il ne reste plus de billets, le
deuxième est fermé parce que, justement, il est six
heures quarante-trois (maintenant) de ce matin de
Pâques, le troisième est au moins à un kilomètre de
distance, comme me l'indique l'Ukrainienne som-
nolente derrière le comptoir d'un bar.

Tant pis, je vais prendre un taxi. Je sors de la gare
alors que le ciel de Rome commence à se teinter de
mille couleurs, et je m'arrête pour le regarder.

D'impalpables traînées orange, grises, vert acide et roses s'étendent sur un fond bleu turquoise. Des couleurs délicates et rêveuses qu'on ne s'attendrait pas à voir au-dessus de cette partie de la ville cruellement laide, dotée d'une route surélevée qui lèche les salles à manger et les cuisines au troisième étage. Et en fait, même au-dessus de cette grisaille écaillée, la magnificence du ciel de Rome me frappe, même moi habituée aux soleils couchants de montagne. Puis je baisse à nouveau les yeux, et je me mets en chemin.

Près du panneau TAXI, dont le seul but est de leurrer le peuple, une douzaine de passagers rescapés des wagons-lits, abrutis et mal coiffés, se regardent de travers. Car, malgré la nuit de vague sommeil, il n'est pas difficile de calculer l'attente prévisible : avec un rapport de douze passagers à zéro taxi, ce sera long.

Bienvenue à Rome.

Quand j'arrive enfin à Termini, le train pour la Calabre doit déjà être du côté de Latina. Le prochain est à onze heures et quelques. J'ai presque quatre heures à attendre.

Ce n'est plus l'aube, la gare est animée comme si c'était un jour ouvrable. Des écrans plats disséminés un peu partout diffusent des clips publicitaires, toujours les mêmes en continu. Une femme d'âge indéfinissable, avec de fines mèches grises comme des queues de rat collées sur la tête, m'arrête en me souriant amicalement. Elle me demande où est le supermarché. Je suis incapable de le lui dire, et je m'en excuse. Elle me remercie comme si je venais de lui sauver la vie. Je vais au distributeur automatique, j'achète un journal, puis je la revois. Elle est penchée maintenant devant un enfant dans sa poussette, elle fait apparaître et disparaître une pièce de monnaie entre ses doigts, mais son tour n'est pas très réussi. L'enfant et la jeune mère, aux traits andins et aux cheveux noirs raides tous les deux, ne l'encouragent ni ne la chassent : ils la regardent patiemment, en silence, attendant qu'elle s'arrête. Son numéro terminé, la dame salue et s'en va, le sourire satisfait de celle qui a sa place dans le monde. Mère et fils ne lui adressent même pas un regard.

Je m'assieds à un bar. Café, croissant, jus de fruits plein de vitamines pour garder une peau jeune, et journal. Je le parcours de fond en comble, même la page de Rome, le courrier de protestation contre les trous dans la chaussée, les rubriques de plaintes contre les parkings illicites, les annonces immobilières. Je décide de faire deux pas dans ce grand centre commercial qu'est devenue la gare de Termini. Même si c'est Pâques, beaucoup de magasins sont quand même ouverts, surtout les nombreuses boutiques de lingerie : on dirait qu'il y en a à tous les coins. Je flâne au hasard, pour passer le temps. Je suis en voyage pour revoir l'homme dont l'absence a marqué ma vie et celle de ma mère, je ne suis pas là pour faire du shopping. Puis j'entends chanter.

À l'étage le plus souterrain du centre commercial, devant l'énième boutique de lingerie homme-femme, se dresse une grande porte qui ressemble à celle d'un parking. Elle s'ouvre sur une porte vitrée intérieure qui, à son tour, donne sur une sorte de garage long et étroit, sans fenêtres, éclairé par la désagréable lumière d'un néon. Au fond, une table recouverte d'une nappe blanche sur laquelle est posé un grand crucifix en bronze. Un groupe de personnes chante en chœur, dirigé par un homme vêtu de blanc. Ce n'est ni un entrepôt ni un garage. C'est une église.

Quand j'étais petite, j'aimais aller à l'église.

Je me souviens de la messe de Noël dans la *Pfarrkirche*[1]. Ma mère n'était pas là : pendant les fêtes, c'était la pleine saison pour les hôtels. Enfant, j'ai toujours passé Noël avec Sepp et Maria. Ce sont eux qui m'ont expliqué que Jésus était une personne très bonne, la meilleure qui ait jamais existé, qui a quitté un endroit lointain et merveilleux pour venir ici chez nous et nous apprendre à nous aimer. Un message qui me convenait, d'autant plus que c'étaient mes pseudo-grands-parents adoptifs qui me le transmettaient, eux qui semblaient vraiment aimer tout le monde.

Toute l'immense famille des Schwingshackl se rendait à la messe qui fêtait la naissance de cette personne si gentille : treize enfants, d'innombrables gendres et belles-filles, une pléthore de petits-enfants, puis un appendice sans appellation précise — moi. Et il y avait aussi les Huber, les cousins de ma mère. Oncle Wastl jouait de la clarinette dans la *Musikkapelle*[2]. Ainsi vêtu de son gilet de satin des concerts solennels, il me semblait plus beau que les anges trompettistes de la crèche. Quand venait le moment de son solo, je ne sais pas comment, même avec sa clarinette dans la bouche et les joues gonflées d'air, il arrivait toujours à me sourire à moi seule. Elle était belle, la messe de Noël.

1. Église paroissiale.
2. Fanfare villageoise.

Puis il y avait la question du papa de Jésus. Je ne comprenais pas très bien si son vrai père était le Saint-Esprit, l'Ange ou Dieu, mais de toute façon, c'était Joseph qui tenait l'Enfant dans ses bras quand la Madone était fatiguée, qui lui racontait des histoires pour l'endormir, et qui le protégeait de la colère d'Hérode. Quand Vito entra dans notre vie, auprès de lui et de ma mère, je me prenais pour la petite sœur secrète de l'Enfant Jésus.

Pâques était une fête moins facile à comprendre, avec cette croix et tout ce sang, puis les trois jours de mort et d'obscurité, enfin la résurrection : très compliqué pour une petite fille. Je ne comprenais pas surtout pourquoi Jésus, une fois ressuscité, ne voulait plus se laisser embrasser par ceux qui l'avaient pleuré, certainement contents de le voir de nouveau en vie. Je trouvais que c'était une attitude désobligeante, étrange de la part d'une personne si bonne et si gentille, mais je n'ai jamais osé demander d'explication. J'aimais pourtant les cloches qui annonçaient le triomphe de la vie sur la mort, et je comprenais moi aussi que c'était beau.

La dernière fois que j'ai récité le *Notre Père*, c'était le jour de ma confirmation. Vito venait de nous quitter et ma mère avait recommencé à se rendre à l'église : elle ne vivait plus *more uxorio*, elle ne vivait donc plus dans le péché. En l'honneur de ce sacrement que je recevais, elle avait mis ce qu'elle avait de plus beau, un chemisier bleu foncé au col et aux poignets blancs, un des nombreux cadeaux de Vito. Elle avait dû le resserrer à la taille avec des épingles à nourrice : elle ne mangeait presque plus depuis des semaines. Sur sa tête, un foulard cachait les traces de calvitie laissées par sa maladie, et elle avait deux lunes violettes sous les yeux. Elle avait cessé de pleurer, mais pour moi ses yeux secs étaient encore plus terribles que lorsqu'ils étaient rouges et gonflés. J'aurais fait n'importe quoi pour mettre fin à sa souffrance, mais je n'en étais pas capable.

Le curé souriait debout devant la porte de l'église, la félicitant de son changement de vie. Et moi, ce Dieu impitoyable, qui admettait à nouveau Gerda Huber dans sa maison à la seule condition de la voir brisée, je ne l'ai plus prié.

Je me suis assise sur l'un des bancs de bois ciré dans l'église-garage. Nous sommes à Rome, ville des mille églises, des cent basiliques, chacune un trésor d'art, d'histoire et de beauté. Celle-ci doit être la plus laide de toutes. Debout, devant l'autel, se tient un prêtre maigre, pas très jeune. Il a une tête qui ressemble à celle d'une fourmi : large en haut, étroite en bas, des yeux déjà grands rendus énormes par des verres épais d'hypermétrope. Il a aussi des mains aux doigts très longs et de grosses chaussures dont la semelle en caoutchouc grince à chaque pas. Il est au beau milieu de son homélie, il parle avec beaucoup de passion. Son auditoire : surtout des femmes — des Philippines, des Sud-Américaines, des Polonaises — des personnes âgées seules, des sans-abri, quelques voyageurs avec leurs valises posées le long du mur, des vendeurs ambulants africains. Il y a aussi la vieille femme de tout à l'heure, celle aux cheveux en queues de rat. Nous sommes une quarantaine tout au plus, mais nous remplissons presque toutes les places assises.

« Le Christ est *vraiment* ressuscité », dit le prêtre, en soulignant chaque mot de ses mains presque trop élégantes. Il marche de long en large dans l'allée entre les bancs, à chaque pas un grincement de chaussures : scouic, scouic. Il commente un passage de l'Évangile, celui de la découverte du tombeau vide. Il explique en détail comment on enveloppait un cadavre autrefois, de quelle matière étaient faites les bandelettes, de quelle longueur. Il mime, il grince (scouic !), il agite les mains.

Il tient à ce que son auditoire le suive.

« Vous y êtes ? » demande-t-il aux fidèles, en les regardant bien en face.

Ils acquiescent d'un signe de tête et alors il continue en grinçant, en les regardant un à un dans les yeux, fermant de temps en temps les siens pour mieux se concentrer. Il parle de Jean.

« Il vit et il crut (scouic scouic). Mais vous comprenez ce que ça veut dire ? »

Que lui y croie vraiment, à ce qu'il dit, c'est évident. Ce prêtre à la bizarre tête d'insecte communique la force d'une foi, puissante et sans ornements, de celui qui s'est sali les mains avec la vraie charité. L'effet que produit sur moi cette chapelle terne dans les souterrains de la gare est celui d'une église de mission au cœur de Rome, vouée aux derniers de la ville.

Il termine son sermon en parlant de La Pira, « le plus grand maire que nous ayons jamais eu en Italie ». Je regarde autour de moi. Y a-t-il quelqu'un parmi ces travailleurs immigrés, ces personnes âgées à la maigre pension, ces touristes américains de passage, ces auxiliaires de vie roumaines, qui sache qui est La Pira ? Peut-être la vieille dame qui erre dans la gare, embêtant des enfants inconnus avec de petits jeux stupides ? Ou ce vendeur à la sauvette sénégalais avec son gros baluchon près du banc, au profil de *griot* immobile et concentré ? Moi aussi, je dois faire un effort pour extraire de ma mémoire quelque vague notion : un démocrate-chrétien florentin des années cinquante ? Mais le prêtre-fourmi ne considère aucun d'eux, de nous, inférieur à un tel personnage et, fermant à demi les yeux d'abord pour exprimer son respect, ses mains aux doigts effilés levées au niveau de ses épaules et ouvertes en éventail, il nous parle d'une séance dans la salle du conseil du palais de la Seigneurie qui s'était tenue quelques dizaines d'années plus tôt :

« Au cours d'une discussion acharnée entre communistes et démocrates-chrétiens où, à la fin, les deux partis l'attaquaient en hurlant, La Pira ferma les yeux, et garda le silence, un long moment, les forçant tous au même silence... Et ils se turent, attendant ce qu'il allait dire. »

Le prêtre fait une pause, regarde son auditoire dans les yeux. Personne ne bronche. Auxiliaires de vie, vendeurs de dvd pirates, clochards qui ne se lavent pas depuis des mois, tous attendent la suite avec impatience : dans les lointaines années de la guerre froide, au milieu des diatribes entre catholiques et stalinistes, qu'a bien pu dire ce maire d'une ville où beaucoup d'entre eux ne mettront jamais les pieds ? Le prêtre déplace son poids d'une jambe sur l'autre (scouic), il baisse la voix, commence à parler au présent.

« La Pira continue à se taire, les yeux fermés. Puis, enfin, sans les ouvrir, il dit tout bas : "Est-ce que ça compte tout ça, puisque le Christ est ressuscité ?" »

Le prêtre-fourmi lève ses yeux si grands derrière ses lunettes, nous regarde et nous répète, nous annonce, avec un sourire joyeux :

« Oui ! Le Christ est vraiment ressuscité ! »

Et, à mon grand étonnement, j'éprouve de la joie, pendant un instant, moi aussi.

Quand arrive le moment du *Notre Père*, je regarde autour de moi. Tout le monde a les mains jointes, l'air recueilli. Et moi aussi, je m'entends murmurer — après combien d'années ? — les premières paroles de la prière la plus filiale qui soit :

« *Vater unser in Himmel*
Geheiligt werde dein Name.
Dein Reich... »

Je m'interromps, sans savoir très bien pourquoi. Au bout d'un moment d'hésitation, je reprends. Mais cette fois-ci dans la langue de Vito :

« Notre Père qui es aux cieux,
Que ton nom soit sanctifié,
Que ton règne vienne,
Que ta volonté soit faite... »

Je ne suis pas redevenue croyante. Je n'ai pas brusquement retrouvé une foi dont je ne sens pas le manque, pas même grâce à un prêtre inspiré et humain. Mais je m'unis spontanément à ceux qui m'entourent, ici dans cette chapelle si laide. Eux aussi, comme moi, des enfants de père inconnu.

Après la messe, je m'arrête devant le présentoir à l'entrée de l'église. On y trouve les habituels petits journaux missionnaires, des feuilles d'ordres religieux, le programme d'un voyage à Lourdes, les horaires des messes et des offices supplémentaires pour Pâques et le lundi de l'Ange et une feuille à carreaux avec une phrase écrite à la main : *Le mardi de Pâques, l'aumônier des chemins de fer ira bénir les établissements commerciaux de Termini.*

Je m'imagine le prêtre-fourmi entrant avec ses chaussures grinçantes dans les boutiques de lingerie intime, passant au milieu des mannequins aux nichons et aux culs recouverts de nuisettes et de strings. Sans se troubler, il les bénira tous avec son large sourire, de ses longs doigts il aspergera d'eau bénite les soutiens-gorge push up invisibles, et derrière ses verres épais, il regardera pieusement, la tête baissée, l'air bienveillant, les vendeuses trop maquillées.

C'est presque l'heure de prendre le train. J'achète de l'eau, quelques fruits, pas de sandwichs, car dans un train qui parcourt sept cents kilomètres, il doit bien y avoir un service de restauration. Une Rom de dix-huit ans, à la jupe bariolée, s'assied sur une des banquettes en similicuir noir disséminées dans la gare ; elle a un bébé dans les bras, à ses côtés une fillette de deux ans et un petit morveux à peine plus grand. Ils regardent tous l'air concentré, indifférents au va-et-vient autour d'eux, un des écrans plats qui diffusent des publicités en continu. Ils sont détendus et à l'aise comme une famille quelconque qui regarde la télé sur le divan du salon. Quand je prends l'escalier roulant pour aller sur les quais, ils disparaissent de ma vue.

1964

Voilà quelle était la situation.

Le fenil d'un vieux *maso*, à la fin de l'été. La récolte a été bonne, il n'a plu ni trop ni trop peu, le foin arrive au plafond. La trappe par laquelle le paysan le fera tomber dans les mangeoires de l'étable est en bois ancien, ainsi que le sol, les murs, les poutres qui soutiennent le toit, les tuiles ; tout est en sapin d'un âge vénérable. Une bougie allumée est posée par terre : elle grésille, fume, consume sa mèche. Le vent souffle à travers les fissures des parois entre les planches, agitant la petite flamme. Une rafale plus forte, et la bougie se renversera sur la paille.

Cet été 1964, ils étaient vraiment tous venus attiser le feu dans le Haut-Adige.

Les premiers furent les membres du BAS en fuite, qui se dissocièrent des méthodes trop modérées des autres *Bumser*. Assez d'attaques contre les pylônes, déclaraient-ils. Pour libérer l'*Heimat Südtirol*, il fallait des actions de guérilla armée, et tant pis si c'était avec effusion de sang.

Puis étaient arrivés les néo-nazis autrichiens. Les soi-disant intellectuels du NPD, le parti nazi ressuscité, des pangermanistes nostalgiques du

Deutschland über Alles. Les néo-fascistes italiens. Les confréries universitaires autrichiennes d'extrême droite. Le KGB qui, de sa résidence diplomatique soviétique de Vienne, avait pris contact avec les terroristes les plus extrêmes. Les agents des services secrets italiens, américains, autrichiens, allemands, et même quelques Belges. Ce qu'on peut comprendre aussi : n'importe quel agent flamand provocateur, doté d'un minimum de dignité professionnelle, aurait voulu émigrer vers le tumultueux Haut-Adige des années soixante, bien plus riche que les Flandres, par souci de carrière. Enfin, était arrivé De Lorenzo, commandant général du corps des carabiniers, chef des services secrets du SIFAR peu de temps avant encore, et homme de confiance de la CIA dans la création du Gladio, avec ses carabiniers.

Ils étaient vraiment tous là, dans les champs qui sentaient le foin fraîchement coupé, les aiguilles rosées des Dolomites, la pierraille flamboyante de rhododendrons de juillet, le scintillement des glaciers frontaliers et les téléphériques bondés de skieurs ivres de prouesses athlétiques, pour les répétitions générales de ce qui n'avait pas encore de nom, mais qu'on appellerait par la suite, comme si c'était un jeu de société, « stratégie de la tension ». Les joueurs : des extrémistes sanglants et convaincus, des agents provocateurs visant à hausser le niveau du conflit, et une répression d'État, presque aussi dure que pendant le fascisme.

Il suffisait seulement d'allumer le feu.

Peter n'avait qu'une très vague idée de tout ça. Il avait bien participé à des rencontres secrètes dans les refuges juste de l'autre côté de la frontière, où il avait connu des personnes très différentes de celles auxquelles il était habitué. Des étudiants aux verres épais, par exemple, qui récitaient avec un accent viennois des passages des *Brigands* comme si Schiller avait écrit cette pièce spécialement pour eux, qui aspiraient à fond l'air vif de la nuit alpine, comme s'ils vivaient un moment héroïque qu'ils voulaient fixer dans leur mémoire. Un jeune assistant universitaire d'Innsbruck, lippu, aux doigts boudinés, éloquent malgré son essoufflement d'obèse, persuadé de ne pas être né trop tard pour vivre encore le rêve du Reich millénaire. Un chimiste bavarois, qui avait appris à Peter comment fabriquer une bombe et dont les mains passaient sur le plastic et les détonateurs avec la légère précision de papillons sur les fleurs des champs. Aucun d'eux ne faisait jamais allusion au fait que Peter, pour obtenir un certificat d'une administration sur sa propre terre, devait s'expliquer dans une langue qui n'était pas la sienne, ni qu'il n'avait pas trouvé de travail comme ouvrier parce qu'il était de la mauvaise ethnie. Ils avaient autre chose en tête : lutte pour la libération nationale, sol sacré, *Bedrohtes Grenzlanddeutschtum*[1], *Volks-und Kulturgemeinschaft*[2], expansion du peuple allemand dans son légitime *Lebensraum*[3].

Peter ignorait tout d'eux, mais il ne posait pas de question. Il ne savait pas qu'ils avaient déjà transporté leurs explosifs en Italie avec des plans secrets aux noms de romans-photos : « Opération Sofia Loren », une suite d'explosions dans les cinémas de

1. Germanicité de frontière menacée.
2. Communauté de peuples et de cultures.
3. Espace vital.

Bolzano fréquentés par des militaires en garnison (projet avorté avant même d'avoir été mis en œuvre) ; « Opération Panique », contre les transports publics de grandes villes italiennes (beaucoup de blessés dans un tram à Rome et la voiture d'un des terroristes qui explose par erreur) ; « Opération Terreur » dans les trains : une bombe de forte puissance à la gare de Vérone (une vingtaine de blessés et enfin, après l'avoir longtemps cherché, le premier mort).

Peter les intéressait uniquement parce que depuis qu'il était un *Bub*[1], il sillonnait les cols frontaliers, le fusil en bandoulière. Qu'il connaissait mieux que les rides de sa mère les traces des chamois, des cerfs et des bouquetins, à cheval sur l'injuste frontière entre l'Autriche et l'Italie, ces douces lignes de terre remuée gravées entre les pins mugo et les mélis-mélos de pierres. Et qu'il pourrait donc les montrer à ceux qui transportaient des pains de dynamite cachés sous leur chemise, à ceux qui devaient contourner un poste de garde pour prendre par surprise les soldats italiens, à ceux qui étaient en fuite après un attentat. Et enfin, ces hommes si instruits, qui savaient tellement plus de choses que lui, étaient intéressés par le fait que Peter n'éprouvait aucun sentiment d'horreur à l'idée de tuer — et pas seulement des animaux de trophée.

Qu'est-ce qui fait d'un homme un assassin ? À quel moment, la colère face à une injustice historique se fond en lui avec un autre ressentiment, plus ancien, privé, honteux parce que jamais partagé avec d'autres, le poussant à mettre la main sur

1. Jeune garçon.

207

un détonateur ? Quand son désir d'obtenir ce qu'il considère comme un Bien général devient-il indifférence au Mal spécifique fait au nom de ce même Bien ? Qu'est-ce qui le rend capable de briser la suprême interdiction qui, tel un mur, divise en deux la société, qui a tué ne fût-ce qu'une fois et qui ne l'a pas fait ? Est-il plus nécessaire, pour cet homme, d'avoir une conviction absolue ou plutôt une âme désormais glaciale, silencieuse et figée comme un lac en hiver, où la pitié ne s'écoule plus, si ce n'est très, très bas, en moulinets sombres et invisibles qui agitent faiblement les pierres les plus légères sur le fond, mais pas la plaque de glace qui est à la surface ? Peter ne l'expliqua jamais à personne, encore moins à lui-même.

Le frère de Gerda, aux yeux si noirs qu'ils ne reflétaient pas la lumière, n'avait vu son fils Sigi que peu de fois, et seulement pour quelques heures. Contrairement à ce qu'il avait fait avec Ulli, Peter ne tira sur aucune cible portant l'inscription « Sigfried » en lettres gothiques : il n'était pas présent au baptême de son second fils.

Depuis longtemps, Leni n'attendait plus son mari. Ses parents l'avaient reprise avec eux, elle et ses deux enfants, dans leur *maso* près de la petite ville. Les rares fois où Peter réapparaissait, des passages fugaces et le plus souvent nocturnes, souvent espacés de semaines d'absence, personne ne posait de questions ; non seulement, parce que, de toute façon, ils n'auraient pas eu de réponse, mais surtout pour ne pas devoir s'interroger eux-mêmes sur cet état de chose. Officiellement, Leni était encore la femme de Peter, mais désormais la vraie famille de son mari, elle le savait, ce n'était plus elle, Ulli et le dernier né Sigi. C'étaient des gens inconnus dont il ne partageait pas le lit ou la chaleur de la *Stube*, mais des armes, des explosifs, des mines antipersonnel, des mèches et des détonateurs, des plans de fuite, des faux papiers, des passages de frontière sur les sentiers de contrebandiers, des contournements de barrages de police.

Le 27 août 1964, la *Musikkapelle* d'un village des environs donna un concert extraordinaire au sommet de la montagne sur laquelle Staggl et les autres membres de la Coopérative construisaient, à une allure vertigineuse, une rutilante station de ski. La manifestation avait été organisée pour contredire ceux qui avaient commencé à l'appeler « l'Usine » : une montagne défigurée à présent par l'acier des téléphériques, impraticable pour les vrais amateurs de la nature. Staggl voulait prouver à ses concitoyens et aux estivants que, malgré les télésièges, les remontées mécaniques, les buvettes, les pylônes des téléphériques (il couvrirait bientôt trois versants), les restaurants et leur formule innovante de self-service, sur le modèle des cantines militaires, l'hôtel trois étoiles construit à plus de deux mille mètres, bref, que, malgré tout ça, la nature régnait encore en souveraine au sommet et que la beauté de l'*Heimat*, avec une vue à trois cent soixante degrés, qui allait des glaciers frontaliers aux lointaines Dolomites, était toujours la plus forte. Au fond, les touristes de la ville venaient jusqu'ici non seulement pour faire du ski, activité désormais inaliénable pour la bourgeoisie du boom économique, mais aussi pour se remplir les yeux d'une splendeur si majestueuse.

Et rien ne pouvait mieux le mettre en évidence qu'un concert exécuté juste au sommet par des musiciens portant le costume de leurs ancêtres. Au programme, la première exécution mondiale d'une composition du chef de la *Musikkapelle*, intitulée *An meinen Berg*, À ma montagne.

Ce jour-là, le téléphérique inauguré par Gerda et Hannes fit une excellente recette : des touristes et des habitants de la petite ville montèrent en masse. Leni, accompagnée de ses parents, y amena ses enfants. Le dernier-né Sigi, enivré par l'air léger des deux mille mètres, ne se réveilla pas une fois, pas même quand son landau heurtait en reculant les pierres cachées par l'herbe haute. Ulli serrait fort la main de sa grand-mère maternelle, son front bombé de chevreuil, ses yeux aux longs cils noirs écarquillés dans cette expression d'attente angoissée qu'il aurait si souvent pendant sa courte vie.

Le public finit de s'installer sur les chaises pliantes disposées dans le champ et le silence se fit, ponctué seulement par les rappels judicieux des corneilles. Le chef leva la baguette dorée avec laquelle il battait la mesure durant les défilés : et un, et deux, et... Un grondement.

Sur la départementale qui passait au pied de la montagne, deux kilomètres à l'est et mille deux cents mètres plus bas, une jeep des carabiniers avait explosé sur une mine antichar. Il n'y eut pas de mort, mais on compta quatre blessés, tous graves.

Début septembre, un carabinier fut tué dans une vallée voisine d'un coup de fusil à la tête, tiré à travers une vitre de sa caserne. Cette mort fut attribuée aux terroristes, mais il s'agissait, semble-t-il, d'un règlement de comptes privé.

Dans la nuit du 6 au 7 septembre, sur un alpage isolé, un agent infiltré des services secrets exécuta dans son sommeil Luis Amplatz, un des deux

Schützen, qui avaient quitté le BAS pour embrasser la lutte armée. Son enterrement eut plus de retentissement et de participants que des funérailles nationales : même les Tyroliens du Sud qui n'étaient pas d'accord avec la lutte armée considérèrent la mort d'Amplatz comme une exécution officielle.

Quelques jours plus tard, près de la petite ville des Huber et des Staggl, une autre jeep militaire explosa, cette fois-ci sur une bombe radiocommandée. Six carabiniers furent blessés, dont quatre gravement. L'un d'eux perdit un œil, un autre une jambe.

En bas, dans l'étable, les vaches sentent avec inquiétude l'odeur âcre de la bougie. Bientôt, la flamme arrivera jusqu'au foin. Difficile d'imaginer à ce moment-là qui pourrait encore sauver le fenil, et comment.

Une fois par mois, un garçon apportait à l'hôtel de Frau Mayer les produits pour les gâteaux : farine, sucre, pignons, raisins secs, fruits confits, pastilles de couleur en sucre, petites boules argentées, poudre de cacao. Il était de Trente, avait un nom qui finissait en « nin » comme le surnom d'un enfant, mais tout le monde l'appelait *Zuckerbub* : le garçon du sucre, ou plutôt *en* sucre. Cette deuxième interprétation était due aux regards, plus sucrés que ses marchandises, qu'il lançait aux femmes, toutes, sans exception. Même Frau Mayer, quand on la prévenait à la cuisine de son arrivée, se regardait dans la glace qui occupait tout le mur derrière le bar.

L'hôtelière ne se mêlait pas de la gestion de Herr Neumann et le laissait superviser le déchargement des sacs de la camionnette. Mais quand arrivait le *Zuckerbub*, elle trouvait toujours le moyen de passer dans la cour à l'arrière de la cuisine ; elle demandait des précisions sur une vieille facture, elle saluait le patron du garçon — son vieux camarade de classe — ou elle donnait des instructions à l'homme à tout faire sur le rangement de certains barils : n'importe quoi du moment qu'elle s'exposait, même un instant, à ces yeux qui enveloppaient comme de la soie les silhouettes féminines. Le reste des journées où le *Zuckerbub* faisait ses livraisons, Frau Mayer le passait dans un état de vague expectative, de confiante mélancolie, dans le souvenir flou de quelque chose de troublant qu'elle n'aurait pourtant pas su nommer.

Autant les sensations de Frau Mayer étaient imprécises et espacées, autant avec Gerda le garçon fut précis et déterminé : il viendrait la chercher dès sa première soirée libre pour l'emmener danser.

Malgré toute son expérience de mâle italien au sourire de miel, le *Zuckerbub* non plus n'était pas habitué à entrer dans un endroit avec une femme qui faisait se dilater toutes les pupilles : celles des hommes de désir et celles des femmes qui comparaient.

Gerda non plus n'avait jamais eu l'occasion de sortir ainsi accompagnée. Avec Hannes, elle n'avait pas connu les sorties en public. Ils avaient toujours été seuls lors de leurs rendez-vous, non seulement ce jour en suspens — c'est le cas de le dire — du téléphérique, mais les autres fois aussi. Hannes la conduisait jusqu'aux virages des cols avec sa Mercedes et là, dans les champs solitaires et venteux, ils faisaient l'amour. Un jour, il l'avait amenée dans un hôtel du Cadore, plus petit mais semblable à celui où elle travaillait dix mois de l'année. L'embarras de Gerda vis-à-vis du personnel, des gens pareils à ceux qui partageaient son quotidien de fatigue et de sueur, lui fut épargné : ils ne quittèrent pas leur chambre pendant deux jours et se firent déposer leurs repas derrière la porte.

Gerda avait vécu la réclusion de leur amour comme la preuve qu'il était absolu. Il ne lui était jamais venu à l'esprit que Hannes était animé d'intentions non partagées, qu'il était gêné. Gerda n'avait donc jamais été aux côtés d'un homme en public.

Il y avait un juke-box.

« Quelle est ta chanson préférée ? lui demanda le *Zuckerbub*.

— Mina. »

Il glissa une pièce, elle choisit un 45 tours : *C'est un homme pour moi*. Il passa un bras autour de sa taille et la serra contre lui. Gerda pensa aux yeux d'Égyptienne de la chanteuse, aux mille allusions de son regard, et elle sourit : maintenant elle aussi, Gerda Huber, fille d'Hermann et de Johanna, dansait.

Ils passèrent la nuit à faire l'amour au milieu des sacs de sucre et de farine dans la camionnette. Il resta des petites boules d'argent, des lamelles de chocolat, de fins bâtons de sucre de couleur dans les cheveux blonds de Gerda. Quand elle rentra à l'hôtel, grâce au toucher joyeux et habile du *Zuckerbub*, elle se sentait crémeuse, douce et légère, comme un gâteau de carnaval.

Quelques heures plus tard, Frau Mayer apparut en cuisine, les lèvres pincées. Herr Neumann se demanda s'il y avait eu des réclamations de clients en salle. L'hôtelière, d'un geste sec comme du pain rassis, désigna Gerda qui, à la table des salades, incisait en corolle les radis pour les garnitures. Le personnel de la cuisine au complet pensa la même chose : elle était jalouse. Elle lui dit avec une cinglante courtoisie :

« *Zwei Soldaten fragen nach Ihnen*[1]. »

Gerda leva les yeux vers son chef. Herr Neumann écrasa son menton sur son gros cou en signe d'assentiment. Moins de vingt minutes plus tard, Gerda était dans la caserne au bout de l'avenue.

Devant elle, derrière un bureau, se tenaient deux militaires. L'un assis, qui lui sembla d'un grade supérieur, même si elle ne comprenait rien aux écussons et aux décorations. L'autre debout, qui la regardait la bouche entrouverte, avec l'air d'hésiter à la considérer comme une citoyenne, comme une très belle femme ou comme une suspecte. C'est celui qui était assis qui parla.

« Huber Peter est votre frère ?

— Oui.

— Que savez-vous de son activité ?

— Quelle activité ?

— Depuis quand ne l'avez-vous pas vu ?

— Depuis que ma mère est morte.

— Il y a combien de temps ?

— Un an et demi.

— Vous êtes très liés ? »

Elle cligna des yeux.

« C'est mon frère.

— Votre frère est accusé d'attentats contre les représentants et les infrastructures de l'État italien.

— Qu'est-ce que ça veut dire ? »

L'officier aspira l'air entre ses dents, indigné.

1. « Deux soldats vous demandent. »

« Ah ! Naturellement. Ici, vous ne savez même pas ce que ça signifie, État italien.

— Non… "infa…" »

Celui qui était debout détourna pour la première fois son regard de Gerda et, avec plus de soumission qu'il n'en fallait, il dit à son supérieur : « C'est "infrastructures", le mot qu'elle ne… »

Un coup d'œil agacé de l'autre le fit taire. Le soldat baissa les yeux, puis les releva sur Gerda et retomba dans son silence hébété. Le ton sur lequel l'officier assis s'adressa à Gerda était chargé de grilles, de menottes, de dures mais justes condamnations :

« Ça veut dire des ponts, mademoiselle. Des routes, des pylônes… Et surtout, des vies de soldats frappés dans l'accomplissement de leur service. »

Ils ne furent pas longs à comprendre que Gerda ne savait rien sur son frère. Ils la gardèrent plus qu'il n'était nécessaire, mais pour la procédure davantage que par un acharnement particulier. Peu importait à Gerda : elle profitait de quelques heures de repos inattendu, elle n'allait sûrement pas s'en plaindre. Mais elle était troublée : que faisait Peter, qui était-il devenu, pourquoi ces soldats lui posaient-ils des questions sur lui ? Elle pensa avec tristesse au visage désemparé de Leni, à ces deux enfants, puis elle pensa à Eva, et se sentit impuissante. Elle avait déposé sa fille dans les bras de la nombreuse famille Schwingshackl comme un petit caillou au sommet d'un *Mandl*, un cairn de pierres qui montre le chemin — un chemin à ne perdre sous aucun prétexte, sous peine d'errer à l'aveuglette dans la tourmente entre les pins mugo et la pierraille : sa vie.

Le soldat de grade inférieur l'accompagna

jusqu'à la sortie de la caserne. Il en franchit le seuil et, ainsi dégagé du poids de la construction de style fasciste, il lui demanda s'il pouvait la revoir.

Gerda répondit qu'il l'avait déjà arrêtée une fois, il pouvait toujours recommencer.

Le jeune soldat rit bêtement, mais elle s'en moquait — elle n'allait pas l'épouser, lui donner un enfant, échanger des promesses d'amour éternel. Avec lui, lors de son prochain jour de repos, elle n'aurait qu'à remuer ses hanches sur le velours accrocheur de la voix de Mina.

Il planait un mélange de moisi, de décomposition, d'alcool aigre et d'urine. L'odeur du foin coupé, venant des champs tout autour de la petite ville, dominait et alourdissait la brise de la nuit claire de septembre, pénétrant dans les narines comme un tentacule visqueux et empoisonné. C'est l'odeur qui accueillit les quatre carabiniers quand, peu avant l'aube, ils frappèrent à la porte de la maison à Shanghai. Le sommeil de ses occupants ne devait pas être très profond : l'adjudant Scanu, le plus haut gradé, avait déjà levé le bras pour frapper à nouveau lorsque la porte écaillée tourna sur ses gonds. L'air qui se dégagea de l'intérieur déclencha en lui une peur archaïque, comme une malédiction.

Le soldat de première classe et les deux carabiniers qui l'accompagnaient venaient aussi du Sud et des îles, et tous les quatre avaient presque une demi-tête de moins que l'homme qui ouvrit. Seuls leurs chapeaux à visière ajustaient un peu les proportions. Ils étaient détachés en Haut-Adige depuis quelques mois ou depuis des années, mais avaient tous une grande nostalgie de leur terre natale. Pourtant, il fallait reconnaître une chose aux habitants de la région : c'étaient des gens précis, propres, qui attachaient le plus grand prix à l'ordre. Des gens qui ne demandaient pas « Tout va bien ? », mais « *Alles in Ordnung*[1] ? ». Ils n'avaient donc jamais vu une maison comme celle-ci.

La *Stube* qui donnait sur l'entrée était couverte de bûches de bois, de vêtements sales, de pièces de moteurs démontés. Sur le bord de la cuisinière, des casseroles et des assiettes couvertes de crasse ancienne qui se fondait avec des miettes et des restes de nourriture en une bouillie malodorante. Plusieurs seaux plus ou moins pleins d'eau sale encombraient le sol, jonché de dizaines de bouteilles vides. Un an et demi plus tôt, c'était une maison habitée, toujours humide et sombre, mais elle était devenue maintenant une décharge, un entrepôt de bric-à-brac, une poubelle. L'homme qui avait ouvert portait un maillot de corps jauni, un vieux pantalon couvert de croûtes, et il avait une barbe en broussaille.

Debout, là au milieu, ils l'interrogèrent. Ils cherchaient son fils. Il répondit qu'il ne l'avait pas vu depuis longtemps. Savait-il où il était ? Non. Où il habitait ? Non, il n'en avait aucune idée, sa belle-fille aussi était partie. L'adjudant eut l'air de ne pas le croire et menaça ce genre de mensonges de graves conséquences. L'homme garda le silence. Les deux carabiniers se mirent à perquisitionner la maison. Lors d'une perquisition, dans la mesure du possible, on suit toujours pour contrôler la casse éventuelle, on range aussitôt après, on court ouvrir les serrures ou les cadenas pour éviter qu'ils soient forcés ou seulement pour accélérer les

1. « Tout en ordre ? »

choses. Mais pas cet homme-là. Il restait sans bouger au milieu de la pièce éclairée par une seule ampoule, silencieux, comme si le va-et-vient de ces militaires ne le concernait pas. Il ne demanda pas la raison pour laquelle ils cherchaient son fils, non pas parce qu'il le savait déjà, mais plutôt parce que chez ce vieil homme — qui en réalité n'avait même pas soixante ans — les questions s'étaient taries.

Scanu regardait le visage d'Hermann Huber, et pensait à un cimetière.

Les descentes de police, les rafles, les incursions militaires dans les habitations des civils n'ont pas lieu quand le soleil est déjà levé, quand les gens ont la figure lavée et dans le ventre la tiédeur du café au lait, quand les humeurs avec lesquelles le corps s'exprime à lui-même dans l'intimité païenne du sommeil ont déjà été balayées par l'eau, le savon, les vêtements de travail. Les descentes de police ne se font pas non plus quand la soupe cuit sur le feu, que l'oignon translucide offre son parfum accueillant depuis la poêle en fer où seront bientôt versées les pommes de terre et les graines de cumin et que le pain est prêt à être coupé sur la planche. Si les paysans sont aux champs avec leurs femmes, quand les nuages noirs bas de la fin de l'été menacent le foin coupé et que tous les bras sont nécessaires pour le mettre à l'abri dans le fenil au premier claquement de tonnerre, alors non, ce n'est pas non plus la bonne heure pour les descentes de police. Pas plus que lorsque la terre est déjà noire mais le ciel encore opalescent, et que dans la *Stube* les nouveau-nés sont endormis dans les bras des sœurs aînées, que les femmes raccommodent les chaussettes trouées et que les hommes parlent du pan de route éboulé après le dernier orage. Les descentes de police, les arrestations, les rafles, comme toutes les activités humaines, ont une heure mieux appropriée qui, depuis que le monde est monde, est celle la plus noire, avant l'aube.

Quand les animaux nocturnes sont déjà rentrés dans leurs tanières, un reste encore vivant de poils ou de plumes dans la gueule, et que les animaux diurnes ne sont pas encore sortis ; quand les humains ont cessé de courir et de voler avec le corps éternellement agile de leurs rêves, mais encore oublieux de leur corps terrestre, bien plus mal en point ; quand les courants entre vallée et montagne sont en équilibre, qu'un instant le chaud et le froid ne s'agitent plus dans leur éternel mélange et que l'air est immobile ; voilà : ce bref laps de temps noir, silencieux et figé où rien ne se passe est l'heure où l'on s'attend à l'arrivée des soldats avec leurs jeeps et leurs bottes, leurs cris secs qui ne cherchent pas à se faire comprendre mais à terroriser, avec ce pouvoir primaire de l'homme une arme à la main sur celui qui n'en a pas.

Et pourtant, les militaires arrivèrent aux *masi* accrochés aux pentes de la vallée et groupés autour de la petite église, en plein jour, un peu avant midi. C'était une opération interarmées, avec des chasseurs alpins, des carabiniers, la police. Ils étaient presque mille, ils avaient des jeeps, des blindés, et même un char d'assaut. Il ne fut donc pas difficile de s'apercevoir de leur arrivée. D'une meule de foin, partirent des coups de fusil. Était-ce Peter qui tirait ? Et si oui, y avait-il avec lui les autres responsables des bombes antichars qui avaient blessé

quelques jours plus tôt une demi-douzaine de soldats ? Ceux qui étaient derrière le tas de foin
étaient-ils des terroristes ? Et combien étaient-ils ?
Un seul ? Plus d'un ? On ne le sut jamais. Ils avaient
tiré derrière un abri de fortune, comme des enfants
qui jouent aux cow-boys, mais leurs armes étaient
des vraies et un soldat fut blessé. Quels qu'ils
fussent, ils s'enfuirent sur les versants escarpés derrière eux, en grimpant ensuite sur les sentiers des
chasseurs puis sur ceux des bouquetins, et ils dis-
parurent sur le territoire autrichien, comme après
chaque attentat, laissant les habitants du groupe
de *masi* seuls, pour subir les représailles et la frus-
tration des soldats italiens. Soudain, des coups de
cloche remplirent l'air pur de septembre comme
pour donner l'alarme.

C'était Lukas, le vieux sacristain aux rares cheveux souvent décoiffés, les bras courts mais
musclés par les dizaines d'années passées à tirer la
corde des cloches. Le fait que le village fût encerclé
par des militaires armés ne lui avait pas semblé
une raison suffisante pour manquer à son devoir
quotidien : sonner les douze coups de midi. Mais
les soldats ne connaissaient pas Lukas, ni son zèle :
ils furent persuadés qu'il s'agissait d'un signal aux
terroristes pour qu'ils attaquent d'en haut et ils partirent à l'assaut du groupe de *masi* comme vers une
forteresse à prendre.

Ils ouvrirent les portes à coups de pied, ils
aboyèrent des ordres comme si la guerre n'était pas
finie et que les Italiens et les nazis étaient encore
alliés, ils tirèrent sur les poules frénétiques entre
leurs bottes, les réduisant à de petits tas immobiles
de sang et de plumes sales. Ils firent sortir tous
les gens des maisons, hommes, femmes, vieux et

enfants. Un soldat fit irruption dans la *Stube* où une vieille femme sourde filait, enfermée dans le silence privé qui l'enveloppait depuis des dizaines d'années. C'était un gars de Niscemi, province de Caltanissetta, depuis deux mois à peine sous les drapeaux. Il avait dix-huit ans et tenait un fusil d'assaut dont il savait à peine se servir. Quand il vit cette vieille immobile au milieu des hurlements et des coups de feu, il fut certain qu'elle cachait quelque chose. Il tira en plein visage. Le projectile la rata et alla se ficher dans le mur recouvert de pin, tout près de la tresse grise entourant la tête de la vieille femme, comme une nouvelle nodosité dans ce bois ancien. Alors seulement, la femme leva la tête.

Deux autres soldats firent irruption dans la maison des parents de Leni. Quand il les vit, Ulli traversa en courant la cuisine et plongea son visage entre les jambes de sa mère : effacer de sa vue ce cauchemar incompréhensible le ferait peut-être disparaître. Leni baissa verticalement la poêle dans laquelle elle s'apprêtait à faire fondre le beurre, la plaçant comme un bouclier devant la tête de son fils. Un des deux soldats resta sur le seuil, l'autre s'approcha du petit lit dans le coin et pointa son fusil sur la tête de Sigi endormi, en hurlant à Leni de lui dire où était son mari, sinon il tirerait.

Leni ne savait pas où était Peter. Elle ne savait pas où il allait, ce qu'il faisait, ni pourquoi. Elle ne l'avait jamais su, elle ne le lui avait jamais demandé. Elle n'était pas sûre non plus que l'homme qui était entré et sorti furtivement de son lit au milieu de la nuit, quelques heures plus tôt, était bien celui à qui elle avait juré fidélité devant Dieu, à une époque déjà lointaine. Depuis des mois, elle ne voyait plus le visage de son mari à la lumière du soleil. Elle savait seulement que la tête d'un de ses fils était collée à ses cuisses avec une poêle comme bouclier et que celle de l'autre, si jeune, sentant bon le sommeil, était sous le canon d'un fusil à l'autre bout de la cuisine. Les têtes de ses enfants lui semblèrent plus éloignées entre elles que deux continents ; au milieu s'étendait, tel un océan, son impuissance de mère.

Leni et le soldat se regardèrent en silence, comme cherchant une réponse qui leur était inconnue. Au bout d'un moment, le soldat (vingt ans, natif de Bucchianico, province de Chieti, niveau d'instruction : certificat d'études) plissa le front, clignant des yeux comme si un grain de poussière lui était entré dans l'œil, sans pouvoir se frotter parce qu'il avait les mains occupées. Et il baissa son fusil.

Tous les hommes et quelques femmes avaient été regroupés et menottés. Ainsi attachés, on les conduisit vers le torrent qui coulait derrière les maisons. Parmi eux, se trouvaient aussi Sepp Schwingshackl et ses fils aînés. Au moment de l'irruption, sa femme Maria était devant le fenil avec Eva dans les bras. Elle eut juste le temps de la poser par terre avant que les menottes ne se referment sur ses poignets et qu'on l'emmène. Eva resta assise au milieu des fleurs de camomille, les mains par terre ouvertes en éventail. Les semelles à clous des bottes ne piétinèrent pas ses doigts, les canons incandescents des fusils automatiques ne brûlèrent pas son visage, sans qu'on sache très bien pourquoi. Ruthi — comme si son destin était de sauver Eva — courut vers elle. Elle la posa sur sa hanche gauche tendue en avant, comme le font les mères pour avoir la droite libre, et elle resta là, paralysée par l'incertitude et la peur, au milieu des plumes de poule et du va-et-vient des soldats.

Un soldat (natif d'Accettura, province de Matera, dix-huit ans, niveau d'études : neuvième), les joues et le front couverts d'acné, la lèvre supérieure ombragée d'un duvet velouté, s'était mis à tirer vers le croisement des poutres qui soutenaient le toit du fenil. Eva écarquillait les yeux à chaque détonation. Elle suivait les douilles qui giclaient et tombaient par terre comme de furieux insectes, le petit nuage de fumée qui enveloppait le canon comme la vapeur d'une casserole mise à refroidir. Touf ! faisait le BM59, et les yeux d'Eva devenaient deux boutons bleus. Touf ! et Eva retenait sa respiration. TouTouf !

On garda les hommes debout au bord du torrent pendant pas mal d'heures. Les soldats tirèrent sur les murs des maisons, lancèrent des grenades dans les fenils, volèrent du speck, du fromage, du pain et de la bière. Quatre chasseurs alpins très saouls prirent Eloise, la sœur aînée de Ruthi, par les bras, et l'entraînèrent derrière une fosse à fumier. Ils l'avaient déjà jetée par terre quand le lieutenant-colonel leur ordonna de la laisser partir. La jeune fille courut en pleurant vers sa maison, mais elle fut mise avec ceux qui étaient attachés près du torrent. Quand le soleil commença à décliner, ils étaient encore tous là, debout, se soutenant mutuellement pour ne pas s'évanouir.

Le lieutenant-colonel n'était pas content du tour que prenaient les choses. Ce n'était pas ainsi qu'il voyait la lutte contre le terrorisme.

Il se trouvait là maintenant, dans ce village auquel la lumière dorée de septembre donnait un air idyllique, pour diriger une opération tactiquement vouée à l'échec, comme l'aurait reconnu n'importe quel élève de première année à l'Académie militaire. Insensée, même, tant au niveau des ordres de manœuvre que des moyens : comment lui expliquer que, dans la chasse aux terroristes qui filaient de tous les côtés sur les sentiers des contrebandiers entre l'Autriche et l'Italie, un blindé M47, cet exaspérant tas de chenilles et de fer qui s'arrêtait toujours au bout d'une heure même en plaine, n'avait pas la moindre chance.

Il n'avait pas pu choisir les hommes qu'il devait commander maintenant. Ces troupes semblaient même avoir été choisies avec une volonté précise d'inefficacité : de jeunes conscrits capables seulement de se brûler les doigts sur le canon des BM59 et à qui on avait donné des MAB sans aucun entraînement... il ne restait plus qu'à fermer les yeux sans penser à ce qu'ils pourraient fabriquer avec ces mitraillettes dans les mains.

Mais ceux qui inquiétaient davantage le lieutenant-colonel, c'étaient certains sous-officiers qui tenaient d'étranges discours et faisaient étalage d'une excessive compétence historique, voire de la nostalgie, sur la période fasciste. Quelque temps plus tôt, alors qu'il était encore à Rome, le commandant général du corps des carabiniers De Lorenzo en personne avait donné au lieutenant-colonel un ordre déconcertant : il devrait sélectionner les hommes disposés à tirer aussi sur des civils, et ajouter sur des listes spéciales les noms de ceux qui se déclareraient prêts à le faire. Le lieutenant-colonel ne pouvait refuser d'obéir, mais, dans la meilleure tradition militaire de la résistance passive aux ordres insensés, il avait hésité, tergiversé, laissé passer le temps dans l'attente d'ultérieurs développements. Jusqu'au moment où on l'avait envoyé à la tête de ce bataillon motorisé dans le Haut-Adige. Et personne ne lui avait plus parlé de la question des listes des *volontaires*, comme les avait définis De Lorenzo. Mais à présent, en voyant ces sous-officiers autour de lui qui ne levaient pas un doigt pour arrêter leurs hommes qui saccageaient, s'enivraient et tiraient au petit bonheur, le lieutenant-colonel se demandait si cette perverse sélection n'avait pas déjà été accomplie par d'autres.

Il avait reçu l'ordre explicite, par exemple, d'écarter de l'opération l'adjudant Scanu, un fidèle sous-officier qu'il tenait en estime. Comme si l'on n'avait pas apprécié la pitié humaine qui transparaissait, malgré le jargon officiel, du rapport que Scanu avait rédigé sur les conditions de vie de Huber Hermann, père du recherché Huber Peter. Le lieutenant-colonel commençait à se demander si quelqu'un ne cherchait pas à tenir éloigné des tâches opérationnelles quiconque s'efforçait de tisser des liens de compréhension entre les forces armées en garnison dans le Haut-Adige et ses habitants. Quelqu'un derrière un bureau, à Bolzano ou à Rome carrément, plus intéressé à attiser le feu sur cette terre déjà en flammes, qu'à modérer le ton et calmer les violences. Quelqu'un qui *voulait* que les choses s'aggravent. Ce n'était pas une certitude, seulement un sentiment qu'il n'aurait pu confier à personne, et encore moins étayer. Mais s'il s'agissait de stratégie, quel en était le motif ? Qui avait intérêt à provoquer la violence plutôt qu'à la calmer ? Le lieutenant-colonel n'arrivait absolument pas à le comprendre, il devinait seulement qu'il y avait beaucoup trop de choses qui lui échappaient. Et lui qui se souvenait encore, la gorge nouée, du moment solennel où il avait juré fidélité à la République et à la Constitution, n'aimait pas cette idée. Pas du tout.

Ce fut à ce moment-là que, dans le ciel auquel la haute pression presque automnale donnait une teinte bleu lapis-lazuli, apparut un hélicoptère.

Du tourbillon de ses pales, il ébouriffa les cimes des sapins, l'herbe, les revers des vestes, et il atterrit dans le champ. Un colonel des chasseurs alpins en descendit. Il parla rapidement, par saccades, sans regarder le lieutenant-colonel dans les yeux.

« Combien de personnes as-tu arrêtées ? lui demanda-t-il.

— Quinze.

— Bien. Mets-les contre le mur et fusille-les. »

Le lieutenant-colonel dévisagea l'officier. Le vacarme de l'hélicoptère lui avait bouché les oreilles, il avait sûrement mal compris.

« Pardon ?

— Mets-les contre le mur, siffla le colonel. Tous. »

Le lieutenant-colonel resta immobile. Il parla doucement, d'un ton aimable.

« Moi, je suis ici pour notifier les délits, effectuer des arrestations. Je ne suis pas un assassin. »

Le colonel se mit à crier.

« Tu dois les fusiller, tu as compris ? Et après, brûle le village. Rase-le au sol ! »

Le lieutenant-colonel s'aperçut qu'il avait faim. Ou plutôt, qu'un spasme contractait son estomac, ce qui lui rappela qu'il n'avait pas mangé depuis de nombreuses heures. Il sentit exploser en lui la colère de l'homme affamé et se mit à hurler lui aussi.

« Tu es fou !

— C'est un ordre !

— C'est un ordre fou !

— Je te dénonce pour insubordination si tu n'obéis pas !

— Nous ne sommes pas des nazis ! »

Des hommes de tous grades, aussi bien chasseurs alpins que carabiniers, s'étaient approchés. Même les plus anciens n'avaient jamais vu deux officiers se crier dessus de la sorte devant la troupe. Ils avaient tous l'air ahuri, beaucoup restèrent la bouche ouverte, la tête vide. Le lieutenant-colonel prit le colonel par un bras, le traîna vers l'hélicoptère et le poussa de force à l'intérieur. Comme un sac à dos, ou une caisse de munitions.

« Emmène-le », dit-il au pilote. Plus qu'un ordre, c'était une prière.

Le capitaine pilote avait suivi la scène en silence, sans descendre de l'habitacle. Il n'était pas resté la bouche ouverte, au contraire, à force de serrer les lèvres, il n'avait plus qu'une ligne violette au milieu du visage. Il mit le moteur en marche en évitant de croiser le regard du lieutenant-colonel, comme s'ils partageaient tous les deux le même sentiment de honte. Le rotor commença à agiter l'air, les soldats posèrent tous une main sur leur tête pour retenir leurs bérets, certains se souvinrent de fermer la bouche.

L'hélicoptère s'envola, métallique et zoomorphe comme une invention de guerre médiévale. Le lieutenant-colonel le regarda s'éloigner, rapetisser et disparaître dans le ciel qui commençait à se veiner de rose. Il se sentit envahi par un flot de chaleureuse gratitude envers ce capitaine pilote qui risquait pour le moins une punition, et dont il ne savait même pas le nom. Son visage aussi, il l'avait déjà oublié.

Les conséquences de l'opération militaire qui s'était déroulée au cours de cette journée dorée de septembre 1964 furent nombreuses, et très diverses.

Aucun terroriste ne fut arrêté au cours de l'opération. Tous les hommes appréhendés furent relâchés peu de jours après, quand leur non-participation aux récents attentats à l'explosif fut prouvée. Seul un vieil homme dur d'oreille, qui ne parvenait pas à communiquer avec les enquêteurs, fut transféré à Venise, où il fut maintenu en prison pendant presque trois mois, jusqu'en décembre.

Sigi fut marqué pour toujours par ce canon de fusil pointé sur sa tête de nouveau-né : en grandissant, il devint un nostalgique d'Andreas Hofer, colérique et exalté, et il s'engagea dans les *Schützen*. C'était du moins la version d'Ulli, chaque fois qu'il tentait de comprendre pourquoi son frère était devenu un homme obtus, homophobe et raciste. C'était une explication qui négligeait pourtant le fait que, s'il y avait eu traumatisme ce jour-là, ce fut bien seulement pour Ulli et sa mère : Sigi avait dormi tout le temps.

Le carabinier auxiliaire de Niscemi, une fois libéré de ses obligations militaires et rentré chez lui, revécut en rêve, une nuit, le moment où il avait tiré sur la vieille femme sourde. Mais cette fois-ci, après avoir appuyé sur la gâchette, la figure de la vieille femme se désintégrait devant lui dans une explosion de feu, de sang et d'horreur. Le matin suivant, le garçon courut à l'église de Santa Maria Odigitria, où il se prosterna avec ferveur aux pieds de la madone qui lui avait fait la grâce la plus précieuse : celle de viser aussi mal.

Les journaux italiens ne parlèrent pas de la rafle, seuls les journaux locaux en langue allemande le firent et furent donc accusés de propagande contre l'État. Un député du conseil provincial se mit à recueillir les témoignages des habitants du village : ils devaient être présentés dans une pétition pour soutenir une interpellation parlementaire du *Südtiroler Volkspartei*. Il travaillait à ce dossier lorsque, deux semaines après les faits, il mourut dans des circonstances obscures alors qu'il faisait de l'escalade. On dit même que la corde à laquelle il était attaché avait été sabotée. Il est de fait que l'interpellation parlementaire à la Chambre des députés du 25 septembre 1964 eut lieu sans la documentation que le conseiller n'avait pas eu le temps de réunir. Le député Almirante eut donc beau jeu de définir comme de la propagande des « austriacanti[1] » toute conjecture sur les abus commis par les Forces armées italiennes. C'est ainsi qu'il avait l'habitude de s'adresser, dans toutes ses interventions officielles, aux Tyroliens du Sud de langue allemande.

Revenu à sa base, le lieutenant-colonel téléphona aussitôt au commandant général du corps des carabiniers De Lorenzo. Il l'informa des ordres insensés qui lui avaient été donnés, et de son manifeste refus à les exécuter.

1. À l'époque du Risorgimento, les *austriacanti* étaient, pour les patriotes, les partisans de la monarchie habsbourgeoise. (*N.d.T.*)

« Oui, on m'a déjà rapporté que vous n'avez pas voulu vous battre », répondit le général.

Les cheveux du lieutenant-colonel se dressèrent sur sa tête, comme en présence d'un phénomène incompréhensible et mystérieux.

Le soir même, il reçut une dépêche urgente qui le relevait de sa charge dans le Haut-Adige et lui ordonnait de partir dans les vingt-quatre heures en tant que commandant-adjoint à la Légion d'Udine. Comme il est d'usage à l'occasion de chaque changement de destination, ses supérieurs donnèrent leurs appréciations, évaluation essentielle dans l'avancement de grade. Depuis qu'il s'était consacré à la vie militaire, il avait toujours obtenu la note la plus élevée « excellente », mais il se vit attribuer à ce moment-là un maigre « dans la moyenne ». Sa carrière en fut marquée pour toujours.

Le Rome-Reggio de Calabre de onze heures vingt-huit part à l'heure. À mon grand soulagement, ce n'est pas un de ces trains à grande vitesse genre autocar de tourisme avec plus de cent personnes qui crient, qui mangent et surtout qui téléphonent, qu'on est obligé de supporter pendant des heures. C'est un bon vieux train au long cours avec des compartiments à six places, de ceux où l'on peut allonger les sièges pour s'étendre, si l'on n'a pas de vis-à-vis, et quand on tire les rideaux, plus personne ne vous dérange. Pourquoi ne les fait-on plus comme ça ?

Dans le compartiment, je suis en compagnie de deux Américaines de vingt ans, l'une en surpoids, l'autre en sous-poids, toutes les deux en jean et tee-shirt, l'air négligé, les cheveux pas très propres, avec de gigantesques sacs à dos dans la meilleure tradition des voyages InterRail. Celui de la fille plus forte est particulièrement sale. Il est couvert d'inscriptions au feutre et d'écussons de villes et de pays, mais il y a quelque chose qui cloche : les dates vont de 1993 à 1999, quand cette fille était à peine en primaire. Un frère aîné lui a peut-être passé le vaillant sac à dos avec lequel il a vagabondé au cours de son année sabbatique. Il ne lui est même pas venu à l'idée de le nettoyer, mais elle a ajouté sa touche personnelle, un petit ours en peluche rose attaché à la fermeture éclair la tête en bas, qui oscille de façon macabre comme un pendu.

En revanche, les épaules de l'autre fille dessinent une ligne aux angles aigus et malades, ses jambes ressemblent à des baguettes enveloppées dans un jean. Pourtant, malgré sa maigreur, elle a d'énormes nichons. On dirait deux ballons rajoutés à un poteau, et peut-être le sont-ils — rajoutés.

La fille bien en chair soulève les sacs à dos et les range dans le porte-bagages, occupant tout l'espace entre les sièges de son débordant fessier. Elle halète, souffle, se hausse sur la pointe des pieds, tend les bras vers le haut tandis que s'étalent deux cercles foncés de sueur sous ses aisselles, son tee-shirt sort de son jean taille basse dénudant ses grosses hanches rayées de vergetures : rien de tout ça n'incite la maigre à se lever pour lui donner un coup de main. Elle se contente de l'observer d'un air détaché, comme si elle attendait patiemment de voir si elle va y arriver. Je me lève pour l'aider, mais la fille plus forte se place entre moi et le sac qu'elle est en train de soulever (celui de l'autre), me rendant la tâche impossible. Je me rassieds, gênée par son refus. Mais au bout d'un moment, je comprends ce qui s'est passé : elle ne s'est pas aperçue de mon geste aimable, tout simplement. Elle n'y est pas du tout habituée.

Nous venons de quitter Termini et nous traversons déjà un paysage extraordinaire qui mériterait à lui seul le voyage dans n'importe quelle autre partie du monde : la campagne et les ruines d'aqueducs romains. Mais nous sommes en Italie, et

personne ne fait attention à ces gigantesques ves-
tiges d'efficacité, de grâce et de longévité. Mes
compagnes de compartiment non plus, même si
regarder le panorama fait partie de leur métier de
touristes ! Elles sont toutes les deux plongées dans
la lecture de livres de poche, leur iPod sur les
oreilles. Je voudrais leur dire : vite ! Levez les yeux !
Ne les laissez pas passer ! Ces aqueducs sont une
des merveilles du monde ! Mais elles, rien. Ou pire :
lorsque, pour une fois, elles lèvent les yeux, c'est au
moment où nous passons près d'un cimetière de
voitures, banale dégradation de banlieue urbaine.
L'une reprend aussitôt sa lecture, l'autre, sans le
faire exprès, baisse la tête juste avant que le chaos
de Rome ne cède à nouveau la place à la campagne,
où des restes d'aqueducs se détachent élancés et
mystérieux. Tout autour, des moutons couchés par
terre : somnolents, immobiles, épuisés par les fêtes
de Pâques. Ce doivent être les mères des agneaux
de lait que les Romains mangeront aujourd'hui au
déjeuner. Elles sentent peut-être l'absence de leurs
petits, mais ne savent l'exprimer. On dirait l'aqua-
relle d'un voyageur du Grand Tour, avec pour titre :
Sous d'antiques ruines, des moutons tristes.

« Hallo ! Hallo ! »

Du compartiment voisin, une voix masculine à
l'accent unique : indien. Après une courte pause,
une voix féminine. Une voix pâteuse, au timbre de
chair et de terre foulée pieds nus — même si certainement cette Indienne porte des chaussures en
Italie. Et le *sari* ? Peut-être. Voilà un autre avantage des wagons à compartiments séparés : on
peut imaginer l'aspect des voisins à partir de leurs
voix. Ce que dit la femme n'est guère différent :

« Hallo ! Hallo, hallo ! Ok, ok. »

On entend aussi les faibles vagissements d'un bébé, qu'on fait taire aussitôt. Avec un sein, un biberon, un adulte qui l'amuse par des grimaces ?

À droite du train s'étend l'Agro Pontin, plat comme seuls le sont les terrains gagnés sur les marais. Une succession de parcelles cultivées, bordées de hautes piles de cagettes en plastique : un tas tout bleu, dans le champ voisin rien qu'un tas jaune, puis rouge ou vert. On dirait des pièces de Lego rangées d'après leur couleur par un enfant qui s'ennuie. Elles attendent le prochain jour ouvrable pour être remplies de légumes. Ici, la terre est rouge-brun, elle donne envie de la toucher et de la renifler, en la voyant de loin déjà on la sent très fertile, bien différente de la terre grise de ma vallée où même les pommes de terre ont du mal à pousser. Au loin, une ligne élégante de pins maritimes et puis, encore plus loin, juste comme une lueur qui se mêle à la lumière du soleil, la première vision de la mer.

À gauche du train, en revanche, défile un autre monde, une déclivité naturelle de collines arides, dénudées, parsemées de maquis méditerranéen et peuplées uniquement de chèvres. De petits murets en pierres sèches découpent de maigres espaces pour des oliviers rabougris, çà et là des maisons en ruine bâties avec les mêmes pierres que les murets, dont est composée toute la colline : pierres sur pierres pour retenir des pierres — cette terre est si dure, si extrême le contraste avec la plaine fertile face à laquelle elle se dresse. Par moments, la chaîne de collines karstiques s'ouvre, laissant apparaître de hautes montagnes, encore plus sombres et désolées, enveloppées de nuages, sans trace d'habitations humaines. Nous sommes presque encore aux portes de Rome, mais on a l'impression de lorgner dans le ventre âpre de l'Italie, terre de loups et de brigands.

Puis le train entre dans un tunnel, noir, très long, et on ne voit plus rien.

Wesley, le seul heureux mortel que j'aie jamais appelé mari, même si ce n'était que pour deux semaines, a toujours prétendu qu'il m'avait remarquée, la première fois qu'il m'a vue, à la façon dont je regardais le paysage. C'est possible. Bien qu'en réalité je me sois trouvée ce jour-là sur une plage du Sri Lanka au milieu d'une douzaine de femmes en sari, parmi lesquelles j'étais la seule blonde, la seule aux yeux bleus, la seule qui faisait presque un mètre quatre-vingts. La seule en bikini, aussi. J'avais vingt-deux ans, c'était mes premières vacances exotiques que je m'offrais avec les fruits de mon travail.

Pourtant, Wesley avait raison, moi je suis attentive aux paysages.

Quelques heures après avoir fait connaissance, nous dînions ensemble, c'était une de ces soirées tropicales qui se termine rapidement au lit pour deux Occidentaux : le homard au curry servi par une femme très gracieuse, enveloppée dans de la soie, les cris antiques d'un paon lointain, les vagues noires de l'océan Indien éclairées par le plancton phosphorescent, l'échange de souvenirs d'enfance. Je parlai à Wesley du temps où Ulli et moi allions crier face aux rochers d'un éboulement qui avait raviné, quelques années plus tôt, un versant de la montagne au pied de laquelle nous vivions. Nous nous campions, jambes écartées, sur le bord du nouveau ravin, là où l'inondation avait arraché un bout de champ comme un morceau de *Krapfen*, et nous criions en direction du chaos de pierres tout en bas. Les rochers répondaient avec des voix semblables aux nôtres mais pas identiques, comme si la montagne utilisait nos mots pour exprimer autre chose. Mais quoi ? Wesley me regarda avec l'air d'un chercheur d'or qui voit enfin apparaître une pépite dans son tamis.

« Toi ! Une âme romantique ! » s'écria-t-il. Il était *assistant professor* de littérature anglaise à l'université de l'Indiana et il parlait comme les poètes anglais sur lesquels il écrivait des livres aux titres du genre *Divine Manure: the Myth of Gea as Nostalgia in the Selfconscious Narrative of Modern Intellect* [1] — qu'il existe des gens qui consacrent des ouvrages au « Divin Engrais », c'est une chose que j'ignorais totalement avant de rencontrer Wesley.

L'âme romantique, m'expliqua Wesley, est celle qui est persuadée que les paysages ont quelque chose à lui dire ; qu'ils sont toujours sur le point de révéler quelque chose que les êtres humains vivant là ne savent pas, ou ont oublié, ou considèrent insignifiant ; que la géographie en réalité est un livre écrit dans une langue qui nous est inconnue, mais dont le sens nous sera peut-être révélé un jour.

« *Call the world, if you please, "the vale of Soulmaking". Then you will find out the use of the world* [2], Keats. »

Je détournai les yeux du homard et regardai les vagues. Qui sait ce qu'aurait dit Keats de ce plancton : il semblait poétique et artificiel comme les

1. Divin Engrais : le mythe de Gê comme nostalgie dans la narration autoréférentielle de l'intellect moderne.
2. « Appelez le monde, s'il vous plaît, "la vallée qui forme les âmes", et vous découvrirez son utilité. »

petites étoiles phosphorescentes dans les chambres d'enfant.

Ce qu'Ulli et moi hurlions en réalité au paysage, pour obtenir sa révélation animiste, c'étaient surtout des insultes contre nos ennemis :

« *Di Greti hot dreckige Untohosn !*

— *Do Sigi isch an Orschloch !*

— *Do Pato Christian figgt mit di Kia, und mit di Hennen aa !* »

Et les rochers nous confirmaient que notre colère, notre mépris, étaient une chose juste et bonne :

Greti a une culotte sale (*Untohosn... hosn... hosn...*).

Sigi est un trou-du-cul (*Orschloch... schloch... loch...*).

Père Christian baise les vaches (*mit di Kia... Kia...*) et les poules aussi (*Hennen aa !*).

Mais ça, je ne le dis pas à Wesley.

Cette nuit-là, Wesley vint dans mon bungalow sur la plage, et il y resta trois jours. Côté sexe, il n'était pas aussi romantique que ses poètes. Il avait un corps de jeune homme de bonne famille qui pratique le sport depuis la maternelle : long, tonique, couvert d'un fin duvet blond, sans une once de graisse malgré ses quarante ans passés. Il provoquait, avec une efficacité d'athlète, chez moi comme chez lui-même des orgasmes rigoureusement équivalents. Si c'était moi qui prenais l'initiative de lui donner du plaisir, il appréciait la chose, mais aussitôt après il me le rendait, comme s'il était très important de respecter la partie double entre donner et avoir. Une sexualité de comptables, donc, mais à vingt-deux ans on n'y regarde pas de trop près. Du moins, pas moi.

Le matin du troisième jour, j'allai piquer une tête en solitaire dans l'océan tandis que Wesley dormait encore. Quand je revins au bungalow, je le réveillai en le couvrant de mon corps mouillé.

« Je sais pourquoi tu dors aussi peu, Eva, me dit-il. Tu ne veux pas rater les secrets que l'archange Michel confie à Adam.

— Hein ?

— Milton, *Paradis perdu*, livre onze. »

J'ai dû le regarder avec l'expression d'un chercheur d'or qui trouve enfin dans son tamis un Rubik's cube.

Il caressa mes cuisses encore humides et salées avec la patience d'un professeur qui doit donner des explications, toute la sainte journée, à des étudiantes ignorantes en bikini — d'ailleurs, il faut bien que quelqu'un le fasse.

« Dans l'avant-dernier livre de son chef-d'œuvre, Milton fait parler l'archange Michel avec Adam. Il lui montre l'avenir : Caïn et Abel, la destruction du temple de Salomon, le Grand Khan, le Tsar de Russie, Montezuma…

— Que vient faire Montezuma avec Adam ?

— Rien. L'archange révèle l'histoire future de l'homme à Adam. Et il donne un somnifère à Ève : elle ne doit pas entendre, c'est une femme. Ainsi, tandis qu'Adam apprend les secrets du temps à venir, Ève dort. »

Il glissa une main dans mon bikini. « Toi aussi, tu es une femme… dit-il en commençant à bouger les doigts, mais tu reste éveillée pour écouter. »

Une chaleur liquide montait entre mes jambes. « Savoir l'avenir ne m'intéresse pas, dis-je. C'est un désir d'hommes.

— Et pourtant, on voit bien que tu ne veux pas

rater leurs secrets. C'est pour ça que tu te refuses à dormir. »

Quelque chose sonnait vrai dans ce que disait Wesley, mais je ne savais pas quoi. Entre-temps, ses doigts avaient trouvé le centre de mon corps, me rendant incapable de penser.

Nous nous sommes mariés quelques jours plus tard à Reno, au Nevada. J'avais échangé mon vol Colombo-Francfort contre un vol pour Los Angeles. J'avais écrit un télégramme à ma mère : *I gea heiratn*, je vais me marier.

Le *Marriage license office* de Reno s'engage envers son public à émettre des licences de mariage en dix minutes maximum. Nous l'obtînmes en huit. Un employé à la peau grêlée et au nez aquilin d'Indien d'Amérique nous demanda nos prénom, nom, état civil, lieu de résidence de la mère (pas du père, à mon grand soulagement) et cinquante-cinq dollars en espèces — le *Marriage license office* doit être le dernier endroit aux États-Unis qui n'accepte pas les cartes de crédit.

Puis nous nous sommes rendus au bureau du *Commissioner for marriages*, à un demi-kilomètre de là. C'était une pièce recouverte de moquette rose et orange. Debout, devant un bureau en bois massif se tenait une vieille femme de couleur aux jambes énormes serrées dans des bas anti-varices. Ce fut elle qui nous maria. Nous eûmes pour témoin l'homme de ménage, un Mexicain de mon âge. Sa lèvre supérieure ressemblait à une volute baroque d'église coloniale et il avait des yeux de petite fille. Il venait tout juste d'obtenir la *green card* grâce à une loterie, et la joie avec laquelle il apposa sa signature au bas de l'acte de mariage fut donc très sincère.

Une fois dehors, Wesley me proposa de célébrer notre première nuit de noces avec Joan et Elliot, un couple de ses amis qui vivait au bord du lac Tahoe. Maintenant qu'il était un homme marié, me dit-il gaiement, il pourrait faire l'amour avec Joan : il m'offrirait à son mari.

Il n'y a rien à redire, la comptabilité était précise.

Je me souvins alors du texte de la jaquette du livre sur le divin engrais :

Wesley Munro, avant de devenir professeur associé à l'université de l'Indiana, a fait partie de bandes de jeunes, a été cordonnier, boy-scout, plongeur, caddie, croque-mort, cireur de cercueils, pétrisseur de pain pour hamburgers, ouvrier métallo, assistant plombier, cobaye volontaire pour des expériences médicales, assistant de laboratoire chargé du nettoyage des dents de hamsters, organiste dans une église baptiste, dialoguiste de feuilletons télévisés, précepteur pour adolescents de familles aisées, traducteur, conducteur de poids lourds.

Il collectionne les timbres-poste.

Alors seulement, je réalisai que ce « il collectionne les timbres-poste » aurait dû me mettre en garde. « Gare-toi », lui dis-je, et je descendis de voiture.

Notre mariage dura deux semaines pour la simple raison que nous ne nous sommes retrouvés que deux semaines plus tard dans la même pièce, c'est-à-dire dans le bureau du *Commissioner for divorce*. Elle était identique à l'autre, mais avec une moquette grise et verte, des couleurs qui convenaient mieux que le rose et orange à un mariage raté. J'avais passé les deux semaines entre mon mariage et mon divorce en compagnie de l'homme de ménage mexicain et témoin, qui partagea avec moi sa joie pour sa *green card*. Quant à

Wesley, je ne sais pas. Nous avons signé sans rancune l'acte qui séparait nos destins pour toujours, nous sommes sortis de cette pièce verte et grise éblouis par la lumière nue du désert et nous ne nous sommes plus jamais revus.

Plus de vingt ans ont passé depuis ce bref et unique échantillon du mythologique statut de femme mariée. Mais maintenant, quand je dois refaire ma carte d'identité, je peux mettre « divorcée » sur la ligne de l'état civil. Et non pas « célibataire » comme a dû le faire ma mère toute sa vie.

« Qui sait ce qu'en dirait Vito », avait dit Ulli quand je lui avais raconté l'histoire de mon mariage éclair.

Question impossible, naturellement, qui n'a jamais eu de réponse. Mais maintenant, une autre s'impose : que dira Vito quand il me verra ? Il me demandera sûrement si je suis mariée et si j'ai des enfants. Est-ce que je lui parlerai de Wesley ? Je ne crois pas, non par pudeur, mais parce que nous n'aurons pas de temps à perdre avec des choses insignifiantes. Et Carlo, sa femme et ses enfants dont il ne parle pas et auxquels je ne m'intéresse pas ? Si Vito était mon vrai père, est-ce que je lui en parlerais ? Si Vito était mon vrai père, ma vie serait-elle la même ?

Je sens ma gorge se nouer. Il vaut mieux que je me remette à étudier le paysage derrière la vitre.

Après Monte San Biagio, les sommets des montagnes à gauche du train sont comme des cimes triangulaires, sortes de pures formes géométriques sans la moindre construction humaine. En revanche, du côté de la mer, s'étendent toujours les serres de la plaine. De nouveau, les fenêtres de droite et de gauche semblent s'ouvrir sur deux mondes opposés, très éloignés l'un de l'autre.

L'Américaine maigre, au tour de taille plus étroit qu'une cuisse de l'autre, tend un gâteau à son amie. Elle le fait d'un geste de dompteur : elle le tient devant elle, mais à distance, en le refusant, exigeant son obéissance. La grosse a l'air de quelqu'un disposé à faire n'importe quoi pour obtenir ce gâteau ; la maigre a l'air de quelqu'un qui le sait bien. Elle ne le lui accorde qu'au bout d'un moment, avec un sourire de souveraine. L'autre s'en saisit rapidement, détournant aussitôt le regard de celle qui est à la fois auteur et témoin de son humiliation, et elle retourne à son livre en mangeant. Le titre est en caractères dorés en relief, illisibles, je ne distingue que le sous-titre : *A true story*. J'imagine une histoire tourmentée de vraie vie, avec une enfance difficile, des abus subis, une édifiante rédemption finale.

Et, après un autre tunnel, voici enfin la mer. Toute proche, infinie, lumineuse, solaire, et surtout ouverte, après ces montagnes resserrées et âpres. Dans le tiède soleil d'avril, elle est animée de planches à voile, de lignes régulières de cultures de tellines, de gens qui fêtent Pâques par une première sortie à la plage. La gare de Formia, un peu en hauteur par rapport à la petite ville, offre un panorama si vaste sur le golfe qu'il amplifie la respiration. La lumière joyeuse de la Méditerranée pénètre par la fenêtre, les agaves, les bougainvillées, les plumbagos, les citrons, les rhyncospermums, les hibiscus, les glycines, les jasmins et les lauriers-roses nous lancent en plein visage leur vitalité multicolore, la mer scintille comme du papier-cadeau et le présent c'est l'Italie. Mais les deux jeunes filles ne lèvent pas pour autant le nez de leur best-seller. Tant de splendeur, quel gâchis pour elles ! J'éprouve la même déception qu'une orgueilleuse maîtresse de maison dont les invités distraits ne remarquent pas la beauté de son appartement.

Maîtresse de maison ?

Soudain, un simple syllogisme :

le Haut-Adige est mon *Heimat* —

le Haut-Adige est en Italie —

ergo

l'Italie est mon…

Comment dit-on *Heimat* en italien ? C'est un mot qui n'a rien à voir avec l'Italie, il sent trop le pain au cumin, la *Stube* tiède quand il fait froid, l'*Adventskalender*[1]. « Patrie » non plus ne convient pas, il sent les monuments de granit, les lignes frontalières tracées par des greffiers distraits, les garçons mal équipés envoyés à la mort par de vieux généraux. « Pays » ? Voilà, oui :

l'Italie est mon Pays.

Je ne me l'étais jamais dit auparavant. Et ce n'est peut-être pas par hasard si je le fais maintenant, aujourd'hui où je parcours entièrement cette Italie si longue, splendide, défigurée, couverte de fleurs, de monuments, de bâtiments illégaux, pour rejoindre le seul homme qui m'ait jamais fait me sentir chez moi. Celui qui n'a pas été mon père, mais presque.

Vito.

---

1. Calendrier de l'avent.

1965-1967

La question était toujours la même.

« *Fo wem isch de letze ?* » À qui appartient cette petite ?

Qu'il s'agisse du mariage du fils d'une grand-tante. Ou bien du baptême d'un neveu, avec un *Pate*[1] et une *Patin* plus élégants que tous les autres, car c'était leur jour. Ou de la confirmation collective des cousins au premier, deuxième ou troisième degré, nés la même année et âgés de douze ans qui, le matin, à l'église, avaient happé l'hostie des mains du prêtre l'un après l'autre, comme de jeunes poulets de batterie. Cela donnait chaque fois, une foule de gens vêtus de leurs plus beaux habits, les femmes en *dirndl* mais les hommes en veston-cravate pour ne pas faire démodé, plus d'une centaine de personnes de tous âges rassemblées à l'extérieur entre le fenil et la maison des Schwingshackl pour la fête qui suivait la cérémonie religieuse. Tous les présents avaient plus ou moins des liens de consanguinité ou de parenté : tous neveux, oncles et tantes, grands-parents, parrains, frères, enfants, cousins, arrière-petits-fils,

1. Parrain.

244

beaux-frères, gendres, beaux-parents et belles-filles les uns des autres, les rapports entre eux tissaient, comme des fils invisibles, une vaste couverture d'appartenance, peut-être élimée là où deux frères évitaient de se parler, ou bien à cause d'une franche antipathie entre belle-mère et bru, mais qui s'étendait néanmoins sur tous et dont aucun n'était exclu. Aucun, sauf Eva.

Minuscule bouée ahurie, Eva flottait dans cette mer humaine, la seule à ne pas avoir de parents — même si Sepp et sa femme la traitèrent toujours comme leur propre fille. Ses treize grossesses avaient empâté le corps de Maria au point de le priver de forme précise. La couleur de ses yeux aussi n'était plus très bien définie, mais ils étaient toujours vifs et étincelants comme les brillants de la broche en forme de paon qu'elle épinglait sur son *dirndl* les jours de fête. Ses cheveux étaient enroulés autour de sa tête comme Frau Mayer, mais, si la tresse de l'hôtelière était un objet de soin et de perfection, celle de Maria semblait un produit de la nature, inéluctable et nécessaire comme un épi d'orge, un arbre, une pomme de terre. Ses mains étaient si rêches que, lorsqu'elles se serraient autour des doigts doux et potelés d'Eva, elles la griffaient presque, mais elles lui communiquaient aussi une paix qui calmait — presque — toute angoisse. On se demande comment faisait Maria, avec treize enfants encore en vie et des douzaines de petits-enfants, pour trouver le temps de marcher main dans la main avec une petite fille qui ne lui *appartenait* même pas. Mais sa religion lui avait appris qu'il n'y a pas de limite au bien qu'on peut vouloir à son prochain et elle, comme Sepp, était très croyante.

Et pourtant, il y avait toujours régulièrement un lointain parent descendu d'une vallée voisine, une grand-tante à moitié sourde, la mère d'une jeune épouse venant tout juste d'entrer dans la famille, pour demander qui était cette petite.

« *Fo wem isch de letze ?* »

Maria, Sepp, Eloise, Ruthi avaient essayé d'expliquer.

« C'est la petite des Huber, pas ceux du *maso* du dessus, ceux de Shanghai, leur fille Gerda s'est mise dans le pétrin et… »

Mais ce que les curieux demandaient ce n'était pas l'histoire d'Eva, avec ses délicats corollaires de mère célibataire, d'oncle terroriste, de grand-père qui vous donne froid dans le dos rien qu'à le regarder dans les yeux. Ils s'enquéraient seulement de l'aiguillée qui repriserait la rassurante trame commune de l'appartenance. Les gens comme Sepp et Maria, les magnanimes qui savent tolérer les fils qui pendent et les effilochages, sont rares. Alors, la réponse devint invariablement celle-ci :

« *Fo wem isch de letze ?*

— *Fo niamandn.* »

De qui est la petite ?

De personne.

Jusqu'à treize ans, quand elle fut envoyée en pension à Bolzano pour le lycée, Eva vécut avec Maria, Sepp, Ruthi et toute la famille Schwingshackl durant les dix mois de la saison hôtelière de l'été et de l'hiver. En novembre et tout de suite après Pâques, du versant escarpé auquel était accroché le *maso*, Eva commençait à scruter les autos qui roulaient sur la départementale le long du fleuve comme de diligentes fourmis. Elle apprit toute petite que la joie arrivait dans un car bleu aux

246

lettres jaunes. Elle sut très vite le distinguer des autres moyens de transport qui circulaient : autos, poids lourds, tracteurs, autocars de tourisme, camionnettes. Quand le car de Bolzano débouchait du tournant dans le fond de la vallée, son cœur sautait dans sa poitrine comme un grillon en cage. Elle se mettait à le suivre du regard pendant qu'il prenait l'embranchement, affrontait les virages, disparaissait un moment au milieu des sapins, réapparaissait, s'arrêtait en soufflant sur l'esplanade devant la petite église.

Alors, Eva quittait la main de Maria, les jeux avec Ulli, les bras de Ruthi, elle se serait quittée elle-même aussi pour courir plus vite, et elle ne trébuchait jamais pour ne pas perdre stupidement du temps à se relever. Mais, pendant des jours, elle courait pour rien : les portes du car s'ouvraient comme une promesse, mais ceux qui en descendaient étaient des gens inutiles qui n'étaient pas sa mère. Puis, chaque fois, en automne et au printemps, durant toutes ces années, juste au moment où commençait à se former dans le cœur d'Eva un vide mélancolique, un gris qui éteignait toute pensée, voilà que sur les marches de la portière apparaissaient deux jambes longues, un visage d'une beauté toujours étonnante quoique familière, deux bras robustes qui la soulevaient et la serraient, et l'odeur, l'odeur, l'odeur mammifère du bonheur. Gerda était revenue.

Les touristes qui séjournaient dans la petite ville pendant que Gerda travaillait à l'hôtel de Frau Mayer étaient tous repartis à la basse saison. Les chambres meublées ne manquaient pas quand elle venait retrouver Eva, et il fut facile d'en trouver une à louer. Gerda gagnait assez maintenant pour subvenir à ses besoins et à ceux de sa fille sans rien demander à personne. On ne peut pas dire que le salaire de Gerda et des autres membres du personnel était correct. Mais personne ne protestait : tout le monde connaissait l'histoire de la Syndicaliste, comme on l'appelait encore.

C'est Nina qui avait parlé à Gerda de cette serveuse italienne renvoyée deux ans avant son arrivée. Il s'agissait d'une jeune fille beaucoup plus instruite qu'eux : elle avait fait deux ans d'école de comptabilité. Elle en était à sa troisième année quand son père, qui s'épuisait en heures supplémentaires dans une aciérie pour donner à sa fille un diplôme, viatique pour une vie meilleure, reçut un crochet de cent kilos sur le crâne. Restée seule avec sa mère veuve et ses trois petits frères, elle avait dû abandonner ses études. Elle travaillait depuis deux ans dans l'hôtel de Frau Mayer, quand elle remarqua sur son carnet de travail qu'on ne lui avait versé qu'un mois de cotisation par saison, au lieu de cinq. Elle avait protesté. Et en plus, elle avait osé émettre une autre revendication. Le jour de repos hebdomadaire commençait à quinze heures et finissait à onze heures le lendemain : ces quatre heures de repos en moins auraient dû être rétribuées, à elle et à tout le personnel.

Frau Mayer la licencia sur-le-champ. Et elle s'empressa de faire connaître la chose à tous les éventuels futurs employeurs de la jeune fille. Malgré la forte demande de personnel due au boom du tourisme, la Syndicaliste, comme on l'appelait désormais, ne parvint jamais plus à trouver du travail dans le secteur hôtelier.

Les yeux trop rapprochés de Nina étaient impassibles quand elle raconta cette histoire à Gerda. Elle ne fit aucun commentaire sur le comportement de Frau Mayer, ni sur celui de la jeune fille. Elle laissa Gerda se faire une opinion elle-même.

Et elle se la fit. Elle vérifia son propre carnet de travail. Elle découvrit ainsi qu'elle avait vécu ces dernières années dans une constante insouciance : sur son relevé ne figurait qu'une poignée de journées de travail par an. Elle comprit que Frau Mayer savait voyager dans le temps, passant du présent dans le futur pour voler sa pension de vieillesse.

Voleuse ! voulait-elle lui crier.

Mais Gerda avait deux choses, pas une de plus : une fille et un travail.

Et : Gerda ne connaissait déjà que trop bien le sentiment de terreur quand tout est perdu.

Donc : Gerda ne dit rien.

Chaque jour, les jambes de Herr Neumann devenaient plus douloureuses et le chef devait abandonner la cuisine de plus en plus souvent pour uriner : son diabète empirait. Un jour de printemps où il travaillait debout à sa place, en s'efforçant d'ignorer la sourde pulsation de la mauvaise circulation dans ses mollets, il ouvrait, vidait, découpait un chevreau de ses doigts habiles, la seule partie encore fuselée de son corps. La carcasse perdait peu à peu tout aspect animal et prenait celui de matière biblique. Quand Herr Neumann eut terminé, la chair morte qui bientôt, grâce au mystère de la digestion, deviendrait de nouveau de la chair vivante, mais d'êtres humains, était disposée bien en ordre à sa droite ; à sa gauche, les entrailles désormais chaotiques et privées de toute fonction.

Du plan de travail des salades, Gerda avait observé comme d'habitude avec attention. Elle s'approcha du chef-cuisinier et lui montra le foie rouge foncé comme une fleur carnivore. La petite protubérance en forme de cœur qui y était accrochée comme un voile de palais lui donnait l'aspect d'une créature indépendante du reste de la carcasse. Au lieu de le jeter, elle demanda timidement si elle pouvait essayer de l'utiliser.

Herr Neumann oublia un instant le désagréable battement à l'intérieur de ses jambes. Il attendait ce moment-là depuis longtemps : il avait toujours été persuadé que, tôt ou tard, Gerda demanderait d'expérimenter, d'inventer, d'essayer. Veillant à ne pas lui montrer sa satisfaction, il acquiesça. Gerda coupa le foie en tranches très fines, les passa rapidement sur la plaque incandescente, les releva avec du thym, de la marjolaine, de l'échalote, de l'ail et du citron, les versa dans un saladier plein de pourpier et assaisonna enfin le tout de quelques gouttes de vinaigre balsamique. Avec le sérieux d'une enfant qui montre son dessin dont elle est fière, elle montra son invention à Herr Neumann. Celui-ci glissa ses doigts nus dans la composition et, tandis que Gerda le regardait fixement, il porta à sa bouche une poignée de salade et de morceaux de foie.

Elle était équilibrée, savoureuse, satisfaisante. Comme Gerda : simple et bien faite.

Hubert avait suivi la scène de son plan de travail des entrées et des accompagnements, avec une vague condescendance. Il tendit à Gerda une poignée de ciboulette hachée.

« *A bissl Schnittla aa* [1]... »

Herr Neumann secoua la tête, l'air péremptoire. L'invention de Gerda avait déjà tout ce qu'il fallait à un plat réussi ; tout autre ajout serait de trop.

---

1. « Et aussi un peu de ciboulette... »

Hubert pirouetta sur ses longues jambes maigres et retourna à ses entrées sans un mot. Il venait de faire revenir une pleine marmite de *Schlutzkrapfen* dans du beurre brun. Il prit une poignée de la ciboulette snobée et la jeta dessus comme on lance une injure.

Un matin, au réveil, les jambes de Herr Neumann restèrent inertes comme des côtelettes mal cuites. Le médecin, appelé d'urgence par Frau Mayer, lui administra de l'insuline et des anticoagulants, puis il déclara : la cuisine devrait se passer de son chef pendant quelques jours.

Moins d'un mètre séparait le plan de travail des entrées de celui des viandes, mais le royaume de Herr Neumann avait toujours été inaccessible à Hubert — comme à qui que ce soit d'autre du reste. Hubert se proposa comme remplaçant. Il ajouta « provisoire », mais il était clair qu'il considérait que c'était enfin l'occasion à saisir pour lui. Il se trompait.

Herr Neumann avait une femme et trois enfants qui vivaient dans un bel appartement avec des géraniums aux fenêtres au fond du Val Venosta. Comme le dernier des commis, comme Gerda, comme tout le personnel de l'hôtel, Herr Neumann ne rentrait dans sa famille que lors de la fermeture à la basse saison. Pendant les mois de travail, il occupait une des deux chambres individuelles mises à la disposition du personnel : à part lui, seul le *maître d'hôtel* jouissait du privilège de ne pas partager avec d'autres la fatigue de la fin de la journée, les odeurs corporelles, les bruits incongrus et révélateurs du sommeil. Avant la visite du médecin, personne n'était jamais entré dans la chambre de Herr Neumann. Maintenant, il y avait Gerda.

Depuis que cette belle, très belle femme, trop belle pour lui, était entrée à seize ans dans sa cuisine, il y avait une chose entre toutes qu'il désirait faire, et il le faisait maintenant : l'initier aux secrets des viandes.

Elmar l'avait aidée à transporter jusqu'à la chambre sous les toits un quartier de bœuf de trente-cinq kilos, en soufflant et en s'arrêtant au milieu de l'escalier en bois, raide, où Gerda avait essayé de ne pas devenir mère. Ils portaient tous les deux le manteau en laine qu'on mettait pour entrer dans la chambre froide et qui les protégeait maintenant du sang et de la graisse. Gerda avait aménagé un plan de travail sur le bureau de Herr Neumann, en le traînant de la petite fenêtre qui donnait sur les montagnes jusqu'au lit où il était confiné. Elle avait récupéré la batterie de couteaux du chef : couteau à découper, à désosser, à fileter, tranchoir, fourchette à découper, fusil à aiguiser, couteaux forgés aux formes spécifiques et uniques pour rôtis, jambons, charcuterie et gibier. Gerda avait du mal à croire qu'elle pouvait toucher ces formes impeccables et fonctionnelles : les toucher, les utiliser, les nettoyer même était le privilège exclusif du chef-cuisinier. L'éclat froid de leur acier faisait ressortir encore plus la triste réalité de cette petite chambre de malade.

Herr Neumann n'était absolument pas gêné ni humilié par l'odeur de renfermé, l'étroitesse de la fenêtre, la simplicité de son logement malgré son statut de chef. Il avait le cœur léger, il ne sentait plus le battement dans ses jambes : Gerda était là, assise près de lui sur le lit en bois, et il guidait sa main en lui expliquant comment désosser, trancher, creuser.

L'énorme quartier de bœuf, lui dit-il, était

comme un bloc de marbre sous les mains d'un grand sculpteur : il ne demandait qu'à révéler ses propres formes. Le long et dense cylindre du filet, le triangle de la noix, la pyramide si mal faite du jarret, avec cet os qui pointait de façon disgracieuse mais si plein de saveur…

Querrippe, Entrecôte, Steak, Lende, Kugel, dickes Bugstück, Zungenstück, Hüfte, Hals, Zwerchfell, Schulter, Schulterspitze, Dünnung, Schenkel. Les noms des morceaux de viande étaient précis et sans équivoque, comme tout dans cette langue de philosophes et de mécaniciens. Les travailleurs vénitiens, calabrais, siciliens dont regorgeait l'abattoir de Bolzano où Herr Neumann se fournissait lui avaient quand même appris aussi les noms du Sud les plus imagés : donc non seulement filet, sous-filet, noix, épaule, côte, mais aussi pigeon, chapeau de curé, clochette, poisson, biceps, pisseur, doucette, empereur, petite main.

La découpe, c'est tout, expliquait Herr Neumann. Aucune cuisson à point, aucune adjonction d'aromates, aucune farce ni marinade, aucun roux ni sel, ne peut sauver un morceau de viande mal découpé. La poêle, le plat à four, la casserole où elle sera cuite est comme le lit où se consomme le rapport nuptial entre la viande et son cuisinier ; mais la maison, là où le couple vit ensemble plus ou moins heureux, est le tranchoir où il lui donne sa forme. Si elle est mal découpée, rapidement, avec négligence, la viande sera comme une femme mal traitée le jour : la nuit, son mari aura beau la cajoler dans le lit conjugal, elle restera sèche, inerte, humiliée. Quand on la prend du bon côté, en revanche — Herr Neumann regardait Gerda, ses lèvres, la courbe de son sein qui tendait le tablier éclaboussé de sang, la rondeur de son postérieur qui formait un creux dans le matelas et qui effleurait presque, presque, sa jambe déformée —, la viande est comme une maîtresse comblée : elle s'assouplit, devient malléable et tendre, elle offre ses sucs.

Mais ça, Herr Neumann n'arriva peut-être même pas à le penser.

Quand le chef revint dans sa cuisine, Gerda avait été promue aide-cuisinière à la table des viandes et sa remplaçante, quand il devait s'absenter pour des visites médicales de plus en plus fréquentes. Hubert, qui n'avait jamais été très loquace, cessa définitivement de parler. Gerda, bien sûr, n'y attacha pas d'importance : elle savait depuis l'enfance à quel point le silence entre les personnes peut devenir dense. Ce fut donc elle qui cuisina les *Wiener Schnitzel*, devenues maintenant sa spécialité, pour les clients exceptionnels qui, ce dimanche de l'année 1965, s'assirent aux tables de Frau Mayer.

L'hôtelière avait foncé en cuisine, ses yeux bleus écarquillés de voyante prise de folie, haletante d'orgueil et d'émotion, pour annoncer à Herr Neumann qu'il devrait cuisiner le lendemain pour l'*Obmann* du *Südtiroler Volkspartei* et pour ses invités, les membres du gouvernement italien. Entre les représentants politiques locaux et nationaux, les porteurs de serviette et les sous-secrétaires, les convives seraient plus de cinquante.

Frau Mayer ne portait aucun intérêt à la politique italienne, mais non pas parce qu'elle était trop subtile et incompréhensible aux non-initiés. Pour elle, comme pour la presque totalité des Tyroliens du Sud de langue allemande, le seul homme politique digne de crédit dans le pays dont elle était citoyenne était une silhouette maigre appuyée sur une canne, le visage creusé et les cheveux raides : Silvius Magnago. Les habitants du reste de la Botte commençaient à s'habituer à leurs représentants politiques comme à ces parents auxquels, dans le bien ou dans le mal, le destin nous lie ; Frau Mayer, pour sa part, ignorait même leurs visages. Elle ne connaissait donc pas les invités de Magnago, et elle n'éprouvait aucune curiosité à leur égard. Ce n'est que lorsqu'un obscur responsable du protocole prit soin de le lui dire que l'hôtelière sut qu'allait s'asseoir dans sa salle à manger le président du Conseil en personne (et ministre des Affaires étrangères par intérim), en route vers un refuge à la frontière du Haut-Adige et de l'Autriche, où il devait rencontrer le ministre des Affaires étrangères autrichien Bruno Kreisky. Ce qui lui sembla malgré tout un privilège bien moins extraordinaire que de pouvoir servir à table son *Obmann*.

On demanda à Herr Neumann un menu dégustation pour faire goûter aux invités venus de la capitale la gastronomie traditionnelle du Haut-Adige. Le chef cuisinier prit la chose très au sérieux.

En entrée, il proposa du speck de première qualité et du *Kaminwurz*[1], accompagnés de *Schüttelbrot*[2] du Val Venosta et de sauce au raifort et aux pommes ; du fromage de chèvre aux herbes à étaler sur les *Breatl*[3] ; des petits *Tirtlan*[4] à la choucroute, aux épinards et aux pommes de terre, servis très chauds et croustillants. Les porteurs de serviette romains en réclamèrent une double ration.

1. Saucisson fumé.
2. Pain de seigle sec. (*N.d.T.*)
3. Pain de seigle et de froment au fenouil, cumin ou à la coriandre.
4. Sorte de beignets. (*N.d.T.*)

Ces mêmes membres des coulisses de la politique se demandèrent pourtant si ce bis avait été bien raisonnable quand, sur des assiettes décorées comme des tableaux de Paul Klee, arrivèrent : *Knödel* de différentes sortes (au foie, au speck, au fromage, aux épinards), *Spatzlan*, *Schlutzkrapfen* servis sur de fines tranches de *Graukäse* et des rondelles d'oignon rouge, de la soupe au vin.

Suivirent les plats de résistance, expression appropriée, car de nombreux convives commençaient à se sentir sur la ligne d'un front où les sucs gastriques déjà bien épuisés opposaient une résistance héroïque mais désespérée à l'inexorable avancée de bataillons de nourriture : jarret au four, côtelettes d'agneau en croûte d'herbes, *Greastl* au laurier, épaule de cerf sur lit de chou rouge et enfin, accompagnées de sauce aux myrtilles, les *Wiener Schnitzel* de Gerda.

En accompagnement, pour rendre le repas plus léger : asperges à la sauce *bolzanina*, salade de jeune cresson et *Kohlrabi*[1], choucroute au genièvre, *Rösti*[2] de pommes de terre du Val Pusteria. Arrivés aux desserts, les membres de l'équipe gouvernementale, qui avaient voulu goûter à tout par amour de la nouveauté, furent pris de découragement : la capacité de leur estomac avait dépassé sa limite naturelle, mais des assiettes pleines de délices arrivaient encore. C'est-à-dire : un assortiment de gâteaux (aux carottes, au blé noir, aux fruits des bois, aux noix), *Linzertorte*, *Buchteln*[3], des beignets de pommes à la crème à la

1. Raves.
2. Pommes de terre sautées à la poêle.
3. Gâteaux au levain.

vanille, pour finir par des tranches chaudes de l'incontournable strudel avec également de la crème à la vanille.

Les *Wiener Schnitzel* de Gerda avaient non seulement enchanté les membres des deux délégations (son secret : avant de fariner, de faire paner et frire dans une grande quantité de saindoux les fines tranches de veau, elle les avait fait mariner une demi-heure dans du jus de citron à la marjolaine), mais elles avaient provoqué une discussion d'ordre historique à deux pas de la table d'honneur. Participaient au déjeuner à la fois des représentants de rang intermédiaire du gouvernement, de la démocratie chrétienne de Bolzano et du *Südtiroler Volkspartei*. Les Tyroliens du Sud avaient surpris leurs interlocuteurs par leur italien sans doute rigide mais correct ; aucun des délégués du gouvernement chargés de la résolution de la question du Haut-Adige, en revanche, n'avait jugé nécessaire d'apprendre un seul mot d'allemand. Le dialogue se déroula en italien, plus ou moins ainsi :

« En réalité, les Autrichiens ont copié sur les Italiens les côtelettes panées, comme toutes les bonnes choses qui existent au Nord.

— Nous n'avions rien à copier, nous avons toujours fait de la viande panée. Comme dans le *Wiener Backhendl*, qu'en fait on appelle aussi *poulet frit à la viennoise* [1].

— Mais il est bien connu que c'est Radetzky qui les a introduites à Vienne ! Il a tiré sur les Milanais à coups de canon, pendant les Cinq Journées, mais leurs côtelettes lui plaisaient bigrement.

1. En français dans le texte. (*N.d.T.*)

— Pure invention ! Il y avait des siècles qu'on en mangeait, aussi bien à Vienne qu'ici au Tyrol.

— Côtelette à la milanaise, *viner snizzel*, quelle différence y a-t-il ? Vous êtes tous des Italiens désormais ! »

(Pas de réponse ; bruit de mastication ; raclements de gorge embarrassés.)

Celui qui mangea le moins, ce fut l'*Obmann* Magnago, assis à la table d'honneur. Son invité aussi, le président du Conseil, mangea avec modération. Voilà un homme singulier, pensait Magnago en l'observant tandis qu'il jouait avec la nourriture de façon agaçante avant de la porter à sa bouche : fermé, introverti, il ne regardait jamais son interlocuteur en face, et s'il riait, il semblait le faire sous la torture. Il écoutait, les paupières lourdes et mi-closes, comme s'il avait l'esprit ailleurs. Il parlait tout bas et avec une exaspérante lenteur comme s'il avait sommeil, et il manquait de vivacité dans ses mouvements comme celui qui, enfant, trébuchait en courant, se pinçait les doigts dans les tiroirs, oubliait de lacer ses souliers. Tout en lui le montrait sans défense, faible, pas vraiment un homme d'action, mais plutôt, pensa le latiniste Magnago, un *cunctator* [1]. Et pourtant, l'*Obmann* avait pu voir, lors de plusieurs rencontres, que derrière ce visage inexpressif fonctionnait une intelligence politique très fine. À la différence d'un trop grand nombre de représentants de l'État italien, l'homme qui était assis à côté de lui était un intellectuel, mais aussi un juriste de haut niveau. C'était surtout un homme qui ne laisserait jamais échap-

1. Temporisateur. (*N.d.T.*)

per une phrase toute faite, pas même par fatigue ou distraction.

Magnago savait bien que l'accent allemand heurté avec lequel il parlait la langue de Dante, d'ailleurs à la perfection, et le fait d'avoir servi pendant la guerre dans la Wehrmacht, suscitaient chez ses interlocuteurs une immédiate association avec le nazisme. Il savait qu'il était vain de chercher à expliquer que tous les officiers allemands n'avaient pas été des nazis, qu'il avait été enrôlé dans l'armée allemande parce que les habitants de sa terre avaient dû choisir entre... Non, impossible : il ne pouvait pas chaque fois infliger un résumé de l'histoire complexe du Tyrol du Sud.

Et ainsi, le mot « nazi » restait implicite, puissant comme un acte manqué entre lui et presque tous ceux avec qui il s'entretenait dans le couloir des pas perdus du Parlement italien, et il en était conscient. Parfois, l'étiquette devenait ensuite explicite, surtout de la part de certains représentants de la droite, justement ceux qui auraient dû expliquer où ils étaient après le 8 septembre, ceux-là mêmes qui n'avaient pas honte de désigner les Tyroliens du Sud d'ethnie allemande par le nom des traîtres durant le Risorgimento : « austriacanti ». Comme si l'italianisation du Haut-Adige à partir du fascisme avait été en quelque sorte la cinquième guerre d'indépendance, comme si, là aussi, les Italiens avaient été les opprimés et les Autrichiens les envahisseurs et non pas le contraire. Magnago avait fait ses études et vécu à Bologne, où il avait encore de très bons amis du temps de l'Université ; mais justement parce qu'il les connaissait bien, il savait que, si l'on donne le choix aux Italiens de se mettre dans la peau de la victime ou dans celle de l'agresseur, ils choisissent toujours la première solution. Même en dépit de la vérité historique, s'il le faut. Le victimisme, un concept qui n'a pas d'équivalent lexical dans la langue de Goethe, et qu'en fait Magnago, même quand il parlait en allemand, employait ainsi : en italien.

Mais la pensée de l'homme assis à côté de lui n'était heureusement pas aussi paresseuse que celle de nombre des ses compatriotes. Il n'était pas le seul homme politique intelligent, pensez donc, il y avait Andreotti, par exemple, dont la subtilité et la complexité semblaient parfois frôler l'abîme pour Magnago. Et il y avait la finesse intellectuelle de Fanfani, pervertie malgré tout par l'envieuse méchanceté typique de certains hommes de petite taille : Magnago savait que sa propre taille de grenadier provoquait chez le démocrate-chrétien une irrémédiable aversion qui ne donnerait rien de bon dans les pourparlers, il s'en doutait. Non, pensait l'*Obmann*, l'intelligence de cet homme, qui s'était laissé verser du vin par le serveur avec une indolence distraite mais qui avait murmuré ensuite un « merci » à voix basse, était aussi fine que celle d'Andreotti et de Fanfani, mais beaucoup plus humaine. Quand il l'avait rencontré pour la première fois, après des années d'antichambre dans les palais de la Rome baroque, pour porter à l'attention du gouvernement la nécessité d'une solution négociée dans le Haut-Adige, des années de vagues entretiens de quelques minutes et de rapides poignées de main pour le seul profit des photographes, Magnago lui avait demandé :

« Combien de temps pouvez-vous me donner ? »
Et il avait répondu :
« Tout ce qu'il faudra. »

Ce repas interminable ne célébrait pas seulement le début de véritables entretiens sur l'avenir du Haut-Adige, pensa Magnago en s'essuyant la bouche avec une serviette en lin — choisie par Frau Mayer en personne dans un atelier de tissage d'art du Val Venosta. Le fait que son interlocuteur fût justement lui, Aldo Moro, méritait aussi d'être fêté.

À la fin du repas, Herr Neumann, Gerda, Hubert, Elmar et tout le personnel de la cuisine se lavèrent les mains, redressèrent leurs bonnets de toile blanche sur leur tête et, sous le regard fou d'orgueil de Frau Mayer, se mirent en rang pour saluer les illustres clients.

Gerda ne croisa pas le regard d'Aldo Moro et entendit tout juste son salut. Elle ne sut pas non plus dire ensuite si sa main avait effleuré la sienne, ou non. Quand Silvius Magnago lui serra la main, en revanche, elle reconnut l'homme très maigre qu'elle avait vu, toute petite, indiquer la route à la foule de Sigmundskron comme un capitaine à son bateau. À peine plus âgé de dix ans maintenant, il avait l'air déjà vieux. Et pourtant, depuis cette époque, pensa Gerda, entre elle et lui, ce n'était pas l'*Obmann* celui que la vie avait le plus transformé. Et à cette pensée, elle ressentit une fierté aiguisée comme l'acier des lames de Herr Neumann.

La pacification politique du Haut-Adige qui commençait à s'annoncer n'était pas une bonne nouvelle pour tout le monde : certains se donnèrent du mal pour la contrecarrer.

Les journaux devinrent des bulletins de guerre.

23 MAI 1966 : ATTAQUE DU POSTE DE LA BRIGADE FINANCIÈRE AU COL DELLE

VIZZE. UN MORT: L'AGENT BRUNO BOLO-
GNESI.

24 JUILLET 1966: ATTAQUE NOCTURNE À
LA MITRAILLETTE DE TROIS EMPLOYÉS
DES DOUANES À SAN MARTINO EN VAL
CASIES. DEUX MORTS: LES AGENTS SAL-
VATORE GABITTA ET GIUSEPPE D'IGNOTI.
UN TROISIÈME, COSIMO GUZZO, EST GRA-
VEMENT BLESSÉ.

3 AOÛT 1966: ATTAQUE À LA DYNAMITE
DU PALAIS DE JUSTICE DE BOLZANO.

20 AOÛT 1966: ATTAQUE À LA DYNAMITE
DU BUREAU D'ALITALIA À VIENNE.

ÉTÉ 1966: UN MILLIER DE MILITAIRES,
DE CARRIÈRE ET DU CONTINGENT, ET
DES UNITÉS SPÉCIALES ANTITERRORIS-
TES EN HAUT-ADIGE. BARRAGES DE
POLICE, PERQUISITIONS ET GARDES À
VUE SONT À L'ORDRE DU JOUR.

SEPTEMBRE 1966: PETER WIELAND DE
VALDAORA, DIX-HUIT ANS, TUÉ POUR
AVOIR FORCÉ UN BARRAGE DE POLICE.
SON ENTERREMENT EST UNE ÉNORME
MANIFESTATION DE MASSE AVEC HOM-
MES, FEMMES ET ENFANTS.

Il pleuvait, il pleuvait, il pleuvait. Le ciel de
l'année 1966 semblait ne jamais épuiser sa réserve
d'eau. Comme s'il en avait fait provision durant
des lustres ou des décennies, dans le seul but de la
déverser ensuite d'un seul coup sur les êtres
humains. Florence avait été ensevelie sous la

boue, les reliefs de l'Italie tout entière s'éboulaient en aval. Même le fleuve qui traversait la petite ville de Gerda avait rompu ses digues, rempli de limon et de détritus les maisons, dévoré à belles dents les routes, abattu des ponts, tué des gens. L'inondation envahit aussi une fabrique de chocolat et de *Magenzucker*[1], les petits sucres digestifs épicés, rouges comme des rubis. Pendant des jours, les sauveteurs déblayèrent la boue qui sentait la cannelle, les clous de girofle et le cacao amer.

Ensuite, arriva la neige. Elle tomba abondamment sur la petite ville, puis il en tomba encore, sans arrêt, il continua à neiger, dans l'air flottaient des dentelles hexagonales, grandes comme des papillons. On n'était qu'au début du mois de décembre, l'avent commençait, les enfants finissaient par croire que ça ne cesserait jamais, qu'il neigerait toujours, jusqu'à la fin des temps et que le monde deviendrait une gigantesque boule de neige, mais alors qui la lancerait ?

Un silence ouaté avait rempli l'espace entre les sons : le timbre de voix lacérant des femmes mécontentes s'était adouci, le pleur des nouveaunés semblait un appel presque mélodieux, les insultes entre ivrognes lancées à la sortie des *Kneipen*[2] avaient pris une touche d'élégance. Même le bruit de ferraille des jeeps militaires sur la route principale, avec leurs lourdes chaînes autour des roues, était devenu vague, doux, presque suggéré. La nuit du 2 décembre, pourtant, fut déchirée par un son précis, très pur : le grondement d'une explosion.

1. Sucre pour l'estomac.
2. Bistrots.

Personne n'avait jamais cru au recyclage du monument dédié au Chasseur alpin comme nouveau symbole de réconciliation entre le Tyrol du Sud et les Forces armées italiennes — et maintenant encore moins, avec les colonnes militaires omniprésentes, les casernes en état d'alerte maximale, les barrages, les gardes à vue, les perquisitions.

Les paramilitaires néo-nazis de l'autre côté de la frontière, experts en explosifs, avaient reçu une bonne formation : cette fois-ci les charges furent placées dans les règles de l'art. De ce pauvre et si laid *Wastl* en granit, malheureux ambassadeur de l'humanité italienne et de ses humbles chasseurs alpins, il ne resta pas un morceau.

Les temps avaient changé depuis la dernière fois : plus personne ne prenait ces choses à la rigolade. Le terroriste du nouveau sanglant BAS qui revendiqua l'attentat fut condamné à dix-sept ans, et qualifié d'« ennemi numéro un de l'État ». Mais le verdict fut prononcé par contumace, car il était en cavale.

La vie de fugitif était celle que Peter avait désirée depuis qu'il était tout jeune et qu'il marchait dans les bois et les éboulis, l'âme mise à nu par la solitude comme un cerneau de noix décortiqué. C'est ce qu'il avait toujours voulu, se trouver exposé au non-humain : le parfait « y » des traces de lièvre dans la neige de mars ; les marmottes qui clignent des yeux dans le soleil de juin, amaigries et mal assurées après leur long jeûne, celles-là mêmes qui en septembre, après un été de goinfrerie, leur postérieur gras comme celui d'un nouveau-né avec sa couche, sifflent au milieu de leurs pirouettes de clown ; les aiguilles dorées par la lumière d'octobre qui pleuvent des mélèzes au premier vent du nord, messager de l'hiver; les pupilles horizontales d'un bouquetin surpris à quelques mètres, son regard étrange et sans aucun reproche, pas même pour la balle qui le tuera quelques secondes plus tard. Et en plus de tout ça, Peter avait maintenant une mission : l'*Heimat* avait appelé, et il avait répondu. Cela coupait court à toute autre question.

Son équipement, son style de vie, le déroulement de ses journées étaient les mêmes que du temps où il était chasseur. Grosses chaussures montantes, chaussettes au genou, jumelles autour du cou, chapeau à visière, sac à dos, corde, fusil. Depuis quelques semaines, ses compagnons et lui appelaient maison un renfoncement rocheux, en granit verdâtre strié de noir par l'humidité, un côté ouvert fermé par des feuillages. Il était confortable. Ils avaient construit des bancs et une sorte de table basse avec des branches coupées et attachées entre elles. Des clous sur les parois servaient de penderie, le ruisseau qui coulait tout près faisait office de salle de bains, de douche et d'évier. Une femme de confiance qui comprenait et partageait leurs idées, non pas comme cette idiote de Leni, montait de temps en temps de la vallée. Elle prenait des sentiers tortueux pour ne pas être suivie et apportait des casseroles noircies pleines de nourriture, des sacs de denrées, des bouteilles et des cigarettes. Mais c'était dangereux, et donc le plus souvent ils se débrouillaient tout seuls, ils se rendaient de l'autre côté de la frontière où il y avait moins de risques et où ils pouvaient enfin entrer dans les magasins.

Quelque temps plus tôt, le chimiste bavarois aux doigts vibrants comme des papillons était revenu à la grotte, essoufflé par l'effort d'avoir traîné jusque là-haut ses cuisses de gigantesque nourrisson. Il les avait approvisionnés en matière première — qui n'était pourtant ni de la nourriture, ni de la grappa, ni des cigarettes. Il avait apporté aussi ce qui rendrait vivant et enthousiasmant ce matériel inerte : du fil de fer, des mèches, des détonateurs. Il avait donné les dernières explications, mais il n'était pas resté longtemps : cette vie d'explorateur ne lui plaisait pas du tout. C'était un homme civilisé, lui ! Un citoyen, un intellectuel ! Un jour, la guerre éclaterait enfin dans le Tyrol du Sud, pensait-il, et alors ces montagnards qui puaient comme des chèvres et qui se cachaient dans des cavernes comme à l'âge de pierre comprendraient qu'eux seuls, les pangermanistes de l'autre côté de la frontière, pouvaient les guider. En attendant, qu'ils continuent à s'activer.

Et maintenant, Peter, caché dans le fossé près de la départementale par une nuit de lune décroissante, s'affairait avec des bâtons de dynamite et des mèches sans la moindre crainte. Il n'imaginait pas du tout les visages de ses futures victimes, des carabiniers du contingent qui passeraient par là quelques heures plus tard. S'il devait penser à ses *objectifs* — mais il ne le faisait presque jamais —, c'étaient des uniformes, des grades, des mitraillettes, tout au plus des phrases dans une langue avec trop de voyelles intimant l'ordre de s'arrêter qui lui venaient à l'esprit.

Il travaillait avec habileté même dans le noir. Ses yeux opaques n'avaient jamais eu besoin de beaucoup de lumière et la faux de la lune, devant laquelle les nuages couraient comme des silhouettes de lanterne magique, en donnait assez. Le trèfle écrasé par ses gros souliers dégageait une odeur acidulée et fraîche.

Il en cueillit un brin et le mit dans sa bouche où explosa une saveur piquante et poivrée qui rendit Peter heureux comme il ne l'avait jamais été. Plus heureux que le jour où les carabiniers l'avaient encerclé et où il avait réussi à s'enfuir. Plus heureux que lorsqu'il était entré dans le corps chaud de Leni, lors de sa nuit de noces. Plus heureux que lorsqu'il avait tué son premier chamois. Plus heureux que lorsque sa mère l'allaitait et — à vingt ans Johanna en était encore capable — lui souriait. Plus heureux que lorsqu'il n'était pas encore né, et que le monde était Un.

Le bonheur que Peter éprouva fut éblouissant, lumineux, total. Peut-être, qui sait, éternel.

Quand son cousin de seize ans, Sebastian dit Wastl, riait, il ressemblait à un pic-vert qui creuse son nid dans un tronc : « t-t-t, t-t-t, t-t-t ! ». Pour Eva, c'était le son le plus joyeux du monde : chaque fois qu'elle l'entendait, elle était secouée d'un fou rire dont il importait peu de saisir la cause. C'était cet oncle-cousin, presque un homme maintenant, qui lui avait appris ça aussi : que, si on le veut vraiment, on trouve toujours une raison de rire et de rire et puis de rire encore.

Dans le champ entre le *maso* des Huber et celui des parents de Leni, Wastl se donnait en spectacle en imitant un lointain parent trop amateur de *schnaps*. « *Madoja, oschpele, hardimitz'n* [1] », bafouillait Wastl en titubant avec une dignité d'ivrogne, feignant de s'écrouler sur ses jambes croisées, et il allait sûrement se casser la figure par terre, mais

1. Imprécations.

non, il restait debout, puis il cambrait les reins en arrière, comme s'il allait tomber à la renverse...

Eva avait la bouche ouverte, les yeux brillants, le souffle coupé, le ventre qui lui faisait mal. Son rire était devenu incontrôlable. À côté d'elle, il y avait Ulli, son autre cousin, plus âgé qu'elle d'un an, qui riait en voyant Wastl mais aussi Eva. Étalée maintenant sur le sol telle une poupée désarticulée, elle était incapable de s'arrêter, non seulement à cause de l'imitation de l'ivrogne, mais aussi parce qu'à force de rire son corps était devenu tout mou et qu'elle ne pouvait plus se relever, et puis parce que Wastl et Ulli s'étaient mis à rire d'elle, et enfin parce que lorsque l'envie de rire ne s'est pas encore épuisée, il n'y a rien à faire, il faut aller jusqu'au bout, jusqu'au dernier spasme du plexus solaire, jusqu'au dernier chatouillement dans la gorge.

Quand Leni apparut devant le fenil, ils étaient encore en train de rire, mais dès qu'ils virent sa tête, ils se calmèrent d'un coup, tous les trois.

Leni s'approcha de Wastl et lui dit quelque chose. Eva, qui avait quatre ans à peine, ne comprit pas bien. Elle comprit seulement qu'il était question du *Tata* d'Ulli, celui qui n'était pas là. Et, d'après les paroles confuses de Leni, il continuerait à ne pas être là, mais d'une manière différente. Pour la première fois de sa vie, Eva constata ce fait : il y a tant de façons pour un père de ne pas être là, mais l'une d'elles est pire que les autres.

Gerda s'assit devant le même officier qui l'avait convoquée autrefois pour avoir des informations sur Peter. Cette fois-ci, ce fut lui qui lui en donna : son frère avait sauté en préparant un attentat. Son ton n'était plus indigné, mais durci par l'embarras.

Comment fait-on des condoléances à la sœur d'un homme dont la mort a évité celle qu'il était en train de préparer pour cinq frères d'armes ? Gerda eut l'impression de sentir dans sa poitrine l'explosion qui avait déchiqueté son frère. Son cœur s'arrêta, ainsi que sa respiration, la pousse de ses ongles et de ses cheveux.

Le soldat debout près du bureau était aussi le même que la fois précédente. Il se pencha vers elle avec un empressement maladroit et lui demanda si elle avait compris. Gerda entrouvrit les paupières, ce qui fut pris pour un « oui ». Il lui offrit un verre d'eau et elle inclina la tête de côté : « non ».

L'officier la rassura : elle n'avait pas à s'inquiéter, l'identification des restes avait déjà été faite par l'épouse du mort. Gerda aurait voulu se lever, mais elle ne savait plus où elle avait mis ses jambes et ses mains, et pourtant elle les avait en entrant. Quand elle les retrouva, elle se leva sans un mot et sortit de la pièce en s'appuyant au mur.

Le soldat courut derrière elle et, sur le trottoir, à l'endroit même où l'autre fois il l'avait invitée à danser, il lui dit :

« Condoléances. »

Elle le regarda, l'air de chercher quelque chose. « Dans le temps, il a fait avec moi… un *Ausflug*… Comment dit-on ? »

Le soldat savait quelques mots d'allemand, mais il ne se souvenait pas de celui-ci. Il le regretta.

Gerda s'éloigna, raide et droite comme la guérite d'une caserne. Elle savait que si elle ne baissait pas la tête ni ne courbait le dos, si elle traçait de ses pas une ligne nette et sans bavures, alors elle réussirait à aller jusqu'à l'hôtel de Frau Mayer.

Ce n'est que lorsqu'elle eut presque disparu derrière le pâté de maisons, que le soldat se souvint.

Excursion.

Auflug signifie en italien : excursion.

Peter ne fut pas enterré dans le cimetière principal de la petite ville, mais dans celui du minuscule bourg ramassé autour du clocher à bulbe sur le versant nord de la montagne.

Les vivants avaient été généreux avec les morts : sur cette terre verticale, ils avaient consacré au petit cimetière entouré d'un muret blanchi à la chaux un précieux plateau qui se tendait comme une âme en peine vers l'imposante étendue des glaciers. Depuis des siècles, c'était le dernier lieu de repos des Huber. Même ceux qui n'étaient pas les aînés, ceux que la dure mais nécessaire loi du *maso chiuso* [1] chassait en les envoyant chercher fortune ailleurs, étaient de nouveau accueillis à leur mort par le sol de leurs pères. Un cimetière n'est pas un champ de foin escarpé, qui mènerait tout le monde à la misère en quelques générations, si on le partageait ; dans un cimetière, on cultivait le souvenir et l'identité, moissons magiques qui ne diminuent jamais, même si on les partage. C'est là qu'avaient été ensevelis les parents d'Hermann quand la grippe espagnole les avait emportés la même nuit. C'était là que reposait Johanna, et la place de son mari était prête. C'est là que fut enterré Peter.

L'époque des funérailles populaires des *Bumser* était finie depuis un bon moment. Des dizaines

---

1. Loi datant de l'Empire austro-hongrois et qui fait du fils aîné le seul héritier du *maso*, obligé de dédommager ses frères et sœurs en leur payant des études, en les aidant à ouvrir un hôtel, un commerce, une entreprise. (*N.d.T.*)

de milliers de Tyroliens du Sud avaient participé au cortège funèbre du doux idéaliste Sepp Kerschbaumer, mort en prison peu après la fin du procès de Milan. En revanche, plus personne ne comprenait ces nouveaux terroristes, qui ne frappaient plus seulement les monuments fascistes ou les pylônes mais les individus, fussent-ils en uniforme. Ils tuaient et blessaient, puis s'enfuyaient de l'autre côté de la frontière, laissant les soldats mener la vie de plus en plus dure aux membres de leur famille restés au *maso*, comme cela s'était passé deux ans plus tôt, pendant la rafle.

On parlait encore avec terreur, incrédulité et soulagement de cette journée : ça s'était vraiment passé *là*, où le dernier événement notable avait été le passage d'un prisonnier russe pendant la Grande Guerre ? Et cet hélicoptère ! Apparu dans le ciel comme un *deus ex machina* inversé, fulgurante incarnation du Mal qui pourtant — comme tout le monde le savait car chaque réplique du dialogue entre les deux officiers avait été récitée un nombre infini de fois — avait été déjouée par un invraisemblable Héros, l'officier qui commandait la rafle, celui qui justement avait incarné le rôle du Méchant jusqu'à ce moment-là. Il ne parut donc pas étrange que Peter, dont la cavale avait été le facteur déclenchant de l'événement, fût enterré là. Les soldats pouvaient bien venir le chercher : ils le trouveraient, et sans avoir besoin d'armer à nouveau toute cette *Schweinerei*[1].

À présent, c'était le glas que sonnaient les cloches, dont les coups de midi avaient été pris pour un signal d'alarme par les soldats venus dans

1. Porcherie. Boucherie.

leurs jeeps. Lukas, le sacristain, un peu plus vieux qu'à l'époque, les poils de ses avant-bras musclés un peu plus gris, tirait la grosse corde qui pendait du clocher. Ce son lugubre semblait descendre, comme alourdi de son propre poids, vers la petite ville, vers la route départementale d'où montait par moments un vrombissement isolé de moteur, vers le fleuve qui scintillait au fond de la vallée dans la lumière de juillet.

Pour rendre hommage à Peter, à part ses parents les plus proches, il n'y avait qu'une petite escouade de *Schützen*, les camarades avec lesquels il était monté dans le bus des Larmes pour assister au procès de Milan. Eux ne l'avaient pas suivi dans ses choix les plus extrêmes, ils n'avaient pas pris le maquis et n'avaient pas monté d'attentats ; ils avaient cependant continué leurs défilés pour la rédemption de l'*Heimat* le jour de *Herz-Jesu*, anniversaire de la résistance héroïque contre Napoléon. Un jour, Maria, en pelant des pommes de terre dans sa *Stube*, s'était demandé à voix basse ce que venait faire le cœur de Notre Seigneur avec tout cet étalage d'armes, avec ces marches, avec ces ordres hurlés encore plus fort que sur le front. Et Sepp avait dit que, à sa connaissance, cela faisait un siècle et demi que Napoléon n'embêtait plus personne, que même ce diable sur terre avait désormais droit au repos.

Ils étaient de plus en plus nombreux à avoir cette opinion sur les *Schützen*. Mais eux, avec leurs *Lederhosen*, leurs gilets à bandes vertes et rouges, leurs grandes chaussettes de dentelle blanche et leurs petits souliers à boucle d'argent, semblaient vraiment s'être arrêtés au temps où Napoléon semait la guerre à travers l'Europe. Ils auraient voulu tirer quelques salves en l'honneur de Peter, comme il se doit à la mémoire d'un héros ; mais à cette époque d'attentats et de barrages de police, les autorités avaient retiré le privilège de se servir d'armes aux *Schützen*, les derniers sympathisants des terroristes désormais, et même d'utiliser ces ridicules tromblons qui dessinaient des trajectoires tellement sinueuses et aléatoires qu'ils auraient bien été capables de se tirer dessus tout seuls. Donc, pas de salves, seulement une couronne de fleurs et une inscription en caractères gothiques : *Im Schoß der Heimaterde*, dans le sein du sol de la patrie.

Leni regardait fixement le cercueil. C'était la seule de l'assistance à avoir vu ce qu'il contenait. Elle avait vu de ses propres yeux la matière qui avait été son mari (elle l'avait identifié grâce à une cicatrice sur un bout de cheville), sans lui laisser ni douleur, ni répulsion, ni colère, plutôt une sorte de perplexité cosmique. Ulli et Sigi pendaient de ses bras comme de petits fruits verts, sur leurs visages intimidés une question : cette tempête incompréhensible les laisserait-elle encore attachés à la branche, ou les écraserait-elle au sol tôt ou tard ?

Hermann était assez présentable. Il s'était lavé, rasé et son costume du dimanche était même propre, avec seulement quelques trous de mite çà et là. Les dernières mains qui l'avaient savonné, rincé, fait sécher, repassé et rangé dans le tiroir avec des petits sacs de riz contre l'humidité avaient été celles de Johanna — à l'enterrement de laquelle Hermann était allé en tenue de travail, son camion chargé de bois garé à l'extérieur du cimetière. Mais tandis qu'on descendait dans le trou rectangulaire le cercueil de son fils, la nudité de sa douleur était presque obscène. Ses yeux semblaient des organes génitaux sur une photo porno : crus et impersonnels, de la pure chair vivante.

Le car en provenance de Bolzano avait crevé en route, et Gerda arriva avec une demi-heure de retard. Elle avait dû aussi passer prendre Eva chez les Schwingshackl. Et maintenant, essayant de suivre les trop grandes enjambées de sa mère, cramponnée à sa main déjà calleuse de sa main potelée de petite fille, Eva était ravie de cette visite imprévue, mais aussi inquiète. Ce qui la troublait c'était le beau visage tendu de sa mère qui ne lui avait pas encore souri une seule fois, l'expression avec laquelle les gens lui serraient les mains, et surtout l'explication qu'on lui avait donnée : Gerda était venue pour saluer une dernière fois son oncle Peter. Eva n'avait aucun souvenir de l'oncle Peter, et en plus qu'est-ce que voulait dire « saluer une dernière fois » ? Et si on salue une dernière fois une personne et qu'on la rencontre ensuite à nouveau ? Eva avait demandé des éclaircissements à Ulli, mais lui non plus n'avait pas su répondre. Alors, ils étaient allés voir tous les deux le cousin Wastl, qui avait donné une explication définitive.

« Quand on salue pour la dernière fois une personne et qu'ensuite on la rencontre à nouveau et qu'elle te dit *Grüß Gott* [1], il faut se retourner et faire semblant de ne pas avoir entendu. Au "dernier" salut, comme l'indique le mot lui-même, il est strictement interdit d'en ajouter d'autres. »

Au fond, ce n'était pas difficile, avait ajouté Wastl, il suffisait de faire un peu attention. On pouvait encore parler à cette personne, peut-être

1. Forme de salut.

même lui demander comment elle allait, mais en prenant bien garde de ne jamais lui dire ni *griasti*[1], ni *servus*[2], ni *pfiati*[3], ni (à éviter absolument) *fwiederschaugn*[4]. Voilà, il ne fallait surtout plus lui dire « au revoir ».

Quand elles arrivèrent au cimetière, le cercueil était déjà descendu. Gerda resta à l'écart, regardant le fossoyeur lancer des pelletées de terre sur le cercueil en bois de pin. Un *Schütze* de l'âge de Peter, d'une trentaine d'années, s'approcha d'elle.

« Ton frère était un héros », dit-il doucement. Mais pas à elle, à la naissance de ses seins que laissait voir sa chemise blanche sous son vêtement de deuil. Puis il lui sourit comme si tout était déjà décidé entre eux, et Gerda ne baissa pas les yeux.

Eva, en revanche, était préoccupée. Elles étaient arrivées en retard, l'oncle Peter qu'il fallait saluer une dernière fois était déjà parti sans qu'elle ait pu le voir en face. Comment ferait-elle pour le reconnaître maintenant, si elle le rencontrait ? Comment ferait-elle pour être sûre de ne jamais plus le saluer, de ne pas lui dire imprudemment « au revoir » ?

Plus tard, tandis qu'elles sortaient du cimetière, Gerda dit à Eva : « Celui-là, c'est ton *Opa*[5]. »

Elles venaient de mettre un bouquet de fleurs dans un petit vase en étain gravé des lettres *Jhs* entourées d'un cœur, sur la tombe de Johanna. Alors qu'elles s'éloignaient, un homme, grand mais

1. *Idem.*
2. *Idem.*
3. *Idem.*
4. Au revoir (dialecte).
5. Grand-père.

trop maigre pour le costume mangé par les mites qu'il portait, s'était approché de la pierre tombale.

Gerda l'avait dit sans se retourner : il était évident que la parenté entre sa fille et « celui-là » ne la concernait pas. Eva se mit à observer l'homme. Elle le vit retirer les fleurs que Gerda et elle avaient placées dans le petit vase en étain et les jeter dans les allées entre les tombes, la terre de personne qui sépare les morts les uns des autres. L'homme leva les yeux et croisa les siens. Elle avança, la tête tournée en arrière pour continuer à le regarder, la main serrée dans celle de sa mère qui se dirigeait vers la grille en fer, et elle trébucha sur une pierre tombale en marbre noir.

Ce fut ainsi qu'Eva apprit ce qu'était un *Opa* : un homme vieux et maigre qui vous regarde dans les yeux et vous fait regretter d'être vivante.

La propriétaire de la petite pièce en rez-de-chaussée où Gerda habitait quand elle ne travaillait pas lui laissa y passer la nuit avec la petite. Même si c'était la pleine saison estivale, en cette année de bombes et d'attentats, les touristes étaient peu nombreux, beaucoup de chambres à louer étaient restées vides. Eva était allongée sur le lit près du corps en combinaison de sa mère, qu'elle réclamait comme lorsqu'elle était bébé. Elle savait très bien qu'à quatre ans elle était trop grande pour obtenir son sein, mais, ce soir-là hors programme, Gerda était plus patiente que d'habitude. Eva avait l'intention d'en profiter.

Quelqu'un frappa à la porte. Il faut ignorer les choses désagréables qui n'ont pas de raison d'être, et donc Eva continua à se glisser sous les aisselles de sa mère, en inspirant. Mais Gerda se releva sur ses coudes et tendit l'oreille. On frappa à nouveau,

et une voix d'homme se fit entendre : « *Gerda ?*
Bische do [1] *?* »

Tirant sa combinaison de mousseline jusqu'aux
genoux, Gerda alla ouvrir. C'était le *Schütze* qui
avait qualifié Peter de héros au cimetière. Il ne portait plus l'uniforme des partisans d'Andreas Hofer,
mais de banals vêtements de paysan. Il avait les
yeux brillants de celui qui a bu, mais peu, juste ce
qu'il faut pour se donner du courage.

« Eva dort ? » demanda-t-il, en posant une main
sur l'épaule nue de Gerda.

Celle-ci regarda Eva qui, du lit, fixait l'intrus
avec une muette antipathie, puis elle écarta la
main de l'homme.

« Non », répondit-elle, et elle lui ferma la porte
au nez.

Eva apprit encore autre chose ce jour-là : ne pas
dormir, c'est le salut.

1. « Gerda, tu es là ? »

Km 850-903

J'imagine deux voyageurs. Ils sont venus de loin, peut-être d'un autre continent. Comme les Indiens dans le compartiment voisin qui parlent sans arrêt au téléphone, ou les jeunes Américaines. L'un des deux regarde l'Italie qui défile par la fenêtre à sa droite, l'autre par celle qui est à sa gauche.

Ce sont deux mondes. À la droite du train, le promontoire de Gaète pointe comme une tête mythologique de cétacé des eaux de la Méditerranée. Des plantations d'oliviers et d'agrumes, des champs jaunes, fuchsia et roux descendent en pente douce vers le scintillement de la mer. Des couleurs d'abondance, généreuses, de vie plaisante. À gauche en revanche, vers l'intérieur des terres, les montagnes défilent désolées et dures, farouches. Elles sont plus basses que nos glaciers, mais elles sont presque aussi intimidantes. Les climats aussi sont différents. Dans la plaine et sur la mer brille la jeune lumière du printemps ; à l'intérieur, les sommets sont au contraire enveloppés de nuages sombres et lourds, engendrés, dirait-on, par les montagnes elles-mêmes.

« Quel pays solaire, fertile, joyeux, dit le premier voyageur.

— Qu'il est désolé, dur, hostile… » dit le deuxième.

Quand les deux voyageurs raconteront ce qu'ils ont vu, personne ne croira qu'ils ont traversé la même région d'Italie.

Sur une section de quatre ou cinq heures maximum entre le Brenner et Bologne, il y a presque toujours un wagon-restaurant. Il doit bien y en avoir un aussi dans le Rome-Reggio de Calabre. Et en fait non.

« Il y en avait un, mais on l'a supprimé », explique l'employé des chemins de fer quand il apparaît à la porte du compartiment, annoncé par le cliquetis de son minibar. Il transporte de l'eau, des boissons gazeuses, des biscuits salés, des gâteaux industriels. J'ai étudié à l'école la raison pour laquelle ce train ne propose que de la malbouffe et elle porte un nom grave et important : « question méridionale ».

Les Américaines achètent deux sachets de chips.

« Qu'est-ce que je vous donne à vous, mademoiselle ?

— Ça. » Je désigne une boîte de gâteaux au chocolat.

« Deux euros dix. Vous avez la monnaie, madame ? »

Je la compte dans ma main et la lui donne au centime près.

« Merci, mademoiselle. »

Mademoiselle, madame, mademoiselle. J'ai l'habitude : les estimations faites par les étrangers sur mon âge oscillent comme un téléphérique au milieu d'un orage. Je me contente de sourire, comme si les deux qualificatifs convenaient.

Cet employé est un beau garçon, presque

exagérément méridional : sourire ouvert, sourcils se rejoignant au-dessus du nez, hanches étroites de danseur. La stratégie de Trenitalia est claire : on supprime le wagon-restaurant, mais le personnel doit continuer à être à la hauteur. Dommage que ses mouvements de poignet le révèlent clairement homosexuel. Et je pense : quel gâchis !

Parle pour toi, riposte Ulli. Exactement comme s'il était assis à côté de moi, dans ce train lancé vers le Sud.

Quand j'étais petite, je me demandais : pourquoi Ulli ne cherche-t-il pas à me peloter ? Tous mes copains le faisaient ou avaient essayé de le faire, ou attendaient seulement d'avoir le courage de le faire. Lui non. Jamais. Parce que nous avions grandi ensemble ? Parce que c'était mon cousin ? Allons donc. Peloter les cousines adolescentes est un rite de passage, presque une obligation sociale, je dirais. Ce n'était pas ça, mais alors ? Je n'en avais pas la moindre idée.

La puberté d'Ulli semblait sans fin. Quand il commença à muer, il y avait déjà un bon moment que les garçons me regardaient plutôt dans le décolleté que dans les yeux. Ses camarades voilaient déjà d'une vulgaire désinvolture leur besoin désespéré de sexe, mais lui n'avait pas encore un seul poil sur le corps. Puis, un jour, à presque vingt ans, Ulli me dit qu'il était allé avec une femme. Selon une solide tradition, une touriste venue d'Allemagne s'était chargée de son initiation sexuelle.

« Belle ? lui demandai-je.

— Habile », répondit-il, et je compris que je n'avais rien à craindre.

Il en parla comme d'un devoir accompli, d'une

ligne d'arrivée franchie. Ce qui n'avait rien d'étrange : tous les garçons parlaient ainsi de la perte de leur virginité. Mais pour eux, trouver une fille prête à aller *jusqu'au bout* et s'y cramponner de façon précaire et maladroite, au moins une première fois, n'était que le viatique permettant de le faire encore, encore et encore. Ulli, en revanche, avait l'air d'un alpiniste descendu dans la vallée après avoir escaladé l'Everest : maintenant qu'il était arrivé au sommet, il pouvait aussi bien ne plus y remonter.

Quand il me confia son premier rapport avec un homme, ce fut tout à fait différent, il avait les yeux dilatés par l'énormité de la découverte, par la terreur et l'exaltation.

« Ça c'est moi », me dit-il, comme s'il avait trouvé son propre nom, longtemps cherché. Il n'avait plus parlé de cette fille d'Europe du Nord, la première et la dernière pour lui.

Ce n'est que bien des années plus tard, après avoir entendu dire (par des hommes, jamais par des femmes, même les plus bigotes) des phrases du genre « il n'y a qu'Hitler pour des hommes comme toi », après que sa mère l'eut assuré qu'elle l'aimait toujours bien sûr il suffisait d'aller consulter un médecin un de ces jours il n'y a pas de maladie qui ne se soigne pas et pour celle-là il y avait sûrement un médicament, ce n'est qu'après être allé à Berlin et à Londres où il s'était senti un homme parmi tant d'autres, et même, hourra !, un homme banal dans son homosexualité, après que je lui eus plusieurs fois prêté mon lit pour que ses amants et lui n'errent pas à travers bois comme des chats en chaleur, ce n'est qu'après tout ça qu'il m'avoua que, pour pouvoir pénétrer le long corps blond de cette fille, il avait dû fermer les yeux et s'imaginer que c'était un homme.

Nous étions comme d'habitude dans le tiède habitacle de Marlene. Il n'était tombé que peu de neige, et les canons pour blanchir les pistes de ski même pendant les hivers les plus doux n'existaient pas encore. Toutes les nuits, Ulli luttait contre les taches marron qui s'élargissaient comme des mélanomes sur la peau de la montagne, en déblayant, répartissant, déplaçant la neige des bords au centre des pistes. Il m'avait toujours tout raconté, ou du moins le croyais-je. Sur les toilettes des gares ; sur son service militaire en Vénétie (tous les soldats ne vont pas aux putes, tu sais ? Et les officiers encore moins) ; sur les rencontres dans les parcs municipaux, les corps presque sans visages, les parties génitales presque sans corps. Et pourtant, il avait tellement honte des images évoquées en secret pour réussir à posséder cette unique femme, qu'il s'était tu pendant des années. Je n'arrivais pas à le comprendre. Je lui demandai de m'expliquer.

Ulli était en train de manœuvrer la grande pelle à l'avant de Marlene. Il était de profil, ses cornées reflétaient la neige éclairée par les phares.

« Tu ne sais pas à combien de femmes ça arrive toutes les nuits. Moi oui : je connais leurs maris. »

Du levier près du volant, il bloqua la pelle pleine de neige, qui resta à moitié levée. Il se retourna pour me regarder. Il avait encore ses yeux de chevreuil d'enfant, les cils presque trop longs pour un adulte :

« Eva. Aucune femme ne mérite ce mensonge. »

Et il me fit une caresse sur le visage. Très brève, légère, protectrice.

Question : si un homme qui aime les hommes

pouvait aimer une femme, cette femme se sentirait-elle enfin aimée ?

Question inutile. Ulli est mort, je ne le saurai jamais.

La plaine s'est élargie, maintenant l'espace entre la mer et les montagnes est plus grand. Les extrêmes se sont quelque peu adoucis : la terre de la plaine est moins rouge, effrontée et fertile, les montagnes dans le fond sont moins repoussantes, moins arides. Nous traversons une toute petite gare, un panneau bleu passe dehors, je le lis au vol avant qu'il disparaisse : MINTURNO SCAURI.

Puis, dans un crissement de freins, le train s'arrête juste devant un énorme hangar industriel qui émerge de la campagne comme un astronef. Une inscription en caractères cubiques : MANULI FILMS. Juste devant ma fenêtre, un panneau décrit ses activités. Le train ne repart pas encore et j'ai le temps de le lire.

PRODUITS : *Aromates, autres, boissons gazeuses, boissons non alcoolisées, cacao, café, condiments, eau minérale, industrie du tabac, industrie graphique/éditoriale, infusions, lessives, parfumerie, pâtes fraîches, pâtes sèches, plats préparés, plats à cuire au four, produits de confiserie, produits de la pêche, produits maraîchers, produits surgelés, riz, sauces, sel, sucre, thé, viande et dérivés*

CONDITIONNEMENTS : *bag in box, bouteilles en plastique, buste flow pack, buste, pillow pack, étiquettes (sleeve, décorations, cachets), film en matière plastique coextrudée à deux couches, film en matière plastique monomatière, films thermorétractables, matériel d'emballage, rubans adhésifs.*

Une liste complète, il n'y a rien à dire. Dommage seulement que le hangar de la Manuli Films soit vide, que les mauvaises herbes poussent dans les fissures du sol en ciment, que les fenêtres n'aient jamais été installées. Un chien blanchâtre est allongé sur le sol en terre battue derrière le panneau. Quand le train repart dans un grincement, il reste immobile à profiter du soleil.

Peu après Sessa Aurunca, les Américaines, grignotant des chips, cessent de lire et regardent dehors. Comme un fait exprès, au même moment nous entrons dans un tunnel. Une des beautés les plus célèbres et réputées de l'Italie, celle que tout le monde nous envie s'offre ainsi à leurs yeux : la bande blanche qui court en zigzag dans le noir du tunnel.

1967-1968

La vieille femme avait environ soixante ans, mais dans dix ou vingt ans elle ne serait guère différente. Son foulard noué sous le menton laissait entrevoir des joues marquées par un enchevêtrement pourpre de capillaires. Elle était voûtée, une épaule plus basse que l'autre, les mains posées sur le pommeau de sa canne qu'elle tenait bien droite devant ses pieds. Elle portait une jupe longue comme sa grand-mère : le vingtième siècle, désormais aux deux tiers de son chemin, lui avait pris tant de choses, mais il avait laissé assez de tissu pour les vêtements. Sur sa jupe, le *Bauernschurz* couleur gentiane, des pantoufles de laine foulée grises aux semelles en cuir.

Devant elle, étaient alignés les quatre cercueils recouverts de toiles blanches, entourés de grands cierges et de fleurs. Les chasseurs alpins de piquet étaient des hommes aussi jeunes que ceux qui étaient couchés là-dedans. Les bras derrière le dos en position de repos, ils avaient un regard triste et impartial où se lisait : tout est déjà arrivé, et ce qui arrivera n'a pas encore commencé.

Quelques heures plus tôt, le président du Conseil Aldo Moro avait rendu un dernier hommage aux quatre victimes des terroristes. Il était resté un long moment dans la chapelle ardente, les mains croisées devant lui, les épaules courbées, son visage exprimant l'embarras de la pitié. Près de lui, son monocle sur l'œil droit, le général De Lorenzo attirait les flashes des photographes de presse.

Une charge d'explosif avait abattu un pylône à Cima Vallona, *Porzescharte* en allemand, sur la ligne de frontière entre le Tyrol oriental et la province de Belluno. C'était un piège : des mines antipersonnel attendaient les militaires italiens accourus sur le lieu de l'explosion. Les soldats Armando Piva, Francesco Gentile, Mario Di Lecce, Olivo Dordi, en arrivant au pylône tombé, avaient sauté avec leur jeep.

Outre les hommes politiques et les généraux, des milliers de personnes se rendirent à la chapelle ardente. Des Tyroliens du Sud de langue allemande, des Italiens du Haut-Adige, du Comelico et du Cadore, des militaires, des touristes. La compréhension envers les raisons des terroristes s'était désormais tarie. Rien, dans l'expérience des gens de San Candido, où étaient exposés les corps, ne donnait un sens à cette violence. Un paysan jeune mais à la peau déjà cuite par le soleil, un tablier bleu sur sa chemise blanche, s'arrêta un instant la tête baissée devant les corps. Puis ce fut le tour de la vieille femme.

Elle ne connaissait pas les noms des quatre chasseurs alpins. On les lui avait peut-être dits, mais c'étaient des noms italiens, difficiles à retenir. Peu lui importait : les noms sont bien la dernière chose. Elle caressa les cercueils un à un. Ils étaient fermés : une mine antipersonnel n'est guère bienveillante avec le corps qui passe dessus.

Plus d'un quart de siècle plus tôt, la guerre avait emporté ses quatre fils. Ils avaient environ l'âge des chasseurs alpins enfermés dans ces quatre cercueils, à un ou deux ans près. Elle n'avait pas pu saluer ses fils, elle n'avait eu que les lettres de déclaration de décès du commandement de brigade pour les pleurer. Leurs noms, eux oui, étaient toujours gravés dans le marbre à l'entrée du cimetière avec ceux des autres morts. Mais on ne fait rien avec les noms, un nom ne moissonne pas, ne répare pas les planches du toit, n'offre pas la joie d'un petit-fils. Les noms sont vraiment bien la dernière chose.

Les quatre jeunes hommes étaient morts, comme ses fils. Qu'importe s'ils ne s'appelaient pas Sepp, Gert, Manfred et Hans, mais Francesco, Mario, Olivo, Armando ? Le nom de l'endroit où ils étaient tombés comptait bien peu aussi : Porzescharte, Cima Vallona, quelle importance ? Ils étaient morts, ses fils étaient morts, et pour les morts on ne peut que prier.

La vieille femme sortit son chapelet de la poche de son tablier, et commença.

Silvius Magnago écarta les coudes, pencha la tête en avant, posa son front sur ses mains croisées au-dessus de son bureau. Les épaules de son costume, toujours trop larges sur ses formes anguleuses, se soulevèrent comme des ailes derrière sa nuque. Ses lunettes à l'épaisse monture noire étaient devant lui, près de son stylo, ses béquilles étaient posées parallèlement aux boiseries qui recouvraient le mur. Il resta ainsi, le buste penché, le front appuyé sur son bureau, les yeux fermés. Il était fatigué.

En juin, sur la Porzescharte, ou Cima Vallona

comme l'appelaient les Italiens, quatre militaires avaient été tués dans un odieux attentat. En juillet, les néo-fascistes avaient manifesté à Bolzano pour l'« italianité du Haut-Adige ». En septembre, dans la gare de Trente, un sac avait explosé dans les mains des agents de police Filippo Foti et Edoardo Martini, les tuant tous les deux sur le coup. Ce devait être la dernière attaque mortelle du terrorisme du Tyrol du Sud, mais Magnago ne pouvait le savoir. On avait retransmis au journal télévisé une déclaration qu'il avait faite justement depuis ce bureau.

« Les derniers attentats à la dynamite ont suscité un grand émoi dans la population du Haut-Adige, sans distinction de langue. On ne peut résoudre les problèmes qu'avec les outils de la démocratie. Nous nous refusons de croire qu'ils puissent être résolus par la violence. »

Il l'avait prononcée dans son italien impeccable, mais son accent allemand s'était révélé plus dur que d'habitude. Le journaliste de la RAI l'avait présenté ainsi : Silvius Magnago, leader du *Südtiroler Volkspartei*, ex-officier de la Wehrmacht.

Il ne s'était jamais senti aussi fatigué depuis les années de la guerre.

Et puis, il y avait cette nouvelle ambiance pesante dans les wagons-lits. À présent, quand les députés et les sénateurs du *Südtiroler Volkspartei* — dont il était encore malgré tout le leader — voyageaient avec lui pour aller à Rome, ils n'entraient plus dans son compartiment pour un dernier verre avant de dormir : ils lui souhaitaient froidement une bonne nuit et s'éclipsaient. Magnago savait que, dans son dos, ils le traitaient de vendu aux Italiens ; qu'ils considéraient son travail de tissage d'araignée entre gouvernement italien, autorités autrichiennes et représentants des Italiens du Haut-Adige comme un marchandage de politi-card; qu'ils parlaient à mi-voix de liquidation de l'*Heimat*, d'excès de *Realpolitik*; qu'ils sifflaient comme la pire des insultes le mot *Kompromiss*[1].

Pourtant, il savait aussi que la seule alternative au *Kompromiss* ce sont les héros, et qu'en fait de héros, d'Andreas Hofer à Sepp Kerschbaumer, le Tyrol du Sud en avait déjà eu suffisamment. Même ces odieux dynamiteurs qui continuaient à tuer se considéraient probablement comme des héros. Magnago savait qu'il était le seul à pouvoir obtenir du gouvernement italien les garanties de protection linguistique et administrative que son peuple attendait depuis un demi-siècle, et ce, justement parce qu'il n'avait absolument pas l'étoffe d'un héros.

Il releva son visage creusé. Devant lui, sur le bois de noyer de son bureau, était posée une rame de feuilles : son premier projet du Statut d'autonomie de la future province autonome de Bolzano. Il faudrait encore de laborieux allers-retours avec Rome, d'exténuantes négociations, *Kompromiss*, pour qu'il prenne sa forme définitive : cent trente-sept articles, vingt-cinq sous-articles, trente et une apostilles. Il y avait encore tant à faire.

Silvius Magnago se frotta les yeux, mit ses lunettes et prit la première feuille.

Quand elles étaient ensemble, Gerda prenait Eva pour dormir dans le grand lit de la petite pièce en rez-de-chaussée. Eva s'agrippait à elle, et le corps

1. Compromis.

de sa mère était aussi bien un canot de sauvetage qu'un océan où elle se perdait. Gerda la laissait faire.

Eva avait commencé à se rendre compte qu'elle n'avait pas de père comme les autres enfants. Elle n'était pas la seule : ni Ulli, ni Sigi, par exemple, n'en avaient. Mais eux ne l'avaient plus. Elle, en revanche, ne l'avait jamais eu. Elle n'était pas sûre de comprendre la différence, mais il était clair qu'il y en avait une.

Une autre chose qu'Eva n'avait jamais eue : des souliers neufs. Elle avait toujours hérité des vieux de Ruthi ou de ses sœurs, même de ceux d'Ulli. Mais Gerda avait été promue cuisinière, son salaire avait augmenté et elle avait décidé de lui en acheter une paire. Et maintenant, assise sur un tabouret dans le magasin sous les arcades de la petite ville, Eva n'arrivait pas à croire qu'il pût y avoir quelque chose d'aussi beau au bout de ses mollets. C'étaient de solides chaussures, avec des semelles de crêpe, mais elles lui semblaient cent fois plus belles que si elles avaient été en vernis noir.

Quand elles sortirent du magasin, Eva marchait les yeux au sol pour ne pas rater le spectacle de ses chaussures neuves qui suivaient chacun de ses pas.

« Lui, c'est ton père. »

Eva n'avait pas envie de détourner le regard de ses propres pieds, mais la phrase prononcée par sa mère n'était pas de celles qu'on entend tous les jours. Elle, par exemple, à l'âge de cinq ans, ne l'avait encore jamais entendue.

« Celui avec le costume noir. »

Eva leva les yeux. Il y avait plus d'un homme avec un costume noir dans la rue et sur le trottoir.

« Lequel ? demanda-t-elle.

— Celui qui nous regarde. »

Beaucoup d'hommes regardaient Gerda, mais non pas parce qu'ils étaient le père de sa fille.

« *Giamo* [1] », dit Gerda avec une soudaine impatience. Elle la prit par la main et l'entraîna de ses longues enjambées.

Eva continua à chercher un signe précis, une trace claire d'appartenance dans les hommes qui passaient près d'elle. Mais elle ne la trouva pas : en voyant Gerda et *cette* petite, le visage de Hannes Staggl était devenu de la couleur des géraniums du balcon sous lequel il passait, et dont il s'était éloigné déjà depuis un moment. La fille à son bras, mince et élégante dans un petit manteau qu'aurait pu porter Audrey Hepburn, lui demanda :

« Qui était cette femme ?

— Laquelle ?

— Celle avec la petite. »

Et Hannes répondit à sa fiancée :

« Je n'ai pas vu de petite fille. »

3 h 45
À 3 h 25 du matin, en passant en revue les postes de garde, j'arrivais au poste 6 nord-ouest assigné à...

Le stylo n'écrivait plus. L'encre avait dû se figer. Il le glissa dans ses vêtements, sous son aisselle, comme un thermomètre. Il faudrait quelques minutes pour le réchauffer et se remettre à écrire. Il remuait difficilement les doigts, malgré ses gants de laine.

Le sous-brigadier n'avait pas voulu remettre du

1. « Allons-y. »

bois dans le poêle. Le tas contre le mur de la guérite des agents de la brigade financière était bien maigre. Mais surtout, il aurait fait trop de bruit en entrant et en sortant, et il ne voulait pas retirer à celui qui dormait une seule minute de sommeil aux quinze qui lui restaient avant la relève. Mais, bon sang, qu'il faisait froid ! Un froid tel que ceux qui ne l'ont pas connu ne peuvent s'en faire une idée. Comment expliquer un froid pareil à quelqu'un de Reggio de Calabre ?

Il avait essayé de le décrire, la première fois qu'il était rentré chez lui en permission (quarante-huit heures de train aller-retour, soixante-douze en famille).

« Tu sens tes doigts, tes pieds, ton nez brûlés, mais pas par la chaleur, par le froid glacial.

— Brûlés ? » avait répété sa mère perplexe.

C'était inutile. L'hiver là-haut, c'était comme la mer, impossible de la décrire à ceux qui n'y ont jamais été. La nuit précédente, le thermomètre était descendu à moins vingt-trois. Mais le pire n'était pas la nuit. Même à ce moment-là, avec le vent qui frappait le visage comme un soulier à clous, et la nostalgie de la maison qui devient plus forte dans le noir, la nuit n'était pas aussi terrible, avec ces étoiles pures comme des pierres précieuses, avec ce silence enveloppant comme la coupole d'une Mère Église. L'aube, elle, était terrible, elle apportait une promesse de soleil et de chaleur, mais la trahissait avec sa lumière humide et grise qui vous crispait les os encore plus qu'avant. Ce qui était dur, c'était d'obliger un auxiliaire de dix-neuf ans, incapable désormais de penser à cause de sa solitude, à se laver la figure.

Il avait fait l'école des sous-officiers, il était préparé. Mais ces garçons du contingent nés à Salemi, Sibari ou Bisceglie, eux non, ils ne tenaient pas à plus de deux mille mètres sans descendre dans la vallée pendant des mois.

Bien sûr, pour lui aussi, arriver dans le Haut-Adige avait été difficile.

Il s'était inscrit comme volontaire au cours d'allemand de l'école des sous-officiers. Il aimait l'idée de baragouiner une autre langue, lui qui ne parlait que le calabrais à l'école primaire. Il n'avait pas eu trop de mal, il n'avait jamais fait enrager son professeur, comme ce gars de Bari qui, à la question « *Wie alt bist du* [1] ? » répondait invariablement : « Un mètre soixante-trois ! » Le Haut-Adige était un bon endroit pour servir la patrie en danger, il en était persuadé, et à la fin de ses deux années, après son serment, il avait été fier de partir.

Sa première déception avait été son arrivée à la caserne, près de Merano. Le siège de la division n'était pas prêt pour un envoi aussi massif de militaires, tout était provisoire. La cour était pleine de mauvaises herbes, les dortoirs aux murs décrépis étaient crasseux, cent hommes entassés avec toutes leurs odeurs dans une seule pièce, un rideau seulement le séparant lui et les autres carabiniers des chasseurs alpins. Il n'y avait pas de cuisine, l'ordinaire était préparé sur de grands réchauds de campagne qui puaient le fioul, il n'y avait pas de cantine non plus et on mangeait, dans le froid glacial de la cour, dans les gamelles où l'on se lavait ensuite.

La troupe ? N'en parlons même pas. Ces jeunes du contingent, carabiniers auxiliaires, carabiniers,

1. « Quel âge as-tu ? »

avaient été sélectionnés, oui, mais pas dans le bon sens : le service militaire en Haut-Adige était une punition. Nombre d'entre eux étaient presque analphabètes, avec un sens de la discipline et de l'ordre assez relatif. Plus d'une fois, à six heures du matin, quand il était de service pour sonner le réveil, le sous-brigadier avait esquivé de peu une chaussure lancée en pleine figure. C'étaient les mêmes qui, au bout d'un mois passé à travers cols et éboulis, éclataient en sanglots comme des enfants, quand on leur demandait le nom de leur village natal.

Et puis le froid. Qu'est-ce qu'un Calabrais peut savoir du froid ? Un Calabrais connaît la chaleur étouffante et le sirocco, il connaît la sécheresse, il connaît le soleil cannibale qui enfonce ses crocs dans la tête et le vent qui rend fou, euphorique ou k.o., mais ce froid, un Calabrais ne le connaît pas. Lui en avait fait l'expérience pour la première fois dans la cour de la caserne, assis par terre sur ses talons comme un mendiant en train de manger une soupe déjà glacée avant même d'y avoir glissé sa cuillère. Ce n'était rien par rapport au froid glacial qu'il connaîtrait en patrouillant dans les cols de frontière, mais ça, il ne le savait pas encore.

La seule consolation de ces premiers mois dans le Haut-Adige avait été les pâtes au piment d'un petit resto près de Ponte Druso tenu par des Méridionaux où il allait avec des camarades de régiment. Et puis, bien sûr, les *Fräulein*.

Il avait toujours imaginé les Allemandes comme les sœurs Kessler, quand elles chantaient *La notte è piccola* : jambes infinies, strass sur le corsage, cheveux blonds crêpés. Les Tyroliennes du Sud n'étaient pas aussi élégantes et, même si elles étaient blondes, elles n'avaient pas de chignon choucroute mais une tresse enroulée derrière la tête comme une roue de secours. En revanche, les jambes oui, il fallait le reconnaître : les Tyroliennes du Sud avaient des jambes bien plus belles que celles des Calabraises.

« Ici, le centre de gravité des femmes est haut perché », disait ce fou de sous-lieutenant Genovese.

Il avait passé sa première année à patrouiller sur la ligne de frontière, seul carabinier, avec des pelotons de quatre-vingts ou cent chasseurs alpins. Sa mission : empêcher l'entrée des terroristes sur le sol italien. Ou encore mieux, les arrêter, à charge à lui ensuite de faire son devoir de policier et de les remettre à la justice. Ils trottaient d'un col à l'autre sous les crêtes de frontière entre Italie et Autriche — col Resia, Vetta d'Italia, Val Passiria. Son sac à dos pesait plus de quarante kilos : armes, mitraillettes, sac de couchage, tente et toile de tente, rations kappa, gamelle avec son petit réchaud, pelle, pic. Tout à dos d'homme : l'objectif était justement d'aller là où les jeeps ne pouvaient pas passer. On aurait dit des tortues, avec ce chargement sur le dos, mais personne n'a jamais ordonné à une tortue de marcher des heures durant avec la neige à mi-corps.

Ils ne revenaient pas à la caserne pendant des semaines.

Le jour, ils marchaient sur la ligne de faîte ; la nuit, ils creusaient dans la neige des trous de un à deux mètres, y jetaient leur toile de tente en guise de couverture, la camouflaient avec un peu de neige et puis se glissaient dedans pour dormir. Deux heures de sommeil, deux heures de garde. Un vent infernal soufflait toujours sur les cols de frontière — les pas de montagne, comme il l'avait appris, sont comme des fenêtres ouvertes des deux côtés d'une maison et qui font courant d'air. C'est pourquoi ils ne montaient jamais les tentes : en cas de tempête la nuit, morts de fatigue comme ils l'étaient, elle les balaierait sans qu'ils s'en rendent compte.

Au bout de la première semaine déjà, certains commençaient à avoir des hallucinations. À cause du froid, du sommeil, de la fatigue. Ceux qui étaient constipés étaient atteints avant les autres, les toxines non expulsées se mêlaient à celles de la fatigue et montaient au cerveau. De temps en temps, quelqu'un délirait. Tous, tôt ou tard, invoquaient leur mère.

Parfois, le sous-brigadier se demandait quel sens avaient ces opérations. Cent soldats qui avancent péniblement sur une pente enneigée sont plus visibles qu'une colonne de blindés. En revanche, les terroristes se déplaçaient avec agilité, à deux ou trois maximum, ils connaissaient chaque éboulis, chaque rocher, chaque vire de ces montagnes de granit, ils se faufilaient d'un côté à l'autre des bornes de frontière comme des chamois, sans laisser de trace.

Et en effet, ils n'en avaient pas rencontré un seul.

Mais : « Obéir en silence ». S'il avait songé à discuter les ordres, il ne serait pas devenu carabinier.

Arriver aux *masi* était pour eux une consolation. Il y en avait aussi en altitude, surtout dans les vallées voisines du Val Venosta, au pied des glaciers. Être accueillis par dix, treize bambins était normal, c'étaient des paysans pauvres avec beaucoup d'enfants, mais ils avaient toujours de quoi manger. Cinquante mille lires suffisaient à faire apparaître un repas chaud pour toute la troupe. Les femmes les servaient, puis les regardaient manger ; en silence, mais jamais hostiles. Non comme certains serveurs dans les bars en ville qui faisaient semblant de ne pas savoir l'italien, et qui lui répondaient quand il demandait un café, « *Nichts verstehen*[1] » ou bien « *Wiederholen Sie auf Deutsch*[2] », mais alors il prononçait bien distinctement « *geben Sie mir bitte einen Kaffee*[3] », et, deutsch ou pas deutsch, ils étaient obligés de le lui donner. Ces paysans de montagne, eux, ne savaient vraiment pas l'italien et quand il essayait de se faire comprendre en allemand, on ne peut pas dire que ça les faisait sourire, n'exagérons pas, mais enfin, presque. Puis, ils envoyaient leurs enfants au grenier et donnaient leurs édredons aux officiers et aux sous-officiers, qui s'allongeaient sur les tables de la *Stube*, au chaud. Mais lui allait dans le fenil avec ses hommes, et sans regret d'ailleurs : couchés dans le foin parfumé, avec le souffle tiède des vaches qui montait de l'étable, c'était un sommeil de roi.

Là, en revanche, dans cette guérite abandonnée par les agents de la brigade financière, il ne dormait pas la nuit. Le jour, il se jetait sur son lit de camp pendant une heure ou deux, puis il lui arrivait de piquer un somme avant le soir. Mais jamais quand il faisait nuit. Pour rester éveillé, il écrivait. Il avait apporté beaucoup de carnets, simples, à carreaux, aux feuilles reliées par le haut, comme ceux dont se servent les journalistes dans les

---

1. « Pas comprendre. »
2. « Répétez en allemand. »
3. « Donnez-moi un café, s'il vous plaît. »

bandes dessinées. Il avait aussi des stylos, mais il savait maintenant qu'il devrait se procurer des crayons : les mines ne se figent pas sous l'effet du froid comme l'encre. Il avait une écriture claire, appliquée, et ce qu'il écrivait aussi était précis : si un chargeur s'était enrayé, combien de boîtes de conserve avaient été utilisées, le repérage d'un coq de bruyère. Et les tours de garde, naturellement.

Il travaillait sur sa table branlante, vérifiait le sommeil de ceux qui dormaient, sortait pour échanger deux mots avec ceux qui étaient de garde. Son ouïe, toujours aiguisée, était devenue encore plus fine. Il captait tous les sons de la nuit : le bruissement des arbres, les appels des oiseaux nocturnes, le grondement pierreux des éboulis, le craquement des glaciers. Il avait parfois l'impression de saisir le bourdonnement des constellations qui projetaient dans le noir cosmique leur lumière pointue. Il comprenait alors combien il était fatigué.

Il avait vingt-quatre ans, le plus âgé de ses hommes avait quatre ans de moins. Il veillait sur eux comme une mère sur ses enfants malades. Du reste, ils étaient un peu malades : de peur, d'isolement, de froid et de nostalgie. De silence aussi. De cette montagne immobile et inconnue qui accouchait d'enfants sans visage qui débouchaient du néant, déchiquetaient des corps de camarades, puis disparaissaient à nouveau dans ses entrailles.

À cet endroit-là justement, quelque temps auparavant, les terroristes avaient tué trois agents de la brigade financière. La ligne de frontière passait à moins de dix mètres et, à l'aide d'une sorte de téléphérique, ils avaient fait glisser une bombe du territoire autrichien jusqu'aux fenêtres de la guérite.

Les trois hommes avaient explosé dans leur sommeil, un quatrième était resté aveugle.

Il était devenu trop dangereux de rester pour les agents. Et ainsi, depuis presque trois mois, c'était le sous-brigadier qui était chargé de vivre là, dans la guérite sur l'alpage, pour commander un peloton de trente hommes — enfin, des hommes... il était difficile d'appeler ainsi ces jeunes garçons effrayés. Ils avaient creusé une dizaine de trous dans la neige autour du périmètre de la construction et ceux qui étaient de garde s'y glissaient jusqu'aux épaules, comme des pilons dans des mortiers. La nuit, il plaçait un soldat à chaque poste, le jour, deux ou trois suffisaient. Il avait installé tout autour une barricade de rouleaux de fil barbelé et au fur et à mesure que les vivres étaient consommés, on y attachait les pots vides et les boîtes de conserve : il suffisait de toucher à peine le fil et il émettait un bruit de sonnailles. Nul n'aurait pu s'approcher de la guérite sans faire du boucan.

Quelques mètres au-delà du no man's land, se trouvait un vieux poste de douane autrichien, une guérite beaucoup plus petite que celle des Italiens. Le téléphérique qui avait tué les agents de la brigade financière était parti de là. Il le surveillait jour et nuit. Y avait-il quelqu'un à l'intérieur ? Était-ce de là qu'ils reviendraient les tuer ? Parfois, encore plus loin, il voyait deux hommes avec des jumelles qui scrutaient l'horizon pendant des heures. Ils ne s'approchaient jamais assez pour qu'on pût les reconnaître. Il était difficile de résister à l'envie d'aller voir, mais les ordres étaient stricts : ne pas franchir la frontière. Les terroristes rendaient déjà assez tendues les relations entre l'Italie et l'Autriche, il ne manquait plus que des escarmouches de frontière.

Lui était un militaire, il ne s'occupait pas de politique. Autrefois, il pensait aux Tyroliens du Sud, dans leur totalité, comme à d'ingrats traîtres à la patrie. Puis il était venu dans le Haut-Adige. Dès qu'il était sorti des villes de la vallée, avec leurs usines pleines d'ouvriers du Sud, et qu'il avait rencontré les paysans, il n'avait pas tardé à comprendre : les gens ici n'avaient rien d'italien. Mais les terroristes étaient de lâches sanguinaires qui ne montraient même pas leur visage.

Après les derniers massacres de leurs frères d'armes, l'atmosphère était devenue lourde dans la caserne. On disait qu'un officier des chasseurs alpins, qui utilisait les bombes et les grenades comme presse-papiers et qui avait derrière son bureau le portrait du Duce au lieu de celui du président de la République, avait déclaré : « Maintenant c'est au tour d'un Tyrolien du Sud. » Le sous-brigadier ne voulait pas entendre ce genre de choses, même pour rire. Puis, quelques jours plus tard, ce gars du Val Pusteria avait été tué à un barrage de police. Les soldats qui avaient tiré étaient des appelés, il devait s'agir d'une tragique erreur due à la tension nerveuse. Et pourtant, quand il l'avait su, il avait repensé aux paroles de l'officier, et il avait senti son sang se glacer l'espace d'un instant.

Il venait de recevoir un ordre : le drapeau tricolore doit flotter sur les bornes de frontière. Et tous les matins, au lever du drapeau, il était fier d'accomplir son devoir. Il avait pourtant un autre ordre à exécuter, et non moins impérieux parce qu'il se l'était donné lui-même : rendre chacun de ces garçons à sa famille.

Une fois par nuit au moins, il y avait une fausse alerte. « J'ai entendu tousser », disait un des hommes. Ou bien : « Il y a une lumière dans les arbres. » Et aussitôt tous les autres de garde confirmaient qu'ils avaient entendu eux aussi un bruit suspect, vu une lumière, entendu un crissement de pas sur la neige. Ils s'excitaient entre eux comme des pigeons. Ou bien, s'il lançait une fusée de reconnaissance avec le Garand, dans les huit secondes entre le tir et l'allumage de la petite comète éclairée, quelqu'un se mettait à hurler de terreur : « Ils attaquent ! » et il pouvait aussi bien se mettre à tirer à l'aveuglette avec le *Maschinengewehr*. Le matin, on trouvait les mélèzes et les sapins fauchés comme des cure-dents : ce n'était pas sans raison qu'on appelait le 42-59 « la scie d'Hitler ». C'était un miracle qu'il n'y eût pas encore de blessés parmi eux. Et heureusement qu'on n'avait pas à rendre compte des munitions aux supérieurs.

Un jour où — par pur hasard — la radio fonctionnait, il avait imploré qu'on envoie des renforts : les hommes étaient épuisés, avait-il expliqué au siège de la division, ils n'en pouvaient plus, et surtout ils n'étaient pas assez nombreux pour les tours de garde. Il ne pouvait pas assurer plus longtemps la responsabilité du service, ni la sécurité de ses hommes. Il avait même rédigé un rapport officiel. *Il devient nécessaire de remplacer des militaires qui sont ici depuis plus d'un mois*, avait-il écrit. *Moi, sous-officier chargé du commandement, je ne peux répondre de ceux qui sont dans un état psychophysique aussi altéré*. Puis il avait attaché l'enveloppe à la corde qui pendait du ventre de l'hélicoptère en train de lancer les vivres et les munitions.

301

Un autre mois s'était écoulé. Les renforts n'étaient pas arrivés, ni les remplacements. Et l'hélicoptère aussi ne passait plus depuis des jours à cause du vent trop fort. Ils avaient fini presque toutes les boîtes de conserve, il restait seulement un peu de farine. Il avait donné la permission à ceux qui visaient bien d'aller à la chasse, et ils avaient mangé quelques lièvres. Mais la faim commençait à se faire sentir. Ils passaient la soirée serrés autour du poste de radio, cherchant à discerner dans son grésillement une trace chaude de voix humaines. Comme des mineurs qui avancent dans une galerie boueuse et sombre à la recherche de rubis.

Il retira le stylo de son aisselle. Elle dégageait bien plus de chaleur qu'il n'en sentait à l'intérieur de son corps. Il relut ce qu'il avait écrit jusque-là et se remit à écrire. L'encre s'écoulait de nouveau fluide.

3 h 45
À 3 h 25 du matin, en inspectant les postes de garde, j'arrivais au poste 6 nord-ouest assigné, d'après l'ordre des tours de garde, au carabinier auxiliaire Ciriello Salvatore jusqu'à 4 heures du matin.
Je le trouvais vide.

Le sous-brigadier s'arrêta. Il effaça, corrigea.

Je le trouvais dégarni.
Je rentrais à l'intérieur, je me rendis dans la pièce dortoir où, bien qu'il manquât trente-cinq minutes au terme notifié de son tour de garde, je trouvais le susdit carabinier Ciriello Salvatore dans son lit de camp, en train de dormir.

Le sous-brigadier relut ce qu'il venait d'écrire. Il eut un profond soupir. Il leva les yeux sur le mur décrépi. Il glissa son stylo sous son aisselle : il voulait prendre le temps de penser sans se soucier de l'encre qui gelait. Mais sa réflexion ne fut pas longue. Il se remit à écrire d'un seul jet sur son carnet, avec une nouvelle urgence.

J'en arrivais cependant à la décision ultime de ne pas faire de rapport et de ne donner aucune punition au responsable de l'épisode, parce que c'est un garçon qui a seulement sommeil qui ne dort pas assez depuis un mois qui a faim en plus maintenant et avec ce fichu vent glacial qui vous empêche de garder les yeux ouverts c'est sûr qu'ils sont épuisés et qu'ils deviennent fous et qu'on ne peut pas vivre ainsi et les autres en bas ne s'en rendent pas compte ils n'ont pas la moindre idée…

Il s'arrêta comme quelqu'un qui court : d'un seul coup, l'élan toujours en soi qui fait presque tomber.

Il ne montrerait à personne ce carnet privé, et bien sûr encore moins à un supérieur, mais, par prudence, le sous-brigadier se mit en devoir de couvrir d'épaisses ratures les mots « Ciriello » et « Salvatore ». Le nom du carabinier auxiliaire coupable d'avoir abandonné son tour de garde disparut dans une tache noire.

On ne sait jamais.

En bas de la page, il apposa en revanche son propre nom. Comme si cette page de carnet à carreaux était un rapport officiel, un document dont il prenait la pleine responsabilité, en tant que soldat et en tant que sous-officier.

Et il signa : *Sous-brigadier Anania Vito.*

Km 903-960

Les serres de Villa Literno passent dans le lointain : on n'aperçoit ni les tomates ni les esclaves immigrés sans lesquels elles pourriraient. Un long tunnel nous amène à Bagnoli, une suite ininterrompue de ruines industrielles. Elles sont entourées d'immeubles vétustes à la peinture écaillée, d'une couleur unique, celle à laquelle nous avons toujours donné un nom précis : *fascistagrau* [1].

C'est la couleur des maisons que le fascisme a construites dans le Haut-Adige pour ses employés amenés en masse afin de l'italianiser : enseignants, fonctionnaires, cantonniers, et surtout cheminots. C'est la couleur d'une époque et d'une idéologie, mais pour moi aussi d'un ensemble d'odeurs. Quand j'étais petite et que je passais sous les fenêtres des maisons près de la gare, portant l'inscription ANNO IX EF [2] en haut sous la corniche, je sentais des parfums qu'on ne connaissait pas dans la cuisine des Schwingshackl : l'odeur aigrelette du coulis de tomates et celle de la soupe au parmesan. De bonnes odeurs, mais pas au point de s'arrêter

1. Gris fasciste.
2. AN IX ÈRE FASCISTE. (*N.d.T.*)

pour les sentir : moi, je n'avais rien à voir avec les maisons des *Walschen*.

Les rapports entre nous, enfants *Daitsch*, et les enfants italiens étaient simples : ils n'existaient pas. Eux étaient des *Walschen*, justement ; nous des « chleuhs » ou tout au plus des « pilons », en hommage à ces pylônes que nos terroristes aimaient tant faire sauter. Il y avait des quartiers, des aires d'influence, des territoires. Il valait mieux filer droit devant les maisons des cheminots, comme devant les HLM derrière les casernes, où étaient logées les familles des militaires. Les enfants qui vivaient là me semblaient impénétrables et cruels, même si, en réfléchissant, ils ne devaient guère avoir moins peur que nous, Allemands : nous étions beaucoup plus nombreux. De toute façon, je n'ai jamais joué avec eux. Jamais.

Puis, au lycée de Bolzano où j'étais pensionnaire, je me suis trouvée au coude à coude avec d'autres anciens enfants qui avaient vécu dans des maisons couleur *fascistagrau*. Maintenant qu'ils étaient grands, ils n'avaient vraiment plus rien d'impénétrable. Au contraire. Tandis que nos copains allemands lançaient aux filles des phrases grossières et douteuses, les Italiens me déshabillaient de leurs yeux de velours. Vers qui allait ma préférence ne faisait aucun doute.

Ulli était d'accord avec moi, il l'était même éperdument. Quand il partit à l'armée, les tendres sentiments des garçons italiens furent une révélation pour lui. Et la tristesse qui grandit en lui, celle qui l'emporta finalement était aussi due à ça : chez nous, il ne rencontra que des hommes qui faisaient l'amour par besoin physique, une chose qu'il est bienséant de ne pas nommer dans la vie et qui se fait dans l'endroit le plus sale de la maison. C'est aussi ce qu'avait fait Ulli pendant tant d'années, mais uniquement faute d'avoir trouvé mieux. Quand il tomba amoureux, ce fut d'un garçon du Sud, comme par hasard.

Une nuit où Marlene peignait de ses chenilles la neige des pistes, Ulli me dit :

« Je suis tombé amoureux. »

Il s'appelait Costa, il était grec, il avait de longues mains, des yeux noirs, il travaillait à Innsbruck dans un pub. Une fois la saison d'hiver terminée, Costa et lui iraient vivre ensemble. Ulli ne cessait de prononcer son nom : Costa, Costa, Costa, Costa. Il dit aussi :

« Je suis à lui et il est à moi. »

Puis :

« Quand nous sommes ensemble, je comprends pourquoi je suis né. »

Et :

« Notre amour est plus grand que nous. »

Ulli s'était mis à parler comme une boîte de chocolats.

J'aurais dû être très heureuse pour lui. En fait, je ne l'étais pas. Pas du tout. Il arrivait à Ulli cette chose qui fait parler, chanter, écrire tout le monde. La seule chose, dit-on, qui rend la vie digne d'être vécue, qui fait accéder au paradis, à l'enfer et à tous les vrais secrets, face auxquels rien d'autre n'a d'importance.

Cette nuit-là, ce fut comme si mon ami, mon presque frère, m'avait brusquement révélé qu'il était le fils inconnu d'un empereur, qu'il disposait de richesses infinies, de palais et de serviteurs et qu'il avait mangé jusque-là du pain et des oignons avec moi juste par curiosité.

Voilà comment je me sentais : pauvre.

« Quelle chance ! Je suis heureuse pour toi. »

Je ne pouvais espérer qu'Ulli me croirait, il me connaissait trop bien. En effet, il me regarda par en dessous, mais ne répondit pas. Il apprécia peut-être l'effort que m'avait coûté de lui dire un mensonge, pour la première et unique fois.

Cet hiver, la neige tomba en grande quantité, non seulement sur nos montagnes, mais aussi plus au sud. Le journal télévisé montrait des images de la place Saint-Pierre toute blanche, les fontaines près de l'obélisque décorées de dentelles de glace. Cette année-là, les pistes de ski étaient faciles à damer, les skieurs enthousiastes, les hôtels pleins. Bref, ce fut une année d'abondance. Mais pas pour moi.

Et maintenant, si je regarde dehors, je me sens comme un de ces voyageurs de chaque côté du train qui voient défiler des paysages différents. De sa fenêtre, Ulli a aperçu, au moins une fois, le vaste horizon de l'amour. Comme ma mère aussi, de la sienne. Moi en revanche, j'ai été mariée, divorcée, courtisée, j'ai eu des hommes qui n'attendaient qu'un signe de ma part ; j'ai désiré, estimé, éprouvé de l'affection — comme pour Carlo par exemple. Mais je ne me souviens que trop bien de ma mère avec Vito ou des yeux d'Ulli quand il disait « Costa ! Costa ! », et je sais reconnaître la différence.

J'ai dû m'asseoir à la mauvaise fenêtre du train.

J'ai connu Carlo dans une belle villa des environs de Bolzano lors de l'inauguration d'un grand cabinet d'architecte, événement que j'avais moi-même organisé. La soirée touchait à sa fin, tout s'était bien passé, les nombreux invités s'étaient amusés. Je pouvais enfin me détendre un peu. Sans doute est-il superflu de préciser que Carlo était sans son épouse. Je me souviens qu'au cours de cette première conversation, il m'a dit :

« La plupart des habitants du Haut-Adige de langue italienne pensent que vous autres, Tyroliens du Sud de langue allemande, vous êtes tous des nazis. »

Je lui avais répondu :

« La plupart des Tyroliens du Sud de langue allemande pensent que vous autres, habitants du Haut-Adige de langue italienne, vous êtes tous des fascistes.

— Ils devraient s'allier et déclarer la guerre au reste du monde. Mais moi, je ne suis pas fasciste. Tu es nazie, toi ?

— Non.

— C'est bien ce que je pensais. Moi, je suis le fils d'un cheminot d'Isernia et d'une enseignante de Salerne, mais je suis né et je vis à Bolzano, le seul endroit du territoire national où les Italiens se sentent bien italiens, et non pas siciliens, napolitains, piémontais ou de Vénétie. Ou bien carrément originaires d'Acitrezza — c'est-à-dire tout autre chose, mais vraiment une chose très différente — qui n'ont absolument rien à voir avec ceux d'Acireale.

— Mais à toi du moins, lui dis-je, ceux qui habitent au sud de Vérone ne te posent pas la fameuse question, comme à moi.

— Laisse-moi deviner laquelle : "Je peux t'inviter à dîner ?"

— Non. "Tu te sens plus italienne ou plus allemande ?"

— Sincèrement, on te demande ça ?

— Sans arrêt. Tout le monde.

— Ce doit être très ennuyeux. Écoute, je voudrais te poser une question. Tu te sens plus italienne ou plus allemande ?

— ...

— D'accord. Alors je t'en pose une autre : je peux t'inviter à dîner ? »

Naples champs Phlégréens, puis Naples Mergellina. Nous sommes entrés dans le ventre de Naples, dans les intestins de la ville : nous passons dans les tunnels du métro.

Nous traversons l'une après l'autre, sans nous arrêter, les stations souterraines de piazza Amedeo, Montesanto, piazza Cavour. Elles passent rapidement, séparées entre elles par de longs tunnels où il fait nuit noire : elles surgissent comme des éclairs imaginés par une personne les yeux fermés. Nous sommes lancés à grande vitesse sur la voie centrale, tandis que, sur les quais, les gens attendent pour se rendre à leur travail, aller chez le dentiste, rendre visite à une amie. Face à leur quotidien, notre train a l'air d'un supertanker dans un torrent, d'un poids lourd sur une piste cyclable. On dirait qu'on pénètre en ferraillant dans l'intimité de la ville. Presque comme dans mon rêve ! En inversant les rôles, cependant. À présent, c'est moi le passager qui observe par la fenêtre du train les chambres à coucher des autres.

Nous nous arrêtons dans la station piazza Garibaldi. Un éclairage bleuté au néon, un carrelage blanc sinistre, des quais déserts. On a l'impression que si quelqu'un descendait ici, il pourrait bien disparaître dans le néant, sans qu'on le retrouve jamais.

« Orangeadeauminéralecocapizzasandwichs ! »

Ils ont dû monter dans le silence raréfié de cette

station de guerre froide et maintenant, comme pour compenser, ils crient sans pitié pour leurs propres cordes vocales. Ils traînent d'énormes sacs en plastique et des seaux bleus de laveurs de vitres où ils gardent les boissons au frais. Des jeunes, des vieux, des petits garçons : pas de femmes. Un homme basané aux gros bras de femme enceinte passe la tête à la porte de notre compartiment. Les deux Américaines le regardent terrorisées comme si c'était un assassin et que son sac rempli de sandwichs était une arme fatale. Je dis non d'un signe de tête et l'homme s'en va, laissant derrière lui dans le couloir une traînée de gouttelettes qui giclent du seau trop plein.

Les vendeurs à la sauvette de boissons et de nourriture exercent une fonction essentielle, c'est peu de le dire, dans un train longue distance où ont été supprimés wagon-restaurant et bar. Comme nous sommes à Naples, terre d'amalgame entre politique et malhonnêteté, on se surprend à penser : et si ce n'était pas un hasard ?

Enfin, voilà de nouveau le soleil. Naples a avalé le train, elle l'a retourné dans sa bouche et l'a recraché comme un noyau d'olive.

Je vois les panneaux bleus de Naples Centrale, mais pas la gare. Juste au bord des voies se dressent des groupes d'immeubles couleur de peau humaine, cubiques, carrés, sans aucun charme. Puis apparaissent les grues du port. En dessous, des centaines, des milliers, des dizaines de milliers de containers, presque tous avec des inscriptions en gros caractères comme HANJIN ou CHINA SHIPPING : on a l'impression que l'Italie n'a des échanges commerciaux qu'avec la Chine.

Voilà, maintenant nous sommes à quelques

mètres de la mer, on dirait qu'on va la toucher par la fenêtre ; depuis que nous avons quitté Rome, nous ne nous sommes jamais approchés d'aussi près. Rochers, vagues étincelantes sous le soleil, pêcheurs avec leur canne et leur chapeau clair, mais aussi des gens en manteau. Chacun interprète le printemps à sa façon. À Torre del Greco, un mur sert de décharge verticale, une montagne de sacs et autres détritus s'entassent jusqu'en haut. Sur les espaces laissés libres par les ordures, de tendres déclarations : EXCUSE-MOI MON AMOUR, JE T'AIME MA PUCE, J'AI ENVIE DE TOI.

Je suis allée aux toilettes et j'ai jeté un coup d'œil dans le compartiment des téléphoneurs indiens. Quatre hommes et deux femmes, dont une tient un enfant pelotonné contre elle. Allongés sur les sièges tirés, ils sont tous endormis.

Nous sommes maintenant au sud du Vésuve, on distingue bien son cratère. Ma mère ne rêve que d'une chose : visiter Pompéi et Herculanum et passer ensuite quelques jours sur la côte amalfitaine. Il faut absolument que je l'y emmène, je le lui ai promis.

Je ne sais pourquoi, je repense au jour où je lui ai dit que je voulais partir pour l'Australie et où elle m'a répondu qu'elle allait enfin voir des kangourous, ce qu'elle souhaitait depuis toujours.

Une minute. C'était moi qui partais pour l'Australie. Pas elle.

Et nous ne sommes pas une seule et même chose.

1968-1970

Mon cousin Wastl était parti à l'armée. Après tant d'années passées à jouer dans la *Musikkapelle*, on l'avait pris à Rome dans la fanfare des chasseurs alpins. La capitale lui plut beaucoup, les Romaines encore plus. Lorsqu'il revint à la fin du mois de juin pour sa première permission, il était d'excellente humeur. Le jour suivant, au pied de son homonyme chasseur alpin en granit, eut lieu une énième cérémonie. Le monument avait été reconstruit une fois de plus, identique au précédent.

C'était une drôle d'époque.

Une poignée de *Schützen* s'était réunie pour protester contre l'inauguration. La désapprobation de ces hommes face aux symboles de l'État italien n'avait rien d'étonnant, c'était de la routine. Ce qui était bizarre, c'était plutôt que le groupe de jeunes rassemblés autour du *Wastl* protestait non seulement contre le monument, mais aussi contre les *Schützen*.

C'était difficile à comprendre. Encore plus pour Eva et Ulli, que leur cousin en uniforme militaire avait accompagnés pour voir la cérémonie.

Les étudiants, le poing levé, hurlaient en deux

langues des slogans « contre les nationalismes en tout genre ». Car ça aussi on ne l'avait jamais vu auparavant : une manifestation de jeunes Italiens et Allemands réunis.

Eva n'avait jamais entendu le mot « nationalisme ». Elle regarda Wastl de bas en haut, le Wastl en chair et en os qui la tenait par la main. Elle n'aimait pas entendre dire que ce monument qui lui était consacré était une erreur. Même à Rome, on voulait l'entendre jouer, ce cher oncle-cousin : à ses yeux, il méritait bien une statue.

Impossible de déceler le moindre cheveu blanc sur la tresse blonde en couronne de Frau Mayer, même si elle approchait maintenant de la soixantaine. Tous les matins, la directrice de l'hôtel consacrait une demi-heure environ à rendre sa coiffure identique à celle de la mère de la mère de sa mère. C'était le reste du monde qui s'était mis à tourbillonner.

Une année s'était écoulée et à présent, en cet automne 1969, les grèves spontanées dans les aciéries de Bolzano recevaient une large adhésion. Mais les ouvriers n'étaient pas les seuls à se faire entendre ; presque tous les travailleurs, dans tous les secteurs, s'étaient rendu compte qu'ils n'étaient pas seuls. L'inconcevable était devenu brusquement vraisemblable : que des plongeurs, aides-cuisiniers et cuisiniers d'un grand hôtel se mettent en grève ensemble pour obtenir une juste rétribution n'était plus une hypothèse extravagante, mais une possibilité concrète. Menaçante ou exaltante, selon l'angle sous lequel on la voyait.

Le personnel de cuisine menaça seulement de faire grève. On était fin décembre, l'hôtel était plein. Frau Mayer capitula en quelques heures.

À partir de ce moment-là, les cotisations versées reflétèrent les journées de travail effectives ; pour tous, même pour le dernier plongeur. Et les quatre heures de travail en plus qui étaient retirées de la journée de repos commencèrent à être rétribuées. Mais personne ne récupéra jamais les cotisations que Frau Mayer n'avait pas versées dans le passé. Lorsque à soixante ans, après quarante-cinq ans de travail ou presque, Gerda prit sa retraite, elle calculait toujours, en revenant du bureau de poste en fin de mois, la différence entre ce qu'elle avait dans son sac et ce qu'il aurait dû y avoir si, autrefois, Frau Mayer, ne l'avait pas volée. Et chaque fois, après avoir posé sur le napperon de la télé l'enveloppe contenant cette modeste somme, elle sortait du buffet le service de verres de couleur qu'Eva lui avait offert un jour à Noël, elle y versait son cher *limoncello* et trinquait à cette jeune fille qu'elle n'avait jamais rencontrée : la seule serveuse qui, en des temps encore durs, avait osé protester et avait été licenciée avec le surnom de Syndicaliste, collé comme une infamie.

Anania Vito était en Haut-Adige depuis près de trois ans, et il les avait passés le plus souvent à patrouiller ou à surveiller la ligne de frontière dans des conditions extrêmes. Lors de son avancement au grade de brigadier, ses supérieurs le mirent de service « au chaud », comme on disait : ils le chargèrent du ravitaillement de la caserne de garnison dans la plaine. Ils croyaient lui faire plaisir, mais ce n'était pas le cas. Vito découvrit très vite que le souvenir de ces moments passés dans cette nature dépouillée, en communion animale avec ses hommes, le rendait nostalgique. Mais c'était un carabinier, et il s'appliqua pour exécuter au mieux les ordres, comme il l'avait toujours fait.

Le jour où il se présenta pour la première fois aux fournisseurs, il pensa : dans les *masi* de montagne, on vous disait au moins « *Grüß Gott* [1] ».

« Bonjour ! » avait-il dit en entrant avec un large sourire dans la boucherie qui fournissait la caserne en viande depuis des années. Le boucher avait regardé sa main tendue comme si c'était un tas d'abats et il avait répondu :

« Combien de viande ? »

Et de même le boulanger, et les paysans qui fournissaient en lait et en beurre la caserne ; jusqu'au marchand de fruits et légumes, à moitié trentin, qui ne répondit pas à son salut. Vito était habitué à l'hostilité anti-italienne, sans parler de celle envers les militaires. Mais ensuite, il vérifia les livres de comptes et comprit ce qui se passait en réalité.

Depuis des années, ses prédécesseurs faisaient de la gratte sur les fournitures. Ils avaient accumulé des dettes avec tout le monde, sans jamais en rembourser une seule. Pour ces commerçants, c'était clair : les *Walschen* sont des gens malhonnêtes, et ils profitent de leur pouvoir de militaires pour ne pas payer. Boucher, boulanger, paysans, aucun ne pouvait se passer des commandes de la caserne. Deux cents kilos de viande par jour, trois cents kilos de pain : qui peut renoncer à un tel client ? Ils pouvaient cependant ne pas saluer.

Vito prit une décision : il les persuaderait un à un que tous les Italiens ne sont pas des escrocs. C'est aussi comme ça, pensait-il, qu'on sert la patrie.

Depuis plusieurs mois, il économisait sur les

1. Bonjour.

commandes et il avait réussi à mettre de côté un peu d'argent avec lequel il avait déjà commencé à rembourser les dettes de ses prédécesseurs. Il estimait qu'ils seraient tous payés d'ici le printemps.

Maintenant, les fournisseurs le saluaient quand il entrait.

Le vent du changement soufflait aussi derrière les hautes murailles avec leur fil barbelé et il était entré dans les casernes.

La vie des carabiniers en garnison dans le Haut-Adige avait toujours été dure, même quand ils ne patrouillaient pas sur les crêtes de frontière et qu'ils étaient de garde « au chaud ». Le repos hebdomadaire était une chimère : on en parlait, mais personne n'en avait jamais vu la couleur. Sur le registre des tours de service et des permissions, le commandant le mentionnait, mais uniquement en hommage à la bureaucratie : on allait quand même travailler ce jour-là. Ceux qui réclamaient, risquaient des appréciations moins favorables.

En revanche, depuis deux mois, Vito, désormais promu brigadier, bénéficiait comme ses autres collègues d'un vrai jour de permission par semaine. Récupérer un peu de sommeil ne lui faisait pas de mal : Vito dormait trop peu depuis des années. Les militaires obtinrent aussi d'autres nouveaux droits et des garanties contractuelles. C'était surtout Giorgio Almirante, secrétaire du MSI[1], qui se battait pour ça ; beaucoup de soldats s'en souviendraient, au moment de voter.

Vito considérait comme très positives ces nou-

1. Mouvement social italien : parti politique néo-fasciste. (*N.d.T.*)

veautés dans la vie militaire. D'autres, au contraire, pas du tout.

« Je te l'apporte dès que j'ai fini », entendit-il dire un jour par un sergent à un officier, en passant dans le couloir. Il savait que les deux hommes se connaissaient de longue date, depuis les années passées ensemble à l'école militaire. Mais, pour Vito, tutoyer un supérieur était, et serait toujours, inconcevable. Plus que choqué ou indigné par ce « je te l'apporte », il éprouva une profonde honte : pour l'officier, pour le sergent et pour lui-même.

Maintenant qu'il avait moins de travail, le brigadier Anania s'ennuyait parfois. Il n'était pas comme le sous-lieutenant Genovese, un Napolitain toujours en quête de *Fräulein* et d'aventures. Il était sympathique, Genovese, mais il valait mieux ne pas trop le fréquenter. À l'occasion du 4 novembre, il avait organisé une fête à l'hôtel Marlingerhof qu'il avait appelée « Sous-officiers party », comme si l'on était à Cinecittà. Il avait invité aussi des commandants et des officiers qui devaient se présenter « en galante compagnie », définition qui n'incluait pas celle d'épouse ou de fiancée, comme Genovese l'avait clairement précisé. Des femmes libres, en somme. Encore mieux, si elles étaient dotées d'un centre de gravité haut perché.

Plus d'une centaine de militaires étaient venus avec leurs accompagnatrices. Vito aussi y était allé : le boucher avait donné la permission de minuit à sa fille. Il avait pensé qu'on pouvait avoir confiance dans un homme qui économise pour payer les dettes d'autrui et qu'il ramènerait la jeune fille à l'heure. En effet, à onze heures cinquante-neuf, sa fille avait franchi le seuil de la porte d'entrée. Vito était allé se coucher, même si la fête

317

commençait à peine à battre son plein quand ils étaient partis. Mais il n'avait aucun regret. Il avait observé Genovese : en vrai maître de cérémonie, il incitait tout le monde à boire de la grappa à volonté, sans pour autant boire une seule goutte de son côté. Vito était sûr qu'il avait un plan, il le connaissait suffisamment et préférait ne plus être là quand il le mettrait en œuvre. C'était amusant de se faire raconter les exploits de ce sous-lieutenant, aux cheveux trop longs et aux boutons attachés de façon précaire ; mais y participer, non, très peu pour lui.

Vito n'était donc pas présent quand Genovese, après s'être assuré que le degré d'alcool dans le corps des officiers suffirait à désinfecter une léproserie, commença à faire le tour de la fête en serrant dans sa main, non pas une bouteille de schnaps, ni le poignet d'une fille, mais un appareil-photo avec flash incorporé.

« Donne un baiser au capitaine ! » dit-il à la galante compagnie d'un officier. La fille se pencha sur le visage en sueur de son accompagnateur en l'effleurant sur la bouche et Genovese appuya sur le bouton de l'obturateur comme sur une détente. Clic.

« Donne un baiser au commandant, au lieutenant, au colonel ! »

Les *Fräulein* posaient leurs lèvres vermeilles sur les fronts et les joues des officiers et clic, clic, Genovese prenait la photo.

Le lendemain matin, il tira les photos.

Il ne les montra jamais à ses supérieurs. Ce ne fut pas nécessaire. Il lui suffit de faire connaître leur existence. De ce jour, Genovese eut une vie très facile à la caserne.

Sur une des photos, il y avait aussi Gerda. Elle était prise avec un colonel d'environ quarante ans en train de l'embrasser sur l'oreille. Elle le laissait faire, ses pommettes hautes reflétant la lumière comme du bois ciré. Est-ce que Vito serait déjà tombé amoureux d'elle, s'il avait vu cette photo ? Mais il ne la vit pas, ni lui ni personne d'autre, pas même la femme du colonel. Genovese n'eut jamais besoin de la lui montrer : il fut toujours traité avec égards et considération par son supérieur.

Quand Herr Neumann prit une retraite anticipée pour raison de santé, il était tranquille : il avait une digne remplaçante.

Gerda fumait plus qu'un fourneau à mazout défectueux et travaillait avec plus d'énergie qu'un homme. Les plongeurs auraient fait n'importe quoi pour elle, les aides-cuisiniers un peu moins : ils n'étaient pas habitués à être commandés par une ancienne *Matratze* de vingt-cinq ans. Mais cette drôle d'époque avait ça de bien : partout, il se passait des choses qu'on n'avait jamais vues auparavant. Après douze heures par jour en cuisine, Gerda allait danser le soir.

Dans ses lettres à sa fille, Gerda parlait de « beaux jeunes gens » qui l'emmenaient danser. Eva avait appris à lire et à écrire grâce à Ulli, et elle était si éveillée qu'à cinq ans, on l'avait inscrite en première année à l'école primaire. Le soir, allongée sur le lit qu'elle partageait avec Ruthi, Eva rêvait à la vie nocturne de sa mère. Comme si elle était assise dans le noir sur une chaise de la salle paroissiale, elle voyait défiler devant ses yeux le film en accéléré de ce que, d'après elle, Gerda faisait avec ses accompagnateurs : manger des kilos de glaces, aller sur les manèges des journées entières sans payer, se lancer des tartes à la figure.

Teixel, ist das wenig !

C'est ce qui avait été sa deuxième pensée : zut, rien que ça !

Cela faisait dix-sept heures que Silvius Magnago était dans le *Kursaal* de Merano : depuis dix heures du matin, la veille, le 22 novembre 1969, s'y tenait l'assemblée plénière extraordinaire du *Südtiroler Volkspartei*. Honneur aux délégués du parti : ils avaient supporté ces chaises en bois de maison de redressement sans jamais se plaindre et à présent, au beau milieu de la nuit, ils étaient encore plus nombreux que dans l'après-midi. Ceux qui étaient favorables au Statut et ceux qui y étaient opposés, *Paketler* et *Anti-paketler*, étaient devant lui et le regardaient. Depuis combien de temps travaillait-il à sa rédaction ? Magnago avait l'impression que c'était depuis toujours. Seuls ses souvenirs de guerre l'empêchaient de croire qu'il n'avait fait que ça toute sa vie. C'était justement l'ultime argument dont il s'était servi dans son dernier appel et sa déclaration de vote.

« Croyez-vous vraiment, mesdames et messieurs les délégués, que je vous conseillerais de voter en faveur de cet accord si je n'étais pas convaincu, depuis vingt ans que j'y travaille, qu'on ne peut pas obtenir plus ? »

Il l'avait déclaré pour la énième fois : si les délégués n'approuvaient pas le Statut — l'ensemble de mesures par lesquelles le gouvernement garantissait une large autonomie à la province de Bolzano — ce serait un désastre. Il donnerait sa démission d'*Obmann* du parti, mais c'est lui qui aurait le meilleur sort. Ceux qui le qualifiaient maintenant de «vendu», de «Judas», de «fossoyeur de la tombe de l'*Heimat*», devraient recommencer à traiter avec les Italiens, mais en repartant de zéro, et il aurait l'amère satisfaction de les voir se casser le nez contre le fait que sans *Kompromiss* on ne va nulle part. Ils l'apprendraient tôt ou tard, ils n'étaient ni idiots ni de mauvaise foi, mais entre-temps ils perdraient des années, des décennies de travail. Avec les gouvernements italiens qui tombaient et se relevaient comme dans un théâtre de marionnettes, quand y en aurait-il un autre prêt à prendre la responsabilité d'un accord définitif? Et quand trouveraient-ils de nouveau un interlocuteur comme Aldo Moro, qui avait glissé dans l'article 14 la phrase disant que la défense des minorités est un intérêt national, mais sans se faire trop remarquer par les siens sinon, comme il le lui avait expliqué entre quatre yeux, ils l'auraient effacée?

Aujourd'hui, c'était le jour du jugement, ou plutôt, la nuit, puisqu'il était presque trois heures du matin. Si le *Südtiroler Volkspartei* approuvait le Statut, le gouvernement italien le porterait devant le parlement, où son approbation était assurée. Ensuite, les ministres des Affaires étrangères italien et autrichien apposeraient leurs signatures qui ratifieraient la pacification de leur terre.

Si, en revanche, le Statut était rejeté par l'assemblée du parti...

Vogel, friss oder stirb! — petit oiseau, mange ou crève! Magnago ne pouvait être plus clair avec les délégués.

Il était épuisé maintenant. Il était bien plus résistant que ne le laissait supposer son aspect émacié, sinon il aurait déjà craqué. On dit toujours que les maigres sont coriaces, n'est-ce pas? Et Magnago ne faisait pas exception à la règle. Plus les heures passaient, plus le débat se prolongeait, plus il était combatif. Il savait que l'indécision chez les siens était grande : il y avait cinquante ans que les Italiens les « roulaient », comme ils disaient, et les délégués étaient terrorisés à l'idée de ne pas faire le bon choix pour l'*Heimat*. Il était nécessaire de gagner leurs votes un par un.

Mais maintenant, il n'en pouvait plus. Un peu plus tôt, il avait dit : ça suffit, il est plus de deux heures et demie, votons.

Ceux qui étaient décidés avaient déjà glissé leur bulletin dans l'urne pendant l'après-midi. Seuls ceux qui avaient voulu écouter tous les orateurs pour se faire une opinion le serraient encore dans leur main. Des délégués de Schnals, Unteretsch, Gsies, Pfitschtal. De Sexten, Bruneck, Wolkenstein, Latsch, Kasern, Burgum. Des gens qui, à cette heure, étaient réveillés dans leur *maso*, non pas depuis la veille, mais parce que c'était l'heure de la traite dans l'étable. C'était d'eux que dépendait l'issue du vote. Mangez, petits oiseaux, mangez.

Un par un, ils glissèrent les bulletins chiffonnés dans l'urne.

D'où ils furent retirés et comptés.

Marqués sur le registre.

Le président de l'assemblée lut le résultat.

« Ensemble des votes : mille cent quatre.

Votes en faveur de la résolution de Monsieur Magnago : cinq cent quatre-vingt-trois.

Votes contre la résolution de Monsieur Magnago : quatre cent quatre-vingt-douze.

Blancs ou nuls : dix-neuf.

La résolution de Monsieur Magnago est approuvée par 52,8 pour cent des voix. »

52,8 pour cent.

Teixel, ist das wenig ! Zut, rien que ça ! Ce fut sa deuxième pensée.

Mais la première fut : *Du hast es geschafft*. Tu y es arrivé.

Paul Staggl aussi aurait voulu le mannequin en bikini.

C'est-à-dire : il aurait voulu la photo avec le mannequin en bikini. Ou mieux : il aurait voulu le mannequin en bikini, mais surtout la photo. Ou vice versa.

Enfin, bref.

Si seulement la Coopérative qu'il dirigeait avait pu accueillir la Coupe du monde de ski comme Val Gardena ! Cette photo publicitaire dans la revue américaine *Time* avait mis en colère ses associés, mais pas lui. Paul Staggl était né très pauvre, dans un *maso* sans soleil : s'il avait perdu du temps et de l'énergie à envier la fortune des autres, il ne serait pas arrivé là où il était. Son esprit tournait comme la roue du téléphérique : bien huilé, incessant, dans le seul but de l'emmener en haut.

Il avait donc examiné attentivement la photo de cette jolie fille vêtue seulement d'un slip, d'un soutien-gorge, de grosses chaussettes et de chaussures de montagne, avec un ski par terre et un autre glissé dans la neige verticalement devant elle, sur fond de Dolomites enneigées. Non seulement parce qu'il est toujours agréable de regarder certaines choses, mais aussi parce qu'il avait pas mal réfléchi en la regardant. Premièrement, il était évident que sa petite ville n'était pas au milieu des Dolomites. Dans les années trente, on avait essayé de dessiner des cartes postales avec les aiguilles rosées des montagnes pâles qui se détachaient derrière le profil du château médiéval. Un éclatant faux géographique encore possible aux temps préhistoriques du tourisme de montagne, mais hors de question à présent. Les touristes regardaient la télé, ils étaient informés, on ne pouvait plus les embobiner aussi facilement.

Le sommet de la montagne où il habitait, celui sur lequel trônaient les pylônes du téléphérique construit sept ans avant par sa Coopérative, avait bien une vue merveilleuse à trois cent soixante degrés, mais elle était très loin des Dolomites. Le monde entier était amoureux de ces montagnes couleur corail, et le travail de promotion touristique des hôteliers des vallées ladines était déjà tout mâché. Mais ici, pas de Dolomites, il fallait trouver un autre moyen d'attirer les troupes de skieurs anglais, hollandais, suédois, peut-être même américains, une nouvelle frontière du tourisme, maintenant que la clientèle allemande et italienne était fidélisée. Et tout ça était bien clair dans son esprit. Il fallait faire de « sa » montagne un domaine si étendu et diversifié qu'il offrirait quelque chose à tout le monde. Staggl regarda longuement le ventre nu et les agréables rondeurs de cette fille.

On les appelait des « carrousels » ? Eh bien, lui voyait un réseau de remontées mécaniques et de pistes rayonnant dans toutes les directions, si vaste qu'un mordu de ski pourrait passer des journées entières sans jamais repasser au même endroit. La technologie des remontées serait la plus moderne, l'entretien des pistes à l'avant-garde, le plan d'investissements constant et digne d'une grande entreprise. Tout ça permettrait à sa création d'être toujours « le summum de l'art », comme disaient ses collègues du Colorado.

Paul Staggl avait pensé en grand toute sa vie. Il n'avait pas l'intention de changer uniquement parce qu'il avait passé la soixantaine. Il y avait une fortune à faire dans le tourisme d'hiver. Pour lui, sa famille, sa vallée, le Haut-Adige, la chaîne alpine tout entière. Il en était sûr : le futur scintillait comme une piste enneigée au premier soleil. Et Hannes, à la veille de ses trente ans, s'était enfin décidé à se marier et il lui donnerait peut-être enfin des petits-enfants. Bien sûr, ceux qui sont nés des filles sont une joie, mais quand ils naissent du fils unique, on sait bien que c'est une chose particulière pour le grand-père.

Il y avait une fortune à faire dans le tourisme d'hiver.

Paul Staggl n'était plus le seul à l'avoir compris. Comme Gerda, cette année-là beaucoup de paysans achetèrent pour la première fois des chaussures neuves à leurs enfants. Mais ceux-ci, en échange, été comme hiver, devaient dormir dans la cave ou dans les soupentes. Leurs chambres étaient devenues de l'or en barre : louées à des touristes pour les quelques semaines de la haute saison, elles étaient plus rentables qu'une année entière passée à traire les vaches. Les bombes et les attentats étaient finis, et de plus en plus de vacanciers étaient italiens.

Leurs rapports avec la population n'étaient pas toujours simples. L'absence de salamalecs de certains logeurs, habitués à des manières paysannes, était souvent interprétée comme une marque d'hostilité. Quand une réponse en italien arrivait trop lentement ou qu'un menu était écrit uniquement en allemand, les touristes italiens protestaient :

« On est en Italie, ici ! »

D'autre part, certains chauffeurs de car déclaraient toute leur indignation pour l'injuste cession du Tyrol du Sud à l'Italie en 1919 en répondant par des grognements impolis au « Bonjour » des passagers.

Mais les Italiens se trompaient s'ils pensaient être les seuls traités avec brusquerie par quelques Tyroliens du Sud : en réalité, les Bavarois aussi étaient conspués pour leur ivrognerie, les Viennois pour leur morgue, les Prussiens pour leur autoritarisme. Pourtant, il n'était pas moins vrai, et cela seul comptait : les touristes amenaient de l'argent, et l'argent n'a pas de langue, ni de frontière, ni d'histoire.

Ni de costumes traditionnels. Un grand nombre de clients italiens avaient pris l'habitude de porter, et surtout de faire porter à leurs enfants, les vêtements typiques du Tyrol. Un tas de mères et de filles de Rome, Vercelli et Florence exhibaient d'identiques *dirndl* avec le petit tablier à fleurs, donnant un effet d'uniformité que même la *Musikkapelle* n'avait pas. On passait autour du cou d'enfants milanais, comme des bavoirs, les *Bauernschürze* en miniature, le tablier bleu de paysan pour lequel Hermann avait été battu pendant le fascisme.

Au début, les Tyroliens du Sud restèrent perplexes devant cette sorte de mascarade (à part les commerçants qui s'enrichissaient en vendant de la *Trachtmode*[1]), puis ils s'y habituèrent. Cette famille de Napolitains, pourtant — mère, père et quatre enfants de trois à seize ans —, resta inoubliable pour ceux qui la virent, quand elle passa

1. Mode traditionnelle.

un jour d'août dans la rue principale de la petite ville, en vociférant et en s'appelant mutuellement à pleins poumons, leurs douze cuisses nourries au *sartù* de riz et au gratin de macaronis débordant des *Lederhosen*.

Ulli aussi dut aller dormir au grenier : sa chambre et celle de Sigi étaient réservées aux touristes durant la haute saison. Avec l'argent qu'elle gagnait, Leni acheta à ses parents une nouvelle cuisine en formica, comme celles qu'elle voyait à la télé. Tant qu'elle y était, elle en profita pour se débarrasser des vieux meubles. Un homme de Bolzano lui proposa de les prendre et finit même par lui donner de l'argent en échange. Leni ne comprenait pas ce qu'il trouvait à ce vieux bahut qui était dans la cuisine depuis des générations, ou dans l'encombrante armoire peinte qui assombrissait la *Stube*. Son état de vétusté était attesté par la date sous la frise principale : 1773. Elle prit tout de même l'argent de cet homme : ce n'était pas sa faute si certaines personnes ne sont pas douées pour les affaires.

Parmi les clients italiens qui continuaient à revenir d'année en année, il y avait une famille de Milan avec trois enfants. Ils s'étaient attachés à la belle vue sur les glaciers dont on jouissait depuis le *maso*, comme à l'hospitalité de Leni et de ses parents. Leurs logeurs n'étaient sans doute guère loquaces, avec leur italien caricatural, mais ils étaient honnêtes, sincères, et même affectueux à leur façon. La famille milanaise n'aurait jamais pu deviner que le mari de cette jeune veuve avait sauté en préparant un attentat contre les représentants de l'État italien, à la façon dont elle les traitait.

Leur plus jeune fille avait l'âge d'Eva et des boucles noires et crépues qui entouraient sa tête comme une auréole électrique. Elle manifestait une indifférence déconcertante envers sa condition de petite citadine et s'était imposée à Eva et Ulli avec un tel naturel qu'ils n'avaient pu faire autrement que de l'accepter. Avec les enfants italiens de leur âge qui habitaient la petite ville, Ulli et Eva n'auraient jamais sauté dans le foin et n'auraient jamais songé à construire des digues sur le ruisseau dans le bois ; mais avec cette petite Milanaise, oui. On sait bien du reste que si l'on doit se méfier de ses voisins, on peut aussi se montrer curieux des habitants des autres galaxies. Eva et Ulli auraient été très étonnés qu'elle se déclare leur amie : un ami ne disparaît pas pendant onze mois de l'année dans un trou noir. Mais c'était une petite fille intelligente, et en effet elle ne le fit jamais.

Ulli fut toujours l'ami d'Eva.

Ou peut-être, lui aussi n'avait-il été qu'un compagnon de jeux jusqu'au jour où, sur le parvis de l'église après la messe, un de ses camarades dit que le père d'Ulli avait bien mérité de mourir parce que c'était un *Verbrecher*, un criminel, et que celui d'Eva était vivant, mais qu'il ne voulait pas d'elle. Comme tant d'autres fois dans sa vie, les mots pour se défendre restèrent coincés dans la gorge d'Ulli où ils pourrissaient, n'infectant que lui seul. Alors, Eva enfonça l'index et le majeur de sa main droite dans les yeux de l'enfant. Ulli et Eva devinrent inséparables.

En revanche, Sigi ne fut jamais l'ami d'Eva. Elle le considérait toujours comme une des choses désagréables de la vie qu'on ne peut éliminer ou résoudre, mais seulement ignorer : une épine trop profonde pour l'extraire, une dent qui bouge et ne tombe pas, un père qui n'a jamais été là. Et si jamais Eva avait été tentée d'éprouver de la sympathie envers Sigi, ce danger fut à tout jamais écarté le jour où, à cinq ans, il s'était mis à faire des trophées.

Ce furent Eva et Ulli qui le trouvèrent un jour, alors que Leni était à l'étable, assis sur le sol en bois de la *Stube*. Autour de lui, un couteau de cuisine, des clous, un marteau, des bouts de bois et des corps décapités d'animaux en chiffon : un canard blanc et rouge, un ourson marron avec un foulard rouge autour du cou, un braque aux longues oreilles noires. La tête tranchée de chaque peluche était clouée sur une planche en bois.

Eva et Ulli contemplèrent la scène en silence : elle était si étrange qu'ils restèrent sans réaction. Leni non plus ne demanda pas d'explication à Sigi, quand elle arriva et qu'elle vit ces pauvres animaux en chiffon réduits à des trophées de chasse. Elle se contenta de lever les yeux vers le mur en bois de mélèze. Là, fixées sur des écussons en bois, étaient accrochées les seules traces du passage terrestre de son mari, à part ses deux fils : des têtes de cerfs, de bouquetins, de chamois, les cornes pointues comme le jour où Peter les avait tués.

Les *Schützen* allaient de temps en temps demander à la veuve de leur ancien frère d'armes si elle avait besoin d'aide.

« Non, merci », répondait Leni, et son visage se détendait, soulagé, quand ils sortaient.

Ulli non plus ne restait jamais longtemps dans la *Stube* à leur arrivée.

« Ton père a donné sa vie pour toi », lui disaient ces hommes, et ces mots déclenchaient chez Ulli un mélange de faim, de nausée et de questions sans réponse. Qu'avait-il à offrir, lui, en échange d'un cadeau si démesuré ? Et qu'avait-il obtenu, exactement, d'un tel avantage en retour ?

Mais Sigi les suivait jusque dans la rue quand ils partaient : il les trouvait très beaux. Assez vite, avant même qu'il n'aille à l'école, ils commencèrent à l'emmener avec eux dans leurs exercices. « Ton père a donné sa vie pour toi », disaient-ils aussi à Sigi, mais lui sentait dans ses entrailles le vide sans souvenirs laissé par son père se remplir enfin.

Leni n'aimait pas voir Sigi fréquenter les *Schützen*, mais que pouvait-elle faire ? Les Schwingshackl pensaient aussi comme elle. Les parents adoptifs d'Eva étaient peinés pour Leni et les enfants, et aussi pour ce pauvre Hermann qui avait perdu son seul fils et répudié sa fille. Mais sur le fait que Peter fût un héros, non, là ils n'étaient pas d'accord. Il y a tant de manières de se rendre utile aux autres, dont certaines demandent courage et abnégation, mais ce qu'il y avait d'héroïque à faire sauter des malheureux et soi-même, Sepp et Maria ne le comprendraient jamais.

Et puis arriva l'*Open Air*, un nom qui sentait déjà le futur rien qu'en le prononçant.

Ce n'était pas de la musique. C'était une chose solide qui vous enveloppait, qu'on n'écoutait pas avec les oreilles mais avec les pieds, l'estomac, les cheveux. Elle vous faisait dresser les poils sur les bras, s'emparait de vos genoux, vous aurait fait dire oui à n'importe quoi. Et puis le rythme ! Qui avait jamais entendu un tel rythme ? Le batteur agitait en l'air ses cheveux de fille comme des serpents, éclaboussant tout de ses gouttes de sueur : impossible de croire que l'instrument sur lequel il se laissait aller dans un solo endiablé fût apparenté au tambour de la *Musikkapelle*. Il ne l'était pas du tout. Rien n'était pareil. Même le château, sur sa colline au-dessus de la petite ville, et où se trouvaient en ce moment Eva, Ulli et Wastl, n'était pas comme avant. Même au Moyen Âge, pendant les sièges, ces anciens bastions n'avaient jamais été secoués de la sorte jusque dans leurs fondations par quelque chose de semblable : un concert de rock.

Il n'y avait jamais eu autant de gens ainsi, dans l'herbe et sous les mélèzes autour de ses vieux murs : des filles jambes nues et cheveux longs attachés par des lanières de cuir, des garçons portant des pulls de couleur et des foulards sur la tête, des couples enchevêtrés qui se caressaient et s'embrassaient sur la bouche. Et autour et sur tout, comme un liquide épais où flottaient Eva, ses cousins, les jeunes en chaleur et le château, cette musique de diables en folie. Eva n'avait pas assez d'yeux, d'oreilles, de peau pour tout ce qui se passait autour d'elle.

Ruthi, en revanche, était triste. La fillette qui avait accueilli Eva comme une poupée en cadeau était devenue une jeune fille de quinze ans. Elle était toujours très blonde et un peu trop maigre, mais sous ses cils blancs, elle avait un regard si ouvert aux autres que sa compagnie était appréciée de tous. Même de Wastl. Très appréciée. Et elle aussi avait commencé à s'apercevoir que sa compagnie lui était non seulement agréable, mais presque indispensable. Wastl venait pourtant de lui faire savoir que, maintenant qu'il avait fini son service militaire, il allait mettre un peu d'argent de côté avec les vendanges en Val d'Adige et qu'il partirait ensuite au Maroc.

Maroc. C'était le nom d'un endroit vraiment loin, pensa Eva, près de l'Amérique peut-être ? Oui, c'était ça, on avait parlé de sa capitale récemment dans la nouvelle télé d'Ulli. Et comment y arrivait-on ? Avec le car qui emmenait sa mère ? Peut-être était-elle dans la même direction que la cuisine où elle travaillait, juste un peu plus loin.

Pas de car, disait Wastl. Il arriverait au Maroc en auto-stop. Et il n'invita pas Ruthi à venir avec lui. La jeune fille s'efforça de ne pas pleurer, mais le groupe sur l'estrade, au nom ineffable de The We, ne lui facilitait pas les choses : il venait d'attaquer une chanson lente et très triste, avec une guitare électrique qui hurlait de douleur comme un animal blessé.

Auto-stop.

Un autre mot au son joyeux et beau. Eva n'était pas sûre d'en comprendre le sens, mais elle se dit : quand je serai grande, j'en ferai moi aussi.

Km 960-1126

Nous sommes à nouveau loin de la mer, entre nous et elle la masse montagneuse de la péninsule de Sorrente. Depuis Angri, chaque fois que le train ralentit, il se dégage une terrible odeur de caoutchouc brûlé. Les freins, je suppose.

Plus on descend vers le Sud, plus la saison est avancée. Ici, les arbres fruitiers n'ont pas de fleurs, mais déjà des feuilles vert tendre. Au centre de la bretelle d'une voie rapide se dresse curieusement un kiosque de style Art nouveau en fer forgé et en verre, délicat comme un pavillon de jardin à l'italienne. Un petit temple à la beauté, mais au milieu du néant.

Les voies de la gare de Salerne sont toutes blanches de désinfectant, ou bien de chaux. On dirait qu'ici on tient à neutraliser ces malotrus qui vont aux toilettes quand le train est à l'arrêt. La colline qui pointe derrière les verrières est recouverte de grands immeubles tous identiques, mais vraiment identiques dans le moindre détail, sans la moindre différence.

Ils ont quand même une bien belle vue sur la mer.

Les deux jeunes Américaines ont l'air de se rendre sur la côte amalfitaine. C'est de nouveau la plus grosse qui descend les deux sacs à dos, l'autre reste assise et la regarde, impassible et maussade. Cette fois-ci, je ne sais pourquoi, mais je ne me lève même pas pour l'aider. La fille corpulente souffle sous le poids de son sac avec le petit ours rose.

Je voudrais lui dire de retourner cet ours, qu'elle ne peut pas se promener avec une peluche pendue la tête en bas ! Mais je n'ai pas le courage. C'est répugnant, ce n'est pas une façon de te présenter, souviens-toi que tu es en voyage, tu as besoin de la bienveillance des inconnus...

Peut-être suis-je trop sensible à la question « peluches employées de façon inconvenante », depuis Sigi. Mais les deux filles sont déjà sorties du compartiment, sans dire au revoir. Nous avons voyagé ensemble pendant près de trois heures et nous n'avons pas échangé un seul mot.

« Mais toi, un jour, flanque-lui ton sac à la figure, à ce tyran d'anorexique. »

Avant que le train reparte, devant moi, s'installent un couple d'environ soixante ans et une jeune femme de vingt-cinq, trente ans au plus, une peau légèrement boutonneuse qui la complexe sûrement, de beaux yeux longs de tzigane, chemisier et jean. La dame, sa mère je suppose, s'est assise en face de moi. Elle tient dans ses bras son sac, sa veste et un volumineux cabas en plastique, mais n'a pas l'air de chercher à s'installer plus commodément. Elle ne pose rien, bien qu'il y ait deux places libres à côté d'elle.

Du compartiment des Indiens tout près, parvient un puissant ronflement, expressif comme les « hallo, hallo ! » de tout à l'heure.

À partir de Battipaglia, de nouveau des serres, des serres, des serres. Des serres violettes (salade frisée), vert vif (chou vert), rouges (tomates) arrivent jusqu'au pied des immeubles. On voit même des citronniers au milieu des maisons. Un champ laissé en jachère est plein de fleurs jaunes, fuchsia, violettes, bleues, et tout près, un champ de blé d'un vert scintillant. Que de couleurs dans cette région !

Les élégantes travées du pont désaffecté d'une ancienne voie ferrée tranchent avec leurs briques rouge vermillon. L'écartement des rails est très étroit, on dirait presque les voies d'un petit train électrique. Il date peut-être de l'époque des Bourbons, quand Naples était une des villes les plus modernes du monde.

Nous traversons deux petites vallées dépourvues de maisons et ce n'est qu'après avoir passé Vallo di Lucania que réapparaissent les briques de l'ancienne voie ferrée, un autre pont de cette belle couleur chaude qui s'élance avec grâce au-dessus d'un ravin. Le tracé du ballast continue jusqu'à ce qu'il se heurte… à une maison. Est-ce qu'il continue à l'intérieur ? Qui sait. C'est peut-être comme dans certaines maisons de Rome construites autour des aqueducs : une travée qui apportait l'eau dans l'Urbe il y a deux mille ans et qui maintenant sert d'architrave. Pas si mal, pensé-je, d'avoir une des voies ferrées historiques d'Italie qui passe dans son salon.

Certaines choses, seulement en Italie.

Désormais, quand le train freine, une odeur âcre de dioxine monte dans le nez.

« Que ça sent mauvais ! » dit la dame assise à côté de moi.

Bien qu'elle soit montée depuis près d'une heure, elle n'a encore rien lâché : elle tient serrés contre elle son sac, son cabas et sa veste, comme si nous étions dans un train bondé en Inde et non pas dans un wagon à moitié vide du week-end de Pâques. Elle a même encore ses billets de train dans la main, prête à les montrer au contrôleur. Après l'habituel ballet madame/mademoiselle, nous avons commencé à bavarder.

Ils sont de Messine. Le mari est un policier à la retraite, comme j'aurais dû le comprendre à ses moustaches poivre et sel et à sa corpulence d'ancien athlète. La fille a une maîtrise de lettres classiques et elle fait une école de spécialisation pour enseigner. Elle est indignée.

« On accepte aussi des gens atteints de troubles du comportement, qui ne devraient sous aucun prétexte être en contact avec des jeunes. Ou bien des idiots, qui n'ont jamais étudié, mais qui sont pistonnés. »

Ils me demandent d'où je suis. Je le leur dis.

La mère a écouté attentivement derrière l'écran de ses affaires. Elle doit commencer à avoir mal aux bras et c'est peut-être pour ça qu'elle a soulevé ses pointes de pied : pour mieux tenir le tout et ne rien faire tomber.

« Un jour, nous sommes allés en vacances à Ortisei. Quand les enfants étaient petits. Que c'est beau l'Alpe di Siusi, n'est-ce pas, Mario ?

— Oui, très beau. Un paradis. »

Mari et femme se sourient. Peut-être se souviennent-ils d'un moment spécial passé au Seiser Alm.

« Vous, vous l'avez vraiment l'autonomie régionale ! Pas comme nous, en Sicile, qui sommes autonomes de l'État italien, mais sujets de la mafia. Si je devais recommencer ma carrière, je déménagerais dans le Nord et j'y élèverais mes enfants. Sans tous ces pistonnés. » »

Sa femme me regarde et me demande, en traître :

« Pardon de vous le demander, mais… vous vous sentez plutôt allemande ou plutôt italienne ? »

Et elle n'a même pas lâché ses sacs avant de me poser la question !

Je prends ma respiration. La réponse est naturellement bien rodée.

« Mon passeport est italien, ma langue c'est l'allemand, ma terre c'est la partie sud du Tyrol dont les autres parties, le Tyrol du Nord et de l'Est, sont pourtant en Autriche. Nous l'appelons Tyrol du Sud, mais en italien on dit Haut-Adige, puisque la différence dépend toujours du côté où on la regarde : d'en haut ou d'en bas. »

Ma réponse la laisse sans voix. Elle regarde son mari.

« Mais à Ortisei, ils ne parlaient pas le ladin ? lui demande-t-elle.

— Oui.

— Qui du reste, dis-je, est un ladin différent de celui de Val Badia.

— Quel endroit compliqué !

— C'est vrai. »

Il n'y a pas encore très longtemps, quand on disait qu'on était Tyrolien du Sud de langue allemande, on était traités de terroriste. Ou, au pire, on vous demandait : mais pourquoi vous les détestez tant, les Italiens ?

Puis les choses ont changé. Dans le supplément hebdomadaire du journal, il y a quelques mois, la couverture était consacrée aux pulsions ethniques séparatistes en Europe. Elle mentionnait :

la Corse
la Slovaquie
l'Écosse
la Catalogne
le Pays basque
le Kosovo
le Monténégro
la Slovénie
la Croatie
la Bosnie
et
la Padanie
La Padanie !
Pas de trace du Haut-Adige.

Un jour, en raccompagnant Zhou qui était venue me voir, je rencontrai M. Song qui était chez lui. Chose assez rare, car il était toujours par monts et par vaux pour ses affaires qui s'étendaient sur tout le Nord-Est. Il m'invita à entrer et ouvrit pour moi sa boîte de grillons de combat, le seul bien qu'il avait rapporté de Chine. À l'intérieur, il y avait deux soucoupes miniatures, une pour l'eau et une pour la nourriture, en émail finement décoré ; la cage nuptiale microscopique où les lutteurs de race sont accouplés avec les femelles les plus fertiles ; une minuscule balance pour peser les grillons et organiser ainsi des combats équitables en fonction de leur carrure et de leur force ; une sorte de petit pinceau avec un seul poil, m'expliqua Song, pour exciter les grillons avant le combat et les rendre plus belliqueux. Dans cette espèce de minuscule maison de poupée, l'absence de grillon, d'un grillon quelconque, avait un goût d'exil.

« Pourquoi ne pas attraper deux grillons dans

nos champs et essayer de les faire combattre entre eux ? » lui demandai-je.

M. Song me regarda de ses yeux aimables. Sans le moindre signe d'impatience, il me répondit :

« Seul un grillon chinois peut se battre à la chinoise. »

Je me souviens que cette phrase me parut d'une extrême sagesse et que je me tus.

Maintenant je me demande si c'est vrai.

En 1981, nous nous sommes enfermés avec Ulli dans des cages en fer sur un pont de Bolzano, avec beaucoup d'autres jeunes. Nous protestions contre le recensement ethnique prévu par le nouveau statut d'autonomie.

C'était sept ans avant son accident de travail, appelons-le comme ça. Ulli avait presque vingt ans, il pouvait déjà voter, et moi aussi j'allais bientôt être majeure. Tous les habitants adultes du Haut-Adige devaient se déclarer allemand, ladin ou italien. Ceux qui refusaient de remplir la déclaration ne pourraient ni enseigner, ni demander d'aides de l'État, ni devenir fonctionnaires. Et surtout : on ne pouvait pas se déclarer multiethnique. C'était la *Sprachgruppenzugehörigkeitserklärung* tant souhaitée par le vieux Magnago. C'était justement lui, fils d'une Allemande et d'un Italien, qui s'était mis à dire : « *Nicht Knödel mit Spaghetti mischen* », on ne doit pas mélanger les *canederli* et les spaghettis. Écoles, bibliothèques, administrations, centres culturels : tout devait être séparé, dans cette vision.

Ma mère soutenait que c'était la bonne solution.

« Le mariage entre un Italien et une Allemande ne pourrait jamais marcher », prétendait-elle. Il y avait déjà huit ans que Vito était parti.

Du reste, ma mère a toujours eu une vénération

pour Magnago. Elle aussi était à Castel Firmiano quand elle était petite, et elle ne s'était jamais lassée de raconter qu'elle avait serré la main du Père de l'Autonomie dans l'hôtel où elle travaillait. Nous les jeunes, en revanche, nous n'avions pas tellement de sympathie pour lui. C'étaient les Verts/ *Grüne* qui avaient organisé la manifestation. Ils avaient à leur tête Alexander Langer, lutin visionnaire aux dents de lapin qui rêvait pour notre *Heimat* désormais autonome, et de plus en plus riche, d'une âme plus grande, moins mesquine, non pas un apartheid étriqué de montagne. Tant de bons Tyroliens du Sud le détestaient pour ça, Magnago en tête. Un écriteau était suspendu à chacune des deux cages en fer sur le pont Talvera. Sur l'un était écrit DEUTSCHE, sur l'autre ITALIENS. Ceux qui passaient sur le pont étaient priés d'entrer dans la cage correspondant à leur ethnie. Une fois derrière les barreaux de fer, on ne pouvait plus communiquer avec l'autre cage. Exactement ce que souhaitaient les chefs du SVP entre *Daitsche* et *Walsche*.

C'était une journée ensoleillée, les corps des manifestants entassés tous ensemble dans les cages des *Daitsche* sentaient la laine et la sueur. Ce fut alors qu'Ulli me dit :

« Moi, je vis dans une cage comme ça depuis que je suis né. »

Je ne pouvais pas me retourner, nous étions trop serrés.

« C'est-à-dire ? » lui demandai-je.

Et il répondit :

« Depuis que la sage-femme a dit à ma mère : c'est un garçon. »

Nous traversons encore une campagne intemporelle : des torrents aux eaux limpides, des forsythias embrasés par le soleil, des figuiers de Barbarie par grappes comme des colonies de coraux, des oliviers sous les ramures desquels trouverait place toute une famille. Assise sous un amandier en fleurs, une jeune femme allaite son enfant. Et de nouveau, bien haute sur le fossé, l'arche d'un pont de l'ancien ballast en briques vermillon. La vieille voie ferrée n'a résisté qu'à cet endroit : là où elle passe en l'air et ne vole de terre à personne, ou bien là où on l'a englobée dans une nouvelle construction.

Peut-être en est-il de même pour ce qui semble si fondamental aux êtres humains, c'est-à-dire leur propre identité : ou elle reste inchangée hors de l'Histoire, ou elle se transforme, ou elle meurt.

Des tunnels qui s'alternent avec des visions sur la mer, et encore des tunnels, et encore. Après Policastro, aux murs médiévaux en pierre grise donnant sur la mer, nous quittons la Campanie.

1971

Voile blanc, robe longue blanche, scapulaire blanc à côtes : à part sa taille de petite fille, Eva avait l'air d'une novice.

Gerda non.

Elle portait une robe en mousseline avec des motifs aigue-marine, pas aussi courte que celles qu'elle mettait pour aller danser, mais presque. Ce « presque » lui avait donné beaucoup de mal. Elle avait calculé avec soin la quantité de cuisse à exposer à l'occasion de la première communion de sa fille. Ni trop, pour ne choquer personne. Ni trop peu, pour qu'on ne pense pas qu'elle voulait se camoufler. Gerda tenait à le faire savoir : elle n'avait pas honte d'être une femme libre. Elle ne devait demander à personne l'argent du pain et du lait pour elle et sa fille ; c'était donc elle qui décidait qui faire entrer dans son lit.

Et pourtant.

Il fallut une grande concentration à Gerda pour ne faire remarquer à personne, et surtout à elle-même, que parmi les mères des communiants, elle était la seule non mariée. Pendant toute la messe, elle examina le vitrail qui éclairait les vilaines fresques du dix-neuvième siècle représentant la malheureuse sainte barbue. Elle ne baissa les yeux qu'une ou deux fois pour regarder les enfants, et sa fille, qui étaient assis sur le banc devant l'autel et attendaient le sacrement — les filles habillées en religieuse ou bien en mariée, les garçons en petits cérémoniaires, avec des chemises blanches sous leurs gilets de satin, propres mais souvent usées par plus d'un passage d'un frère à l'autre. Et surtout, Gerda ne se retourna jamais vers le reste de la congrégation.

Eva, pour sa part, se souvint toujours de sa première communion, à cause des skis.

En rentrant chez elle après l'office, elle les avait trouvés posés devant la porte d'entrée de la chambre meublée où elle vivait avec Gerda pendant la basse saison. Ils étaient plus hauts qu'elle, de couleur jaune citron, très lourds à soulever. Elle essaya tout de suite, encore habillée en religieuse miniature, mais elle eut bien du mal. Les fixations surtout l'étonnèrent : ce double étau en métal lui donna une pénible sensation de compression, même si elle n'avait pas encore mis le pied dedans.

En voyant les skis, Gerda devint méfiante. La chambre meublée était située au rez-de-chaussée d'une maison neuve de plusieurs étages, dont chacun correspondait à un appartement pour touristes : maintenant, au mois de mai, ils étaient tous déserts. Elle se trouvait à la périphérie de la ville, non loin de la montée qui menait à la petite église et aux *masi* d'Ulli, Wastl, Sepp et Maria. Devant l'immeuble s'étendait un champ de pommes de terre, en jachère cette année-là, que traversait une route de gravier blanc, bordée de lilas. Les fleurs blanches, roses et lilas répandaient leur parfum dans l'air. La Mercedes 190 de couleur crème était garée là. Hannes, appuyé contre le capot, les jambes croisées, le regard de celui qui fixe depuis longtemps la même chose : Gerda.

Elle ne baissa pas les yeux. Elle se contenta de déplacer légèrement leur visée pour passer au-dessus de la tête du père de sa fille, voler sereinement derrière lui sans le voir, et se poser avec détachement sur la ligne des glaciers à l'horizon.

Eva comprit aussitôt qui c'était.

Hannes s'approcha d'elle. Gerda alluma une cigarette et se mit à fumer en tenant son coude d'une main, le regard perdu dans d'infinis lointains.

« Ils te plaisent ? demanda l'homme aux cheveux orange.

— Ils sont lourds, répondit Eva.

— Parce qu'ils sont de bonne qualité. Avec ça, tu skieras comme Gustav Thoeni.

— Je ne sais pas skier. »

Il y eut un silence. La fille du fils du roi du carrousel d'hiver n'avait jamais chaussé de skis ; cette découverte sembla désarçonner Hannes Staggl.

« Je suis une cuisinière, moi, pas une dame, je n'ai pas d'argent à jeter par les fenêtres. »

La voix de Gerda, même si elle sortait de sa bouche, à moins d'un mètre d'Eva, semblait venir de lieux reculés.

Hannes ne se tourna pas vers la femme encore très belle qu'il avait fécondée quelques années plus tôt, et garda le visage penché vers la petite religieuse blanche.

« Si ta mère avait voulu m'épouser, elle ne travaillerait pas aujourd'hui comme une esclave. Elle aurait un hôtel à elle. »

Gerda tira sur sa cigarette et garda la fumée

dans sa bouche un temps qui parut éternel à Eva. Puis, elle laissa échapper de parfaits petits anneaux bleutés, qui se dirigèrent vers le lilas en fleurs comme de petits et courageux astronefs. Mais l'épique traversée échoua : ils se dissipèrent tous dans l'espace avant d'atterrir.

« Personne ne m'a proposé de m'épouser quand j'étais enceinte. »

Sa cigarette n'était pas finie, mais Gerda la laissa tomber par terre et l'écrasa de son talon. Elle prit Eva par le poignet, passa la porte avec elle, la referma derrière elle. Délicatement, cependant.

Le cadeau de Hannes se révéla vite incomplet : il ne comprenait pas les chaussures de ski. Après avoir essayé d'attacher les fixations sur ses pieds chaussés de bottes en caoutchouc, Eva renonça.

Ce fut Sepp qui trouva une solution. Il fabriqua deux étroits escabeaux en bois et en cloua un sur chaque ski, qu'il avait scié à un demi-mètre de la pointe et sur lequel il avait fixé aussi une sorte de guidon. Quand l'hiver arriva, Ulli et Eva descendirent la pente derrière le fenil sur leurs deux *Böckl*[1], des centaines, des milliers de fois, sans jamais se lasser. Gustav Thoeni, lui aussi, aurait aimé ça.

Quelques mois plus tard, Genovese invita Gerda plusieurs fois à lui servir de « galante compagnie ». Le militaire l'avait remarquée à la « Sous-officiers party », mais il était déjà occupé par d'autres présences féminines, presque trop nombreuses, même pour lui : impossible d'en ajouter une autre. La dernière, peu de temps auparavant, l'avait quitté en lui lançant à la figure un cocktail glacé dans le hall de

1. Luge monoski.

l'hôtel Greif de Bolzano. Ce qui avait fait plaisir à Genovese : il tenait à sa réputation, lui. Ce n'est que maintenant, plus d'un an après, qu'il était libre de fréquenter Gerda.

Sortir avec ce Napolitain qui lui arrivait aux épaules et qui ne se taisait jamais ne déplaisait pas à Gerda. La différence de taille n'était pas si grave pour danser : de nos jours, il n'était plus nécessaire que le tour de taille de la femme soit plus bas que celui de l'homme. Le tuca tuca, qui consistait à tendre les mains et peloter sa partenaire au rythme de la musique, convenait tout à fait au sous-lieutenant Genovese, il aurait aussi bien pu l'inventer, à la place de Raffaella Carrà. Même en amour, il allait droit au but, on n'aurait pu le qualifier d'amant généreux. Mais ce n'était pas une nouveauté pour Gerda. Pourtant après, il était détendu, aimable. Il lui parlait de sa merveilleuse ville éclairée par la lune du golfe, ses yeux de furet surexcité se faisaient plus doux et il disait :

« Un jour, je t'y emmènerai. »

Il n'était pas prévu qu'elle y croie, mais elle appréciait qu'il se sente obligé de lui dire ce mensonge. Et surtout, il la faisait rire.

« *Si accussì bella ca si faciss' nu pireto m' 'o zucass'*! » lui avait-il dit un jour en dialecte napolitain, tandis qu'il se rhabillait, debout près du lit.

Elle, étendue sur le côté, le corps nu, lisse et charnu, comme un S sensuel sur les draps, l'avait regardé sans comprendre.

Le sexe flasque de Genovese dépassait de sa chemise ; ses jambes, courtes et couvertes de poils frisés et noirs, se terminaient par des chaussettes qu'il n'avait jamais retirées, dont une était trouée. Il rejeta les épaules en arrière, redressa le dos, leva le menton et déclama la traduction en italien, avec un accent digne d'un académicien :

« Tu es si belle que si tu émettais une flatulence, je la sucerais. »

Elle demanda le sens du mot « flatulence ». Il le lui expliqua. Elle éclata de rire et ne s'arrêta que longtemps après qu'il fut parti.

C'était la raison pour laquelle Genovese n'avait pas encore été poignardé par des maris jaloux, ni frappé par tant de camarades à qui il avait soufflé leur *Fräulein*, ni dégradé par tous les supérieurs à qui il fournissait toujours de nouvelles raisons de le faire : il avait beau être vulgaire, menteur, félon et tire-au-flanc, il dégageait de la bonne humeur. Et donc, ce jour-là, sachant que le soir Genovese viendrait la chercher avec sa Cinquecento, une voiture plus à la mesure de ses jambes à lui que des siennes, Gerda chantonnait :

« Tu me plais, ah ! Tuca, Tuca… », et elle ébauchait un swing de ses hanches et de ses épaules tout en descendant l'escalier vers la réserve. Elle jeta le manteau de laine sur son dos, entra dans la chambre froide et tout en chantant détacha de son crochet la demi-poitrine d'agneau avec laquelle elle préparerait le plat du jour : des côtelettes aux fines herbes.

« Tumeplaistumeplaistumeplaistumeplaistumeplais ! » et dans le froid glacial du freezer, le rythme de la chansonnette devint visible, chaque mot produisait une bouffée de condensation devant sa bouche.

Oui, aujourd'hui Gerda était d'excellente humeur.

À ce moment précis, dans un couloir de la caserne, Genovese parlait à Vito. Ce soir, il avait un rendez-vous, lui dit-il, mais une nouveauté était survenue, une chose nommée Waltraud, à laquelle il n'avait pas envie de renoncer.

« Tu veux y aller à ma place ? Gerda est une très belle *froilèn*, je suis sûr que tu me remercieras après. »

Vito n'avait pas envie de sortir, ce soir-là. Le lendemain matin, il devait partir en patrouille avant l'aube. Mais Genovese insista, on ne laisse pas une belle fille blonde sans cavalier, c'est un péché mortel, et finalement, presque par sens du devoir, Vito accepta.

Quand, par la suite, Gerda et Vito se remémorèrent leur première rencontre, et qu'ils confrontèrent leurs premières impressions, ils virent qu'elles avaient été très différentes.

Vito songea à s'enfuir quand il la vit. Il aurait pu le faire : elle n'avait pas encore compris qu'il devait remplacer le Napolitain, elle ne savait même pas encore que quelqu'un d'autre devait venir. Elle est trop belle pour moi, se dit-il. Pas belle comme une fille en bonne santé au corps bien fait et au visage sans défaut. Belle à souffrir, à en avoir la nostalgie alors qu'elle est encore là, belle à vouloir la garder dans ses bras et ne laisser rien ni personne lui faire du mal.

Par contre, quand Gerda vit un carabinier en uniforme qui l'attendait debout devant la sortie du personnel, elle fut prise de crampes à l'estomac. Quelle nouvelle terrible et inattendue allait-il lui annoncer ? Quelque chose à voir avec Peter ? Non, Peter était mort. Eva, alors ?

En attendant, Vito ne s'était pas enfui. Le sous-officier Genovese la priait sincèrement de l'excuser de ne pouvoir se rendre à ce rendez-vous, mais si elle se contentait d'un remplaçant ce soir pour d'éventuels divertissements, il se mettait respectueusement à sa disposition. Expressions de rapport officiel, mais en même temps grand tumulte dans la poitrine : en lui parlant, son cœur battait dans sa cage thoracique comme un oiseau de paradis qu'on vient de capturer.

Alors seulement, Gerda parvint à voir en Vito autre chose que le simple fait, jusque-là dominant, qu'il ne s'agissait pas de Genovese. Il avait le même type physique que le Napolitain : lui aussi était petit, avait le teint mat, le nez prononcé des anciens peuples de marins. Mais de tempérament, il aurait pu venir d'un continent différent : autant l'autre était bruyant et excessif, autant lui était silencieux et grave. En outre, il la regardait dans les yeux, et non pas au niveau des hanches, là où sa robe remontait, ni de la poitrine.

Gerda n'était pas trop déçue. Il était dans l'ordre des choses qu'un jour Genovese disparaisse et, d'ailleurs, leur relation avait déjà duré plus que prévu. Rater une soirée n'était pas son genre, elle accepta donc Vito comme cavalier.

Sur cette première soirée aussi, leurs souvenirs ne coïncidèrent pas. Vito prétendait qu'il l'avait emmenée dîner au restaurant près de Ponte Druso ; de son côté, elle était certaine qu'ils étaient allés directement danser. En réalité, Gerda n'avait pas gardé beaucoup d'images de ces premières heures passées ensemble. Elle ne se rappela pas la musique que jouait l'orchestre, ni leur première danse. Il lui écrasa probablement les pieds, mais c'était une déduction, pas un souvenir : Vito ne fut jamais un habile danseur. Gerda ne garda pas de souvenir particulier de ce que fit ou dit le carabinier. Ce qui la frappa davantage, ce fut ce qu'il ne fit pas.

Les mains avec lesquelles il la tenait par la taille pendant les slows ne se mirent pas à gagner des centimètres le long de son dos en direction de ses fesses. Il ne chercha pas à toucher sa poitrine après sa troisième bière. D'ailleurs, il ne but pas de troisième bière, il se contenta d'une seule. Quand il la ramena, Gerda s'attendait à un baiser, mais il garda les bras le long du corps, raide comme un piquet. Et en effet, toute la soirée le corps de Vito avait été en sentinelle : ce n'est qu'ainsi qu'il avait réussi à se retenir de faire l'amour avec elle sur le sol de la guinguette.

Gerda rentra dans sa chambre sous les toits et elle se déshabilla, un peu déçue. Il était clair qu'elle ne plaisait pas au brigadier Anania.

Le lendemain, Vito partit à la recherche de Genovese. Ce ne fut pas une entreprise facile. Le Napolitain entrait dans son bureau à la fréquence avec laquelle on rend visite à de lointains parents : seulement lors d'occasions spéciales et jamais longtemps. Quand il le trouva, il lui demanda s'il était opposé à ce que lui, Vito, revoie la femme qu'il avait emmenée danser à sa place.

« Mais penses-tu ! dit Genovese. Je savais bien qu'elle te plairait. »

Il le dévisagea. Quelque chose dans l'expression de Vito lui fit, exceptionnellement, garder le silence. Des têtes comme ça, bien mordues, Genovese en avait vu déjà pas mal et il s'était forgé sur elles une opinion bien précise : elles n'auguraient jamais rien de bon.

« Tu sais que son frère était un terroriste ?
— Était ?

350

— Cette stupide canaille s'est fait sauter tout seul. »

Vito s'assombrit. Genovese le regarda de ses petits yeux perçants comme des épingles.

« Anania, tu n'es pas comme moi. Toi, tu es un homme sérieux. Fais attention. C'est une fille mère, bonne pour s'amuser et c'est tout. Ne l'oublie pas. »

Mais Genovese le savait : parler ainsi à un homme amoureux était aussi superflu que d'apporter des roses dans un bordel. Il avait cette tête-là, qu'il se la garde. Ça lui passera, la vie s'en chargerait. C'est pour ça que lui, Genovese, consacrait son existence à éviter que ça ne lui arrive.

La deuxième fois qu'il rencontra Gerda, Vito lui dit :

« Tes yeux sont beaux et tristes. »

Ces mêmes beaux yeux se dilatèrent d'étonnement. Les hommes avaient toujours dit à Gerda : comme tu es gaie, comme tu es vive, toi tu sais t'amuser. Triste non, personne ne le lui avait jamais dit.

Et maintenant que Vito faisait allusion à sa tristesse, Gerda se mit à réfléchir. Oui, une part d'elle-même était triste, depuis des années, mais elle ne s'en était pas aperçue. Comment le savait-il, lui ?

La première nuit qu'ils passèrent ensemble, il ne la pénétra pas. Quand il avait vu son corps nu, l'émotion l'avait submergé, et son sexe était resté inerte. Avec n'importe quelle autre femme, il se serait senti humilié. Avec Gerda, non. Il éprouvait une inexplicable confiance, il savait que tout se passerait bien, nul besoin de se presser. Elle s'endormit et il la tint serrée dans ses bras jusqu'à l'aube, ne croyant pas à sa chance.

La fois suivante, il lui dit :

« Toi, tu croises tes gros orteils. »

Ils étaient dans un bar. Il posa ses coudes sur la table, leva les mains, prit les siennes et glissa son pouce dans le creux de l'autre.

« Comme ça. Quand tu dors sur le côté. »

Gerda réfléchit. Elle remua ses orteils dans ses chaussures pour aider son corps à se souvenir et oui, c'était vrai : quand elle se couchait sur le côté, elle glissait toujours un gros orteil dans l'espace entre l'autre doigt de pied et l'index. Ça aussi, elle le faisait depuis toujours, sans l'avoir jamais remarqué. Qui était cet homme qui avait l'air de la connaître depuis toujours ?

Ce soir-là, Vito plongea en elle comme un scaphandrier, découvrant des trésors de plaisir enfouis. Personne n'avait jamais dit à Gerda qu'ils étaient tous là, au fond de sa mer.

Km 1126-1191

Nous traversons la gare de Sapri. Dans le compartiment voisin, se déroule cette conversation :

1° homme indien : « Sabri ? »

2° homme indien : « Sapi. »

3° homme indien (accentuant le R) : « SapRi. »

1° homme indien (accentuant le I) : « Saprì ? »

3° homme indien (accentuant le A) : « Sàpri. »

Femme indienne : « Sapri. »

Tous (avec satisfaction) : « Sapri. »

La femme de l'ancien policier devant moi a encore toutes ses affaires dans les bras : veste, sac, cabas en plastique. Elle serre toujours ses billets, sans lâcher prise, dans la main qui soutient sa tête, et elle sommeille. Quand elle rouvre les yeux, son mari lui dit, et il était temps :

« Lâche tout ça ! »

Elle a l'air surpris, comme si c'était une idée à prendre en considération, même si elle était extravagante. Elle me rappelle ces femmes qui, pendant les *Grillfest*[1], passent tout leur temps à verser de la bière, servir des *Würstel*, couper le pain, moucher les enfants ; elles ne se reposent jamais,

1. Fête champêtre.

353

ne s'asseyent jamais, ne mangent jamais un morceau tranquillement en profitant de la compagnie. Non pas que ce soit toujours nécessaire, non pas qu'elles soient irremplaçables, simplement parce que rester un seul instant sans se rendre utiles n'est pas envisageable, pour elles.

La dame se débarrasse enfin de toutes ses affaires, son mari les range dans le porte-bagages et moi aussi je me sens soulagée.

Nous débouchons des tunnels, nous nous y enfonçons, nous en sortons à nouveau. Dans le court intervalle entre deux tunnels, les méandres d'un torrent limpide sillonnent un champ constellé d'amandiers en fleurs. Pas un être humain, rien qu'un taureau noir. C'est une image de brièveté presque subliminale mais de présence absolue : le grand animal, puissant, noir, au milieu des pétales blancs qui pleuvent autour de lui.

Quand nous rentrons dans l'obscurité du tunnel, une tache luminescente en forme de taureau reste imprimée sur ma rétine : son négatif.

Quand Ulli amena Costa pour lui faire connaître sa famille, Sigi dit : ne viens pas salir la maison de notre mère avec ta merde, si tu veux te faire enculer, fais-le dans les chiottes publiques, tu es dégueulasse et ton ami encore plus, vous êtes deux *Schwuchtel*[1], deux *Warme Brüder*[2], deux *schwule Sauen*[3].

Il ne pouvait pas trouver de mots plus sales. Depuis des mois, peut-être des années, il devait les retourner dans sa bouche comme du poison, pour les lui cracher à la figure tous d'un seul coup.

1. Terme vulgaire pour « homosexuel ».
2. *Idem*.
3. *Idem*.

Leni dit : quel est le problème, c'est une maladie qui peut se soigner, le curé m'a dit qu'il y a un médecin dans le Val Sarentina qui sait comment faire, si tu veux on donne l'adresse aussi à ton ami, il ira sûrement volontiers, personne ne veut rester infirme et malheureux s'il existe un remède.

Sigi dit : ceux comme vous méritent qu'on leur mette la tête dans les chiottes, et il prit Costa qui était beaucoup plus frêle que lui, le traîna jusqu'aux toilettes et le fit.

Ulli dit : laisse-le, et Sigi le laissa, mais avant, il tira la chasse.

Costa dit : laisse-moi, et il repoussa l'étreinte d'Ulli qui voulait l'aider à se relever ; s'appuyant de son poing par terre, il se remit debout tout seul sans le regarder dans les yeux, les cheveux salis par l'urine.

Leni dit : je ne comprends pas pourquoi vous vous disputez, pourquoi on ne peut jamais vivre en paix tous ensemble.

Ulli vivait avec Costa depuis près de deux ans. La première fois que je l'avais rencontré, j'avais pensé : voilà, Ulli a trouvé son vrai frère.

Sigi n'avait pas seulement le cerveau d'un nazi, mais aussi les couleurs, c'est-à-dire les miennes : yeux bleus, cheveux jaunes, peau rose. Costa, lui, avait le regard brun et doux comme Ulli et sa mère, la même peau ambrée. Des couleurs de Méditerranée, laissées en héritage dans nos vallées par quelque légionnaire romain de passage, un mercenaire hispanique à la solde des empereurs, un marchand levantin en direction des capitales du Nord. Ulli et Costa se ressemblaient, comme souvent dans les couples bien assortis, en les voyant l'un à côté de l'autre on les imaginait facilement passant toute leur vie ensemble.

Cela faisait des mois qu'Ulli voulait le présenter à sa mère. À Innsbruck, où ils vivaient sept mois de l'année, ils n'avaient pas à se cacher. Mais il en allait autrement durant la saison hivernale, quand Ulli damait les pistes et devait rester dans notre petite ville. Costa y était venu une ou deux fois, mais l'avait trouvée étouffante. Trop propre, trop parfaits les géraniums aux fenêtres, trop peu nombreux les homosexuels déclarés — pas un seul, pour être précis. Ulli n'avait pas insisté, mais il en souffrait. Costa aurait voulu aller s'installer à Berlin, qui plaisait à Ulli, pour y être déjà allé ; mais il n'arrivait pas à se faire à l'idée de vivre aussi loin de ses montagnes. Depuis bien des années, Leni avait cessé de lui parler des filles, mais cet accord tacite ne suffisait plus à Ulli. Il rêvait depuis longtemps de se montrer tel qu'il était et de lui amener Costa. Il expliquerait à Leni que c'était l'amour de sa vie et elle, non seulement l'accepterait, mais s'en réjouirait. Quelle mère ne souhaite pas que ses enfants aiment et soient aimés ?

Moi, au contraire, je trouvais que c'était une très mauvaise idée d'amener Costa là-haut, dans ce *maso*. Je connaissais Leni et surtout Sigi. J'aurais dû le dire à Ulli. Mais il y avait un problème. J'avais tellement honte de la jalousie que son bonheur suscitait en moi que je me comportai comme le font toujours les envieux quand ils ont un bon conseil à donner : ils se taisent, de peur d'être démasqués. J'écoutai donc Ulli en silence, sans lui faire part de mes doutes.

Ce que j'aurais dû lui dire moi, c'est Costa qui le lui dit, celui avec qui il voulait vivre, celui qui lui avait fait comprendre pourquoi il était né, mais il le fit tout en lui disant « va-t'en », au moment où il sortait de sa vie pour toujours :

« Il ne fallait pas m'amener là. »

Et Ulli se le répéta, allongé sur le canapé, chez moi où il avait cherché refuge.

« Je n'aurais jamais dû l'amener à la maison. »

Je dus me pencher sur lui pour distinguer ses paroles. Je l'avais couvert d'un édredon, mais il ne cessait de trembler.

« Ce n'est pas ta faute », dis-je.

Parfois, on sait à quel point une phrase est inutile au moment même où elle sort de notre bouche. Parfois, jamais. Je le sus très exactement dix jours après.

Je ne peux pas ne pas penser à ça : quand j'ai cessé de parler ouvertement à Ulli, j'ai commencé à le tuer moi aussi.

À Belvedere Marittimo, une énorme mozzarella en papier mâché pend au bout d'une corde devant un magasin d'alimentation. On dirait l'ourson de l'Américaine. Maintenant, c'est la femme du compartiment voisin qui parle fort en hindi sur son portable, en roulant les R, adoucissant les D comme des *chapati*. Ils sont en train de dépenser une fortune au téléphone, ces Indiens. Mais non, ils ont sûrement un de ces abonnements avec lesquels il coûte moins cher de parler avec New Delhi qu'avec Rome.

« Hallo, hallo ! » crie-t-elle de façon pressante, puis elle explose dans un grand éclat de rire. En général, seuls des bruits de bonne humeur arrivent de leur compartiment : les gargouillements de l'enfant, des voix joyeuses, des ronflements satisfaits. Brusquement, la femme se met à parler dans un italien parfait :

« Où es-tu ? Dans une heure, nous sommes là. »

Elle rit de nouveau et éteint. Puis de nouveau la sonnerie d'un portable. Cette fois-ci, c'est le mien. Je le sors de mon sac, je regarde l'écran pendant qu'il continue à sonner : CARLO. Il a dû trouver le moyen de s'échapper quelques minutes du repas de Pâques en famille. Je le laisse sonner. Je sens les yeux de la femme de Messine qui me fixe intriguée et qui se demande certainement à qui je ne réponds pas. Et je crois qu'elle le devine parfaitement : à un homme. Puis les sonneries cessent, et je replace mon portable dans mon sac.

À Cetraro, la voie ferrée passe près d'un carrefour, on arrive à lire les panneaux bleus de la nationale. Celui qui indique la direction d'où nous venons nous informe que Salerne est à deux cent vingt kilomètres. D'autres montrent la direction de localités de l'intérieur aux noms qui sentent les forteresses de défense, les peuples en fuite, les incursions de pillards venus de la mer : Castrovillari, Spezzano, Albanese, Saracena.

Mais la flèche qui indique le Sud est une promesse :

REGGIO DE CALABRE 254.

1971-1972

À la demi-saison, quand l'hôtel n'était pas plein, Gerda demandait parfois deux jours de congé à Frau Mayer pour aller voir Eva, qui attendait ses visites comme un fidèle attend un miracle : avec foi, mais sans certitude. Elle suivait l'ascension du car de Bolzano le long des virages jusqu'à son arrivée sur la place de la petite église. Ulli n'était pas là avec elle : la rencontre entre Eva et sa mère ne le regardait pas, il le savait maintenant, et c'était le seul moment où il se tenait à distance. Eva se mettait près de la portière, obligeant les passagers à défiler devant elle comme devant un minuscule garde d'honneur, elle les examinait un à un pendant qu'ils descendaient, avec mépris puisqu'ils n'étaient pas sa mère. Quand Gerda apparaissait enfin comme une vision en haut des marches, le cœur d'Eva explosait à la fois de bonheur et d'angoisse : il ne lui restait plus qu'à attendre maintenant la prochaine, mais certaine séparation.

Ce jour-là, les freins du car soufflaient encore lamentablement alors que les passagers étaient déjà tous descendus. Personne n'était Gerda. Eva leva les yeux vers le chauffeur. Il haussa ses épaules devenues puissantes à force de tourner le volant dans tous les lacets de la montagne. Il était vraiment désolé pour elle, mais il avait un horaire à respecter ; il appuya sur un bouton et la portière se referma. Dans les vitres, Eva vit son propre reflet, puis le car bleu s'en alla et elle n'eut plus en face d'elle, sur fond de glaciers dans le lointain, que la place de l'église. Où était en train de manœuvrer une Fiat 600 café au lait.

Une minute plus tard, Eva avait toujours l'air de la même petite fille blonde, mais ce qui en restait n'était en réalité qu'un calque avec ses traits : à l'intérieur, le vide. Elle ne ressentait ni tristesse ni déception, tout au plus une ombre opaque de soulagement. En effet, elle pouvait enfin cesser de s'inquiéter, maintenant que s'était réalisée la menace qui planait depuis toujours : sa mère ne reviendrait pas la voir, jamais plus. Aussi, quand une femme sortit de la voiture, elle n'y prêta pas attention. Pas plus qu'à l'homme en uniforme noir qui s'approchait. Ce n'est que lorsque la femme l'appela par son nom, Eva, et que l'homme s'accroupit pour la regarder droit dans les yeux, qu'elle commença à réaliser qu'il se passait quelque chose d'étrange et de merveilleux.

Aucun des hommes que Gerda avait connus ne s'était jamais comporté comme Vito.

Tandis que Gerda préparait les *Schlutzkrapfen*, Vito fit des mots croisés en italien avec Eva. Elle n'en avait jamais fait avant, ni en italien, ni en allemand, ni en chinois.

Tandis que Gerda servait les plats, Vito questionna Eva sur l'école, ses matières préférées, sa voisine de banc.

Tandis que Gerda faisait la vaisselle, Vito rappela à Eva de se laver les dents.

Quand Gerda fut sur le point de mettre Eva dans son petit lit, Vito protesta.

« Mais non, cette *sisiduzza* était là avant moi. »

Et Eva put rester dans le grand lit comme lorsqu'elle était seule avec sa mère.

Gerda s'allongea près d'elle et Vito se coucha de l'autre côté. Elle les vit à travers ses cils : deux images tremblantes et sombres comme au fond d'un verre de jus de groseille. Vito lut à Eva les exploits de Sandokan, Yanez et les tigres de Malaisie. Gerda ne lui avait jamais lu de livre avant de dormir, encore moins en italien. Eva ne comprenait pas tous les mots de cette langue faite de sons doux et de voyelles, mais ça lui était égal. Elle les écouta allongée sans bouger, les yeux mi-clos, les poils blonds de ses avant-bras dressés sous la caresse de sa voix.

« Qu'est-ce que ça veut dire, *"sisiduzza"* ? demanda-t-elle à la fin.

— Toute petite étincelle », répondit Vito.

Et elle, pelotonnée entre leurs corps cambrés comme entre les valves d'un coquillage, se sentit plus lumineuse que la perle de Labuan.

La voix de Vito la berçait et ses paupières de plus en plus lourdes se fermèrent complètement.

« Eva dort », dit sa mère.

Alors seulement, Vito la souleva et la déposa délicatement dans son petit lit.

Le sommeil d'Eva était plus profond que lorsqu'elle était bébé.

Genovese avait prêté son appareil-photo à Vito. Il prit beaucoup de photos pendant ces deux jours.

Gerda devant la petite église avec un chemisier bleu nuit.

Gerda assise sur un banc de bois devant le fenil.

Gerda et Eva dans un champ couvert de pissen-
lits.

Eva en prit une. Elle avait tout de suite appris à
regarder dans le viseur et à appuyer sur le bouton
de l'obturateur : Vito et Gerda se souriant les yeux
dans les yeux, elle, les genoux pliés pour ne pas
paraître plus grande.

Une autre fut prise par un passant à qui Vito
passa l'appareil : Eva entre Gerda et Vito sur fond
de glaciers, souriant comme une famille de vacanciers.

Quand Gerda le présenta à Maria, Sepp et toute
leur grande famille, Vito entra dans la *Stube* et dit :
« *Griastenk* [1] ! »

Il y avait plus d'un demi-siècle que soldats,
employés, fonctionnaires et enseignants s'adres-
saient aux deux vieux paysans en italien, exigeant
qu'ils répondent en italien, riant de leur mauvais
italien. Un carabinier qui saluait en dialecte du
Tyrol du Sud avec l'accent calabrais, ça non, ils ne
l'avaient encore jamais vu. Vito leur demanda s'ils
avaient envie, ce soir-là, de goûter les artichauts
qu'il avait apportés de sa région et Gerda les invita
à manger chez eux, dans la chambre meublée.

Quand Eva en prit un dans sa main, il lui fit
l'effet d'une fleur plus que d'un légume : un bouton
énorme et dur au bout d'une tige poilue. Il suffisait
de le voir pour comprendre qu'il venait d'une terre
d'abondance. Dans la rude terre verticale des *masi*,
il faut dire qu'on n'avait jamais vu de tels végétaux.
Vito fit cuire les artichauts avec des fines herbes
du Sud. Sepp et Maria les goûtèrent en silence,
avec concentration, comme s'ils cherchaient à en

1. « Bonjour à vous ! »

découvrir le secret. Quand Vito leur proposa de se resservir, ils acceptèrent tous les deux.

C'était la première fois que Gerda recevait dans sa petite chambre meublée. De vrais invités, auxquels offrir à manger, avec qui avoir une conversation pendant qu'on émiette le pain sur la nappe. Et elle, une vraie maîtresse de maison, avec son homme à côté d'elle.

Avant l'arrivée des invités, Vito avait apporté une planche qu'il voulait poser sur l'unique table de la pièce pour l'agrandir et faire de la place à tout le monde. Eva était en train de dessiner, et elle n'avait pas répondu quand Gerda lui avait demandé d'enlever ses feuilles et ses crayons.

« Eva, obéis à ta mère, tout de suite », avait dit Vito d'une voix qui n'était pas dure, mais qui n'admettait pas de réplique.

Eva avait levé le nez de son dessin en regardant Vito, les yeux écarquillés.

Il était en train de la gronder ! Vito n'était ni le maître d'école, ni le curé, ni Sepp (qui du reste n'élevait jamais la voix avec personne), et pourtant il la grondait. Eva se leva et retira ses crayons de la table, en baissant les yeux. Elle ne voulait pas faire croire qu'elle boudait, c'était seulement pour ne pas montrer à quel point elle était heureuse.

Pendant le dîner, Sepp raconta à Vito ses deux années passées comme prisonnier de guerre. Les coups d'Hermann à l'époque de l'Option n'avaient pas réussi à le convaincre d'abandonner son *maso*, et donc, comme tous les *Dableiber*, il fut appelé sous les drapeaux dans l'armée italienne. Quand les Anglais l'arrêtèrent dans le désert africain, il demanda à être transféré dans le camp des Allemands, pour pouvoir au moins parler sa langue maternelle avec ses camarades de prison. Mais pour les commandants du camp, Sepp était un soldat venant de la province de Bolzano, Italie, et il devait rester avec les Italiens.

« Ce fut ma chance ! » di Sepp à Vito.

Les pommes de terre qu'on donnait à manger aux Allemands étaient pourries, le pain était plein de vers, il y avait du carton dans la soupe, racontait-il. En revanche, les pommes de terre et le pain des Italiens étaient presque frais, et dans le potage flottaient de vraies feuilles de chou. Les Anglais, disait Sepp, connaissaient bien les Italiens : ce sont sûrement des prisonniers dociles, mais il ne faut pas leur donner un rata trop infect, sinon c'est l'insurrection.

Vito servit encore des artichauts. De la casserole découverte se dégagea un parfum d'ail, de menthe, de fenouil sauvage. Cette odeur était pour Eva comme la présence de Vito : quelque chose d'enveloppant et d'intense, de jamais goûté auparavant, mais auquel on peut tout de suite s'habituer.

Gerda retourna à l'hôtel après ses deux jours de congé. Il y avait en elle quelque chose que même le plongeur Elmar n'avait jamais vu. Ce n'était pas la gaieté qu'elle montrait quand elle se préparait à sortir avec Genovese, mais un bonheur paisible, comblé.

La consommation d'alcool qui avait sculpté un grand nez violacé sur sa figure de vieil enfant avait empêché la carrière d'Elmar d'aller plus loin que le lavage des marmites. Il n'en voulait pas pour autant à Gerda, au contraire, il continuait à poser les yeux sur elle dès qu'il en avait l'occasion. Ce jour-là, en la voyant aplatir les biftecks sur la planche à découper avec une tendresse nouvelle, il l'examinait avec

perplexité. Elle s'en aperçut, leva les yeux et lui sourit. Elmar en eut le souffle coupé. L'amour de
Gerda pour Vito était si abondant qu'elle en avait
de reste même pour lui, pauvre plongeur alcoo-
lique.

Km 1191-1303

À Lamezia Terme, les Indiens du compartiment voisin, les obsédés du téléphone, sortent en passant devant notre porte. La femme à la voix grave porte un jean, des socquettes blanches et des nu-pieds incrustés de petites perles, les hommes ont une bedaine en boule de billard sur des jambes maigres. Deux énormes yeux noirs bordés de khôl dépassent de l'épaule de l'un d'eux. J'aurais compris que cet enfant n'était pas italien rien que parce qu'il n'a pas pleuré une seule fois en cinq heures. Je lui souris. Au début, il ne répond pas, puis il découvre brusquement des petites dents de bébé requin et son regard s'éclaire comme une étincelle.

Une *sisiduzza*.

Une femme italienne est venue les chercher et les accueille avec de grands éclats de rire. Les Indiens aussi ont l'air content de la voir et descendent leurs valises tout joyeux. Il y en a beaucoup, volumineuses, toutes avec une bande adhésive blanche qui porte l'inscription FCO. Ils viennent sûrement d'atterrir à Fiumicino, ça se voit, mais ils n'ont pas perdu leur bonne humeur, malgré leur long voyage depuis l'Inde. Ils se dirigent vers le passage souterrain avec leur amie italienne, sortent de mon champ de vision, mais leurs rires gras résonnent encore un bon moment. Le silence tombe dans le wagon désert.

Je regarde mes trois compagnons de voyage. Il n'y a plus que nous, des citoyens italiens. Sans touristes américaines ou émigrés, il est vraiment vide, ce train pascal.

Nous venons juste de repartir quand l'ancien policier de Messine s'écrie :

« On voit la Sicile ! »

Il y a de la tendresse dans sa voix. Je vais dans le couloir et oui, c'est vrai : la pointe de l'Italie est toute proche et la silhouette noire de la Sicile se détache sur fond de soleil, maintenant à mi-chemin vers l'horizon. En regardant vers le nord, au contraire, la côte dorée est si recourbée sur elle-même qu'on voit la Calabre, et plus haut la Basilicate et un bon bout de la Campanie. On dirait qu'on peut voir entièrement l'arc élégant que dessine la botte de Naples à la Sicile. En montagne, la lumière est faite d'air et de vent, le froid glacial la projette depuis les grands sommets comme un dard pointu ; cette lumière-ci, en revanche, est liquide, dense, elle ne colore pas les choses mais en mélange les humeurs.

Au milieu, entre la côte où nous sommes et l'île, la mer lumineuse est sillonnée par une forme longue et sombre : peut-être un pétrolier, ou un grand cargo qui déchargera à Naples des milliers de containers chinois. Elle glisse comme une apparition. À bord, les marins doivent être assourdis par le vacarme des moteurs, mais vue d'ici, lointaine et silencieuse, il en émane la fatalité grandiose des routes intercontinentales.

Comme Ulli me manque, dans de tels moments.

La nuit où il est mort, Costa était parti depuis quelques jours seulement ; Ulli avait passé les trois premiers jours sur mon canapé, à trembler. J'avais insisté pour qu'il reste encore un peu chez moi, mais il était retourné travailler depuis une semaine. Je m'étais dit qu'être dans Marlene et diriger sa puissance mécanique lui ferait du bien. Cette nuit-là, je n'étais pas avec lui. Ça fait vingt ans que je me demande pourquoi je ne l'ai pas accompagné pour damer les pistes. Est-ce que j'étais avec un homme ? Me demanda-t-il de ne pas venir ? J'exclus cette dernière éventualité, je me serais doutée de quelque chose et je ne l'aurais pas laissé seul. Pourquoi n'étais-je pas avec lui ? Je n'en ai aucune idée. Je me souviens seulement que lorsque j'ai reçu ce coup de fil, j'étais dans mon lit, et sans personne.

Ulli ne voulait pas aller vivre à Berlin, à Londres, à Vienne comme tout le monde le lui disait. Il ne voulait pas être le fils *schwul* du héros qui avait donné sa vie pour lui. Il ne voulait pas être le bon fils à sa maman qui se laisse frire le cerveau par des électrochocs pendant qu'on lui montre des images porno — une thérapie certainement inventée par ce médecin du Val Sarentina, probablement pour pouvoir regarder lui-même à loisir des images de coïts homosexuels. Il ne voulait pas se marier avec une femme, arriver à faire des enfants seulement en fermant les yeux et en imaginant que c'était un homme, puis lui faire croire qu'il avait une maîtresse et fréquenter en réalité les toilettes des gares. Il voulait seulement être lui-même là où il était né, et pouvoir aimer celui qu'il aimait.

Il voulait la seule chose impossible.

Il monta avec la dameuse au sommet de la piste la plus pentue, celle des entraînements pour la Coupe du monde, 68 % de déclivité sans interruption. Les chenilles mordirent la neige tandis que le treuil de sécurité le tirait en haut. Quand il arriva au sommet, il détacha le treuil, tourna l'avant de la dameuse vers la vallée, mit les gaz et desserra le frein. Je me la suis toujours imaginée comme ça, Marlene, la dameuse qu'Ulli aimait comme un routier aime son poids lourd, comme un cow-boy aime son cheval : elle glisse avec élégance le long de la piste, elle prend son élan, un tas de neige la fait pencher sur le côté, mais les chenilles de bonne qualité la maintiennent dans l'axe, elle descend en prenant de la vitesse le long de la piste sans égratigner la neige, elle vole et rebondit comme un petit skieur, elle s'écrase contre un arbre au bord de la piste, puis contre un autre encore, et un autre, pour atterrir tout en bas de la piste.

Marlene était rouge, vigoureuse et presque impossible à stopper, tout comme le sang pompé par le muscle cardiaque. Elle déboisa une pente tout entière avant de s'arrêter. Mélèzes, sapins rouges, pins pignons, latifoliés, elle les balaya tous comme des cure-dents.

Dans le *Dolomiten*, les avis de décès ont un code, il faut savoir l'interpréter, surtout quand il s'agit des causes de la mort de celui qu'on pleure.

« Après une longue et pénible maladie » veut dire : cancer.

« Dans un tragique accident de la route », si la mort est survenue le vendredi ou le samedi : ivre au volant.

Quand un jeune meurt brusquement, pour éviter qu'on le confonde avec un des trop nombreux jeunes qui se pendent chaque année dans notre *Heimat*, sa famille explique bien la cause de la mort, qui en général est la deuxième.

Si la cause du décès n'est pas indiquée, et s'il n'y a qu'un adverbe : (« inopinément », « soudain ») il s'agit donc sans doute de suicide.

Pour Ulli, on mentionna : « dans un accident de travail ».

1972

Même un idiot s'en serait aperçu. Et Mariangela Mollica épouse Anania n'était pas idiote. Et de toute façon, une mère sait ces choses-là.

Elle avait commencé à comprendre un an plus tôt environ, quand Vito était descendu en permission et lui avait dit qu'il resterait encore un moment là-haut, à manger de la choucroute et des boulettes de mie de pain. Pour elle, c'était aussi simple que deux et deux font quatre. Si, après cinq ans de bons et loyaux services dans cette terre tout en haut de l'Italie, ses supérieurs ne le renvoyaient pas auprès de sa mère veuve, il n'y avait qu'une seule explication : c'était lui qui avait demandé de rester.

Elle n'était donc pas stupide, mais elle ne se plaignit pas non plus. Elle ne lui avait rien demandé, elle ne s'était pas vexée, elle avait dit « ah bon ? », et elle n'en avait plus parlé.

Et il y avait eu le pique-nique du lundi de Pâques à la plage avec leurs voisins et leur fille Sabrina, qui n'était pas franchement belle, mais qui était bien faite, avec tout ce qu'il fallait où il fallait et assez généreusement, deux beaux yeux verts brillants et en plus diplômée en comptabilité. On voyait à des kilomètres que Vito lui plaisait, et Mme Anania et les parents de la jeune fille avaient échangé des regards comme pour dire : laissons-les un peu tranquilles ces jeunes, s'ils se parlent et apprennent à se connaître sans que nous soyons au milieu, ce ne sera pas plus mal. Et en fait non, car chaque fois que cette pauvre fille s'approchait de Vito, il se levait, trouvait une cafetière à déplacer, un verre à remplir... bref il était évident qu'il faisait tout pour ne pas rester seul avec elle. Et ce n'est pas normal chez un jeune homme qui n'a pas le cœur pris. Mais s'il n'est pas libre...

Et quelques mois auparavant, la tante Giovanna, connue pour dire ce que les autres pensent mais se gardent bien d'exprimer — ce qui lui avait toujours valu un respect universel mais agacé —, lui avait demandé : « Alors, quand vas-tu te décider à te marier ? » Vito n'avait pas eu le petit rire bête des jeunes gens qui ne pensent encore qu'aux filles faciles et qui ont bien le temps d'en choisir une seule pour toute la vie, mais c'est impossible de le dire à une tante âgée, alors ils ricanent l'air finaud, prétentieux et gêné. Non, Vito avait regardé ses chaussures sans lever le nez pendant près d'une demi-heure, et seul quelqu'un qui a un secret, mais un secret précis, spécifique, avec prénom et nom, réagit ainsi.

C'est-à-dire Gherda Uber.

Elle avait déjà eu du mal à comprendre qu'on dise *Gherda* et non pas *Gerda*, alors pour le nom de famille c'était pire, mais un mot peut-il commencer avec un h et finir par une consonne ? C'est tout à fait possible, avait dit Vito, et il en existe d'ailleurs un en italien : « hôtel ». Puis Vito avait continué en disant que ce n'était pas un des noms les plus difficiles, certains étaient impossibles à prononcer, même lui n'y arrivait pas, après toutes ces années, et il les avait énumérés. Elle n'avait absolument rien compris, alors, pour l'amuser, il les avait écrits sur une feuille.

Schwingshackl. Niederwolfsgruber. Tschurt-schenthaler.

Ces mots ne lui donnaient pas envie de rire, ils lui faisaient peur, pas même une voyelle, rien que des consonnes, et pas des consonnes normales, mais des k, des h et des w. Mais qu'est-ce que c'est que ça ? Et puis ils lui rappelaient un peu trop ces jours de 1943 à Reggio quand elle était enceinte de son fils et que son mari était dans une fosse commune en Grèce, alors qu'elle ne le savait pas encore et que les Allemands allaient de maison en maison, tapant dans les portes et hurlant « scinél actùn ràus capùt » et c'était un miracle qu'elle n'ait pas fait une fausse couche, tant elle avait eu peur. Mais ça, elle ne l'avait pas raconté à Vito, car il lui avait dit un jour : « Tu sais, maman, ce n'est pas parce qu'ils parlent allemand que ce sont tous des nazis. » Et elle avait compris qu'il valait mieux laisser tomber, car lui, heureusement, n'avait jamais entendu ces voix qui ressemblaient à des mitrailleuses, il était né au moment où les Américains étaient déjà là.

Quoi qu'il en soit, maintenant que Vito lui avait tout expliqué, elle était rassurée.

Car, il faut bien le dire, à un certain moment, elle s'était mise à imaginer le pire.

Si celle qu'il avait rencontrée était une brave fille tant pis, ce ne serait pas le premier militaire à trouver une femme étrangère sur son lieu de garnison, mais pourquoi garder le secret pendant plus d'une année ?

Elle avait commencé à s'inquiéter. Sous cet air embarrassé que Vito avait pris en regardant la pointe de ses souliers, n'y aurait-il pas par hasard un problème, une complication, voire du déshonneur ? Son fils était un homme posé, jamais le moindre coup de tête, même tout petit. Quand elle l'envoyait chercher le pain, à six ans, elle lui donnait exprès plus d'argent pour voir s'il revenait avec la monnaie, mais il promettait de devenir plutôt un douanier qu'un carabinier, de ceux qui vérifient les livres de comptabilité, actif/passif, avec précision : il revenait en serrant dans sa main les petites lires bien exactes, celles de cinq lires avec le petit poisson et celles de dix avec l'épi et la charrue, jamais le plus petit écart, jamais un seul bonbon acheté sans permission. Mais on sait bien que ce sont parfois les bâtons les plus droits qui finissent dans le feu.

À présent pourtant, il l'avait rassurée. Il lui avait montré une photo.

Elle était belle, c'était indéniable. Presque trop, avait-elle pensé, mais elle ne l'avait pas dit. Vito regardait d'un air ébahi la photo de ce beau brin de fille blonde, alors on peut imaginer comme il devait la dévorer des yeux quand elle était en chair et en os devant lui. Elle était presque trop belle, et aussi presque trop allemande, mais enfin : une maman doit savoir aussi accepter les choses, et elle avait toujours été agacée par ces belles-mères qui rendent la vie impossible aux jeunes épouses de leurs fils parce qu'elles ne correspondent pas parfaitement à l'idée qu'elles se font d'une belle-fille. Mariangela Mollica épouse Anania, veuve de guerre avec un nouveau-né, connaissait bien les difficultés que la vie réserve aux femmes, et, tout en regardant la photo, elle pensait déjà : si c'est vraiment la femme que mon Vito amènera à la maison, je lui apprendrai à préparer l'espadon et les aubergines aux amandes et aux noix, je la consolerai quand elle aura la nostalgie de son pays, je la traiterai comme la fille que je n'ai pas eue.

Mais le fil de ses pensées s'empêtra et se cassa sur une phrase de Vito :

« Il y a quand même un problème. »

Elle avait brusquement ressenti un froid intérieur. Un souci. Et une certitude : voilà, maintenant il va m'expliquer le problème, la complication et le déshonneur. Elle avait instinctivement fermé la bouche ainsi que les autres orifices, plus bas, comme on le fait lorsqu'on ne veut pas que les ennuis et les souffrances entrent dans sa vie et surtout dans celle du fils adoré. Mais elle savait aussi que lorsque les portes du corps se referment, ça veut dire que les ennuis et les souffrances sont déjà entrés.

Et au contraire.

« Elle a une… elle est beaucoup plus grande que moi », avait dit Vito.

Elle avait senti un soulagement la réchauffer des pieds à la tête comme une bonne soupe par une nuit d'hiver. Mais comme elle était sa mère, elle la vit : une chose, une petite chose, restée sans prénom et nom, au fond des yeux de son fils. Elle n'était pas idiote, pourtant, et comme Vito ne lui en parlait pas, elle sut également qu'elle n'aurait pas à combattre cette petite chose qu'il n'arrivait pas à nommer. C'est son fils qui s'occuperait de l'éliminer, tout seul.

« Et qu'est-ce que ça peut faire, dit-elle donc. Ton père n'était pas tellement plus grand que moi.

Apporte-lui ce morceau de *'nduja*[1] pour qu'elle le goûte. »

Après l'école, Eva et Ulli passaient leurs après-midi au sommet de l'Himalaya, sur le Nanga Parbat pour être précis. Ils avaient donné ce nom à leur refuge tout en haut du fenil, le balcon de bois où l'architrave croisait les poutres obliques du toit, en l'honneur de Reinhold Messner, l'alpiniste qui affrontait les huit mille mètres avec sa seule capacité pulmonaire, sans bombe à oxygène. Eux aussi escaladaient le Nanga Parbat sans aides artificielles, et surtout sans Sigi : l'accès du sommet était interdit au petit frère d'Ulli. La seule fois où il avait essayé de se joindre à eux, ils l'avaient traité de Yéti, mais Sigi n'aimait pas être abominable et il n'y était plus retourné.

Eva avait cessé d'ignorer son cousin pendant les visites de Gerda. Elle l'autorisait maintenant à se joindre à elle, à sa mère et à Vito. L'affection que le brigadier Anania portait à Gerda et à Eva s'étendait aussi à tous ceux qu'elles aimaient : Maria, Sepp, Wastl. Et Ulli, naturellement. Depuis toujours, la présence de sa mère était synonyme de rareté pour Eva : la voir arriver, c'était déjà craindre de la perdre. Vito, au contraire, avait apporté l'abondance avec lui : de sa chaleur, il y en avait pour tout le monde.

Eva aimait particulièrement les entendre parler d'elle, comme un couple de parents. Un jour où ils croyaient qu'elle dormait déjà, ils s'étaient presque disputés.

Gerda disait qu'après le collège, elle enverrait Eva à l'école hôtelière : avec tous les nouveaux

---

1. Salami de Calabre mou et épicé. (*N.d.T.*)

hôtels qu'on construisait, elle ne mourrait jamais de faim. Et surtout, elle ne commencerait pas à travailler comme elle, sans rien savoir faire d'autre que de se laisser ronger les doigts par la soude caustique et se briser l'échine avec les marmites sales. Non, Eva arriverait à son premier travail avec diplôme, qualification et compétence. Elle ne commencerait peut-être pas comme chef, mais comme aide-cuisinière oui.

« Non ! Eva doit aller au lycée ! protesta Vito. Et peut-être même ensuite à l'université. Elle est trop intelligente pour ne pas étudier. »

Gerda s'était indignée. L'université ? Ce sont les fils de riches, des gens qui ont de l'argent à la banque et des amis influents, qui vont à l'université. Elle, elle n'avait que ses deux mains et elle en était fière, et s'il pensait que le métier de cuisinière était un métier de...

Elle s'était interrompue. Eva, les yeux fermés dans le lit, avait entendu un silence, puis le son liquide de lèvres qui se cherchent et la douce voix de Vito qui murmurait « toi pour moi... », enfin rien qu'un murmure indistinct. Et même si elle ne pouvait pas voir le visage de sa mère, Eva se l'imaginait, elle l'avait vu quand Vito lui disait des phrases qui commençaient par « toi ». Elle devenait si belle que, pour un peu, elle-même ne la reconnaissait plus.

Un jour, à l'école, la maîtresse se planta devant le bureau d'Eva. Elle dessinait au lieu d'écouter la leçon.

« Et lui, qui est-ce ? » lui demanda-t-elle en désignant la feuille.

C'était le portrait d'un homme aux yeux et aux cheveux noirs, avec une casquette à visière sur la tête et une ligne rouge le long du pantalon. Il tenait à la main un énorme artichaut vert et violet, comme un bouquet de fleurs.

« *Mein Tata* », dit Eva. Mon papa.

La permission était terminée.

Vito regarda par la fenêtre, mais il ne vit que lui-même : le train de nuit venait de quitter Reggio et il faisait noir dehors, du côté de la mer.

Quand il était parti, il avait promis à Gerda : je parlerai de vous à ma mère. Le visage de Gerda s'était pétrifié comme sous le coup d'une douleur, mais c'était de joie en fait. Elle n'avait jamais été présentée à une future belle-mère.

Quand j'irai en permission la prochaine fois, je lui parlerai d'Eva.

Il montrerait à sa mère les cahiers d'Eva, il lui montrerait qu'elle était bonne élève. Je suis impatiente de la connaître, aurait dit sa mère. Et aussi : je lui ferai plein de cadeaux, je lui apprendrai nos chansons.

Sans honneur, méprisable, faux. C'est ainsi que se sentait Vito.

Il était dans un wagon qui allait jusqu'en Allemagne, c'était le train des *Fremdarbeiter*, les émigrés qui rentraient après leurs vacances au pays. Ils occupaient des compartiments entiers avec leurs *cacciocavalli*, leurs tomates à l'huile, leurs bonbonnes de vin. Ils parlaient de nostalgie avec Vito, de leur difficulté de vivre loin de leur terre. « On en a encore pour un moment », disaient-ils. Ils l'enviaient toujours, quand ils le voyaient descendre de ce côté du Brenner. Ils ne savaient pas qu'ici, c'était toujours l'Italie, mais façon de parler.

Le train se mit en marche et commença sa

longue remontée de l'Italie. À un bout, l'endroit que Gerda appelait maison, à l'autre, celui que lui appelait maison.

Vito était déjà revenu depuis pas mal de temps quand il ouvrit la porte de la cuisinière à bois et vit la *'nduja*. Elle était là depuis plusieurs jours.

C'était un cadeau de sa mère pour Gerda, elle la lui avait donnée pour sa fiancée. Mais elle n'avait pas pu la manger. Trop relevée, trop arrogante, trop différente des saveurs familières. Et quand Vito était parti, elle l'avait jetée dans le feu de la cuisinière à bois. Elle était maintenant à moitié couverte de cendres. Elle était grisâtre, elle sentait mauvais.

Gerda s'approcha de lui, le serra contre elle. « Je n'arrivais pas à la manger.

— Ça ne fait rien. »

Mais ensuite il alla vers la fenêtre, celle qui donnait sur les glaciers, et sa lèvre trembla. Il n'avait jamais éprouvé une telle tristesse, sans en comprendre pourtant la raison. Ses yeux rougirent.

Gerda le regarda effrayée. Comment pouvait-on pleurer pour de la charcuterie ? Il se redressa et passa une main autour de sa taille.

« Excuse-moi, lui dit-il. Je suis un peu fatigué. »

Il la serra contre lui, ferma les yeux, chercha sa peau. Il ne voulait qu'une seule chose en ce moment : être aveugle, sourd, sans avenir.

Les semaines passèrent, les mois. Entre Vito et Gerda rien n'avait changé.

Ils continuèrent à rendre visite ensemble à Eva qui, le reste du temps, vivait avec Sepp et Maria, allait à l'école, passait tous ses moments libres avec son Ulli. Gerda travaillait en cuisine, Vito à la caserne. Ils faisaient l'amour chaque fois qu'ils en avaient la possibilité. En revanche, ils n'allaient plus danser : ils avaient compris que ça ne les intéressait ni l'un ni l'autre.

Leni avait fait construire près du *maso* de ses parents un nouveau bâtiment avec trois petits appartements pour les touristes. Elle avait eu du mal à obtenir tous les permis, mais elle y était arrivée. Ses fils ne lui donnaient pas de souci à l'école, ses parents âgés jouissaient d'une assez bonne santé, elle ne se considérait pas comme une femme malheureuse.

Wastl était parti s'installer à Munich, où il enseignait la musique et jouait de la clarinette dans un groupe de jazz. Ruthi l'avait rejoint, elle avait essayé de lui montrer qu'elle lui était nécessaire, mais sans succès, elle était rentrée chez elle et, peu après, elle avait épousé l'aîné d'un *maso* sur le versant opposé de la vallée. Elle n'avait pas même dix-huit ans et elle attendait déjà son premier enfant.

Paul Staggl était enfin devenu grand-père d'un petit garçon. Sa belle-fille se révélait une excellente mère ; elle l'élevait d'une main ferme, comme les trois qui suivirent. Hannes restait le moins de temps possible avec elle et avec eux, il passait ses journées dans le bureau de son père. Il était devenu très compétent en matière de téléphériques, de pistes de ski et de cette nouvelle conquête technologique qu'était l'enneigement artificiel. Il avait toujours sa Mercedes 190 décapotable de couleur crème, mais il la laissait presque toujours au garage. Il allait au bureau à pied.

La maison d'Hermann fut démolie en même temps que l'ensemble de Shanghai et on construisit à sa place des immeubles d'habitation, d'après le nouveau plan d'aménagement. À soixante-quatre ans, Hermann devint le plus jeune résident de l'*Altersheim*, l'hospice pour personnes âgées de la petite ville. Le personnel ne le trouvait pas difficile. Quand il ne mangeait pas ou ne dormait pas, il passait son temps à modeler des statuettes avec de la mie de pain ; certaines furent même exposées dans la crèche qu'on installait dans l'entrée à Noël. Il n'eut jamais de visites dans la maison de retraite.

Quand la saison hivernale se termina à l'hôtel de Frau Mayer, Vito dit à Gerda :

« Je vous emmène à Venise. »

Eva courait après les pigeons de la place Saint-Marc pendant des heures, mais il y avait bien d'autres choses à voir. Et surtout, plus que les rues faites d'eau, les gondoles semblables à des poissons noirs, les maisons qu'on aurait dites en dentelle et non pas en brique, il y avait les gens. La ville semblait un unique et incessant *Open Air* : les touristes avaient les cheveux longs, des jupes courtes ou bien très longues, des yeux bridés, bleus, une peau laiteuse, ambrée, de la couleur du cuir.

Là où elle était née, il n'existait pas une telle variété de gens. Par rapport à eux, les touristes qui remplissaient sa petite ville pendant la haute saison avaient tous un air de famille. Ici, en revanche, des Américains, des Asiatiques, des Scandinaves et même quelques Africains. Quelle merveilleuse couleur avait leur peau ! D'ailleurs, pourquoi les appelait-on des « noirs », alors qu'on aurait dû dire des « marrons » ? Et les Japonaises, comment faisaient-elles pour voir à travers ces yeux serrés comme des fentes ? Eva plissait les yeux pour essayer elle aussi et constatait qu'elles ne voyaient rien en haut et en bas, seulement de côté. Et

pourtant, ce qui était bizarre c'est qu'elles ne bou-
geaient pas la tête pour regarder en haut ; mais
peut-être que les Japonais ne s'intéressaient pas au
ciel. Tandis qu'un passant les prenait en photo tous
les trois, elle vit une femme vêtue d'une nappe et
un homme en pyjama.

« Des Indiens », expliqua Vito. Mais Eva était
encore plus étonnée, car elle s'était toujours imaginé les Indiens avec des plumes, des tresses et des
mocassins. Cette variété n'était pas seulement fas-
cinante à observer, c'était également un signe : si
le monde entier venait voir Venise, ça voulait dire
qu'Eva, un jour, pourrait le visiter.

Elle marchait entre Vito et Gerda, ils montaient
et descendaient des ponts, parcouraient des
ruelles ; quand elles étaient trop étroites, ils se mettaient l'un derrière l'autre et pressaient le pas jusqu'à ce qu'ils aient assez d'espace pour marcher
côte à côte. Ils logeaient dans une petite pension
derrière San Stae. L'hôtelier avait deux poches violettes sous les yeux dues aux années de sommeil
interrompu par des clients noctambules à qui il
ouvrait la porte. Quand ils étaient arrivés, il avait
dit « madame » et « votre mari » à Gerda et « votre
petite fille » à Vito. Puis il avait lu les noms sur les
papiers d'identité et avait compris la situation.
Durant les deux jours de leur séjour, il réussit à
éviter de s'adresser directement à Gerda (« mademoiselle » eût été blessant), et de préciser à qui
était la petite. Bien sûr, ce n'était pas la première
fois que ça lui arrivait : il n'était passé que trop de
couples sans alliance au doigt, et il en avait vu de
toutes les couleurs ces dernières années, il ne serait
sûrement pas choqué. Pourtant, alors que l'hôtelier
leur tendait la clé, Gerda alluma une cigarette et

Vito mit la clochette en bronze du comptoir dans la main d'Eva : « Regarde. » Mais elle le savait : quand sa mère regardait le vide ainsi, rejetant des volutes de fumée avec indifférence, ce n'était jamais bon signe.

À part ce léger désagrément, Gerda était heureuse. Elle était à Venise ! Avec Vito ! Et avec Eva ! Elle avait l'impression de vivre dans une chanson, un roman-photo, un film. Dans les films, à Venise, les amoureux s'embrassent dans des gondoles, et Vito en avait loué une. Adossée à la banquette en velours rouge, Gerda avait les yeux mi-clos.

« Pour notre lune de miel, tu m'emmèneras sur la côte amalfitaine ? »

Vito lui caressa les cheveux, la serra contre lui, et Gerda ne comprit pas que c'était pour ne pas la regarder dans les yeux. Mais ensuite, il lui dit :

« Je voudrais t'épouser. »

Je voudrais ressemble à *je veux*, mais ce n'est pas pareil, et elle se redressa pour le regarder. Alors, Vito lui avoua qu'il avait parlé d'elle à sa mère. D'Eva, non.

Eva, assise à l'avant sur le strapontin, ne se retourna pas.

Vito parlait tout bas, pour qu'elle n'entende pas.

« Je lui en parlerai à ma prochaine permission. C'est promis. »

Eva continua à fixer la rame avec laquelle le gondolier fendait l'eau croupie.

Vito embrassa le visage de Gerda. Elle se laissa faire.

Eva regarda le petit pont arqué qui passait au-dessus de sa tête et pensa : s'il se casse et me tombe dessus, je coule, je nage, je nage sans respirer et je me réfugie sur le rivage.

Km 1303-1383

Après Vibo Valentia, la vision du grand arc doré de la côte calabraise est entrecoupée d'assourdissantes obscurités : un tunnel après l'autre. On dirait un film projeté si lentement qu'on peut distinguer les bandes noires entre les photogrammes. Puis la mer s'efface, nous sommes à l'intérieur, et entre deux tunnels apparaissent des collines rondes recouvertes de gigantesques oliviers. Nous passons maintenant sous l'Aspromonte : un tunnel qui semble sans fin, noir comme le désespoir.

Le cercueil d'Ulli était déjà prêt à être descendu dans son trou, quand s'avança un homme âgé aux mains déformées par les dizaines d'années passées à tirer la corde des cloches.

« Je voudrais dire quelque chose », commença-t-il.

C'était Lukas, le sacristain. À l'église, il n'était pas allé parler devant le lutrin près de l'autel, comme Sigi et les autres, en prenant bien soin d'ignorer à haute voix comment et pourquoi Ulli était mort. Moi non plus, je ne l'avais pas fait, et je ne m'étais pas levée non plus pour la communion. Je n'avais plus communié à partir du jour où, après le départ de Vito, le curé avait accueilli à nouveau ma mère dans la bergerie comme une brebis plus brisée qu'égarée. Lukas était le sacristain de la petite église face aux glaciers depuis près de quarante ans, mais on n'était pas habitué à entendre sa voix. Au début, elle tremblait, puis elle s'affirma.

« Je voudrais dire à tous ce qu'Ulli m'a donné. »

Sous le coup de la surprise, il se fit un silence parfait, comme si le plus éminent des orateurs avait pris la parole.

« Si ma chère Anna était encore de ce monde, je ne le ferais pas. »

L'étonnement s'était mué en curiosité anxieuse, qui pour Leni tournait à la panique. Des révélations terribles, qu'elles n'avaient pas demandées, lui avaient déjà enlevé un mari un an plus tôt, puis un fils ; elle regardait maintenant le sacristain, comme pour l'implorer de l'épargner.

Mais Lukas continua. Il y a plus de soixante ans, dit-il, quand il était enfant, il y avait un mot qui n'était pas tant interdit qu'inconnu : *Homosexualität*. Un terme clinique, presque professoral : c'était stupéfiant de l'entendre prononcer par cet homme modeste qui depuis des décennies plaçait les bréviaires sur les lutrins, répandait l'encens sur les bigotes qui disaient le chapelet aux vêpres, offrait des hosties non consacrées aux enfants sages du catéchisme. Vraiment étrange.

« C'était le fascisme, mais on ne connaissait pas ce mot non plus en italien. »

Lukas continua son récit. Quand il était jeune, il transpirait quand il s'approchait de certains garçons ; ce qui ne lui arrivait jamais avec les femmes. La nuit, Lukas faisait des rêves étranges et les confessait au curé qui lui disait :

« Dis trois chapelets et quatre *Pater noster* et tes rêves redeviendront normaux. »

En quarante ans de mariage, Lukas n'avait pu s'approcher de sa femme qu'en fermant les yeux et en imaginant que c'était un homme. Anna ne lui reprochait rien, mais elle se doutait bien de quelque chose. Cependant, elle non plus ne connaissait pas ce mot-là. Lukas était sûr d'être le seul au monde atteint de cette déformation.

Lukas était l'homme le plus seul qui eût jamais existé.

Ce n'est que lorsque Ulli avait déclaré à tout le monde sa propre homosexualité que Lukas avait compris. *Ein Homosexueller*. Voilà ce qu'il était. Et il n'était plus seul, puisque maintenant il y en avait au moins deux au monde.

Lukas était vieux, son existence terrestre était presque terminée, sa femme Anna, bonne et pure, s'en était allée. Et il avait donc décidé que plus personne ne devait passer toute une vie de solitude, d'ignorance et de confusion. Il fallait parler. Il voulait le dire maintenant : sans Ulli, il n'aurait jamais su qui il était. Et même si ensuite Ulli avait perdu courage et s'en était allé de cette manière, lui, Lukas, était certain que le bon Dieu — avec lequel il se sentait en excellents rapports puisque, depuis toujours, il entretenait Sa maison — l'accueillerait près de Lui.

Autour de la tombe ouverte, personne ne parlait. Lukas aussi se tut, il avait terminé. Il lança une poignée de terre sur le cercueil de bois clair prêt à être descendu dans la fosse. Sur le dessus, était posée une cible avec le nom d'Ulli, celle que son père avait criblée de plombs à sa naissance comme une sombre prophétie. Le sacristain s'éloigna, ses cheveux gris agités par le vent, de ses pas courts et hésitants et peut-être pas seulement à cause de son arthrite. Le fossoyeur regarda autour de lui comme pour demander s'ils avaient fini. N'obtenant pas de réponse, il commença son travail. Peu à peu, tout le monde s'éloigna, tous, sauf Leni et Sigi, et moi.

Derrière le mur du cimetière, les glaciers ne m'avaient jamais semblé aussi proches.

Sigi n'avait jamais dit à Lukas, le sacristain, les saletés qui avaient tué Ulli. Il était resté la tête basse, ses larges épaules de chasseur incapables de supporter ce poids. Je n'aurais jamais imaginé que ce fût possible, et pourtant : je ressentis de la pitié pour lui.

Mais Vito n'était pas là pour me soutenir alors que je m'appuyais sur lui, pour me dire : tu vois qu'Ulli n'a pas vécu pour rien. Il y avait tant d'années que Vito n'était plus là et qu'il ne serait plus là pendant tant d'années encore ; mais ce fut le jour où, plus que tous les autres avant et après, son absence me fut insupportable.

Brusquement, les tunnels ont enfin cessé en même temps que la dernière montagne noueuse au bout de la Botte : nous sommes de nouveau au bord de la mer. Mais vraiment tout près : le train passe à quelques mètres de l'eau. Même si le ballast des voies est protégé par des brise-lames en pierre, des gouttes d'eau salée doivent arriver sur les fenêtres les jours de tempête.

La toute petite gare de Favazzina est tassée contre les maisons, abandonnée, sale, couverte de graffitis, parmi lesquels, en lettres capitales : WELCOME TO FAVAZZINA HILL. Aussitôt après, nous en traversons une aussi petite et désaffectée, mais au nom bien plus évocateur : Scilla. Et enfin, le phare rouge et blanc de Villa San Giovanni qui annonce : le continent s'arrête ici.

1973

Odontomètre, petites pinces, loupes. Penché sur son bureau, Silvius Magnago examinait une denture.

Il n'avait jamais été un grand voyageur. Le plus loin où il était allé, c'était l'immense plaine de Nikopol, en Ukraine, et il y avait laissé sa jambe gauche. Il s'était souvent rendu à Vienne, il avait visité plusieurs capitales européennes, et avec ses navettes entre Rome et Bolzano il avait parcouru plus de kilomètres que s'il avait fait le tour de la terre. Mais il ne lui était jamais arrivé de voir le monde pour le plaisir. Sa façon de voyager était de collectionner les timbres de tous les pays. Quelle chance, après tant d'années, d'avoir un peu de temps à leur consacrer !

Avec l'approbation du Statut, les attentats, les bombes et les morts avaient cessé. Il était entré en vigueur trois ans après, c'est-à-dire depuis quelques mois. Il s'agissait à présent d'adopter les modalités d'exécution des différentes procédures. Impôts, enseignement, compétences en matière d'infrastructures routières et d'aides à la construction : toute l'autonomie administrative du Haut-Adige devait trouver ses règles d'application. Un long travail, bureaucratique, méticuleux. Mais la recherche de solutions concrètes et détaillées n'avait jamais déplu à Magnago, et l'entreprise qu'il affrontait avec des commissions dirigées par des personnes qu'il estimait comme le démocrate-chrétien Berloffa ne l'effrayait pas. Il fallait être minutieux, concret, soucieux du détail et précis : des qualités de philatéliste, ce qu'il était en fait. Ce serait un travail absorbant, mais pas difficile.

Le climat de l'*Heimat* aussi était bon. Le tourisme apportait un bien-être que personne, dix ans auparavant, n'aurait pu imaginer, même de loin. Aux dernières élections, son parti avait remporté les deux tiers des suffrages d'un électorat satisfait de la mission historique accomplie. Et surtout, il ne recevait plus de coups de fil en pleine nuit pour le prévenir qu'un soldat avait sauté en l'air, qu'un garçon avait été tué à un barrage de police, que l'explosif qui menaçait de faire sauter toute la province avait une mèche de plus en plus courte.

L'âge avançant, sa jambe invisible, celle qui était restée à Nikopol, conversait de plus en plus souvent avec le reste de son corps dans la langue secrète de la souffrance, un langage qu'il ne pouvait partager avec personne, pas même avec sa Sofia. Les années effrayantes et exaltantes qui avaient mené du meeting de Castel Firmiano aux accords avec Rome étaient pourtant terminées. Maintenant, il pouvait même s'occuper de ses timbres de temps en temps. Et pourtant, lorsque Silvius Magnago observait les événements du pays dont sa terre avait accepté de faire partie, en signant le Paquet, il n'arrivait pas à rester serein. Ce qui se passait lui semblait familier, comme une mélodie déjà entendue, mais si un petit groupe marginal comme le Tyrol du Sud la sifflotait auparavant, à présent elle était jouée par tout un orchestre : l'Italie.

Bombes. Massacres. Attentats. Terroristes. Barrages de police. Projets de putsch. Cover up. Rumeurs d'implication du personnel des services secrets dans de sombres affaires. Et surtout, des morts. Trop de morts. Dans la rue, dans les banques, dans des commissariats d'où le suspect sortait sans vie, dans des rues bondées. Ce n'était pas une musique joyeuse.

Quelque temps plus tôt, il avait vu à la télé, avec Sofia, un documentaire sur des tornades et des typhons. Il avait alors pensé au Tyrol du Sud comme à une de ces zones au milieu de l'océan, inconnues à la plupart des gens, traversées par peu de personnes, mais où les ouragans ont leur origine. Des zones microscopiques de basse pression rarement signalées par les radars mondiaux, marginales dans le cadre général, mais où les vents se mettent parfois à tourbillonner, les eaux à bouillonner, les nuages à se condenser, jusqu'à ce qu'une petite trombe d'air naissante devienne un cyclone prêt à balayer les côtes des continents, ce qu'il fait, mais seulement après s'être éloigné pour toujours de l'insignifiant petit coin du globe où il avait commencé à prendre forme.

Voilà. Les grondements de tonnerre, les tempêtes, les tourmentes qui avaient agité sa terre dans ces années de feu entre 1957 et 1969, vues de là, semblaient seulement les signes avant-coureurs de quelque chose de plus grand et d'étendu, quelque chose dont *la répétition générale avait précisément eu lieu ici* — cette seule pensée lui donnait froid dans le dos — *c'était ici qu'ils avaient appris comment faire.*

Magnago était peut-être le seul homme politique en Italie à jouir, façon de parler, d'un double statut. Les terroristes et les franges plus extrêmes, comme les *Schützen*, le considéraient comme un politicard qui trahit ses idéaux et se soumet à la raison d'État ; en revanche, le monde politique italien l'accusait de compréhension excessive à l'égard des terroristes. Il se trouvait donc, au fond, dans la meilleure position pour voir les choses des deux côtés. Les événements du Tyrol du Sud avaient développé en lui une sensibilité de sourcier envers les attentats : il ne voyait que trop clairement à quel point ils faisaient le jeu de ceux qui auraient dû les réprimer. Les épisodes des douze dernières années étaient si nombreux qu'on ne pouvait les comprendre qu'en supposant que quelqu'un, un membre dévoyé de l'État, cherchait à marquer contre son camp pour justifier la dureté de la réaction. Naturellement, Magnago ne pourrait jamais le prouver. Et les délicates négociations qu'il avait menées pendant des années avec les gouvernements italiens ne lui avaient jamais permis de partager ces doutes avec ses interlocuteurs, il n'aurait plus manqué que ça ! Mais il était sûr d'avoir raison. Une fois seulement, à la fin d'un entretien amical comme toujours avec Aldo Moro, il avait laissé tomber une phrase pour voir l'effet produit, prêt à la retirer si elle était tombée dans le vide.

« C'est comme si quelqu'un n'avait pas envie que l'Italie devienne une vraie démocratie », lui avait dit Magnago.

Le démocrate-chrétien, dont la voix était déjà normalement si basse et éraillée qu'on distinguait avec peine ce qu'il disait, s'était tu. Mais il lui avait adressé un regard profond, fatigué, compréhensif, puis il avait fermé à demi les yeux avec une expression d'acquiescement imperceptible, mais sans équivoque. De ce moment-là, Magnago sut avec certitude qu'il avait raison : il existait un plan de déstabilisation de la démocratie, et certains le savaient. Mais cette conviction, tout comme la douleur physique avec laquelle il vivait depuis 1943, Silvius Magnago continua à ne pouvoir la partager avec personne — un clignement des paupières était sa seule preuve.

Et il est inutile de perdre du temps avec quelque chose qu'on ne peut ni discuter ni affronter. Les problèmes à résoudre étaient déjà assez nombreux et pressants ; la réglementation, compliquée à élaborer. Et surtout, depuis que les rapports avec l'État italien se normalisaient, pour Magnago, il y avait une autre menace qui pesait sur son *Heimat* et qui risquait, à la longue, de porter atteinte à son identité. C'était le phénomène le plus déstabilisant, le plus invasif, le plus dangereux pour tous : les mariages mixtes interethniques.

Oui, bien sûr, lui aussi était le fruit d'un *Mischehe* [1]. Mais ses parents s'étaient mariés quand tout le Tyrol faisait encore partie de l'Autriche. Du temps où il n'était pas nécessaire de défendre les traditions de l'*Heimat* contre l'assimilation.

Or cette époque était révolue, et il était fondamental que les communautés ethniques du Haut-Adige soient recensées, quantifiées, et clairement distinguées l'une de l'autre : les écoles et les instituts culturels et linguistiques surtout, car seule une séparation entre les cultures et les langues pouvait les protéger efficacement. Des frontières ethniques

1. Mariage mixte.

bien définies : la paix sociale ne pourrait être maintenue qu'ainsi, après tant d'agitation.

C'était comme en philatélie. La place d'un
Sachsendreier[1] ou d'un *Schwarze Einser*[2] était dans
l'album des timbres historiques et non dans celui
de la Faune mondiale, sous-catégorie des Oiseaux.
Ordre, classement : le Haut-Adige avait besoin des
meilleures qualités d'un philatéliste. Mélanges et
confusions entre les communautés auraient
conduit, une fois de plus, à la déflagration, au
chaos.

Les dentelures du timbre étaient en bon état, de
même que sa gomme. Silvius Magnago le replaça
avec un soupir de satisfaction dans son album. Les
temps n'étaient pas encore mûrs pour faire des
déclarations publiques à ce sujet, mais ce serait la
bataille politique suivante que le père de l'autonomie
du Haut-Adige mènerait avec toute sa compétence.
Le moment de le dire en toutes lettres arriverait
bientôt : les *Mischehen* entre Italiens et Allemands
étaient le début de la fin pour le Tyrol du Sud.

Le lieutenant-colonel qui lut à Vito l'extrait du
règlement avait quelques années de plus que lui,
mais il faisait plus jeune. Avec ses yeux clairs d'innocent, il était difficile de l'imaginer les armes à la
main, en pleine action dans un col de montagne ou
pendant une rafle. Et en effet, ça ne lui était jamais
arrivé : il était depuis peu en Haut-Adige, quand le
pire était passé désormais.

1. Saxe, rouge de 3 pfennigs, premier timbre émis par le
royaume de Saxe en 1850.
2. Un kreuzer noir, premier timbre émis par le royaume de
Bavière en 1849.

Il l'avait convoqué dans son bureau et s'était adressé à lui avec la courtoisie formelle des Turinois ou des timides en position d'autorité : en fait les deux à la fois. Il s'était empressé de se procurer un exemplaire, il voulait que Vito en personne le lise. Loin de penser qu'il n'en connaissait pas le contenu, il tenait à traiter Vito avec respect, car tout le monde avait de l'estime pour lui. Et puis, la question était délicate et intime, et se reposer sur un bout de papier l'aiderait peut-être.

Il commença à lire.

« Humbert de Savoie, prince du Piémont, lieutenant général du Royaume. En vertu de l'autorité qui nous est déléguée ; vu le décret législatif royal et cetera et cetera... vu la délibération du Conseil des ministres ; sur proposition du ministre de la Guerre, en accord avec le ministre de l'Intérieur et du Trésor ; nous avons approuvé et promulgué ce qui suit... »

Vito s'était assis devant lui. L'officier se penchait au-dessus de son bureau, lui indiquant du doigt les lignes du texte qu'il lisait. Il avait une bonne odeur de propre. Derrière lui, suspendu au mur, un portrait du chef de l'État, Giovanni Leone, avec sa tête de rongeur encadrée d'épaisses montures noires.

« Article 1. Dans l'Arme des carabiniers royaux, les adjudants des trois grades et les brigadiers peuvent être autorisés à contracter un mariage sans aucune limitation de grade, du moment qu'ils ont accompli neuf ans de service et qu'ils sont âgés de vingt-huit ans... Conditions requises que vous remplissez », précisa le lieutenant-colonel.

Vito acquiesça.

« L'article 2 traite des caporaux-chefs et des carabiniers d'élite, il ne vous concerne pas, de même que le 6. Les articles 3, 4 et 5 définissent le quota de carabiniers mariés autorisés par caserne. L'article 7 est une bonne nouvelle : les militaires de l'Arme des carabiniers royaux mariés ont un droit d'assistance médicale gratuite auprès du médecin responsable du service dans les postes de carabiniers.

— Excusez-moi, mon colonel, pourquoi "royaux" ?

— C'est un adjectif qu'on n'a jamais modifié, il continue à être valable pour nous aussi qui jurons fidélité... »

Il désigna le portrait du rat à lunettes derrière lui.

« ... à la République italienne. C'est l'article 8, celui qui... »

Il s'interrompit.

Quand il s'agit de donner des mauvaises nouvelles, les timides doivent être deux fois plus courageux : pour affronter leur interlocuteur, et eux-mêmes.

« ... vous concerne. »

Vito avait l'esprit ailleurs. Il se remémorait ce que lui avait dit sa mère quand il était allé en permission chez lui, deux semaines plus tôt. Elle n'avait pas tourné autour du pot.

« C'est elles ou nous. »

Elles : Gerda et Eva. Nous : elle-même, toute la famille et chaque habitant de la ville, ou mieux, de la Calabre tout entière.

« Article 8. La mauvaise conduite avec scandale public des membres de la famille du personnel marié de l'Arme des carabiniers royaux conduira au renvoi du militaire avec résiliation du réengagement en cours sur proposition des commandants de légion respectifs et après décision du commandement général de l'Arme. »

Le lieutenant-colonel lut tout d'une traite, comme un écolier, sans jamais lever ses yeux bleus.

« Fait à Rome, le 29 mars 1946. Humbert de Savoie. De Gasperi, Brosio, Romita, Corbino. Le garde des Sceaux : Togliatti. »

Il n'y avait plus rien à lire. L'officier continua à garder les yeux fixés sur la feuille.

C'est elles ou nous. C'est ce que Mariangela Anania née Mollica avait dit à son fils. Et les Calabrais au complet, même s'ils étaient divisés par des siècles de règlements de comptes ancestraux, des rivalités, des disputes et d'obscurs intérêts, s'étaient trouvés unis pour condamner le mariage entre Vito et une mère célibataire. Une pleine unanimité, comme on n'en voyait plus depuis l'époque de la Grande Grèce ou, mieux, des Phéniciens. Et devant la formidable cohésion du verdict prononcé par ceux de sa région, les vivants, mais, sa mère le lui avait fait comprendre, les morts aussi, sans parler des générations futures, que valait le règlement de l'Arme aux yeux de Vito ? Quel obstacle pourrait-il encore opposer à son amour pour Gerda qui ne fût déjà là, inamovible, insurmontable, comme un rocher éboulé sur un chemin muletier ?

Le lieutenant-colonel leva son doux regard.

« Sœur de terroriste, mère célibataire... brigadier Anania, mais où l'avez-vous trouvée, celle-là !

— Gerda n'a jamais rien fait de mal. »

Le lieutenant-colonel soupira : impuissant plus qu'irrité. Désolé, aussi.

« Prenez-le comme vous voulez, brigadier, mais c'est le règlement. Scandale public ; mauvaise conduite. Tout y est dans votre situation. Aucun supérieur ne vous donnera la permission de l'épouser. Vous pouvez le faire en libre citoyen, naturellement, mais alors vous serez renvoyé. Le décret est bien clair. »

Vito avait passé toute sa vie à respecter les règlements de l'Arme. Avec fierté, abnégation, esprit de corps — choses qu'aucun civil ne pourra jamais comprendre. Il n'eut donc rien à dire. Quand il sortit du bureau du lieutenant-colonel, il rencontra Genovese.

Le Napolitain avait déjà ouvert la bouche pour lancer une blague, mais en voyant sa tête, il se mordit les lèvres. Les voilà, les effets de la tête d'amoureux transi, celle qui vous vient quand on vole déjà vers les ennuis : et Anania avait clairement foncé droit dedans. Genovese hocha lentement la tête, de bas en haut, de haut en bas, comme celui qui obtient une confirmation qu'il attendait depuis longtemps. Il lui donna deux petites tapes sur l'épaule avec une tendresse aussi brusque qu'inattendue, puis il tourna les talons et s'en alla.

Vito resta seul dans le couloir.

Se marier. Elle et lui. C'est la seule chose qu'ils voulaient. Mais comment faire, si tout s'y opposait ? Avant tout, il ne fallait pas perdre courage. Ils s'aimaient. Cela seul comptait.

Vito serait renvoyé ? Tant pis. L'Arme n'était pas le monde entier. Ils s'en sortiraient quand même : Gerda était cuisinière et lui aussi avait un métier, il avait un diplôme de comptable. Il trouverait du travail, par la suite elle pourrait cesser de trimer en cuisine, et elle ne manquerait de rien grâce à lui. Eva irait à l'école tout près et ils pourraient enfin vivre ensemble. Il l'adopterait, lui donnerait son nom : Eva Anania, ça sonnait bien.

Ils seraient heureux, tous les trois. Ils auraient même d'autres enfants, ce qui ferait plaisir à Eva, car toutes les petites filles aiment avoir des petits frères à dorloter. Ils l'aimeraient tant qu'elle ne serait jamais jalouse.

Et sa mère ? Elle avait besoin de temps, tôt ou tard elle changerait d'avis, à la naissance de son premier petit-fils, elle pardonnerait, il le savait déjà.

Vito parlait sans s'arrêter sous les draps, à voix basse.

Gerda écoutait sans dire un mot. Elle se serra contre lui, le chercha de ses mains. Elle avait faim de lui, de sa bouche, elle voulait à nouveau le sentir bouger en elle, ils partageraient leur lit toute la vie, mais maintenant elle ne pouvait pas attendre.

Vito fut tout de suite prêt, comme toujours pour elle. Il la retourna en la tenant serrée tandis qu'elle se cambrait. Entrer en elle était si facile, mon Dieu, si nécessaire.

Ensuite, Vito s'endormit.

Gerda le tenait comme un enfant, la tête sur sa poitrine. Elle regarda la chaise près du lit où il avait posé son uniforme de brigadier. Il avait soigneusement plié son pantalon, la bande rouge se détachant bien droite juste au milieu du siège, les épaules de la chemise glissées sur les pommeaux du dossier. Comme il était ordonné, son Vito, comme il était sérieux et fiable. Un homme d'honneur. Elle caressa ses cheveux noirs. Ils étaient encore plus clairsemés que lorsqu'elle l'avait connu. Elle avait touché tant de fois son front, sa nuque, ses sourcils que si elle était devenue subitement aveugle, elle aurait reconnu la naissance de ses cheveux entre mille rien qu'au toucher. Gerda respira profondément, la tête de Vito se souleva en même temps que sa poitrine.

Elle savait ce qu'elle avait à faire.

Quand Vito se réveilla, Gerda était debout devant la fenêtre. Elle fumait. Il la regarda et il eut peur. Sa voix n'était plus la même, son visage et ses yeux non plus. Pendant qu'il dormait, Gerda était entrée dans un après qui était tout à fait différent de l'avant.

Elle lui dit :

« J'ai pris une décision. »

Elle ne lui dit pas : si tu quittes ton uniforme de carabinier, tu te perds toi-même et tout ce en quoi tu crois. Elle ne dit pas non plus : ta mère n'a que toi, cette terre n'est pas la tienne, ici tu serais toujours malheureux, tu mourrais de nostalgie. Pas plus que : dis-moi que ce que je te dis n'est pas vrai, persuade-moi, insiste pour que nous restions ensemble.

Mais elle dit : c'est moi qui ne veux pas t'épouser, j'y ai beaucoup réfléchi, je ne peux pas vivre avec toi, nous sommes trop différents, ça ne marchera jamais, et je sais que si nous avions d'autres enfants, tu n'aimerais plus Eva.

Il haussa les épaules, et ce geste la fit presque flancher. Elle alluma une autre cigarette, même si elle n'avait pas fini la première.

Vito s'assit sur le lit, il se taisait.

Gerda rejetait la fumée avec force, elle la lançait loin, comme si elle cherchait à atteindre les montagnes derrière la fenêtre.

Vito continuait à se taire.

Gerda termina sa cigarette.

Vito n'aurait jamais imaginé qu'il lui en coûterait autant de la regarder dans les yeux.

Et Gerda sut qu'elle avait fait la seule chose qu'on pouvait et devait faire s'il ne disait pas : non, mon amour, lumière de ma vie, je t'aime, nous surmonterons cette difficulté et toutes celles que nous rencontrerons au cours de notre longue vie ensemble, ne me quitte pas et moi je ne te quitterai jamais. Mais il dit au contraire :

« Mais c'est moi qui le dirai à Eva. »

Il voulut tous les saluer, un par un. Sepp, Maria, Eloise, Ulli. Il se rendit même au *maso* où vivait Ruthi depuis son mariage, apportant un jouet pour le bébé. Il avait demandé sa mutation, expliqua-t-il. Il était parti de chez lui depuis trois ans. Sa mère était âgée, elle n'avait que lui, il était temps de rentrer. Personne ne posa de question. Personne ne dit : et Gerda ? Maria l'embrassa, lui donna pour sa mère *Schüttelbrot* et *Kaminwurz* et les différentes grappas qu'elle avait distillées : au pin mugo, à la framboise, à la gentiane. Elle ne lui donna pas de *Graukäse* : il ne se conserverait pas jusqu'en Calabre. Sepp lui avait fabriqué une boîte en bois ; il y mettrait ses souvenirs du Haut-Adige, mais le vrai souvenir était le parfum qui s'en dégageait quand on l'ouvrait, une odeur de bois, de *Stube*, de fenil. Ulli pleurait, il n'arrivait pas à se détacher de lui. Eva n'était pas là.

Elle était au sommet du Nanga Parbat. Elle était assise sur les planches de bois sous la croisée des poutres du toit, les jambes pendant hors de la balustrade. Elle regardait la cour entre le fenil et la maison, les poules qui fouillaient dans le tas de fumier, le chat qui sommeillait. Elle resta immobile durant tout le temps des adieux. Ils la virent seulement lorsqu'ils sortirent pour les photos-souvenirs — ils en voulaient tous une avec Vito, mais dans la *Stube* il n'y avait pas assez de lumière.

Gerda lui ordonna de descendre.

Vito, la tête rejetée en arrière et le front plissé de rides, la regardait sans parler.

Eva descendit par les rampes des balcons de bois du fenil. Un jour ordinaire, Vito l'aurait grondée parce que c'est dangereux de faire ça sur trois étages, elle pourrait se faire mal. Mais il ne dit rien et la regarda descendre le long de la façade du vieux fenil, ses jambes nues dépassant de sa robe, ses genoux écorchés, ses chaussettes tombant sur ses chevilles. Elle atterrit d'un petit saut devant la fenêtre de l'étable et Vito alla à sa rencontre, la serra dans ses bras et lui dit quelque chose. Eva n'écoutait pas, elle était trop occupée à penser : il semblait différent des autres, en réalité c'est le pire de tous.

Km 1383-1397

À la gare de Villa San Giovanni, le toit rouillé de la marquise tranche avec le mur couvert de graffitis.

BRIGADES AUTONOMES ALCAMO.

VIRAGE NORD PALERME, des merdes.

(Minuscule.)

ULTRAS MESSINA[1] TÊTES POURRIES.

Qu'est-ce que signifient ces « têtes » ? Des cerveaux ? Des attributs masculins ?

Derrière les voies, se dresse un grand centre commercial avec une enseigne verte en lettres capitales digne de Salgari :

LA PERLE DU DÉTROIT

Il est relié à la gare par un passage pour piétons aérien. Beaucoup de gens montent et descendent le long des marches. Elles sont bordées d'un escalier roulant flambant neuf. Immobile, et qui n'a sans doute jamais fonctionné ; mais il est d'un rouge joyeux et éclatant, exactement de la même couleur que Marlene.

La famille de Messine descend ici. Ils doivent aller rendre visite à des parents calabrais avec qui

---

1. Nom d'un groupe de supporters de l'équipe de Messine. (*N.d.T.*)

ils passeront le lundi de Pâques avant de rentrer chez eux. Nous nous saluons cordialement, la dame récupère tous ses sacs, le mari me serre la main avec une vigueur d'ancien policier, la fille me fait un beau sourire et puis je reste seule. Dans le compartiment, dans le wagon, peut-être même dans tout le train.

La Sicile, posée sur les eaux violettes du Détroit, semble s'adosser à contre-jour au soleil qui décline, une masse sombre surmontée de longs nuages. Le train se remet en marche pour sa dernière étape et juste à cet instant-là, derrière l'île, aux confins de la mer couleur anthracite à présent, le soleil disparaît.

Un éclair bleuté s'échappe de l'ouverture de mon sac près de moi sur le siège : un sms vient d'arriver. Je sors mon portable, je le regarde. C'est Carlo qui écrit :

COMMENT VAS-TU ? ES-TU ARRIVÉE ? JE T'AIME.

Je le regarde longuement, et j'appuie sur une touche sous l'écran, sans savoir très bien pourquoi. Qui me demande donc : SUPPRIMER ?

Je lève les yeux vers la fenêtre. La silhouette de la Sicile est de plus en plus indistincte et sombre, désormais repérable uniquement par les lumières de Messine. Puis nous traversons la banlieue de Reggio de Calabre. Des constructions, qui n'ont pas échappé aux ravages de l'immobilier comme dans le reste de l'Italie, sont éclairées par la lumière jaunâtre des lampadaires. La nuit est tombée avec une rapidité presque tropicale.

Tandis que le train arrive dans la ville de Vito, j'appuie sur : oui.

La gare est presque déserte. Je descends du

403

wagon en même temps qu'un petit nombre d'autres passagers, mal assurée sur mes jambes comme après un long voyage intercontinental. J'ai réservé dans un hôtel près de la gare, ma petite valise à roulettes n'est pas encombrante, je devrais pouvoir y arriver à pied. Je me dirige vers la tête du quai, et c'est alors que je le vois.

Il est vraiment comme je me le rappelais. Pas très grand, un nez de Phénicien, une bouche tendre légèrement tordue. Vito aussi me reconnaît au premier coup d'œil, il vient à ma rencontre. Il est jeune, tout à fait comme autrefois. Il n'a pas vieilli le moins du monde.

1973-1977

Ce fut le « certificat » qui sauva la vie de Gerda.

Ou peut-être qu'elle n'y serait pas arrivée de toute façon, l'envie de vivre de son corps l'aurait obligée à tout recracher ; ou peut-être quelqu'un serait-il entré en courant dans la chambre et l'aurait arrêtée. Ou peut-être encore, au dernier moment, elle aurait pensé à Eva, et elle aurait jeté les comprimés dans les w.-c. Le fait est que Gerda ne mourut pas aussi grâce à la loi sur le bilinguisme, fondement du nouveau Statut d'autonomie provinciale.

Après des années pendant lesquelles on avait obligé les Tyroliens du Sud à parler une langue étrangère dans les bureaux de l'administration de leur terre, le Statut corrigeait les choses. Tous les employés des services publics devaient prouver par un examen qu'ils savaient aussi bien l'allemand que l'italien : le fameux « certificat », justement.

La loi réparait une injustice historique, dommage seulement que personne n'ait réfléchi aux questions pratiques. Qu'arriverait-il aux employés italiens qui ne parlaient pas assez bien l'allemand pour passer l'examen, c'est-à-dire presque tous ? Seraient-ils licenciés en masse ? Et ceux qui travaillaient dans des services d'intérêt public, que deviendraient-ils ? Les pharmaciens, par exemple.

Le docteur Enrico Sanna avait quitté sa chère ville de Cagliari après l'université et avait ouvert une pharmacie non loin de l'hôtel de Frau Mayer. Trente ans s'étaient écoulés depuis, mais il avait appris seulement à saluer en allemand, à dire « s'il vous plaît, merci, bon appétit » et quelques mots encore. Pour comprendre les noms des médicaments, il n'est pas nécessaire de connaître les langues, et pour se faire décrire les symptômes d'un mal de tête ou d'une indigestion, on peut s'aider des mains ou des expressions du visage : il n'avait jamais considéré l'ignorance de l'allemand comme un obstacle à sa profession. Ses clients non plus ne s'étaient jamais plaints. Bien au contraire, à leur manière un peu sèche, ils lui avaient toujours témoigné de la sympathie, à lui comme à sa femme, qui venait de la Barbagia et chez ces gens de peu d'effusions mais fidèles à leur parole, elle s'était toujours sentie chez elle. Jusqu'au jour où le docteur Sanna reçut une convocation officielle qui lui demandait de passer un examen pour obtenir son certificat de bilinguisme.

Vito était parti depuis quelques semaines. Gerda était retournée en cuisine. La nourriture qu'elle préparait pour les clients de Frau Mayer n'était pas moins savoureuse, n'était pas moins bien cuite, n'était pas garnie avec moins de soin. Quand les serveurs arrivaient avec les commandes de la salle et qu'ils criaient « *Neu !* », en laissant les feuillets sur le comptoir, elle n'était pas moins rapide à superviser la cuisson d'une sauce, moins attentive à arroser de jus le rôti dans le four, moins précise à couper la roulade de veau. Mais pendant la pause-déjeuner, quand le personnel descendait manger et qu'elle, fidèle épigone d'Herr Neumann, restait en cuisine toute seule pour ne pas laisser les fourneaux sans surveillance, il lui arrivait de regarder les bouteilles de liquide vaisselle dans l'évier d'Elmar : en boire une, d'un seul coup, ne semblait pas si difficile. Ou bien les couteaux pour la viande : ces lames fiables entre ses mains expertes trouveraient ses veines sans difficulté.

Mais la pause-déjeuner se terminait, les cuisiniers reprenaient leur place, les clients avaient faim et Gerda, heure après heure, survivait.

Ce jour-là était son jour de repos, toujours le pire moment. Elle était dans sa chambre, étendue sur son lit, mais ça aussi c'était atroce, rester là, juste sur le lit où elle et Vito...

Prise d'une soudaine détermination, elle se leva, s'habilla, sortit de l'hôtel. Elle se rendit au dispensaire, attendit son tour au milieu d'enfants avec des oreillons et de personnes âgées atteintes de diverticulite, et quand ce fut son tour, elle parla de son problème : insomnie. Le médecin vit sa peau grise, les cernes violets sous ses yeux et lui prescrivit des benzodiazépines.

C'est-à-dire des somnifères ?

Oui. Avec ça, vous arriverez enfin à dormir.

Gerda passa à la pharmacie. Brandissait-elle l'ordonnance comme un samouraï l'épée avec laquelle il se fera hara-kiri ? Non. Elle l'avait mise dans son sac, avec sa poudre et son porte-monnaie. Mais elle était tout aussi décidée à mourir qu'un guerrier japonais.

Cependant, la pharmacie du docteur Sanna était fermée. Gerda resta interdite : il était quatre heures de l'après-midi, on était lundi, ce n'était pas Noël.

Sur le rideau métallique baissé était collée une feuille pleine de timbres qui commençait par la mention :

PROVINZVERORDNUNG/ARRÊTÉ PROVINCIAL.

Gerda regarda autour d'elle. Sur le trottoir devant la pharmacie, s'était formée une petite foule. Des hommes âgés, de jeunes mères avec leurs bébés, des militaires du contingent. Ils avaient besoin d'aspirine, de collutoires, d'anticoagulants, d'insuline. De préservatifs, de thermomètres, d'antibiotiques, de bandes et de seringues, de poudre contre les poux, de comprimés pour les maux de gorge. De benzodiazépines pour mettre un terme à leur souffrance.

Mais le docteur Sanna n'avait pas réussi l'examen de bilinguisme et ne pouvait plus vendre à personne.

Si Gerda avait vraiment voulu, il y avait d'autres pharmacies dans les villages voisins. Mais la détermination qui l'avait conduite jusque-là avait perdu de sa vigueur.

Donc, Gerda ne mourut pas. Elle commença, pourtant, à ne plus enfiler le manteau en laine. Elle entrait dans la chambre froide en manches de chemise, échauffée, directement de la cuisine. La transpiration se glaçait à l'instant sur elle, brûlant ses reins comme un fil électrique, mais elle ne pensait à se couvrir que lorsqu'elle était déjà sortie. Gerda était de la race forte de son père Hermann et elle mit du temps à tomber malade, mais à la fin elle fut prise d'une très forte fièvre. Quand Frau Mayer monta la voir dans sa chambre sous les toits, elle fut effrayée : sa chef cuisinière transpirait et tremblait comme si elle avait le choléra, et son oreiller était couvert de cheveux qu'elle perdait par poignées. Elle resta au lit pendant trois semaines. Quand elle put enfin se lever, Gerda avait moins de trente ans et de grandes plaques chauves sur la tête. Elle porta un foulard pendant des mois. Puis ses cheveux blonds repoussèrent — mais jamais aussi souples qu'autrefois.

Gerda reprit sa vie de dur labeur. Tout était comme avant. Mais si quelqu'un allumait la radio dans la cuisine, elle l'éteignait aussitôt. Elle offrit celle qui était dans sa chambre à Elmar. Écouter de la musique lui faisait mal, plus que toute autre chose. Quand elle rencontrait un homme dans un bar, elle ne lui demandait pas comment il s'appelait, et s'il le lui disait quand même, elle ne l'écoutait pas. Il n'y avait qu'un seul nom qu'elle aurait voulu entendre.

Un matin, pendant une pause des préparations de base, elle sortit fumer dans l'arrière-cuisine ; elle tenait dans ses mains une louche qu'elle avait oublié de poser. Hannes Staggl était là qui l'attendait. Il avait pris du poids, ses cheveux rouges étaient parsemés de gris, ses paupières de plus en plus semblables à celles d'une salamandre. Il était planté au milieu de la cour de l'hôtel de Frau Mayer comme un photogramme raté au milieu d'un film.

« *Figg lai mit mir, Gerda* », lui dit-il. Baise rien qu'avec moi. « L'autre t'a laissée tomber parce qu'il ne t'aimait pas, pas comme moi, qui suis prêt à tout te payer. Baise rien qu'avec moi à partir de maintenant, et Eva et toi ne manquerez de rien. »

Gerda visa et lança la louche sur le père de sa fille. Elle le toucha au coin de l'œil. Hannes Staggl pouvait s'estimer heureux : dix minutes avant de sortir, Gerda était en train de désosser un bœuf avec un tranchoir.

Il garda l'œil mi-clos, gonflé et bleuâtre, pendant des semaines, comme un boxeur pour qui le moment serait venu d'abandonner le ring. Il dit à sa femme qu'il s'était cogné en ouvrant la voiture. Il avait enfin vendu sa Mercedes et il n'était pas encore habitué à la portière de la nouvelle Lancia.

En arrivant dans la petite chambre où elles vivaient pendant la basse saison, Gerda avait trouvé des douzaines de lettres. Rien qu'en les touchant, elle sentait leur désespoir. Elle les jeta sans les ouvrir dans le feu de la cuisinière à bois. Beaucoup de lettres étaient adressées à Eva. Elle les jeta aussi, comme si c'était un saucisson trop pimenté immangeable.

Si Eva voyait une Fiat 600 couleur café au lait (mais même gris clair, jaune ou noire) grimper le long des tournants qui conduisaient aux *masi*, ses jambes s'immobilisaient comme si elles avaient pris racine, sa respiration s'arrêtait, sa bouche devenait sèche. Si les citrouilles peuvent devenir des carrosses et les grenouilles des princes charmants, pourquoi Vito ne pourrait-il pas apparaître sur la place de l'église ?

Non, inutile. Ça ne marchait pas. Elle avait dix ans maintenant et elle ne croyait plus aux contes de fées, même en se forçant.

La seule chose à faire était de rester au sommet du Nanga Parbat avec Ulli et de descendre le moins possible à la hauteur du reste des êtres humains. À huit mille mètres, il fait froid, on respire mal, mais au moins on plane au-dessus de la désolation et de la nostalgie.

Puis, tout à coup, presque d'un jour à l'autre, la

voix d'Ulli commença à changer. Son soprano enfantin devint d'abord un croassement désagréable, et au bout de deux ans, il prit une sonorité de ténor. Il n'en continuait pas moins à ne manifester aucun intérêt pour la compagnie des filles, à part Eva. Le matin, il se réveillait avec le pubis poisseux après des rêves peuplés d'animaux bizarres.

Vers quatorze ans, Eva commença à sentir les regards des hommes sur elle. Un jour, elle marchait avec Gerda dans la rue principale de la petite ville, quand un groupe de jeunes se mit à siffler. Gerda ne se retourna pas, persuadée, comme toujours depuis qu'elle était une femme, que ces hommages lui étaient adressés. Eva croisa le regard excité et apeuré d'un des garçons et comprit qu'en fait ils n'avaient d'yeux que pour elle, les jambes nues sous sa minijupe, la poitrine déjà bien formée qui gonflait son chemisier aux petits papillons. Elle regarda sa mère. Gerda marchait le dos droit et la bouche pincée, comme le font les femmes qui ne répondent pas aux compliments. Eva entrouvrit les lèvres pour lui expliquer les choses, mais ensuite, avec jubilation, embarras et un vague sentiment de trahison, elle garda le silence.

Km 1397

Ce n'est pas Vito, mais son fils Gabriele. C'est lui qui est venu me chercher à la gare. Il met ma valise à roulettes dans le coffre de son Opel Vectra et, un instant, je revois Carlo faire le même geste. Il me semble qu'un an est passé, c'était il y a deux jours.

Il est trop tard pour aller voir Vito. Les douleurs de sa tumeur des os le tiennent éveillé la nuit, il n'arrive à dormir un peu que le soir. Gabriele va m'accompagner à l'hôtel, j'irai le voir demain matin. Je suis incapable de résister et je le lorgne du coin de l'œil pendant qu'il conduit. Lui aussi me regarde à la dérobée. Pris sur le fait mutuellement, nous éclatons de rire.

Le fils de Vito et moi en train de rire dans sa voiture.

Tu imagines.

Il n'a dit ni « madame » ni « mademoiselle », nous nous sommes tutoyés, ce qui nous a paru tout de suite juste et normal. Gabriele parle tout en conduisant. Il y a peu de circulation, nous allons vite, mais je ne vois rien de Reggio de Calabre, je n'ai d'yeux que pour le profil en lame de couteau et la bouche de travers de celui qui, depuis qu'il est né, a pu appeler Vito « papa ».

412

Il sait certaines choses sur moi. Quand il avait un peu plus de vingt ans, Vito lui a parlé de la femme du Nord qu'il avait aimée quand il était jeune, et de sa petite fille.

« Je me suis imaginé cette petite fille avec des cheveux très blonds, presque blancs, comme les enfants allemands d'Allemagne qui viennent au printemps. Et en effet, tu l'es bien.

— Non, je ne le suis pas.

— Tu n'es pas blonde ?

— Je ne suis pas une Allemande d'Allemagne. Je suis une Tyrolienne du Sud. »

Il m'a regardée. Sérieux, mais les yeux rieurs.

« Ce qui est tout à fait différent…

— Oui, tout à fait. »

Comme il ressemble à son père. Il a la même façon de rire, un peu de travers : la moitié de la bouche qui se lève, s'étire et s'élargit, et l'autre moitié qui ne bouge pas, attendant que l'autre ait fini tout ce cancan — mais sans impatience.

« Et qu'est-ce qu'il t'a dit d'autre sur moi ?

— Qu'il aurait aimé te savoir heureuse. »

Je détourne les yeux.

« Tu as faim ? » me demande-t-il.

Le restaurant est petit, dans une ruelle étroite mais où l'on sent l'odeur de la mer. Les boulettes à la ricotta et le plat de friture me semblent ce qu'il y a de meilleur au monde, peut-être parce que je n'ai pas mangé de plat chaud depuis Fortezza.

Gabriele aussi est carabinier. Il a deux maîtrises, en sciences politiques et en droit, il connaît trois langues, et possède quelques notions des idiomes des endroits où il est allé en mission : Bosnie, Kosovo, Irak.

Quand il était au Kosovo, la chose la plus

importante était de saluer les Serbes et les Albanais chacun de la bonne manière et sans se tromper. Ne jamais commander trois cafés dans un bar albanais en levant le pouce, l'index et le majeur, c'est le salut des Serbes. Il faut lever l'index, le majeur et l'annulaire. Si on se trompe, ils prennent ça pour une insulte, et un Albanais offensé n'est jamais bon pour personne.

À Pec´, il fit irruption avec ses hommes dans une « ferme de filles ». C'est ainsi que les appelaient les paramilitaires. Il ne veut pas dire ce qu'il a vu là-dedans. Il a gardé personnellement le chef du camp sous surveillance jusqu'au moment de le remettre aux émissaires du tribunal international. C'était un homme entre deux âges, marié, avec une femme pieuse et trois filles de l'âge des prisonnières que ses soldats consommaient comme des morceaux de viande.

« On n'arrive pas à comprendre.

— Quand j'entends de telles choses, je pense qu'en Haut-Adige, nous on s'en est bien sortis. »

Gabriele acquiesce. « Oui. Vraiment bien. »

Après le café, je lève les yeux et lui souris.

« Toi, tu ne me le demandes pas.

— Quoi ?

— Si je me sens plus italienne ou plus allemande.

— Pourquoi le devrais-je ? Comme si tu me demandais si je me sens plus calabrais ou plus italien. Ou même, plus normand, arabe, grec ou albanais. »

Je le regarde et je me demande comment j'aurais grandi avec ce frère cadet.

Une fois arrivés devant l'hôtel, Gabriele éteint le moteur. Il reste silencieux un instant avant de dire :

« Ma mère aussi était au courant pour vous.

— Ta mère !... Comment pouvait-elle le savoir ?

— C'est ma grand-mère, qui maintenant n'est plus là. Quand ils se sont fiancés, elle lui a dit : le véritable amour de mon fils a été une autre, il ne t'aimera jamais de cette manière. Mais il te respectera toujours parce que c'est un homme bon. C'est à prendre ou à laisser.

— Et ta mère a pris. »

Gabriele acquiesce.

« Ça n'a pas été un mariage malheureux. Au contraire. »

Il porte ma valise jusqu'à la réception. Avant de partir, il me tend un paquet. Il est petit, enveloppé d'un papier marron, entouré d'une mince ficelle. Il est très vieux, il sent le tiroir fermé.

« Mon père a dit de te le donner quand tu arriverais. Tu peux te servir de ça. » Et il me tend un vieux walkman avec des écouteurs.

Nous nous quittons en nous embrassant un peu maladroitement, trop intimidés pour nous serrer dans les bras l'un de l'autre.

1978-1979

Ce coup de fil, le pire de tous, n'arriva pas en pleine nuit, ni aux premières lueurs de l'aube. L'appareil sonna à une heure prétendument inoffensive : juste après le déjeuner. Magnago venait de boire son café avec sa femme Sofia et il s'apprêtait à retourner au bureau.

C'était une voix connue, avec un accent romain. Elle lui parla de la Renault rouge, de la rue en plein centre de Rome — juste à côté du siège des deux grands partis ! —, du corps sous la couverture.

Depuis quelque temps, Sofia ne se rappelait plus très bien les noms des choses, ou plutôt c'étaient eux qui se refusaient à revenir sur sa langue. Donc, impossible de se souvenir comment s'appelait cette chose en bois à quatre pieds qui servait à s'asseoir, mais elle n'hésita pas à la tendre à son mari : elle ne savait pas ce qu'on lui avait dit au téléphone, mais elle voyait bien que Silvius était sur le point de tomber.

Magnago s'écroula sur la chaise, porta une main à son front. Il lui demanda d'allumer la télé.

On voyait le corps recroquevillé dans le coffre. La foule des policiers. Le prêtre qui donnait l'extrême-onction. Sur son cou replié, le visage bien connu, à l'intelligence secrète, avait une barbe longue de tous ces jours d'angoisse, de terreur, d'emprisonnement. La voilà dans toute sa splendeur, la force destructrice de l'ouragan. On avait tué Aldo Moro.

Magnago cacha son visage entre ses mains. Il posa le front sur la poitrine de sa femme debout près de lui, et il pleura.

Ce 9 mai 1978, Gerda aussi était debout devant la télévision. Frau Mayer, les clients, les serveurs, les cuisiniers et les aides-cuisiniers regardaient l'écran tous ensemble, en silence.

Parmi eux, seuls Gerda, Elmar et Frau Mayer avaient été présents au banquet que, bien des années plus tôt, l'*Obmann* Magnago avait offert à Aldo Moro, dans cette salle à manger précisément. Le reste du personnel avait été embauché plus tard. Gerda repensa au moment où ils s'étaient mis en rang pour saluer les deux grands hommes. Elle n'arrivait pas à se rappeler le regard de l'Italien, puis elle se souvint qu'elle avait gardé les yeux baissés au moment où il lui serrait la main, si l'on peut employer cette expression : c'était une poignée de main d'un homme peut-être sans défense, sûrement peu vigoureux. Qui sait pourquoi on avait tué un homme aussi doux.

Mais il est évident qu'aucun être humain, puissant ou misérable, ne mérite d'être mis ainsi dans le coffre d'une voiture, comme un objet.

Ce jour-là ne fut pas le pire, car chaque mort est pire que les autres pour ceux qui la pleurent, et ensuite, en Italie, il y en eut encore tellement, trop. Mais il est certain qu'en comparaison, les attentats qui avaient lieu de temps en temps en Haut-Adige firent l'effet de ces pétards qui explosent plusieurs jours après le jour de l'An. Boum, amorces et petits pétards, à côté de ce qui se passait dans le reste de l'Italie.

En 1979, le *Tiroler Schutzbund*, une frange extrémiste dont bien peu avaient entendu parler, fit sauter le *Wastl* de la petite ville d'Eva, pour la énième fois. Cela faisait quarante ans que le monument dédié au Chasseur alpin était construit et détruit, reconstruit et redétruit, comme s'il était devenu l'enjeu d'un concours sur la durée.

Depuis plusieurs années déjà, Eva était interne à Bolzano. Elle avait été admise au lycée au vu de ses excellentes notes à la fin du collège. Après de longues discussions, elle avait fini par convaincre sa mère qu'elle ne serait jamais cuisinière. Ce matin-là, elle passa par le carrefour et vit des jeunes soldats du contingent en tenue de camouflage et grosses chaussures qui, armés de balais et de pelles, ramassaient les débris du *Wastl*. Plus que des forces militaires déployées pour lutter contre un terrorisme désormais obsolète, ils avaient l'air de bonnes ménagères.

Plus personne ne s'intéressait à ces choses-là, ni d'un côté ni de l'autre, à part quelques rares exaltés. Même l'Association nationale des chasseurs alpins prit la sage décision, quelques mois plus tard, de ne pas reconstruire le monument et d'ériger à sa place un bas-relief en granit représentant les chasseurs alpins en temps de paix. En attendant, le buste disloqué du *Wastl* resterait à sa place sur son socle. Mais le bas-relief ne fut jamais sculpté, et ce qui restait de la statue resta là, où il est encore.

Eva était rentrée chez elle pour les vacances, quand le petit paquet arriva. Il était enveloppé de papier marron et entouré d'une mince ficelle.

Gerda alla ouvrir la porte. Destinataire et expéditeur étaient écrits avec soin. Gerda reconnut aussitôt l'écriture.

« *I nimms net* », dit-elle à Udo, le facteur. Je ne le prends pas.

« Mais c'est pour Eva...

— Je suis sa mère. Je sais qu'elle n'en veut pas. »

Udo aurait voulu lui demander : mais tu es sûre ? Elle leva sur lui ses yeux transparents, allongés, et le dévisagea, immobile. Il se tut. Il tira un stylo de sa poche et un imprimé de sa sacoche en cuir. Il les lui tendit en évitant de la regarder.

« Signe là. »

Gerda signa. Puis elle demanda avec une soudaine tendresse :

« Qu'est-ce qu'il va lui arriver, maintenant, à ce petit paquet ?

— Je vais le rapporter au bureau de poste et je dirai que tu n'en as pas voulu...

— Que Eva n'en a pas voulu.

— ... et on le renverra d'où il vient. »

Udo remit le petit paquet dans sa sacoche en cuir. Il plia le formulaire, le glissa au milieu d'autres papiers. Il rangea le stylo dans sa poche, en vérifiant qu'il était bien fermé. Il allait partir. Son buste se tournait déjà vers la rue, ses pieds allaient bientôt le suivre, quand il eut une dernière hésitation.

« Mais où est donc Eva ? demanda-t-il.

— Eva dort. »

Le petit paquet marron fit en sens inverse le chemin parcouru pour arriver jusque-là. Il couvrit deux mille sept cent quatre-vingt-quatorze kilomètres, aller-retour.

Km 1397

Chère sisiduzza,
Tu as seize ans aujourd'hui.
C'est un jour important.
Tous tes anniversaires sont des jours importants
pour moi, et même si je ne pouvais plus te voir, je
n'en ai jamais oublié aucun.

Le sol de la chambre d'hôtel est en marbre et les
murs sont peints à l'éponge, décorés d'une frise de
fruits et de fleurs qui court en hauteur. La nuit est
silencieuse et moi, allongée sur le lit au montant
en fer, j'ai les écouteurs de mon walkman sur les
oreilles.

La voix de Vito. Si jeune, si familière. Par
moments, elle se brise d'émotion et alors, l'écouter me fait mal.

Ta mère et moi n'avons pas pu nous marier pour
un tas de raisons, je ne sais si elle t'en a parlé, mais
ce n'est pas important à présent. C'est comme ça et
on ne peut revenir en arrière. Tu dois savoir cepen-
dant que toi tu n'es pas seulement pour moi la fille
de... Gerda. Tu es aussi ma sisiduzza, je t'aime
beaucoup et je n'ai pas cessé de t'aimer parce que je
ne te vois plus depuis des années.

Je t'ai écrit beaucoup de lettres, tu ne m'as jamais

répondu. Mais je le comprends, tu sais, je n'ai pas l'intention de te gronder, tu étais si petite. Que pouvais-tu me dire ? Tu étais peut-être fâchée contre moi, et tu avais raison. Mais maintenant que tu es grande, c'est différent. Si tu le veux, j'aimerais qu'on s'écrive, qu'on se parle même peut-être au téléphone de temps en temps, tu pourrais me parler de toi, de ton lycée par exemple. Je sais que tu as toujours été une bonne élève, j'aimerais te suivre dans tes études et dans ta vie, je suis un peu ignorant mais ce sont tes professeurs qui t'instruiront, je veux seulement te faire savoir que tu peux toujours compter sur moi.

Tu es en train de devenir une femme et je crois que tu auras besoin de ne pas être seule, peut-être encore plus que lorsque tu étais petite. Je veux dire que tu as ta maman bien sûr, qu'elle t'aime et qu'elle a fait tout ce qu'elle pouvait pour toi, même quand les choses étaient... très difficiles pour elle.

Une longue pause. Vito se racle la gorge.

Mais les filles de ton âge ont aussi besoin d'un père et, si tu veux bien, je pourrais l'être un peu, une sorte de père, être celui qui te conseille, qui te console, qui te gronde au besoin si tu te trompes. Surtout, qui te protège.

J'appuie sur le bouton stop. Je regarde le walkman. J'appuie sur retour arrière.

... qui te conseille, qui te console, qui te gronde au besoin si tu te trompes. Surtout, qui te protège.

Arrière.

... ompes. Surtout, qui te protège.

Arrière.

... qui te protège.

Arrière.

... qui te protège.

Arrière.

… qui te protège.

Arrière…

Il y a des grappes de raisin, des citrons, un fruit que je ne reconnais pas. Des coquelicots, des roses, des fleurs d'oranger. Entre un fruit et une fleur, quelquefois un angelot. Combien de temps suis-je restée allongée à fixer la frise qui court en haut le long des murs ? Je n'en ai aucune idée. Une lueur grisâtre commence à filtrer par la fenêtre.

Je me l'imagine, jeune sous-officier en uniforme assis à une table, parlant dans le micro du magnétophone Geloso. Cette voix fraîche, affectueuse, attentive. Elle aurait été là pour moi, mais je l'ai perdue.

J'ai perdu Vito.

Je l'ai perdu comme on perd à la fête foraine, l'inverse de ce qui se passe quand on lance bien la balle de chiffon, qu'on fait tomber les boîtes en fer et qu'on reçoit un prix. Moi, j'ai lancé, mais je n'ai pas gagné.

Je n'ai pas gagné un père. Je ne l'ai pas gagné quand je suis née, ni après avec Vito. Je n'ai gagné ni mari ni enfants. Je n'ai gagné ni frères ni sœurs avec lesquels partager la tâche ingrate d'être la fille de ma mère. Je n'ai pas gagné l'amour d'Ulli. À son enterrement, ils avaient raison ceux qui disaient : nous l'avons perdu. Je ne le pensais pas, mais en fait lui aussi je l'ai perdu. Toute ma vie, j'ai lancé des balles de chiffon sur des boîtes en fer sans réussir à les atteindre, et il me semble maintenant que les balles sont presque épuisées.

Je m'étire, mes bras font tomber le papier d'emballage qui enveloppait la cassette audio. Je le ramasse. L'adresse de l'expéditeur est au dos, comme on le faisait autrefois. Elle est restée en contact pendant tant d'années avec le fond d'un tiroir, et elle est encore bien noire. L'écriture est soignée, celle d'un bon soldat :

ANANIA VITO, VIA BOTTEGHELLE 17, REG-
GIO CALABRIA.

Le côté qui porte l'adresse du destinataire est plus décoloré au contraire. On voit qu'il a pris plus de lumière.

MADEMOISELLE EVA HUBER.

Elle m'était vraiment destinée. Je m'appelle Eva Huber, en effet. Ce nom-là, c'est moi.

Au-dessus de l'adresse, en rouge, un tampon en travers.

REFUSÉ.

Refusé.

Par qui ?

Qui ?

Je lève les yeux vers le fruit de la frise et maintenant je le reconnais : c'est une grenade.

C'est elle. C'est elle qui l'a refusé.

Refusé ce petit paquet qui m'était destiné à moi, rien qu'à moi, à Eva Huber qui est moi, rien que moi, pas elle, elle qui a un autre nom, qui est une autre personne, nous ne sommes pas la même chose, et pourtant elle a fait ça. J'avais seize ans et elle a dit au facteur de renvoyer la voix de Vito disant « je serai celui qui te protège ».

Je pouvais ne pas perdre Vito. Je pouvais l'avoir près de moi. Tout pouvait être différent. Mais elle a fait écrire : « refusé ».

L'indignation explose dans ma poitrine.

Tout est clair pour moi maintenant.

C'est de sa faute. Tout est de sa faute. Tout, mais vraiment tout, est de sa faute.

Je maudis le jour où je suis née parce que ce jour-là, Gerda Huber est devenue ma mère.

Je vais à la salle de bains et je m'asperge le visage d'eau froide, je suis fatiguée, fatiguée, mais lucide comme jamais. Une rage que je n'ai jamais connue écrase ma poitrine comme une main de fer. Le lui dire. Il faut que je le lui dise.

À présent, la lumière qui coule de la fenêtre est rose et orange. Une belle journée s'annonce.

Je reviens vers le lit, je m'assieds, je prends le téléphone, je demande la ligne et je compose un numéro. J'ai les gestes implacables et nets d'un assassin.

Toute sa vie, Gerda Huber s'est levée tôt, et elle continue à le faire maintenant qu'elle est à la retraite. Au bout d'une demi-douzaine de sonneries, elle répond.

Je ne la salue pas. Je lui demande tout de suite, pourquoi ? Pourquoi as-tu fait écrire « refusé » sur ce paquet ?

Elle se tait.

Peut-être était-elle déjà réveillée ou peut-être qu'au contraire le téléphone l'a tirée de son sommeil léger de retraitée. Je ne lui ai même pas dit : bonjour, c'est moi.

Elle met un certain temps avant de comprendre de quoi je parle, pendant que je lui lance d'autres phrases comme des lames de couteau, puis enfin :

« Comment le sais-tu ?

— Je suis à Reggio de Calabre. Je suis venue voir Vito qui va mourir.

— Comment… ? »

Au lieu de répondre, je la harcèle.

« Imagine que quelqu'un t'ait empêché d'avoir un père. Ton père. Quand tu étais petite. Et après aussi, quand tu étais grande. Imagine. Imagine ce que ça aurait été. »

1992

Quand Gerda avait-elle vu son père pour la dernière fois ?

À l'enterrement de Peter, un quart de siècle plus
tôt.

Ces couloirs avaient des angles bizarres. On
allait tout droit, puis on tombait sur une fenêtre,
mais de travers, pas droite. De l'extérieur aussi, la
nouvelle maison de retraite avait une façade pleine
de lignes obliques, de balcons triangulaires, de
curieuses flèches sur le toit.

La petite ville avait tant attendu la construction
du nouvel *Altersheim*. Depuis longtemps, le vieil
hospice était surpeuplé, peut-être du fait de l'ac-
croissement de la population ou peut-être parce
que la mort était devenue paresseuse. Les listes
d'attente étaient très longues, les familles attendaient des années avant d'obtenir une place. Et
comme il n'y avait qu'un seul moyen de libérer
une chambre, ce n'était pas gentil de devoir le
souhaiter à son occupant. Enfin, maintenant le
nouveau bâtiment offrait un nombre de lits plus
important et les listes d'attente avaient diminué.

La municipalité n'avait pas regardé à la dépense
pour le construire, car l'argent ne manquait pas

grâce à l'autonomie fiscale de la province, au point qu'on se demandait parfois comment tout dépenser. Les architectes chargés du projet étaient satisfaits de leur œuvre innovatrice, des murs qui se croisaient avec des perspectives audacieuses, des chambres vastes ni carrées ni rectangulaires mais en forme de losanges, de trapèzes, de triangles. Dommage seulement pour les pensionnaires, car se déplacer au milieu de ces angles aigus était pour eux une source de grande désorientation ; et ceux qui venaient là avec leurs meubles pour passer leurs derniers jours dans leur propre lit découvraient qu'il était impossible de les disposer correctement entre ces lignes discontinues. Mais qu'était-ce en comparaison du prestige d'un hospice pour personnes âgées cité par les revues d'architecture ?

De tous les enfants d'Huber Hermann, Gerda était la seule que la direction de l'*Altersheim* avait réussi à retrouver : l'un était mort, une autre vivait à l'étranger et personne ne se souvenait de son nom de femme mariée. Il ne restait qu'elle, qui du moins résidait dans la petite ville.

C'est ce que lui avait dit la voix au téléphone dans le bureau de Frau Mayer, qui était venue personnellement en cuisine pour la prévenir qu'on la cherchait de toute urgence. Son père était arrivé au dernier stade de la maladie qui l'avait frappé, lui dit-elle aussi, elle ne répondait plus à la thérapie et le pronostic était réservé. Si elle voulait le saluer une dernière fois, elle n'avait pas de temps à perdre. À moins qu'elle ne veuille venir *après*, pour remplir les formalités qui rendraient la chambre disponible au prochain de la liste.

Frau Mayer l'avait laissée seule dans son bureau pendant la communication. À presque quatre-vingts ans, le vert aztèque de ses yeux était toujours aussi magnétique, et la tresse enroulée autour de sa tête devenue blanche était toujours aussi parfaite, et même peut-être encore plus sculpturale. Et comme la beauté de Gerda était devenue plus essentielle et compacte, Frau Mayer et elle avaient commencé à se ressembler, comme cela arrive chez les vieux couples. Gerda, à un peu moins de cinquante ans, était encore une belle femme, mais elle ne provoquait plus chez les hommes le même trouble qu'autrefois, ce qui avait indéniablement accru la bienveillance de Frau Mayer à son égard. Quand Gerda lui dit qu'elle avait besoin de s'absenter une journée, elle n'y vit aucun inconvénient. Elle dit seulement qu'elle ne savait pas que son père était encore vivant.

« Moi non plus », répondit Gerda.

Elle parcourut le couloir qui conduisait de l'entrée de la maison de retraite à l'escalier. Les premiers étages qui donnaient sur le jardin étaient réservés aux pensionnaires capables de se nourrir seuls, de lire le *Dolomiten*, de tomber amoureux, de se faire mutuellement de violentes scènes de jalousie. Les personnes dépendantes étaient logées dans les étages élevés. Plus le trépas d'un pensionnaire était proche ou probable, plus sa chambre était proche du ciel.

Gerda suivit les instructions qu'on lui avait données à l'accueil et elle tourna à droite, mais elle se trouva devant la porte des toilettes : elle s'était perdue. C'est ce qui arrivait à tous les visiteurs la première fois qu'ils venaient : il était facile de se tromper entre la droite et la gauche, avec les courbes imprévisibles des couloirs. Gerda revint sur ses pas, décidée à renoncer à l'ascenseur et à monter par l'escalier. Elle était déjà à mi-chemin quand elle tomba sur un petit groupe d'une douzaine de personnes, entre le personnel, les pensionnaires et les visiteurs, qui entouraient une silhouette décharnée, grande, agile sur ses béquilles malgré son âge, unique. Gerda tressaillit : son *Obmann* !

« *Gnädige Frau* [1], ça je vous l'assure, disait Silvius Magnago à une vieille dame en fauteuil roulant, l'ostéoporose des hanches n'attaque pas l'esprit. Croyez-moi, je sais ce que je dis. Si l'intelligence avait son siège dans les jambes, je serais à moitié idiot. »

Et la *Frau* en fauteuil roulant éclata d'un rire de jeune fille capable de se lever sur-le-champ et de se mettre à danser.

À près de quatre-vingts ans, Silvius Magnago n'était plus le président de la province ni l'*Obmann* de son parti, dont il ne conservait que la présidence honoraire. Quelques mois plus tôt, en juin, l'Autriche avait remis à l'Italie une déclaration disant que l'État italien avait honoré ses engagements vis-à-vis de la minorité de langue allemande du Haut-Adige. Le terme officiel de cette attestation était : Quittance libératoire. Un terme de notaire, de comptable, de justificatif de paiement, certainement pas de héros — et c'était peut-être justement en cela que résidait le succès historique de Silvius Magnago. Qui maintenant, une fois son devoir accompli, s'en était trouvé un autre : visiter les maisons de retraite de la province et surprendre les gens de son âge par son humour noir, insoupçonnable pendant ses années d'activité politique.

1. Chère Madame.

Magnago désigna la cigarette dans les mains d'un jeune infirmier. « La direction m'a interdit de vous offrir des cigarettes, on dit qu'elles donnent le cancer. À l'hospice de Lana au contraire, on m'y a autorisé, et vous savez pourquoi ? Ils ont une liste d'attente un peu longue et ils ont besoin d'un coup de main. »

Un court silence, puis un éclat de rire collectif, libérateur, presque sauvage.

Gerda s'approcha, le cœur battant. En le voyant là, devant elle, elle se sentait redevenir la petite fille qui l'avait vu tenir en main la foule à Castel Firmiano.

« Herr *Obmann*… ! » murmura-t-elle.

Magnago la vit, se tourna avec galanterie, serra la main qu'elle lui tendait, étonnée de son propre courage.

« Belle dame, vous êtes trop jeune pour résider ici. Vous rendez visite à un parent ?

— Mon père.

— C'est bien. Nous les vieux, nous avons besoin que les jeunes ne nous laissent pas seuls. Comment va votre père ? »

Gerda avait la bouche sèche. Heureusement, à ce moment-là, après avoir péniblement traversé le couloir appuyé sur une canne, un octogénaire commença à dire à l'*Obmann* qu'il avait désiré toute sa vie le rencontrer en chair et en os.

D'un de ses longs doigts, Magnago désigna son propre thorax décharné

« En os, peut-être ; mais en chair, je regrette, vous en trouverez bien peu… »

Il le dit en acteur comique chevronné, impassible et la bouche sévère. Le public apprécia et éclata de rire encore une fois.

Gerda, confuse, s'était déjà éloignée.

L'odeur de désinfectant et d'eau de Javel couvrait les odeurs âcres de corps en décomposition. L'air était pourtant lourd, comme lorsque la mort n'est pas loin. Les épaules d'Hermann étaient toujours larges et carrées ; ses pieds au bout des longues jambes dont sa fille avait hérité touchaient le bout du lit. Le bras tendu sur le drap, dans lequel s'écoulait une perf goutte-à-goutte, était encore musclé. Il dormait.

Gerda hésita, debout sur le seuil. La chambre claire était vaste, malgré sa forme irrégulière. L'espace qui la séparait de cette forme dans le lit lui parut immense à traverser. Elle resta longtemps à le regarder de loin. Elle dut faire un effort de volonté pour s'approcher, prendre une chaise — à l'audacieux design tubulaire —, la poser près du lit et s'asseoir.

Hermann ne donna aucun signe de s'être aperçu de sa présence. Sous la fenêtre, le rebord était plein de petites figurines en mie de pain. Elles se détachaient à contre-jour comme un petit peuple en révolte contre son ciel : derrière la vitre, les nuages lenticulaires aux contours flous couraient dans le bleu, poussés par le *Föhn*. Gerda n'appela pas l'homme qui avait été autrefois son père, elle n'essaya pas d'attirer son attention. Elle resta en silence et immobile, comme si ses émotions aussi avaient été désinfectées à l'eau de Javel.

Elle n'aurait su dire combien de temps elle resta ainsi. Au bout d'un moment, son père ouvrit les yeux. Il perçut sa présence, se tourna vers elle. Il la regarda tout d'abord avec des yeux opaques, puis brillants comme ceux d'un enfant quand il la vit nettement.

C'était elle.

Oui, oui, c'était elle.

Des yeux allongés. Des pommettes hautes. Une bouche tendre qui ne connaît que des mots gentils.

Hermann baissa à nouveau les paupières avec un gémissement de soulagement, d'apaisement, de consolation.

« *Mamme…* » murmura-t-il les yeux fermés.

Comme il l'avait attendue ! Une vie entière.

Km 1397

Gabriele est passé me prendre, il m'a emmenée à l'appartement de ses parents. C'est sa mère qui nous ouvre. Elle m'arrive aux épaules, elle a les cheveux courts et gris qui devaient être frisés autrefois, un physique lourd. Mais aussi des yeux verts lumineux, et une musique dans la voix :

« La voilà enfin ! Vous ne savez pas comme mon mari vous attendait ! »

Embarras ? Jalousie ? Pas une once. Elle s'approche un peu, baisse la voix.

« Ne vous froissez pas, je vous en prie, mais je ferai semblant de ne pas savoir qui vous êtes. Je ne voudrais pas qu'il croie me faire de la peine. »

Je ne sais que dire. Mais elle n'a pas besoin que je parle pour continuer. « Je finis de l'installer dans le salon, soyez patiente, nous sommes un peu lents, moi non plus je ne suis plus toute jeune. »

Et elle disparaît derrière une porte en verre dépoli, seule source de lumière du couloir au sol en pierre foncée.

Ça sent la sauce tomate.

« Tu veux un café ? dit Gabriele.

— Oui, merci.

— Je vais le préparer. »

Je pose une main sur son épaule. « Je t'en prie. Ne me laisse pas seule. »

Il acquiesce d'un signe de tête ; il n'est pas étonné. Il pose sa main sur la mienne tandis que je le regarde avec gratitude.

Sur les murs du couloir sont accrochées plusieurs décorations. Gabriele voit que je les regarde et il allume la lumière.

Elles ont toutes été décernées à Anania Vito.

MÉDAILLE DU MÉRITE MILITAIRE DE BRONZE
POUR UN LONG COMMANDEMENT

MÉDAILLE DU MÉRITE MILITAIRE D'ARGENT
POUR UN LONG COMMANDEMENT

MÉDAILLE DU MÉRITE MILITAIRE D'OR
POUR UN LONG COMMANDEMENT

CROIX D'OR POUR ANCIENNETÉ DE SERVICE

CHEVALIER DE LA RÉPUBLIQUE ITALIENNE

MÉDAILLE DE L'ORDRE DE SAINT-MAURICE

Puis il y a aussi une *citation à l'ordre*, avec son *commentaire*.

Je me mets à le lire.

Avec la Brigade opérationnelle, il secondait efficacement son supérieur direct dans l'exécution d'enquêtes complexes et dangereuses sur le crime organisé, aboutissant à l'identification et à la mise en accusation de 20 malfaiteurs responsables de 8 actes d'extorsion, 17 actes d'attentats à la bombe, 7 dommages aggravés et autres délits mineurs, 2 desquels

arrêtés pendant qu'ils dictaient par fil les modalités
de remise d'importantes sommes d'argent.

« Qu'est-ce que ça veut dire "ils dictaient par fil"? demandé-je à Gabriele.

— Qu'ils étaient en train de téléphoner. » Ses yeux rient un peu, mais pas sa bouche, qui reste sérieuse.

La femme de Vito arrive par la porte vitrée. Elle a enfilé une veste et elle arrange son sac en bandoulière. Elle dit à son fils : « Je profite que vous soyez là pour aller faire les courses. » Elle m'explique, comme si je faisais déjà partie de la famille : « On ne peut plus le laisser seul. »

Et elle sourit de telle sorte que je ne peux faire autrement que de lui sourire à mon tour.

« Elle est arrivée. »

Gabriele ouvre la porte vitrée, me fait entrer, puis il va à la cuisine, je crois, car je n'en ai plus le souvenir.

Lui est allongé sur le canapé au milieu d'une douzaine de coussins, un châle sur ses jambes posées sur un pouf.

« Eva... »

Comme il est vieux. Comme il est malade. Seuls ses yeux sont les mêmes, le reste est prêt à mourir.

« Tu es là. »

Moi, je n'arrive même pas à dire son nom. Il me fait signe d'avancer. Je traverse la pièce ; il me regarde, me regarde et me regarde.

« Comme tu es belle ! »

Je n'ai jamais su comme à ce moment-là à quel point je ressemble à ma mère.

Que dit-on dans ces cas-là ? Quand on revoit un homme qui, il y a plus de trente ans... Je l'ignore. Je lui demande alors :

« Comment vas-tu ?

— Eh ! Comme tu vois.

— Tu souffres beaucoup ?

— La nuit, un peu... »

Il tapote délicatement le canapé, comme s'il allait m'inviter à danser.

« Viens, assieds-toi, parle-moi de toi... Je veux tout savoir. »

Voilà, maintenant il va me demander si je suis mariée, si j'ai des enfants. Et en revanche :

« Alors, que fais-tu dans la vie ? Je suis sûr que tu as fait carrière. À quelle université es-tu allée ? »

Il a la voix des soirs où il me lisait les aventures des Petits tigres de Malaisie, seulement plus faible.

Je secoue la tête.

« Je ne suis pas allée à l'université. J'organise des événements.

— Des événements ? »

Je lui raconte que je m'étais inscrite en droit, je voulais me spécialiser en droit du travail, mais en deuxième année on m'avait engagée dans un bureau de relations publiques. Que je n'avais plus passé d'examens, que je m'étais mise à mon compte et que maintenant j'organise des événements, et que je gagne bien ma vie : je me suis même acheté une belle maison. Que ma mère est contente que je ne fasse pas un travail d'esclave, comme elle dit.

Vito ne fait pas de commentaires. Il ne me reproche pas de ne pas avoir fait d'études, il ne dit pas que je l'ai déçu. Et il ne dit pas non plus : si j'avais été là, je t'aurais aidée à faire un autre choix. Il acquiesce lentement, comme s'il contemplait pensif le cours des choses désormais tracé. Il est clair pourtant que ma réponse l'a attristé.

Il ne demande pas non plus si ma mère s'est mariée. Il veut seulement savoir comment elle va. Je le lui dis.

« Elle sait que tu es ici ?

— Je le lui ai dit ce matin, avant de venir. Mais sans doute pas… de la bonne façon. »

Il acquiesce de nouveau, avec la même lenteur. Il y a une autre chose qu'il ne dit pas : salue-la de ma part.

Il me demande ce qui est arrivé aux personnes qu'il a connues. Parler devient de plus en plus facile. Je lui donne des nouvelles de tout le monde. Celui que j'évoque en dernier est le plus difficile. Le regard de Vito se voile, les mots lui manquent pendant un instant, à part son nom :

« Ulli… »

Nous restons un long moment en silence, enveloppés d'une sorte de douceur, l'un près de l'autre, avec entre nous le souvenir de cet enfant aux yeux de chevreuil.

Il me demande des nouvelles du Nanga Parbat. Il se souvient du nom de notre cachette ! Le vieux fenil a été démoli, lui dis-je, les petits-enfants de Sepp et Maria en ont construit un autre, l'étable ressemble maintenant à un laboratoire. Je lui parle de Sigi et de son fils Bruno qui est devenu *Schütze* comme son père, et qui arbore son tricorne dix-neuvième aux défilés, sur ses cheveux rasta et ses piercings. Comme c'est facile de parler avec Vito. Lui aussi me parle de lui et de sa famille. Mais je vois qu'il se fatigue. Je suis sur le point de le lui dire, mais il me devance.

« Tu as l'air fatiguée », me dit-il.

J'acquiesce. « C'est que je n'ai pas dormi depuis… je ne le sais plus moi-même. »

Il pose un petit coussin sur le plaid qui recouvre ses jambes et lui donne deux petites tapes dans un geste d'affectueuse invitation, tout en me regardant. Comme si j'étais un chat ou un petit chien. Ou sa fille enfant.

Je retire mes chaussures, je pose ma tête sur ses genoux, j'allonge mes jambes, je me mets à mon aise. Lui entoure mes épaules de son bras, tapote le coussin sous ma nuque.

« J'ai écouté l'enregistrement, dis-je doucement, les yeux au plafond.

— C'est Gabriele qui te l'a donné ? »

Je bouge lentement la tête. « Je voudrais l'avoir reçu quand tu l'as envoyé.

— Tu l'as reçu maintenant. »

Dans son ventre auquel je m'appuie résonne sa voix tranquille, comme un tambour. Je ferme les yeux avec un profond soupir.

« Mais maintenant, c'est tard.

— Ce n'est pas tard. C'est seulement après. »

Le sommeil arrive en traître : il était près de moi, mais je ne l'ai pas vu tant qu'il ne m'a pas attrapée. J'entends encore Gabriele qui entre dans la pièce avec le café, et Vito qui dit :

« Eva le prendra après. Maintenant elle dort. »

Km 0-aujourd'hui

Et à présent, je serre ma mère dans mes bras car rien ni personne ne peut nous dédommager de ce que nous avons perdu, pas plus ceux qui sont coupables de ces pertes que ceux qui plus ou moins directement en ont été à l'origine ou la cause. Et à la fin, quand les comptes sont faits, qu'on voit bien qui a pris quoi et à qui, les crédits et les dettes, et que toute la partie double des fautes et des ressentiments est en ordre et bien précise, voici la seule chose qui compte : que nous puissions encore nous embrasser, sans gaspiller un seul instant la chance extraordinaire d'être encore vivants.

Je suis rentrée chez moi en avion, j'ai survolé l'Italie en deux heures, le nez collé au hublot : il me semble que j'ai entièrement caressé la longue péninsule que je vois maintenant d'en haut.

Je suis allée aussitôt chez ma mère. Je lui ai parlé de Vito.

Elle m'a regardée, n'a pas parlé tout de suite. Puis elle a dit :

« Il a dû tellement te manquer. »

Ce sont les mots que j'attendais depuis trente ans, mais je ne m'en rends compte qu'aujourd'hui, au moment où elle les prononce. Je les range au fond de moi comme un trésor.

« Et toi ? Tu as pensé souvent à Vito ? » lui demandé-je ensuite.

Ma mère fait une chose bizarre : elle sort ses pieds nus de ses chaussures, croise ses pouces de pieds entre eux. Elle les regarde longuement.

« J'ai pensé à lui tous les soirs, avant de dormir. »

J'ai passé la nuit chez elle. Les routes sont verglacées, il a gelé brusquement. Elle s'est endormie sur le canapé, la tête sur le coussin brodé par Ruthi, la bouche entrouverte, encore très belle. La regarder me fait presque mal, mais un bon mal.

Et je pense : *Gerda schloft.*

Gerda dort.

Épilogue

Il y a le temps qui s'écoule autour de nous, au-devant de nous et à travers nous, le temps qui nous conditionne et nous façonne, la mémoire que nous cultivons ou dont nous nous défaisons — notre Histoire. Puis il y a la succession des lieux où nous vivons, dans lesquels nous voyageons, ceux où nous sommes physiquement, des lieux faits de routes et de constructions mais aussi d'arbres, d'horizons, de températures, de niveaux de pression atmosphérique, de la plus ou moins grande rapidité avec laquelle l'eau d'un fleuve coule, de courbes de niveau — notre Géographie.

Ces deux trajectoires, liées à la fois au destin et à notre libre choix, se rencontrent en un point en tout instant et en tout lieu, comme un graphique cosmique cartésien, et la suite de ces points forme une ligne, une courbe, parfois, si nous avons de la chance, même un dessin, si ce n'est harmonieux, du moins qu'on réussit à entrevoir.

Telle est la forme de notre vie.

Un matin du printemps de 1998, à la suite des accords de Schengen, en présence des autorités italiennes et autrichiennes, on enleva la barrière séparant les deux pays au col du Brenner. Plus aucune frontière physique ne séparait le Tyrol du Sud de l'Autriche, sa terre mère perdue.

Dommage seulement que cet événement rêvé depuis presque quatre-vingts ans, revendiqué par le sang, nié par la force militaire, n'ait désormais plus d'importance sur notre planète ébranlée par la globalisation. Si l'Histoire avait l'intention de jouer un mauvais tour, la date était la bonne : premier avril.

Eva a pris une décision. En cas de nouveau recensement d'appartenance linguistique, en remplissant la *Sprachgruppenzugehörigkeitserklärung*, au mot « ethnie », elle écrira : CHINOISE.

Au fond, sa mère est née à Shanghai.

Note

Dans les limites évidentes d'un roman d'invention, j'ai essayé de rester le plus fidèle possible aux événements historiques. L'épisode de la rafle en particulier évoque les faits qui se sont déroulés à Montassilone/Tesselberg (Val Pusteria) en septembre 1964, rapportés par des témoins oculaires. Quant à l'officier des chasseurs alpins qui ordonna de les fusiller tous, et sur le fait que cet ordre faisait partie d'une plus ample stratégie, c'est une interview accordée à *La Repubblica* en juillet 1991 par le général en retraite Giancarlo Giudici, qui en parle : c'était lui, jeune lieutenant-colonel, qui avait dirigé l'opération — et qui avait désobéi aux ordres.

Les chapitres consacrés à Silvius Magnago se fondent en grande partie sur l'excellent livre de Hans Karl Peterlini : *Das Vermächtnis. Bekenntnisse einer politischen Legende* (Raetia, 2007).

Pour répondre aux exigences de la narration, j'ai pris la liberté d'imaginer que le décret signé par Humbert de Savoie sur les mariages « acceptables » pour les carabiniers était encore en vigueur en 1973. En réalité, il fut abrogé en 1971. De même que j'ai avancé d'une année, en 1963, le retour de Mina à la télé après la naissance de son fils.

Je voudrais préciser que le dialecte du Tyrol du Sud, surtout dans sa version écrite, a des règles très simplifiées par rapport à l'allemand officiel.

Enfin, une observation sur les termes « Haut-Adige », « habitants du Haut-Adige », « Tyrol du Sud », « Tyrolien du

Sud » : justement parce que la façon dont la Province avait le droit, ou l'obligation, d'être appelée, est un élément non négligeable de la question, les noms ne furent pas employés, à part de rares exceptions, de façon neutre. En général, j'ai respecté la règle qui veut qu'on dise Haut-Adige du point de vue italien, Tyrol du Sud du point de vue allemand, et qui qualifie d'habitants du Haut-Adige ceux qui sont de langue italienne, et de Tyroliens du Sud ceux de langue allemande. Mais cette règle a beaucoup d'exceptions dans l'usage courant ; j'ai donc un peu brouillé les cartes dans l'écriture.

Et si, de temps en temps, cela provoque une sorte de confusion : bienvenue en Haut-Adige/Tyrol du Sud !

Remerciements

Sans ma mère, ce livre n'existerait pas. Italienne passant ses vacances en Haut-Adige depuis les années soixante, elle m'a appris l'intérêt et le respect envers les habitants d'une terre dont, aujourd'hui encore, beaucoup d'Italiens aiment la géographie mais ignorent l'histoire.

Je désire aussi remercier tous les carabiniers, en exercice ou à la retraite, vétérans de la lutte contre le terrorisme du Tyrol du Sud et des missions de paix à l'étranger, qui m'ont parlé de la vie du corps des carabiniers : « obéir en silence », ils m'ont demandé de taire leurs noms ; le chef Albert Pernter qui m'a ouvert son royaume, la cuisine de l'hôtel Post de Brunico ; Alois Niederwolfsgruber, pour les histoires de *coming out* des gays de montagne ; Mirella Angelo et Giovanni Monaco pour leur hospitalité et les sardines au becfigue ; Stefan Lechner pour l'organisation des recherches historiques ; tous les Italiens, les *Deutschsprachigen* et les *Ladins* qui m'ont toujours donné le sentiment d'être chez moi en Haut-Adige/Tyrol du Sud, et avant tout la famille Senoner du *maso* Putzè à Santa Cristina de Val Gardena, Annemi Feichter (*die liebe Omi*) et le docteur Manfred Walde ; enfin, tous mes amis qui, avec une patience intelligente, se sont astreints à la lecture de mon manuscrit au fur et à mesure de son écriture, me donnant des conseils, leurs précieuses critiques et leur encouragement — ils sont trop nombreux pour les citer tous, mais eux savent qui ils sont.

Grazie mille — Donkschian.

COLLECTION FOLIO

Dernières parutions

Composition IGS-CP à L'Isle-d'Espagnac (16)
Impression Novoprint
à Barcelone le 22 octobre 2013
Dépôt légal : octobre 2013

ISBN 978-2-07-045384-9/Imprimé en Espagne.